Un ennemi à charmer

Envoyée par le destin

ANDREA LAURENCE

Un ennemi à charmer

Traduction française de
FRANÇOISE HENRY

PASSIONS

HARLEQUIN

Collection : PASSIONS

Titre original :
SAYING YES TO THE BOSS

Ce roman a déjà été publié en 2017

HARPERCOLLINS FRANCE
83-85, boulevard Vincent-Auriol, 75646 PARIS CEDEX 13
Service Lectrices — Tél. : 01 45 82 47 47 - www.harlequin.fr
ISBN 978-2-2804-6966-1 — ISSN 1950-2761

Composé et édité par HarperCollins France.
Imprimé en mars 2022 par CPI Black Print (Barcelone)
en utilisant 100% d'électricité renouvelable.
Dépôt légal : avril 2022.

FSC www.fsc.org
MIXTE
Papier issu de sources responsables
FSC® C159065

Pour limiter l'empreinte environnementale de ses livres, HarperCollins France s'engage à n'utiliser que du papier fabriqué à partir de bois provenant de forêts gérées durablement et de manière responsable.

- 1 -

— Je l'ai trouvé !

Carson Newport leva les yeux des papiers étalés sur son bureau, haussa un sourcil curieux et se renversa contre le dossier de son fauteuil.

— Tu as trouvé quoi ?

Georgia Adams ravala sa déception. Elle avait imaginé différemment cet instant. C'était même pour cela qu'elle avait apporté une bouteille de champagne et des coupes en plastique. Non, elle n'aurait pas cru un instant qu'il accueillerait la nouvelle avec une telle indifférence.

Pourquoi ne devinait-il pas qu'elle avait trouvé le terrain de leurs rêves ? Alors qu'ils avaient passé des mois à le chercher !

— J'ai trouvé l'endroit où la Newport Corporation va construire l'hôpital pour enfants du Cynthia Newport Memorial.

Cette fois, Carson parut comprendre. Il se redressa dans son fauteuil de P-DG et lui lança :

— Tu es sérieuse ?

Elle sourit. Enfin une réaction plus conforme à celle qu'elle attendait.

— On ne peut plus sérieuse.

D'un geste, il l'invita à entrer.

— Viens me raconter tout ça.

— Non, viens, toi. Il faut absolument que je te le montre.

Sans discuter, il jeta un bref coup d'œil à son agenda avant de bondir de son fauteuil.

Elle n'était pas peu fière de ce qu'elle venait de faire. Trouver le terrain adéquat pour leur projet s'était révélé très difficile et très important. Il n'existait pas beaucoup de lieux susceptibles d'accueillir une structure d'une telle envergure à Chicago. Du moins pas à un prix abordable.

Le temps de boutonner sa veste de costume, il contourna son immense bureau en acajou et la rejoignit à la porte.

— Après vous, mademoiselle Adams.

Elle fit demi-tour sur ses talons hauts et se dirigea vers l'ascenseur.

— Nous prenons ta voiture, lui rappela-t-elle en appuyant sur le bouton du rez-de-chaussée.

— Tu sais, Georgia, lui dit-il, appuyé sur le mur, tu es directrice des relations publiques d'une des 500 premières entreprises américaines. Je te paie suffisamment pour que tu puisses t'offrir une voiture. Une place réservée dans le garage t'attend, même.

Elle haussa les épaules. La responsabilité d'une voiture ne la tentait pas. À vrai dire, elle n'en aurait pas l'usage. Son appartement était situé à un pâté de maisons d'une station de métro. Le réseau ferré aérien de la ville était bien pensé et peu cher, et elle appréciait la simplicité. Naturellement, pour certaines personnes ayant grandi, comme elle, dans un milieu modeste, avoir enfin sa propre voiture serait un signe de réussite sociale. Mais à ses yeux, cela représentait juste une dépense inutile.

— Tu ressembles à une lionne en chasse, lui fit remarquer Carson pendant qu'ils se dirigeaient vers le parking. Gracieuse, séduisante et impitoyable.

Tout près de la Range Rover de Carson, elle rejeta ses

longs cheveux blond platine en arrière et posa une main sur sa hanche.

— Monsieur Newport, vais-je devoir vous signaler pour harcèlement aux ressources humaines ? demanda-t-elle avec un sourire moqueur.

Carson grimaça en lui ouvrant la portière.

— C'était juste un compliment. Je t'en prie, ne m'expédie pas au premier étage ! Notre directrice des ressources humaines me fiche une trouille bleue ! Elle me rappelle mon institutrice du cours élémentaire, une vieille mégère qui m'avait toujours à l'œil.

— Tu te conduisais mal ?

Le sourire de Carson dévoila ses dents très blanches et ses yeux verts pétillèrent de malice.

— Possible, reconnut-il avant de claquer sa portière.

Georgia profita de ces quelques secondes de solitude pour se ressaisir. La présence de Carson Newport la rendait nerveuse. Ce n'était pas un patron exigeant ou désagréable, non. Et tout le problème était là. Beau, charmant, intelligent, c'était un séducteur impénitent, comme ses deux autres frères. Certes, cela ne prêtait pas à conséquence. Depuis un an qu'elle travaillait dans sa société, il ne l'avait pas même effleurée.

Elle en avait pourtant très envie. C'était un fantasme stupide qui la tenait éveillée la nuit : elle imaginait régulièrement ses mains viriles en train de caresser son corps nu. Mais cela devait rester un fantasme. Elle avait travaillé dur pour intégrer une bonne école et grimper les échelons de l'entreprise. Atterrir chez Newport Corporation était un rêve devenu réalité. Elle avait trouvé une famille avec ses collègues et elle excellait dans un travail qui lui plaisait. Maintenant qu'elle avait atteint ses objectifs, elle n'était pas prête à risquer sa carrière parce qu'elle en pinçait pour son employeur.

Carson s'installa au volant et démarra. Il lui fallut une demi-heure pour échapper à la circulation du centre-ville et parvenir au site qu'elle avait déniché. Ils garèrent la voiture dans une allée de graviers envahie par de hautes herbes. Ils en sortirent et marchèrent environ deux cents mètres jusqu'à un vaste espace découvert.

Si, en quittant son appartement, elle s'était doutée qu'elle visiterait un terrain, elle aurait choisi une tenue plus pratique qu'une jupe droite et des talons hauts. Mais elle n'avait obtenu l'information qu'en consultant ses mails au bureau. Heureusement, il n'avait pas plu depuis un certain temps, et le sol était ferme et sec. C'était vraiment le cadre idéal. Relativement plane, sans trop d'arbres à abattre, la propriété était située au bord d'une anse du lac Michigan.

— Alors, qu'en penses-tu ? demanda-t-elle après quelques instants.

L'attente du verdict mettait ses nerfs à rude épreuve. Impossible de trouver mieux. Cette propriété était constructible depuis des années, et la famille qui la détenait venait à peine de décider de vendre. Sans quoi cet endroit aurait depuis longtemps été transformé en centre commercial ou en résidence de luxe. Si ce lieu ne convenait pas à Carson, les recherches seraient au point mort, et elle se retrouverait avec une bouteille de champagne hors de prix sur les bras !

On aurait dit qu'il s'arrêtait pour regarder chaque centimètre carré. Mais quand il se tourna vers elle, un grand sourire illuminait son visage.

— C'est parfait !

Les mains dans les poches, il se mit à arpenter le terrain. Vue de l'extérieur, cette allure décontractée ne laissait pas deviner l'homme d'affaires qu'était Carson. Georgia en avait vu plus d'un sous-estimer le benjamin de la fratrie Newport et le regretter amèrement.

— Comment as-tu trouvé ce lieu ? s'enquit-il.

— J'ai des relations. Masculines, ajouta-t-elle avec un clin d'œil.

Elle avait discrètement déployé ses antennes quelques semaines plus tôt mais avait miraculeusement su dans la matinée que ce terrain n'était pas encore officiellement en vente. Elle s'était entretenue avec les propriétaires et avait appris que des offres circulaient sous le manteau. Apparemment, ils souhaitaient que l'affaire se conclue rapidement et avec le moins de tracas possible. À la fin de la semaine suivante, faute d'offre qui leur convienne, ils mettraient la propriété sur le marché. Si la Newport Corporation réagissait vite, ils éviteraient que la concurrence fasse monter le prix.

Carson lui tourna le dos.

— Tu as des relations masculines, voyez-vous ça !

— On achète ce terrain ou pas ? demanda-t-elle sans relever cette remarque. Nous disposons de peu de temps pour décider. Quelqu'un sautera sur l'occasion, j'en suis certaine.

— Je suis d'accord. Il faut qu'on passe à l'offensive, et vite. N'attendons même pas l'avis de mes frères. Je suis sûre que Graham et Brooks apprécieront mon initiative.

Elle fit glisser la bandoulière de son sac de son épaule. Ce fourre-tout pouvait facilement contenir le nécessaire pour une échappée d'un week-end, mais elle le transportait quotidiennement. Tout ce dont elle pouvait éventuellement avoir besoin s'y trouvait. Comme une bouteille de champagne dans une mini-glacière.

— Il faut fêter ça, tu ne crois pas ? dit-elle en la sortant.

— Tu me fais penser à Mary Poppins, avec ton sac, lança en riant Carson en se penchant. Qu'y trouve-t-on encore ?

Plongeant une main dedans, elle en sortit deux coupes en plastique.

— Pas de cristal, mais elles feront l'affaire.

— Je ne ferai pas la fine bouche.

Carson fit sauter le bouchon de la bouteille et remplit leurs verres.

— Au nouvel hôpital du Cynthia Newport Memorial ! s'exclama-t-il en levant son verre.

— Au rêve de ta mère qui va enfin se réaliser ! renchérit-elle en portant à son tour un toast.

Comme ils buvaient une gorgée de champagne, elle remarqua le voile de tristesse qui obscurcit le regard de Carson. Deux mois seulement s'étaient écoulés depuis que sa mère avait succombé à une rupture d'anévrisme. Brusquement, lui et ses frères s'étaient retrouvés seuls, il ne restait plus rien de cette femme exceptionnelle. Ils avaient très mal vécu cette disparition brutale. Carson avait été le plus touché. Et il avait décidé de construire un hôpital en sa mémoire. Ce n'était que justice si on songeait au temps et à l'énergie qu'elle avait dépensés ces dernières années pour apporter un peu de réconfort aux enfants malades.

— Je n'arrive pas à y croire ! s'exclama-t-il.

Et, après avoir posé son verre, il la prit dans ses bras et la fit tourbillonner.

— Carson ! cria-t-elle en s'accrochant à son cou.

Mais il ne fit qu'accélérer l'allure.

Quand il la reposa à terre, ils riaient, grisés par le champagne. Elle se lova contre le torse de Carson et s'accrocha à ses épaules jusqu'à ce que l'univers cesse de tourner.

— Merci d'avoir trouvé la perle rare.

— J'en suis également heureuse. Je sais combien ce projet compte pour toi.

Soudain, Georgia prit conscience que les bras de Carson enserraient toujours sa taille. Même s'il était moins grand et moins charpenté que ses frères, cette étreinte laissait deviner les muscles cachés sous son luxueux costume.

Ils cessèrent de rire et se fixèrent intensément. Les belles lèvres de Carson n'étaient qu'à quelques centimètres des siennes, et elle sentait son souffle tiède sur sa joue. Elle s'était souvent imaginée dans cette situation. Chaque fois, il l'embrassait.

Avant qu'elle comprenne ce qui se passait, il fit de son rêve une réalité en s'emparant de ses lèvres. L'effet du champagne était trop fort pour laisser s'exprimer la petite voix qui la poussait à réagir. Et elle s'abandonna à son baiser.

Les lèvres de Carson étaient douces mais ferme. Elle serait éternellement restée dans ses bras, mais il recula.

Elle se sentait tout étourdie. Était-ce l'effet du baiser ou du champagne ? En tous cas, elle avait l'impression qu'elle décollerait du sol si elle se laissait aller. Elle leva la tête vers lui.

En voyant les yeux verts de Carson refléter un début de panique, elle redescendit brutalement sur terre. Elle venait d'embrasser son patron. Son patron ! Il avait beau avoir décidé de ce baiser, il semblait tout aussi effaré qu'elle.

— Georgia, je… je n'avais pas l'intention de…

Elle lui adressa un bref signe de tête et recula.

— Pas de souci. C'est la joie et le champagne qui nous ont poussés à faire des folies.

Malheureusement, elle ne trouvait pas qu'embrasser

Carson soit une folie. C'était… divin. Mieux que dans ses rêves. Mais tout sauf une bonne idée.

— J'espère que ça ne créera pas de malaise entre nous. Je détesterai que cela détériore nos relations professionnelles.

— Il n'y a pas de problème, Carson, je t'assure. Ce sont des choses qui arrivent. De plus, ajouta-t-elle à contre-cœur, on ne peut pas dire que j'ai opposé de résistance.

— Georgia ?

Elle avait évité le regard de Carson depuis que leurs lèvres s'étaient quittées et qu'elle y avait lu du regret. Cependant, le ton grave et implorant de sa voix l'incita à le chercher. Il n'y restait aucune trace de ces remords. En revanche, ils brûlaient de passion. Une telle expression donnait à penser qu'il la désirait, mais elle se trompait forcément. Ce baiser était une erreur, et ils le savaient tous les deux.

— Oui ?

— Je…

Un bruit émanant de la poche de veste de Carson l'interrompit. Au même instant, une vibration contre sa poitrine la fit tressaillir. Leurs téléphones se rappelaient à leur bon souvenir.

Ravalant sa déception, Georgia se détourna pour sortir son portable de la poche de son chemisier. Elle le gardait constamment en mode silencieux, contre elle, afin d'être avertie sans qu'elle doive interrompre les affaires en cours. Le message qu'elle vit apparaître sur l'écran faillit l'anéantir.

— Sutton Winchester vient d'annoncer qu'il projetait de construire des appartements ici, dit Carson.

Elle cliqua sur le lien vers le site d'un journal que Rebecca, l'assistante de Carson, leur avait envoyé à tous les deux.

L'article était accompagné d'un plan du luxueux complexe que leur concurrent projetait de construire à l'endroit même où ils se trouvaient. L'article soulignait que l'offre de Sutton Winchester n'avait pas encore été acceptée mais qu'il était confiant et mobilisait des soutiens pour son projet. Sous le plan de l'ensemble trônait la photographie du promoteur.

En son jeune âge, il avait dû être capable de séduire toutes les femmes qu'il désirait. Encore maintenant, malgré les années et une longue période de mariage avec Celeste Van Houten, il gardait sa réputation de séducteur. Il fallait dire qu'il possédait beaucoup de charme. Si ses cheveux châtains étaient à présent parcourus de fils gris et si des rides marquaient son visage, ses yeux verts n'avaient rien perdu de leur éclat, et son sourire respirait la confiance. Heureusement, elle avait appris à rester à l'écart de ce genre d'hommes. Winchester était un requin en affaires. Il soudoyait, charmait, mentait — bref, il aurait fait n'importe quoi pour parvenir à ses fins. Il avait mis nombre d'entreprises sur la paille et pris le dessus sur Newport Corporation en plus d'une occasion.

Georgia regarda Carson. Le souvenir de leur baiser s'évanouit tandis qu'elle réfléchissait à l'urgence de la situation.

Il paraissait farouchement déterminé.

— Il faut réagir vite. Je ne peux pas, je ne veux pas laisser ce sale type nous voler ce terrain.

— Il n'est pas question que tu laisses Winchester mettre la main sur notre terrain.

Carson tendit un bol de pop-corn brûlant dégoulinant de beurre fondu à Graham tout en levant les yeux au ciel. Il avait espéré qu'ils ne passeraient pas la soirée à parler de cette affaire, mais son frère aîné n'était manifestement pas prêt à laisser tomber.

— Tu crois que je ne le sais pas ?

— Ton offre leur est-elle déjà parvenue ? demanda Brooks, le jumeau de Graham.

Ses deux frères étaient parfaitement identiques, tous les deux plus grands que lui de cinq bons centimètres, avec des cheveux blonds hirsutes et des yeux bleus. Mais il savait les distinguer. Brooks fronçait constamment les sourcils parce qu'il avait des soucis ou pour réfléchir. Et c'était exactement l'expression qu'il affichait en ce moment alors qu'il essayait de tenir en équilibre les trois bouteilles de bière qu'il rapportait de la cuisine.

Carson hocha la tête puis retourna dans la cuisine chercher un paquet de M&M's et une boîte de bonbons à la réglisse.

— Nous avons appelé et soumis l'offre pendant que nous étions encore sur le terrain. L'avocat du vendeur est resté muet sur les autres offres, y compris celle de Winchester. Pas moyen de savoir si la somme que nous avons proposée soutient la comparaison. Il ne nous reste donc plus qu'à attendre de voir s'ils reviennent avec une contre-proposition avant de prendre la décision finale.

Il se rassit sur le canapé avec ses frères.

— Maintenant, si nous laissions de côté cette conversation désagréable pour profiter du *Faucon maltais* en paix ?

— D'accord, grommela Graham en fourrant une poignée de pop-corn dans sa bouche.

Tous les premiers jeudis du mois, c'était soirée cinéma chez les Newport. Depuis leur plus jeune âge, ils se réunissaient sur le canapé avec leur mère et Gerty pour regarder de vieux films en noir et blanc. À une époque lointaine, leur mère avait travaillé comme serveuse dans un café où Gerty était employée. Elles avaient sympathisé. Gerty était veuve. Au moment de prendre sa retraite, elle leur avait proposé à tous les quatre de venir vivre chez elle. Tout le monde y avait trouvé son compte. Leur mère ne pouvait assumer qu'un modeste loyer et les trois garçons qui grandissaient avaient besoin d'espace. Gerty, elle, n'aimait pas vivre seule dans sa grande maison et les avait donc accueillis avec joie.

Depuis, elle était devenue pour ainsi dire leur seule famille. Pour des raisons que leur mère n'avait jamais voulu dévoiler, on n'évoquait jamais leur père, ni leur famille paternelle. Quand ils avaient été plus grands et qu'ils s'étaient montrés plus insistants, elle leur avait expliqué que leur père était violent et qu'elle avait fui pour les protéger. Ils vivaient beaucoup mieux sans lui, disait-elle. Elle leur avait même fait promettre de ne pas chercher à retrouver sa trace.

Pendant longtemps, bien qu'attristés par cette absence, ils s'étaient contentés de cette réponse. Ils ne voulaient pas aller à l'encontre de la volonté de leur mère. De plus, ils avaient leur chère Gerty. Pourquoi auraient-ils eu besoin de quelqu'un d'autre ?

Et ils avaient perdu Gerty, emportée par un cancer quand ils étaient lycéens. Elle avait toutefois eu le temps de prendre ses dispositions et leur avait laissé suffisamment d'argent pour qu'ils poursuivent leurs études et s'assument financièrement. Leurs diplômes en poche, ils avaient donc créé Newport Corporation et gagné des sommes folles en s'implantant dans le secteur immobilier de Chicago. Eux-mêmes étaient les premiers surpris. Ils n'auraient jamais pu y parvenir sans leur chère Gerty. Une fois par mois, ils honoraient son souvenir en buvant des bières devant de vieux films.

— Double l'offre, dit Graham en prenant la télécommande pour démarrer le film.

— Nous ne pouvons pas nous le permettre, rétorqua Brooks.

La voix de la raison. Sans son jumeau, Graham se serait jeté à corps perdu dans des projets fous qui ne lui auraient rapporté que des ennuis.

— On peut toujours trouver l'argent.

Carson soupira. Comment avait-il pu espérer que Graham les laisserait passer une soirée tranquille ? Quand il avait une idée en tête, il n'en démordait pas. Un bouledogue après son os, voilà ce qu'il était. Ce qui faisait de lui un as du barreau, mais un frère pénible. Avocat de la Newport Corporation, il passait l'essentiel de son temps dans son cabinet d'avocats. Quant à Brooks, leur directeur général d'exploitation, il travaillait la plupart du temps à distance depuis sa propriété au bord du lac Michigan.

Carson, lui, était le P-DG de l'entreprise, ce qui n'empêchait pas ses frères de se mêler de ses décisions.

— Bien sûr. Commençons par virer notre avocat et demandons-lui de restituer la voiture que l'entreprise met à sa disposition.

Graham lui envoya un bon coup de coude dans les côtes, un coup de coude qu'il lui retourna. Avec un grand cri, Graham alla se réfugier à l'autre extrémité du canapé. Carson était habitué à ces agressions : c'était lui le benjamin de fratrie, après tout. Heureusement, il avait appris depuis longtemps à se défendre. Malgré leur âge, les relations entre eux n'avaient guère évolué.

— Tu parles de trouver l'argent, reprit-il, mais tu ne dis pas où. Maintenant, est-ce que tu voudrais bien laisser tomber le sujet que nous puissions regarder le film ?

Graham s'empara de sa bière posée sur la table basse, la mine sombre.

— Comme tu voudras.

Brooks prit la télécommande des mains de son jumeau et mit le programme en route. Le film n'en était qu'au générique.

— Vous savez que Gerty nous botterait les fesses si elle nous voyait boire cette bière pour intellos, fit remarquer Brooks.

Cette fois, Carson poussa un grognement sonore. Brooks avait raison. Gerty préférait regarder ses films avec de simples barres chocolatées et de la bière ordinaire. Si elle était encore en vie, elle leur ferait passer un sale quart d'heure en leur reprochant leurs goûts de luxe, à commencer par cette bière artisanale produite en quantité limitée qu'ils se procuraient en ville.

— Gerty me manque, avoua Brooks en mettant le film sur pause au moment où les images granuleuses en noir et blanc de San Francisco apparaissaient sur l'écran.

— Maman me manque, renchérit Carson.

Ils restèrent quelques instants muets, comme conscients des vides qui s'étaient creusés dans leurs existences. La mort de leur mère avait été soudaine. Hélas, leur quotidien était si chargé qu'ils avaient à peine eu le temps d'assimiler la réalité de sa disparition. Ils étaient seuls à présent. C'était un triste constat auquel il essayait de ne pas penser pour ne pas trop déprimer.

— Quand allons-nous vider sa maison ? demanda Graham.

Ils avaient également évité de s'atteler à ce chantier. La femme de ménage de leur mère s'était occupée de jeter les denrées périssables et de fermer la maison en attendant qu'ils trouvent le courage de s'occuper du reste.

Deux mois s'étaient écoulés, et personne n'avait mis le pied chez elle.

Brooks soupira.

— Il faudra pourtant le faire. On ne peut pas laisser sa maison devenir un sanctuaire poussiéreux.

— Je m'en chargerai, proposa Carson.

Il fut le premier surpris de sa propre déclaration. C'était sorti tout seul.

— Laissez-moi le temps de gérer la transaction du terrain, ajouta-t-il. J'ai l'impression que je vais être très occupé avec Sutton pendant un moment.

Brooks le considéra, ses sourcils blonds froncés d'un air de doute.

— Tu n'es pas obligé de t'y coller en personne.

— J'ai envie de le faire. Me retrouver devant ses affaires me permettra peut-être de me sentir moins…

— Seul ?

— C'est ça.

— Tu ne crois pas que…, commença Graham.

Celui-ci hésita un instant avant de reprendre.

— Tu ne crois pas que nous pourrions trouver des renseignements sur notre père dans ses affaires ?

Carson grimaça. Il s'était posé la même question, sans toutefois la formuler tout haut.

— Maman ne voulait pas qu'on essaie de le retrouver.

— Maman n'a plus voix au chapitre, rétorqua Brooks. Notre père est peut-être le sale type qu'elle nous a toujours décrit, mais il a sans doute des parents. Nous avons peut-être des frères et sœurs, des cousins, des grands-parents… Imaginez que nous ayons toute une famille qui vaudrait la peine d'être connue. N'avez-vous pas envie de connaître nos origines ? Je sais que maman voulait nous empêcher de découvrir la vérité, mais aurait-elle souhaité que sa mort nous laisse aussi isolés ?

— On peut tout au moins essayer, admit Graham. Si nous ne trouvons rien d'intéressant, nous n'aurons pas de regret. Et si ce que nous découvrons nous déplaît, nous nous serons fait notre propre opinion. D'accord ?

Carson hocha la tête. Ses frères avaient raison. Tous les trois avaient le sentiment de n'être enracinés nulle part. Même si les joyeuses retrouvailles familiales qu'ils espéraient secrètement n'étaient pas au rendez-vous, trouver d'où ils venaient mettrait fin à leurs interrogations. S'ils ne découvraient pas la vérité sur leurs origines, la question les hanterait toujours. Leurs parents n'étant pas mariés et le nom de leur père ne figurant pas sur leurs certificats de naissance, fouiller la maison maternelle était le seul moyen de trouver une piste. S'ils n'en trouvaient pas, ils devraient se résoudre à tirer un trait sur leur passé.

— D'accord, finit-il par dire. Si je trouve quelque chose d'intéressant, je vous préviendrai.

Ses frères acquiescèrent à leur tour. Brooks reprit la télécommande et, pour la troisième et dernière fois, lança le film.

- 2 -

— Monsieur Newport ? Mlle Adams désire vous voir.

— Faites-la entrer, s'il vous plaît, répondit Carson à Rebecca.

Une minute plus tard, la porte de son bureau s'ouvrait sur Georgia. Cette fois, ses cheveux blond platine étaient rassemblés en chignon sur sa nuque, une coiffure qui mettait en valeur ses pommettes hautes et son menton pointu. Elle portait un tailleur-pantalon d'un gris presque semblable à la couleur de ses yeux.

La plupart du temps, il s'efforçait de ne pas prêter trop d'attention à l'allure de Georgia. Sans grand succès, il fallait l'avouer. C'était une femme élégante, et qui avait du goût. Étant son employeur, il n'aurait pas dû remarquer qu'elle était très bien faite, ni que son rouge à lèvres brillant rendait sa bouche absolument irrésistible.

Hélas, c'était plus fort que lui. L'avoir embrassée, l'autre jour, sur le terrain, rendait les choses plus difficiles. À présent, il savait l'effet que produisaient ces formes généreuses sous ses paumes et il connaissait le goût de ces lèvres pulpeuses. Le désir qui le tenaillait n'en était que plus fort. Or s'il y avait un moment où il devait se concentrer sur son travail et non sur l'allure sexy de sa directrice des relations publiques, c'était bien maintenant.

— Des nouvelles ? demanda-t-elle en prenant place dans le fauteuil face à son bureau.

— J'ai parlé avec les vendeurs ce matin. Ils n'ont pas encore pris de décision. Je leur ai demandé de nous laisser faire une nouvelle offre avant qu'ils ne choisissent un concurrent. Ce qui ne veut pas dire que Winchester ne contre-attaquera pas.

— Je déteste ce jeu du chat et de la souris, soupira Georgia.

Carson s'appuya contre le dossier de son fauteuil.

— Moi aussi. Quelle autre piste pourrions-nous suivre en attendant ?

— Eh bien…

Georgia tapota l'écran de sa tablette avant de reprendre :

— Nous pourrions essayer de nous entretenir avec Winchester.

Il reposa sa tasse de café, bien content de n'avoir pas la bouche pleine de liquide brûlant. Avait-elle conscience de ce qu'elle venait de proposer ?

— Nous entretenir avec Winchester ? Tu es sérieuse ?

— Pourquoi pas ? répondit-elle avec un haussement d'épaules On peut sûrement le raisonner. Notre projet est d'aider les enfants malades. Comment pourrait-il s'y opposer ?

— On voit que tu n'as pas encore rencontré ce type, s'esclaffa-t-il. Sais-tu qu'il se proclame le roi de Chicago ? Un homme avec un ego aussi surdimensionné ne reculera devant rien pour arriver à ses fins. Prendre contact avec lui ne fera qu'attirer son attention sur le fait que nous sommes en compétition. Il fera monter le prix pour le seul plaisir de nous écraser.

— Tu ne crois pas qu'il est déjà au courant ? Si nous savons qu'il a fait une offre, il a sûrement assez d'oreilles qui traînent pour savoir que c'est aussi notre cas. Ce qu'il ignore peut-être, c'est ce que nous projetons de faire du terrain. Ça pourrait faire une différence et l'inciter à se retirer.

Carson se pencha en avant, les coudes sur le bureau, et lui adressa un sourire ironique.

— Tu sais que tu as l'optimisme chevillé au corps ?

Une étrange expression passa sur le visage de Georgia.

— Possible. Parfois, quand on se trouve dans une impasse, il vaut mieux regarder en l'air, répliqua-t-elle d'un ton énigmatique.

Que répondre à ça ? Cette suggestion n'était pas dénuée de justesse. Après tout, rien ne l'empêchait d'appeler Sutton et de s'entretenir avec lui, les yeux dans les yeux. Winchester était de la vieille école, peut-être apprécierait-il qu'on se conduise en homme avec lui. Il fallait aussi envisager que cela n'arrange rien, tout au contraire. Au moins, il aurait la satisfaction d'avoir essayé de raisonner son adversaire.

— D'accord, tu as gagné, je vais lui téléphoner, finit-il par dire. Mais ne prends pas tes espoirs pour des réalités.

Carson chercha le numéro de Sutton dans son répertoire et le composa sous le regard de Georgia. On y lisait un mélange d'excitation et d'anxiété. Il était presque sûr que ces sentiments céderaient le pas à la déception. Il n'avait pas envie de voir les coins de ces belles lèvres s'abaisser, mais avec un individu comme Sutton… C'était presque inéluctable.

Une femme à la voix pleine d'allant lui répondit.

— Elite Industries, bureau de M. Winchester. Que puis-je pour vous ?

— Carson Newport à l'appareil. Pouvez-vous me mettre en relation avec Sutton, s'il vous plaît ?

— Un instant, monsieur Newport.

Une musique agaçante se mit à tourner en boucle à

l'autre bout du fil. Du bout des doigts, il tapota le bureau nerveusement. Presque deux minutes s'écoulèrent avant qu'il entende des bruits de toux étouffés. Puis une voix masculine, grave et rocailleuse, aboya :

— Carson Newport, si je m'attendais à votre appel ! Dites-moi, que peut attendre Newport Corporation du roi de Chicago ?

D'aller au diable ! Voilà la première réponse qui lui vint à l'esprit, mais il la garda évidemment pour lui.

— Bonjour, Sutton. Je voulais vous parler du projet immobilier que vous avez révélé il y a quelques jours.

— Une merveille, pas vrai ? La plus belle vue sur le lac à des kilomètres à la ronde. J'ai déjà toute une liste d'acheteurs. Seriez-vous intéressé par une maison, Carson ? Je vous réserverais la plus belle. Avec une vue imprenable sur le lac Michigan.

— C'est très aimable de votre part, Sutton, grogna-t-il. Sachez seulement que je ne cherche pas une maison mais un terrain pour construire un hôpital pour enfants.

Il y eut un moment de silence.

— C'est un projet très noble, répondit enfin Sutton.

Le vieux roublard ! Winchester faisait mine de ne pas comprendre où il voulait en venir.

— Entièrement d'accord. L'hôpital pour enfants du Cynthia Newport Memorial sera un atout pour cette ville et un témoignage du travail de ma mère auprès des enfants.

Un silence plus long s'établit sur la ligne. Ne sachant pas ce que méditait Sutton, Carson poursuivit :

— Le problème, c'est que nous nous intéressons au même terrain que vous et que nous avons fait notre offre à peu près au même moment.

— Quel dommage.

Le flou dans lequel Sutton maintenait leur conversation

commençait franchement à l'agacer. Ce filou n'avait pas l'intention de lui faciliter les choses.

— Si je vous téléphone, c'est dans l'espoir de vous faire renoncer à votre projet immobilier et de nous laisser le terrain afin que nous construisions l'hôpital.

— Je crains que ce ne soit pas possible, Carson. J'ai déjà investi beaucoup d'argent dans ce projet. Voilà ce que je vous propose. Demain, à 15 heures, vous m'envoyez votre charmante directrice des relations publiques. Je discuterai avec elle et verrai si nous pouvons parvenir à un accord.

En baissant les yeux, Carson vit qu'il avait poing crispé. Comme s'il était prêt à boxer son interlocuteur ! Il se contraignit à déplier sa main et étirer ses doigts sous le regard intrigué de Georgia qui l'observait.

— Qu'y a-t-il ? souffla-t-elle tout bas.

Il ne put que secouer la tête en levant une main pour lui demander de patienter.

— Ce n'est pas son rôle.

— Ça m'est égal ! jeta Sutton. Elle viendra demain à 15 heures, ou vous devrez trouver un autre endroit pour votre hôpital.

Sur ces mots, sans lui laisser la possibilité de répliquer, ce sale type coupa la communication.

Carson fixa quelques instants le téléphone dans sa main avant de raccrocher. La conversation l'avait ébranlé, et il avait besoin de quelques instants pour se ressaisir.

— Qu'a-t-il dit ? demanda prudemment Georgia.

— Il a refusé.

Pas question de lui faire part des exigences de Sutton. Cet homme avait la réputation d'apprécier les jeunes et jolies femmes : il n'encouragerait certainement pas ses relations féminines à l'approcher, Georgia encore moins.

Même s'ils n'étaient pas liés, il se faisait un devoir de la protéger.

— Je t'avais dit qu'il ne lâcherait pas le morceau.

— Il n'a pas fait que refuser, souligna Georgia. Je veux savoir ce qu'il a dit.

Avec un soupir, il passa une main dans ses cheveux.

— Peu importe ce qu'il a dit. Ce qui compte, c'est qu'il ne veut pas renoncer au terrain.

Georgia haussa un sourcil délicat.

— Explique-moi si tu ne veux pas que j'aille raconter à tes frères que Sutton t'a proposé un marché mais que tu as refusé de l'écouter.

— Qu'est-ce qui te prend ? s'exclama-t-il en bondissant de son siège. Tu te crois dans une cour de récréation ?

Pour toute réponse, elle se contenta de hausser les épaules et croisa négligemment ses belles jambes. Elles lui paraissaient interminables. À vrai dire, il les avait souvent imaginées nouées à sa taille.

— Carson !

Le rappel à l'ordre de Georgia le tira brutalement de sa rêverie. Il leva les mains en signe de reddition.

— D'accord. Il veut te rencontrer, expliqua-t-il d'un air dégoûté.

— Me rencontrer, moi ? Ça n'a pas de sens.

— Au contraire, venant de Sutton Winchester, la proposition n'a rien de surprenant. Il a bien précisé qu'il voulait s'entretenir avec toi et personne d'autre. Je donnerais ma tête à couper qu'il envisage plus qu'une discussion.

Elle sembla tomber des nues.

— Ça alors…, murmura-t-elle enfin.

— Je n'ai pas l'intention de t'expédier dans la gueule du loup, poursuivit-il. D'autant que cette entrevue ne changera rien à l'évolution de notre projet. Il ne nous reste plus qu'à monter notre offre en espérant que ça suffise.

— Non.

Carson fronça les sourcils.

— Comment ça, non ?

— J'irai puisqu'il a demandé à me voir. Je suis peut-être la seule capable de le faire changer d'avis.

— Je ne peux pas prendre ce risque, Georgia. Si ce type pose un seul doigt sur toi, je ne me le pardonnerai pas.

Elle eut un sourire plein de malice, souligné par son rouge à lèvres flamboyant.

— Je ne suis pas une oie blanche, Carson. J'ai beau porter des vêtements élégants et avoir une bonne éducation, à une époque, je devais me bagarrer quotidiennement pour survivre. Je sais me défendre. S'il a un geste déplacé, je lui expédierai une bonne dose de bombe au poivre.

À présent, c'était à son tour d'être choqué. Il imaginait Sutton Winchester — le roi de Chicago — se rouler par terre en hurlant et en se frottant les yeux. Mais cela valait-il la peine de mettre Georgia en danger ?

Il se rappela soudain la promesse qu'il avait faite à ses frères : il avait juré de mener à bien ce projet d'hôpital. Et pour y parvenir, il devait utiliser toutes les armes en sa possession, même si cela signifiait la jeter dans les griffes de cet individu exécrable.

— D'accord, vas-y, finit-il par soupirer. Mais à une condition. Tu emmènes Big Ron avec toi.

Le responsable de la sécurité de Newport Corporation était un ancien haltérophile. Une fois, il avait accidentellement brisé la mâchoire d'un homme en le frappant au visage. Il réduirait Sutton en bouillie, si nécessaire.

Après quelques instants de réflexion, Georgia hocha la tête.

— D'accord. Mais il restera dans le couloir et n'interviendra que si je l'appelle.

— Puis-je vous offrir quelque chose à boire ?

— Non, merci, monsieur Winchester.

Installée dans un fauteuil face au bureau en chêne de Sutton Winchester, Georgia triturait le col de son chemisier. C'était plus fort qu'elle. Après la mise en garde de Carson, elle avait choisi de revêtir un pantalon et une veste plutôt qu'un tailleur et boutonné son chemisier jusqu'en haut.

Cela faisait longtemps qu'elle n'avait pas adopté une allure aussi stricte. Probablement depuis l'époque où elle vivait chez Mme Anderson. Cette bigote fanatique jurait que le moindre bout de peau découvert était une invitation au péché pour l'homme le mieux intentionné du monde. Pourtant, après avoir été une adolescente dégingandée, la jeune femme qu'elle était devenue aurait eu du mal à cacher ses formes sous un pull à col roulé.

Et maintenant elle sentait le regard de Sutton la dévorer. Malgré la chaleur écrasante de ce mois de juillet, elle aurait volontiers porté un gros manteau.

Après s'être servi à boire, Sutton se réinstalla dans son fauteuil. Elle resta songeuse : l'homme qui lui faisait face ressemblait peu à la photographie aperçue l'autre jour dans un journal. Il était encore grand et relativement bel homme, mais les yeux verts qui l'observaient avaient perdu leur éclat, ce qui rendait d'autant plus évidentes les poches sous ses yeux et les rides sur son front. Malgré son large sourire, il semblait avoir dix ans de plus.

— Ainsi donc, mademoiselle Adams, vous avez accepté de me rendre visite ?

— Oui.

Avec un hochement de tête, Sutton se pencha en avant de manière à réduire l'espace entre eux.

— Je parie que vous vous demandez pourquoi je vous ai fait venir.

— À vrai dire, oui. Je ne suis pas la personne la plus qualifiée pour parler du projet de Newport Corporation concernant l'hôpital, mais je ferai de mon mieux. L'hôpital pour enfants actuel est un dinosaure. Équipement obsolète, trop peu de chambres, personnel insuffisant compte tenu du nombre de jeunes patients nécessitant des soins. Nos projets pour le nouvel hôpital comprennent une technologie de pointe…

D'un geste de la main, le promoteur la fit taire.

— Ne vous donnez pas cette peine, mademoiselle Adams. Pour être franc, je ne vous ai pas invitée pour que nous parlions de nos dissensions autour de ce terrain.

Malgré la mise en garde de Carson, elle éprouva un choc en entendant cette phrase. Pourquoi avait-il fallu qu'elle se jette dans le piège, les yeux fermés ? Son sac serré contre elle, elle glissa discrètement une main à l'intérieur et referma les doigts sur sa bombe à poivre.

— Puis-je vous demander pourquoi vous m'avez fait venir, monsieur Winchester ?

— Appelez-moi Sutton, je vous en prie, dit-il avec un sourire censé la charmer mais qui alimenta un peu plus sa méfiance.

Au cours des années où elle avait vécu en famille d'accueil, elle avait appris à juger les gens. Et il ne lui avait fallu que quelques instants pour comprendre que cet homme était dangereux.

— Je vous ai vue récemment aux informations, vous parliez du parrainage d'un événement caritatif par Newport Corporation. Vous m'avez impressionné, suffisamment pour que je demande à des employés d'étudier votre parcours professionnel. Vous possédez un CV impressionnant pour quelqu'un de votre âge.

Ce compliment la laissa de marbre. Naturellement, elle était fière de son parcours. Elle avait travaillé dur pour ne pas donner raison aux tristes statistiques qui promettaient un sombre avenir aux enfants passés par des familles d'accueil. Obtenir un poste à Newport Corporation avait été la consécration de ses efforts. Il n'en restait pas moins qu'elle n'appréciait guère les louanges de Sutton Winchester. Peut-être à cause de la façon dont il la regardait ?

— Je vais aller droit au but, reprit-il. Mon directeur des relations publiques vient de prendre sa retraite et je n'ai pas un seul candidat capable de vous arriver à la cheville.

Georgia se força à esquisser un sourire flatté.

— Heureusement pour eux, j'ai déjà un poste.

— Certes. Mais, à mon avis, vos compétences ne sont pas suffisamment exploitées.

En voyant Sutton se lever de son fauteuil et s'approcher d'elle, elle retint son souffle. Quand il s'installa sur le coin du bureau, le bas du pantalon de l'homme d'affaires frôla sa cheville, et elle recula vivement ses jambes sous son siège.

— Que me proposez-vous, monsieur Winchester ?

— De travailler pour moi.

Il n'en était pas question. Les impitoyables méthodes de travail de ce type lui déplaisaient, elle ne se sentirait jamais à l'aise sous sa direction.

— Pourquoi accepterais-je ?

— Tout d'abord parce que ce serait un formidable coup de pouce pour votre carrière, répondit en riant Sutton. Je suis sûr que vous désirez le meilleur, et seul Elite

Industries peut vous l'offrir. Il y a des avantages de taille à travailler pour nous. Nous proposons une garderie en interne, un centre de fitness, un mois de vacances pour commencer. Et puis un jour par semaine de télétravail.

C'était évidemment alléchant. Si elle avait été intéressée, ce qu'elle n'était pas.

— Sans parler de la prime d'embauche.

Elle décida d'attaquer. Elle avait fait des recherches sur le marché pour comparer son salaire avec ceux de ses pairs : elle n'était vraiment pas à plaindre. Si la proposition de Winchester était aussi intéressante qu'il le prétendait, il devrait avancer des chiffres solides.

— De quelle somme parlons-nous ?

— Un million.

Georgia écarquilla les yeux. Elle ne s'attendait certes pas à une telle somme. S'il offrait un million de dollars de prime d'embauche, à quel montant s'élevait le salaire ?

— C'est très généreux, bredouilla-t-elle. Où est le piège ?

— Fine mouche, fit-il remarquer avec un sourire matois. On n'obtient rien sans rien dans ce monde, comme vous paraissez en être consciente. Ceci dit, je n'aime pas vous entendre dire que ma proposition serait malhonnête. Il s'agit plutôt d'une… avance sur un arrangement bénéfique pour nous deux. Voyez-vous, j'aimerais que vous deveniez pour moi davantage qu'une employée, Georgia.

Il avait prononcé ces derniers mots avec le même naturel que s'il lui avait proposé de prendre un verre. Et elle hésita quelques instants. Avait-elle bien compris ? Lui demandait-il d'être sa maîtresse ? Carson l'avait prévenue, Sutton était un séducteur invétéré. Pourtant, elle ne s'attendait guère à devoir rendre des services sexuels à quelqu'un, comme s'il s'agissait d'un poste à pourvoir au sein de son entreprise. Sa maîtresse aurait-elle également pris sa retraite ?

— Je suis flattée, monsieur Winchester. Vraiment. Mais je vais devoir refuser. L'une et l'autre proposition, ajouta-t-elle d'un ton sans équivoque.

Elle vit passer une ombre de déception sur le visage fatigué de Sutton. Une ombre qui s'effaça aussitôt.

— Vous n'êtes pas obligée de prendre une décision tout de suite, insista-t-il. Rentrez chez vous et réfléchissez. Songez à ce que vous pourriez faire avec un million de dollars. Je patienterai jusqu'à ce que vous changiez d'avis.

Elle ne changerait pas d'avis pour tout l'or du monde. Ce type aurait pu être son père. De toute façon, il n'était pas son genre d'homme. Avec trente ans de moins, il lui aurait peut-être plu au premier coup d'œil, mais c'était un être infect. Ni son argent, ni son charisme ne pourraient rien y changer.

D'ailleurs, même s'il était l'homme le plus beau et le plus vertueux de la terre, elle refuserait toujours de travailler pour lui en étant sa maîtresse. Il était déjà assez regrettable qu'elle ait embrassé Carson dans un moment d'égarement. Elle avait franchi une limite et le regrettait depuis. Enfin, elle le regrettait en partie. Embrasser Carson lui avait donné envie d'aller plus loin avec lui. Cependant, elle était décidée à mettre fin à cette folie. Coucher avec son employeur ? Ce serait une erreur grossière. Pas question de gâcher son avenir à Newport Corporation.

Accomplir, jour après jour, du bon travail au sein de l'entreprise était son unique but. Avec Carson évoluant autour d'elle, ce serait impossible. La situation finirait forcément par devenir bizarre. Fantasmer sur lui était déjà assez gênant : obéir à ses pulsions serait catastrophique. L'ingérence de Sutton dans leur projet les avait distraits du problème. Une fois le marché conclu, Carson et elle devraient affronter leur acte.

— J'y réfléchirai, monsieur Winchester, mais ma réponse ne variera pas. Maintenant, que faisons-nous au sujet de l'hôpital pour enfants ?

— Ma réponse n'a pas non plus varié. Nous combattrons à la loyale et le meilleur, ou plutôt, le plus riche, l'emportera. À moins, bien sûr, que vous ne reconsidériez ma proposition... Si vous changez d'avis, j'en changerai peut-être aussi.

C'était encore pire que ce qu'elle imaginait. Il exerçait sur elle un chantage en se servant d'une noble cause comme d'un moyen de pression. Elle souhaitait de tout son cœur aider les enfants malades : pas à ce prix. Elle avait grandi dans une situation très difficile, certes, mais sans renoncer à ses principes pour autant.

N'ayant rien à ajouter, elle se leva et glissa la bandoulière de son sac à son épaule.

— Je pense que la discussion est terminée, dit-elle.

Winchester se précipita pour lui serrer la main. Il la retint plus longtemps que nécessaire, et la caressa du pouce. Un geste qui la dégoûta littéralement.

— Réfléchissez à ma proposition, Georgia. Beaucoup de parents feraient n'importe quoi pour sauver leur enfant malade. À bien y regarder, le sacrifice n'est pas si énorme pour soulager tant de gens, ne croyez-vous pas ?

Elle arracha sa main et la frotta sur son pantalon pour se débarrasser de cette sensation atroce.

— Bonne fin de journée, monsieur Winchester.

- 3 -

— Il a fait quoi ?

Si Carson perdait rarement son sang-froid au bureau, il avait dû crier assez fort pour qu'on l'entende du rez-de-chaussée. Même Georgia s'était recroquevillée sur elle-même d'un air inquiet.

— Désolé, ajouta-t-il plus doucement. Dis-moi juste que j'ai mal entendu.

Elle ne répondit pas. C'était bien inutile. Cette attitude de repli, ce dos voûté, ce regard vide, ces bras serrés le long du corps suffisaient à le convaincre qu'il avait bien entendu.

Il avait toujours su que Sutton était un sale type. Cette fois, il avait dépassé les bornes.

— Ne m'oblige pas à répéter, dit-elle d'une voix éteinte.

Il combattit l'envie de la prendre dans ses bras et de la rassurer. Après ce qu'elle venait de vivre, laisser un homme la toucher était sans doute le dernier de ses souhaits. D'ailleurs, à en juger par la rapidité avec laquelle elle avait fait marche arrière après leur baiser, l'autre jour, elle n'avait sans doute pas envie que cela se reproduise.

Cette conversation nécessitait peut-être un changement de décor.

— Je t'offre un verre ? proposa-t-il.

Georgia consulta sa montre et soupira.

— Pourquoi pas ? Je ne ferai plus rien de bien aujourd'hui.

La réponse manquait d'enthousiasme. Mais il ne s'attendait pas à autre chose étant donné qu'elle sortait tout juste du bureau de Sutton. Son portable en poche, il l'accompagna à l'ascenseur. Ils descendirent la rue jusqu'au pub irlandais que ses frères et lui fréquentaient assidûment depuis des années.

La journée de travail n'étant pas terminée, le bar était encore peu fréquenté. Ils prirent place dans un coin reculé. Carson commanda un verre de cidre brut pour Georgia et une Guinness pour lui.

Une fois qu'ils furent servis, le silence s'établit. Il ne voulait surtout pas exercer de pression sur elle. Seulement, il avait besoin de connaître toute l'histoire pour la raconter à ses frères. Brooks et Graham seraient furieux d'apprendre jusqu'où était tombé Winchester.

Georgia but une grande gorgée de cidre et soupira.

— La conclusion de cette histoire, c'est qu'il ne renoncera pas au terrain. Il se moque que nous projetions de construire un hôpital pour enfants ou un centre d'accueil pour réfugiés. Enfin, ce n'est pas tout à fait exact. Il pourrait reconsidérer sa position si j'envisageais d'accepter son offre généreuse.

Il crispa sa main si fort sur son verre qu'il craignit de le briser.

— Quel était le contenu de cette offre ?

— Tout d'abord, il m'offre un poste de directrice des relations publiques avec à la clé une prime d'embauche d'un million de dollars.

Tout cela n'était guère surprenant. Sutton cherchait régulièrement à attirer chez lui des employés de ses concurrents. À cause de ses méthodes déloyales, Newport Corporation avait perdu plusieurs cadres très performants. Qui offrirait une prime à sept chiffres, après tout ?

— Winchester n'est pas vraiment connu pour sa générosité.

— Je ne qualifierais pas non plus son offre de généreuse, dit-elle en riant. Il faut tenir compte des petits caractères. Il fallait aussi que je devienne sa maîtresse. Dans ce cas, et seulement dans ce cas, il envisagerait de renoncer au terrain.

— A-t-il eu des gestes déplacés ?

Il détestait poser la question mais qu'importe : si Winchester s'était montré incorrect, Georgia devrait porter plainte. Ils pourraient le poursuivre au civil et traîner son nom dans la boue.

— Pas vraiment, répondit-elle en frottant ses paumes l'une contre l'autre. Il m'a tenu la main plus longtemps que je ne l'aurais souhaité, c'est tout. Ça aurait pu être pire.

— Tant mieux ! s'exclama-t-il.

La seule idée que ce vieux pervers pose une main sur Georgia lui donnait envie de démolir le mur à coups de poing. Il se reprochait déjà de l'avoir laissée rendre visite à Winchester. Si celui-ci l'avait physiquement agressée, il ne se le serait pas pardonné.

— Je suis navré que tu aies dû vivre tout ça. Ce type est encore pire que je ne l'imaginais. Où était Ron pendant ce temps ? J'avais demandé qu'il t'accompagne.

— Il l'a fait. Je l'ai juste prié d'attendre dans la salle d'attente pendant l'entretien.

— Tu ne l'as pas appelé quand Sutton s'est montré insistant ?

— Non. Comme je te l'ai expliqué, il ne m'a pas vraiment touchée. Il m'a juste fait une proposition malhonnête. Je sais, je sais, ajouta-t-elle en levant une main pour l'interrompre d'un air coupable, j'aurais dû appeler Ron. Quoi qu'il en soit, j'avais la situation sous contrôle. Mon doigt était rivé en permanence à la détente de ma bombe à poivre. Sutton est sûr de lui et arrogant. Il est aussi malin. Il n'agressera pas une femme dans son bureau. Qu'elle en sorte en hurlant serait mauvais pour les affaires.

C'était sans doute vrai. La seule chose que ce type préférait aux femmes, c'était l'argent. Ce constat n'était guère rassurant pour autant. Georgia se croyait capable de se défendre, mais on pouvait nourrir quelques doutes.

C'était une petite femme. Aux formes généreuses, mais petite. Avec ses cheveux platine qui ondulaient et son corps superbe, où qu'elle aille, elle attirait les regards des hommes. Elle avait attiré le sien à l'instant où ils s'étaient rencontrés. Il avait même hésité à l'engager pour se réserver la possibilité de l'inviter à dîner. Fort heureusement, la raison avait fini par l'emporter. Elle était intelligente, expérimentée, la parfaite candidate pour le poste.

— Écoute, Georgia, je tiens à te présenter mes excuses.

— Franchement, tu n'y es pour rien. Tu m'avais prévenue. Simplement je n'imaginais pas qu'il serait aussi entreprenant.

— Je suis vraiment navré de ce qui s'est passé, insista-t-il. Mais ce n'est pas à ce sujet que je tenais à m'excuser. Il s'agit du baiser au bord du lac.

L'expression de Georgia se durcit. Amener la conversation sur ce sujet semblait la gêner.

— Voyons, je…

— Non. Laisse-moi te dire une chose. Sur le moment, t'embrasser me semblait parfaitement normal. À la lumière de l'incident d'aujourd'hui, je vois à quel point c'était déplacé. Je ne vaux pas mieux que lui.

— Ne dis pas de sottises, répondit-elle en l'attrapant par la main. Tu ne peux pas un instant te comparer à cet homme !

Carson plongea le regard dans les yeux gris de Georgia, notant au passant les paillettes vertes qui constellaient ses iris. C'était une couleur inhabituelle, qu'il n'avait vue nulle part ailleurs. Ce regard semblait le transpercer, comme si elle lisait en lui comme dans un livre ouvert. Cette idée le mettait mal à l'aise. Il baissa les yeux sur leurs mains toujours enlacées sur la table.

C'est à cet instant seulement qu'il prit conscience de l'infinie douceur de sa peau. Tandis qu'il serrait ces doigts fins et graciles, son sang se mit à bouillir. Il se rappela la sensation qu'il avait éprouvée en l'embrassant. Il lui faudrait sûrement du temps pour oublier ce baiser.

Il ne comprenait pas pourquoi elle l'attirait autant. Certes, Georgia était belle mais il avait eu sa part de belles femmes. Elle était intelligente et drôle, et il avait aussi connu des femmes possédant ces qualités. Pourtant, aucune ne l'avait affecté comme Georgia. Il lui suffisait de deviner les effluves de son parfum dans les couloirs de l'entreprise pour perdre la tête.

S'il détestait Sutton pour avoir fait des avances à Georgia, en même temps, il le comprenait. Elle avait le pouvoir d'ensorceler un homme sans même y penser. Si un million de dollars représentait une broutille pour un requin comme Winchester, surtout quand l'argent sortait du compte de l'entreprise, cela restait une offre alléchante.

En levant les yeux, Carson se rendit compte que Georgia semblait tendue. *Mince*, il lui tenait toujours la main, comme s'il risquait d'être effacé de la surface de la terre s'il ne s'y cramponnait pas.

Il la lâcha tout de suite.

— Désolé. Mon attitude aggrave probablement la situation. Je… J'ignore pourquoi je n'arrive pas à maintenir une distance professionnelle quand je suis près de toi. C'est la première fois que je rencontre ce problème.

Avec un hochement de tête, elle termina le contenu de son verre, sans croiser son regard.

— Je comprends. Nous sommes des êtres humains, après tout. Nous travaillons souvent ensemble. Forcément, la tentation est là. Mais nous sommes forts et suffisamment intelligents pour lutter.

C'étaient de belles paroles. Pourtant, quand il la regarda, il douta qu'elle soit convaincue de ce qu'elle disait. Et puis elle avait employé un pluriel : elle était attirée par lui. Ce qui expliquait sa réaction enthousiaste à son baiser. Éprouver cette attirance était une chose ; la savoir partagée compliquait mille fois la situation. Ils devaient se concentrer sur un travail dans lequel ils excellaient, ce qui leur offrirait la meilleure des distractions.

À ce propos, un problème urgent restait à régler.

— Alors, comment allons-nous réagir ? demanda-t-il. Il faut que nous obtenions ce terrain en dépit des prétentions de Sutton.

Une lueur malicieuse éclaira les yeux gris de Georgia quand elle déclara :

— À présent, nous allons jouer sans être *fair-play*.

Souris. Regarde l'appareil. Concentre-toi.

— Je voudrais tous vous remercier d'être là aujourd'hui, commença-t-elle en ignorant les éclairs des flashs et les micros qui se tendaient vers elle.

Étant directrice des relations publiques, elle donnait régulièrement des conférences de presse. Mais les appareils photo la rendaient toujours nerveuse. Cette fois encore plus. Cette intervention pouvait inverser la tendance concernant la transaction du terrain, il n'était pas question qu'elle échoue.

— La Newport Corporation est une entreprise familiale. Elle a été créée par les frères Brooks, Graham et Carson Newport. Au départ modeste affaire immobilière, elle fait désormais partie des grandes. Carson Newport, son P-DG, m'a confié un jour qu'il avait eu le sentiment de réussir quand ses frères et lui avaient pu acheter une maison à Cynthia, leur mère, et lui permettre de prendre une retraite bien méritée. C'est à cause de l'amour que les trois frères portent à leur mère que je vous ai réunis aujourd'hui. Le temps libre qui s'offrait à elle, Cynthia l'a mis à profit pour s'engager auprès des enfants malades de l'hôpital local. Elle a passé des heures à leur lire des histoires, à jouer avec eux, pour qu'ils oublient, même momentanément, la douleur et la peur qui les assaillaient quotidiennement.

Elle leva les yeux de ses notes pour observer son public avant de reprendre :

— Nous avons tous été choqués et attristés d'apprendre le décès brutal de Cynthia, il y a deux mois, victime d'une rupture d'anévrisme. Elle n'avait que cinquante-cinq ans. Ses fils ont décidé que la meilleure façon d'honorer sa mémoire était de mettre leurs moyens financiers et leur talent au service de la cause qui lui tenait tant à cœur. Mesdames, messieurs, j'ai le plaisir de vous présenter les plans de l'hôpital pour enfants du Cynthia Newport Memorial.

Le temps de soulever une grande page vierge d'un chevalet posé près d'elle, elle découvrit un dessin d'artiste représentant l'hôpital de leur rêve et attendit que les flashs des appareils photo se calment avant de poursuivre.

— Le Cynthia Newport Memorial sera l'établissement

pédiatrique le plus performant du pays. Il disposera d'une technologie de pointe, des meilleurs traitements et de l'équipe la plus qualifiée possible.

Du coin de l'œil, Georgia aperçut Carson derrière la foule des journalistes, semblable à un demi-dieu, mi-humain, mi-immortel. Juste assez réel pour qu'elle ait l'impression d'avoir sa chance avec lui et suffisamment abstrait pour qu'elle garde la tête sur les épaules.

Non sans mal, elle s'arracha à sa contemplation et reprit le fil de son discours.

— Après des recherches intensives, la Newport Corporation a trouvé l'endroit idéal pour la construction d'un établissement surplombant le lac Michigan. Malheureusement, nous ne sommes pas les seuls intéressés par ce terrain. Récemment, Elite Industries a dévoilé, peut-être prématurément, son projet de construction d'un luxueux complexe immobilier sur le bord du lac. Nous espérons de tout cœur réussir à faire de cet hôpital une réalité, indépendamment de la somme d'argent que nos concurrents sont prêts à injecter dans leur projet. Cette ville a bien davantage besoin d'un hôpital pour ses enfants que de logements de luxe pour les nantis de Chicago.

Elle fit disparaître la représentation de l'hôpital pour dévoiler un hashtag destiné à soutenir une campagne médiatique.

— Manifestez votre soutien en intervenant sur les réseaux sociaux avec le hashtag *#NewportMemorial4Kids* et faites connaître votre sentiment sur cette affaire. Ensemble, nous pouvons réussir l'exploit de faire de ce rêve une réalité.

Georgia répondit ensuite aux questions des participants concernant le projet avant de mettre fin à la conférence de presse. Après avoir rassemblé ses documents, elle rejoignit Carson et Brooks.

— Qu'en pensez-vous ? s'enquit-elle avec anxiété.

— Tu as été parfaite, répondit Carson avec un sourire ravi.

— Après ça, Winchester n'a plus une chance auprès du vendeur, renchérit Brooks en agitant son téléphone portable. Deux stations de radio ont retransmis la conférence et deux cents tweets ont déjà utilisé notre hashtag. Quand la conférence sera rediffusée au journal télévisé de ce soir, ce sera un raz-de-marée.

Elle poussa un soupir de soulagement. Restait à espérer que son plan fonctionne. Si les propriétaires privilégiaient l'argent, Winchester pouvait encore remporter le marché.

Lorsque les journalistes se dispersèrent, les deux frères et elle regagnèrent l'étage de la direction. Dans le bureau de Carson, Brooks sortit une bouteille de scotch pour fêter le succès de la conférence.

— Un petit verre, Georgia ? proposa-t-il. Tu l'as bien mérité.

— Je n'y tiens pas.

L'effet de l'adrénaline étant en train de s'estomper, elle se sentait vidée.

— Si ça ne vous fait rien, je vais rentrer et regarder les infos sur mon canapé en grignotant quelque chose.

Carson sembla déçu par cette réponse.

— Je comprends, dit-il. Garde tout de même ton téléphone à portée de main. Si le vendeur accepte notre offre, tu seras la première à le savoir.

Avec un signe de la main, Georgia se glissa dans le couloir, puis gagna son bureau où elle rassembla prestement ses affaires. Si elle réussissait à être à la station de métro dans les dix minutes qui suivaient, elle attraperait le train express.

Elle se retrouva chez elle une demi-heure plus tard et poussa un soupir de béatitude. Elle aimait son appartement, acheté dès qu'elle avait obtenu son premier emploi stable dans une entreprise importante. À l'époque, elle pouvait difficilement se le permettre, mais c'était si bon de se sentir vraiment chez soi, enfin !

Son enfance n'avait pas été heureuse. À sa naissance, sa mère était une adolescente en cavale. Il ne lui restait que de vagues souvenirs de ses premières années. Par la suite, son assistante sociale lui avait appris que sa mère avait développé une addiction à l'héroïne et qu'elle se prostituait pour obtenir de quoi se droguer. On l'avait retirée à sa mère et placée dans une famille d'accueil quand elle avait seulement trois ans.

À partir de là, elle avait eu l'impression d'être devenue une balle de ping-pong rebondissant de lieu en lieu. Elle ne passait jamais plus d'une année dans une famille. Nulle part elle ne s'était sentie chez elle. Oublier son enfance à Detroit avait été une étape importante, mais elle avait assez souffert de vivre dans des maisons mal tenues, avec des parents d'accueil sévères, voire violents, et de n'avoir que des affaires d'occasion, pour apprécier ce qu'elle possédait à présent.

Cet appartement représentait tout ce qu'elle avait toujours désiré. Les murs étaient peints de couleurs chaudes et le canapé recouvert de coussins. Même si elle ne se mettait jamais aux fourneaux, la cuisine disposait d'un équipement dernier cri. Elle aurait pu nager dans sa baignoire et accueillir une réception dans sa douche. Et du fait qu'une femme de ménage venait une fois par semaine, l'endroit était toujours impeccable.

Elle adorait cet endroit, c'était le refuge idéal pour échapper au monde. La plus longue, la plus pénible journée de travail ne parvenait pas à effacer son sourire quand elle franchissait la porte d'entrée.

Elle se plia comme d'habitude au rituel du soir. Après avoir posé son sac, elle disparut dans la chambre pour se changer et en émergea dix minutes plus tard avec un chignon, débarrassée de toute trace de maquillage et vêtue de son pyjama préféré. Elle se versa un verre de pinot et commanda son dîner chinois favori avant de s'effondrer sur le canapé.

Le livreur se présenta quelques minutes avant le début du journal télévisé du soir. Elle en était à la moitié de son poulet aux épices douces quand la conférence de presse de Newport Corporation fut rediffusée. Se voir à la télé ne lui plaisait guère. Hélas, elle devait souvent en passer par là. Son professeur de diction exigeait qu'elle visionne ses prestations. C'était le seul moyen de déceler ses tics de langage.

Dans l'ensemble, elle ne s'en sortait pas si mal. Sa voix avait naturellement des intonations sensuelles. Dès qu'elle essayait de la modifier, cela sonnait faux. Et elle n'avait que très peu hésité. Le professeur Kline serait fier d'elle.

À la fin du reportage, le hashtag de campagne apparut sur l'écran, et le présentateur encouragea les téléspectateurs à manifester leur soutien. Elle consulta son téléphone pour évaluer la réaction. Il y avait déjà des centaines de posts sur Tweeter et sur d'autres réseaux, parfait !

Georgia mordilla nerveusement l'ongle de son pouce en regardant défiler les posts sur l'écran. Ce plan pouvait marcher, elle l'espérait de tout cœur. L'idée que Winchester leur souffle ce terrain pour y construire des immeubles de luxe lui était insupportable. La vie était souvent injuste, elle-même était bien placée pour le savoir. Pourtant, on pouvait toujours déjouer les pronostics à condition de fournir les efforts nécessaires.

Elle termina son repas sans prêter attention à la suite des informations. Elle attendait que son portable sonne. Il fallait qu'il sonne.

Elle en était à son deuxième verre de vin quand les informations prirent fin. Toujours pas d'appel. Elle se mit à arpenter la pièce, admirant la vue qui s'étendait au-delà des immenses baies vitrées. Sur le ciel flamboyant du couchant, la silhouette sombre de l'horizon urbain se découpait, et les lumières commençaient à s'allumer, métamorphosant peu à peu le centre-ville en constellation scintillante.

Elle était tellement perdue dans ses pensées que la sonnerie du téléphone la fit bondir. Elle courut à la cuisine et s'empara de son portable resté sur le plan de travail. C'était Carson.

Elle retint son souffle en prenant la communication.

— Oui ? murmura-t-elle.

— Notre offre a été acceptée ! annonça-t-il triomphalement. Il paraît que c'était la plus élevée, ils ont décidé de ne pas lancer une guerre des enchères à cause des infos. Nous avons gagné, Georgia ! Et c'est grâce à toi !

Vraiment ? Formidable ! Elle avait presque du mal à en croire ses oreilles.

— Merci, finit-elle par dire. Tu sais, ce n'est pas difficile de s'atteler à un projet comme celui-ci quand la vie d'enfants malades est en jeu. Je suis vraiment heureuse que notre projet voie le jour.

— Moi aussi. Dès que nous aurons signé, je veux organiser une cérémonie monstre pour fêter le premier coup de pioche ! D'abord, nous allons célébrer le lancement du projet par un cocktail, vendredi soir. N'oublie pas tes chaussures de danse !

- 4 -

L'achat du terrain allait vraiment avoir lieu. L'affaire étant entre les mains de leurs avocats, Georgia n'avait rien à faire pour le moment. Dès que le terrain serait officiellement propriété de Newport Corporation, elle devrait s'occuper de la cérémonie de lancement des travaux. Ensuite, il y aurait sans aucun doute des galas de collecte de fonds et mille autres choses à organiser.

Pour l'heure, il s'agissait de fêter leur triomphe.

L'assistante de Carson avait loué un bistrot à la mode sur le Magnificent Mile, l'artère la plus cotée de Chicago. C'est là qu'avait lieu la réception. Le vin coulait à flots, un orchestre de jazz jouait sur une estrade, et les invités semblaient beaucoup s'amuser. Tous les employés, du gardien aux cadres, avaient aimé Cynthia Newport. Ils savaient combien les trois frères ce projet tenaient à ce projet et se faisaient une joie de le voir aboutir.

Les invités avaient revêtu leurs plus beaux atours, enfin, surtout les femmes. C'était un festival de robes plus élégantes les unes que les autres. Elle-même avait opté pour une robe de cocktail d'un ton vieil or, un peu voyante, et en même temps modeste avec son col haut et ses manches longues. L'or s'accordait à la couleur de sa peau et mettait en valeur les nuances plus sombres de ses cheveux. Cette robe n'ayant pas besoin de bijoux pour la sublimer, elle portait de simples diamants aux oreilles.

Pour leur part, les hommes portaient leurs sempiternels costumes. Ce qui ne la gênait pas. Elle aimait voir un homme élégamment habillé. Surtout les frères Newport avec leurs larges épaules et leurs hanches minces qui se déplaçaient dans la salle, un verre à la main. Ils formaient un trio scandaleusement beau. Les femmes célibataires de l'assemblée les considéraient avec envie. Toutes, sauf elle.

Elle se détourna et examina la foule avec une légère retenue. Elle aurait dû se mêler aux gens, bavarder avec eux, mais elle était heureuse de rester dans son coin à regarder les autres s'amuser. Travailler à la Newport Corporation était un réel bonheur, les gens qui l'entouraient étaient sa famille.

Malgré tout, elle ne se sentait pas à l'aise dans ce genre de réunion. Peut-être était-ce une sorte d'héritage de son enfance difficile. Elle avait trop souvent changé de lieu pour se faire des amis. Faute d'avoir une famille sur qui compter, elle observait la marche du monde en spectatrice, sans y participer.

— Bonsoir, Georgia.

Au son de cette voix familière, elle tourna la tête et tressaillit en découvrant Sutton. Il était si près d'elle qu'il lui frôlait pratiquement l'épaule.

Ravalant son irritation, Georgia lui sourit.

— Bonsoir, monsieur Winchester.

Après tout, elle avait gagné la bataille. Elle aurait dû être heureuse de le voir et se réjouir de sa victoire.

— Je vous ai apporté un autre verre, dit-il.

Les yeux baissés sur celui qu'elle tenait à la main, elle s'aperçut qu'il était presque vide. Le plus courtoisement possible, elle accepta celui que lui offrait Winchester.

— C'est très gentil à vous.

— Je ne suis pas totalement mauvais, fit-il remarquer avec un sourire ironique.

— Le jury délibère encore. Mais dites-moi, qu'est-ce qui vous amène à notre petite fête, monsieur Winchester ? Vous ne nous réservez pas de mauvaises surprises, j'espère ?

— Pas du tout. Je suis invité, répondit-il d'un air important. Les frères Newport ont certainement très envie de me jeter leur victoire à la figure. Et moi, pendant ce temps, je me réjouis de boire du vin à leurs frais. De plus, je voulais vous parler.

— À moi ?

Elle le dévisagea d'un air méfiant. À quoi rimait cette histoire ?

— Oui, à vous. J'ai vu la retransmission de votre conférence de presse l'autre jour et je tiens à vous féliciter. Vous avez fait du bon travail en utilisant magnifiquement les médias. Après ce coup d'éclat, le propriétaire n'avait guère d'autre choix que de vendre aux Newport. J'ai sous-estimé votre talent, Georgia. Vous êtes beaucoup plus qu'un joli visage. Ce qui me donne encore plus envie de vous voir intégrer mon équipe. Venez travailler pour moi. Je rajoute deux cent mille dollars au million que je vous avais promis.

Georgia n'en revenait pas. Comment osait-il venir à leur soirée et essayer encore une fois de l'acheter ?

— C'est très généreux, mais la réponse est toujours non, monsieur Winchester.

Elle scruta les visages autour d'elle. Quelqu'un pouvait-il voler à son secours ? Hélas, tout le monde discutait déjà avec animation.

Avec un hochement de tête, il but une gorgée de vin, puis parut réfléchir.

— Je comprends votre loyauté vis-à-vis de Newport, mais avez-vous réfléchi à mon autre proposition ?

Son autre proposition ? Devenir sa maîtresse, c'était ça ? Elle se crispa en sentant Sutton la déshabiller du regard. Elle avait mis une tenue beaucoup moins austère que la première fois. Même décente, cette robe était moulante. Et courte. Et si le devant était tout à fait chaste, le dos était nu. Si seulement elle avait pensé à prendre un châle ! Oh ! ce n'était pas l'envie de lui jeter son verre à la figure qui lui manquait. Mais cela n'aurait pas été professionnel. Il fallait qu'elle se contrôle et s'éloigne de lui dès que possible.

— Je ne suis intéressée par aucune de vos offres, affirma-t-elle fermement. Peu importe le prix que vous y mettrez.

Le promoteur la considéra entre ses paupières plissées. Il semblait perplexe, comme s'il ne saisissait pas ce qu'elle lui disait. Sans doute était-il trop habitué à n'en faire qu'à sa tête pour comprendre qu'elle change les règles.

— Puis-je vous demander pourquoi ?

Georgia se creusa la tête pour trouver une raison indiscutable. Winchester n'était pas bête : il était capable de démonter un argument aussi aisément qu'un avocat durant un contre-interrogatoire. Elle ne devait lui laisser aucun espoir.

— Georgia ?

Brusquement, une idée lui traversa l'esprit. Bonne ou mauvaise, c'était la seule qui lui venait.

— Puisque vous insistez… Je ne deviendrai pas votre maîtresse parce que j'ai déjà un amant.

Il parut choqué, peut-être insulté par sa réponse.

— Qui ?

— Carson Newport.

C'était sorti tout seul. Elle ne fut pas la seule à être surprise. Sutton ouvrait de grands yeux. Il tourna la tête. En suivant son regard, elle découvrit Carson, à quelques mètres de là. Il avait sans doute aperçu la scène et courait à sa rescousse. Mais ce que lui dit l'homme d'affaires le cloua sur place.

— Carson Newport est votre amant ?

Georgia se mordit la lèvre. Devait-elle s'entêter dans son mensonge ? Naturellement, elle n'avait pas songé que les choses déraperaient. À présent, tout dépendait de la réaction de Carson.

Passée la légitime surprise, il la rejoignit pour enrouler un bras autour de sa taille. L'espace d'un instant, elle crut que son cœur s'arrêtait de battre.

— Surpris, Sutton ?

— Pour tout dire, je ne vous en croyais pas capable, avoua son interlocuteur en haussant les épaules.

Carson se pencha pour déposer un baiser torride dans son cou.

— Donne le change, lui murmura-t-il à l'oreille au passage.

Georgia essaya de suivre son conseil et s'abandonna dans ses bras en battant langoureusement des paupières. Pour être honnête, ce n'était pas difficile de feindre un intérêt pour Carson alors que le simple fait de le toucher déclenchait en elle un véritable feu d'artifice.

Elle ouvrit les yeux pour voir Carson se tourner vers Winchester en souriant.

— Dure semaine, n'est-ce pas ? Vous convoitiez un terrain au bord du lac et une femme, je vous ai soufflé les deux. Vous perdez la main, mon vieux.

— Je ne suis pas homme à renoncer aussi aisément. Profitez d'elle tant que vous le pouvez.

Le temps de vider son verre d'un trait, Winchester tourna les talons et gagna à grands pas la sortie.

Une fois seule avec Carson, elle dissimula son embarras derrière sa main.

— Je suis navrée. Il m'a mis sur la sellette et c'est sorti tout seul.

— Pas de problème, répondit-il en posant une main amicale sur son épaule. Ta ruse a marché. Pour le moment, du moins. Je ne jurerais pas qu'il abandonne définitivement la partie. Comme il l'a dit, ce n'est pas son genre. Mais qui oserait entrer en compétition avec moi pour l'affection d'une femme ?

La remarque détendit l'atmosphère. Heureusement, Carson ne voyait rien d'ambigu dans le fait qu'elle l'ait désigné comme son amant.

— Une chance que personne n'ait surpris cette conversation, dit-elle. Je détesterais que des rumeurs circulent sur notre compte.

— Oh ! je dirais que la moitié de la salle t'a entendue lancer mon nom. Ne t'inquiète pas des rumeurs. Ton employeur connaît la vérité, et c'est le seul habilité à te virer.

— Je suis soulagée de l'entendre. Je ne voudrais surtout pas compromettre ma position à Newport Corporation.

— Ce ne serait pas dramatique. J'ai entendu Sutton te proposer un poste intéressant.

La plaisanterie parut beaucoup amuser Carson. Il passa un bras réconfortant autour de ses épaules.

— Allons, viens. Plus question de te cacher dans les coins. C'est aussi ta fête !

S'il pouvait l'éviter, Carson n'allait pas au bureau le samedi. Préserver l'équilibre entre vie professionnelle et vie privée était important, et il insistait pour que ses employés respectent cette philosophie. Voilà pourquoi il fut si étonné de voir une lumière briller en empruntant le couloir. Celle du bureau de Georgia.

Poussé par la curiosité, il s'arrêta devant sa porte en espérant ne pas l'effrayer. Elle paraissait très absorbée par son ordinateur et ne s'attendait certainement pas à voir quelqu'un surgir. Il profita de son inattention pour l'admirer en secret. Il y avait quelque chose d'attirant chez elle. Bien sûr, c'était une femme magnifique en tous points. Et d'infimes détails lui plaisaient chez elle. En ce moment, par exemple, il trouvait le pli creusé entre ses sourcils particulièrement attrayant.

Elle avait attaché ses cheveux en queue-de-cheval et portait un T-shirt moulant et un jean. Tiens, il ne l'avait encore jamais vue vêtue aussi simplement. Même s'il appréciait son souci de l'apparence dans le cadre professionnel, elle lui parut plus jeune et plus naturelle dans cette tenue décontractée.

— C'est très vilain d'épier les gens.

Pris la main dans le sac ! Avec un grand sourire, il croisa le regard amusé de Georgia.

— Je ne m'attendais pas à trouver quelqu'un ici aujourd'hui, avoua-t-il. Encore moins à te trouver en jean.

— Ça pose problème ? D'habitude, le week-end, il n'y a pas un chat ici.

— Aucun. Dis-moi, tu viens souvent travailler le week-end ?

— Oui. J'aime le calme qui règne dans les bureaux déserts. Je peux me concentrer sans être dérangée par des coups de téléphone ou des gens qui passent. C'est vrai qu'avec tes frères vous insistez pour que le personnel préserve sa vie de famille. Encore faut-il en avoir une…

Carson s'efforça de ne pas s'appesantir sur sa remarque.

En toute honnêteté, il savait peu de chose sur elle. Au bureau, elle se consacrait entièrement à son travail, aussi n'abordaient-ils que rarement d'autres sujets. Le bureau de Georgia était impeccable et agréablement décoré, rien de plus. Il n'y avait trace de photos de famille ou d'amis nulle part. Maintenant, il savait pourquoi.

— Et toi ? demanda-t-elle. Que fais-tu là ? Je croyais qu'après tout le champagne d'hier soir les gens dormiraient au moins jusqu'à midi.

Pour sa part, il s'était réveillé avec un léger mal de tête. Rien de dramatique. Quant à la raison de sa présence, c'était une bonne question. Il s'était installé dans sa voiture avec l'intention d'aller ranger la maison de sa mère, comme promis, et il s'était retrouvé au bureau.

— J'avais des trucs à voir.

— Toi, tu cherches à éviter une corvée, fit-elle remarquer avec aplomb.

Avec un soupir, il s'appuya au chambranle de la porte. Était-il si transparent ?

— Ce n'est pas impossible.

— Je peux t'aider ?

Alors que l'idée ne lui en serait pas venue, il s'aperçut d'une chose : la tâche qui l'attendait serait sans doute moins complexe s'il s'y consacrait avec Georgia.

— Non. Tu as sûrement mieux à faire.

— Dis-moi de quoi il s'agit, insista-t-elle.

— Je suis censé nettoyer la maison de ma mère. J'ai promis à Brooks et Graham de m'occuper de tout et de la mettre en vente. C'est ce que je projetais de faire ce matin, mais j'ai atterri ici, je ne sais pas pourquoi.

— J'imagine à quel point ce doit être pénible. Veux-tu que je t'accompagne ? Je serais heureuse de te prêter main-forte. Au minimum, tu aurais mon soutien moral.

Il trouvait l'idée excellente. L'ennui, c'est qu'il avait encore des scrupules.

— Tu es sûre ? La maison est à Kenilworth, à une demi-heure d'ici.

— Je suis sûre, insista-t-elle en referma son portable. En route !

Carson hocha la tête. Inutile de se perdre en vaines polémiques avec elle. Sans même passer par son bureau, ils se dirigèrent vers l'ascenseur. Ils atteignirent le périphérique nord sans avoir échangé une parole.

— Explique-moi de quoi il retourne, finit par demander Georgia. Enfin, si ça ne t'ennuie pas. J'ai l'impression que ce n'est pas un simple déménagement.

Carson agrippa le volant tout en se concentrant sur la circulation. Comment lui expliquer tout cela ?

— Tu veux vraiment connaître la tragique histoire de ma vie ?

— Sur le chapitre du tragique, tu risques d'avoir de la concurrence.

— Parle-moi de toi, alors.

Il préférait de loin entendre Georgia plutôt que ressasser son histoire.

— Pas question, répondit-elle en secouant énergiquement la tête. Je t'ai posé la question en premier ! Et puis si je t'accompagne, je préfère savoir si je mets les pieds dans un champ de mine.

Il prit un instant de réflexion. Brooks et Graham tenaient à ce qu'il déterre la vérité sur leur père. Si Georgia l'aidait à ranger la maison, elle avait le droit de savoir.

— D'accord. Ma mère était notre seule famille. Notre tante Gerty est morte depuis longtemps, et elle n'était pas vraiment liée à nous. Bref, en perdant maman, nous avons perdu tout lien avec nos origines. La prise de conscience a été difficile pour nous.

— Je comprends, dit simplement Georgia. Ta mère vous parlait-elle de ton père ou de sa famille ?

— Rarement. Et quand nous insistions, elle ne disait rien de bon. Elle affirmait que notre père était violent et qu'elle s'était enfuie en pleine nuit quand nous étions encore tout petits. Elle n'a jamais voulu nous dire où nous avions vécu, ni le nom de notre père ou quoi que ce soit sur le passé. Et elle nous a fait promettre de ne jamais effectuer de recherches.

Georgia hocha la tête d'un air compréhensif avant de faire remarquer :

— Ce doit être frustrant. Avoir envie de connaître ses origines et, en même temps, craindre que la vérité soit pire que l'ignorance.

Pour tout avouer, il était presque surpris qu'elle ait aussi bien saisi la situation.

— Exactement. Brooks et Graham souhaitent que je cherche des pistes. Ils sont convaincus que les réponses sont cachées quelque part dans la maison. Personnellement, j'en suis moins certain. Quoi qu'il en soit, je leur ai promis de chercher. C'est notre dernière chance d'apprendre quelque chose sur notre père puisque notre mère a emporté son secret dans la tombe.

C'était peut-être le plus douloureux. Au fond de lui, il avait toujours espéré qu'elle finirait par leur parler. Ils n'étaient plus des enfants, elle n'avait plus rien à craindre de son passé : ils auraient été là tous les trois pour la protéger. Sans doute pensait-elle avoir encore du temps à sa disposition. Hélas, la mort l'avait fauchée sans prévenir.

— Je t'aiderai à découvrir la vérité, dit Georgia.

Tout en quittant le périphérique pour obliquer vers

Kenilworth, Carson éprouva une profonde gratitude. La présence de Georgia lui faisait du bien, et puis elle comprenait.

Il ne put bredouiller qu'un vague remerciement.

— Je ne connais pas non plus ma vraie famille, dit-elle. J'ai été élevée dans des familles d'accueil de Detroit parce que ma mère était une ado en fuite. Elle est tombée dans la drogue et d'autres choses horribles, on m'a enlevée à elle. J'ignore totalement qui est mon père ; je ne connais même pas son nom puisqu'il ne m'a pas reconnue. Cette absence de liens avec son passé et ses origines donne l'impression d'être un vieux morceau de papier ballotté par le vent.

Carson resta muet un long moment. La confession de Georgia était pour le moins étonnante. En même temps, elle lui permettait de mettre en place des pièces du puzzle. Ce que leurs enfances respectives avaient de commun expliquait peut-être pourquoi elle l'attirait tant. Ils étaient tous deux perdus, sans point d'ancrage.

— As-tu gardé des contacts avec ta mère ?

— Non, répondit-elle en fixant ses mains croisées sur ses genoux. Je ne l'ai plus revue depuis mes trois ans, à l'époque où les services sociaux m'ont prise en charge. Je ne saurais même pas à quoi elle ressemble si mon assistante sociale ne m'avait pas donné une ancienne photo d'elle. Je l'ai toujours sur moi.

Elle fouilla son sac et en sortit le document.

Il tourna dans l'allée de sa mère au moment où Georgia lui tendait le cliché. Une fois garé, il examina la photographie jaunie. Une jeune fille blonde portait dans ses bras un bébé aux cheveux d'un blond très pâle. Elle semblait très jeune : pas plus de quinze ou seize ans. Avec ces cheveux longs qui formaient comme un casque autour de sa tête et ce maquillage outré qui ne parvenait pas à dissimuler de gros cernes comme des joues creuses, cette femme exprimait un certain mal-être. On distinguait des marques rouges sur ses bras.

— Je trouve que je lui ressemble, en moins mince, et moins dure. Il n'y a guère de vie dans ses yeux. À part ça, je n'ai aucun souvenir d'elle. Je me rappelle juste les lieux où nous squattions.

À cet instant, il fut infiniment reconnaissant à leur mère de s'être consacrée à leur bien-être, le sien comme celui de ses frères. Ils possédaient peu, mais elle avait fait de son mieux pour les garder en bonne santé. Georgia ne pouvait en dire autant.

Il lui rendit la photo.

— As-tu souvent changé de maison ?

Elle eut un rire amer en la rangeant.

— C'est le moins qu'on puisse dire ! Un bien et un mal. Si la famille était détestable, j'avais au moins la consolation de savoir que je ne m'y éterniserais pas. S'ils étaient gentils et compréhensifs, je pleurais toutes les nuits à l'idée que j'allais devoir les quitter. La seule constante dans ma vie, c'était Sheila, mon assistante sociale. Elle me tenait lieu de famille, d'une certaine façon. C'est elle qui m'a poussée à faire des études universitaires en m'aidant à remplir un million de demandes de bourses. Elle tenait beaucoup à ce que je m'épanouisse dans la vie.

— C'est le rôle qu'a joué notre tante Gerty auprès de nous, expliqua-t-il. À la mort de son mari, elle nous a accueillis chez elle, ma mère, mes frères et moi. Grâce à elle, nous avons eu une vie de famille. Et à son décès, elle nous a laissé suffisamment d'argent pour que nous puissions faire des études et démarrer notre entreprise. Notre mère disait toujours qu'il fallait saisir sa chance et réussir du mieux possible. Sans ce coup de pouce de Gerty, je ne sais pas ce que nous serions devenus. Tout ce que nous sommes, nous le devons à ces deux femmes exceptionnelles.

Georgia lui prit la main. C'était une sensation très agréable. Ils demeurèrent un moment immobiles. Sans doute songeait-elle aussi à tout ce qu'ils partageaient.

Carson regarda devant lui. La maison de sa mère s'élevait tel un monolithe face à eux. À l'intérieur, il y avait les souvenirs, secrets et témoignages de la vie d'une femme. Y pénétrer paraissait aussi choquant que de violer sa tombe.

— Tu es prêt ? demanda Georgia.

— Non, mais entrons quand même.

Ils descendirent de la Range Rover et se dirigèrent vers la porte d'entrée. Lorsqu'il l'ouvrit et qu'ils pénétrèrent à l'intérieur, cette maison qui lui avait toujours paru chaude et accueillante lui sembla aussi silencieuse et froide qu'un mausolée. C'était sa mère qui lui communiquait la vie.

— Par où commence-t-on ? demanda Georgia.

Après avoir regardé autour de lui, il désigna l'escalier.

— Voyons sa chambre. Si elle détient un secret, je pense que c'est là que nous le découvrirons.

— D'accord.

Au pied de l'escalier, Georgia s'arrêta en constatant qu'il ne la suivait pas. Ses yeux gris le questionnèrent.

Il remercia le ciel de cette présence. Heureusement qu'elle était là ! Sans ses encouragements, il ne serait même pas parvenu jusque-là. Il fallait pourtant en finir. S'il ne découvrait rien sur l'histoire de leur famille, tant pis. Ses frères et lui devraient tirer un trait sur le passé. Au moins, ils pourraient avancer.

— J'arrive !

Carson vit alors Georgia lui tendre la main.

— Mon passé est peut-être enfoui à tout jamais, mais nous allons percer le secret du tien. Je le sens.

- 5 -

Le découragement s'empara de Carson. Ils avaient passé au peigne fin la chambre de sa mère, tiroir après tiroir, boîte après boîte. Ils avaient trié ses affaires, mettant de côté ce qui méritait d'être conservé, plaçant dans des sacs ce qui était à donner ou jeter.

Des heures s'étaient écoulées sans découverte intéressante. Pas de squelettes dans les placards, ni de noirs secrets dissimulés au fond d'un tiroir. Ils avaient sondé chaque poche de veste et le contenu du moindre sac à main oublié : on n'y trouvait rien d'autre que des tubes de rouge à lèvres usagés ou d'illisibles tickets de caisse. Il ne restait plus à examiner qu'une collection de boîtes à chaussures empilées sur l'étagère supérieure du placard.

Il examina les boîtes avec lassitude. Peu probable qu'elles contiennent autre chose que des chaussures. Pour la plupart, c'était des articles de marque, achetés depuis que ses frères et lui avaient fait fortune, sûrement : Stuart Weitzman, Jimmy Choo, Christian Louboutin… Cependant, l'une d'elles retint son attention. Située sur le dessus d'une pile, dans le coin le plus inaccessible, elle ne payait pas de mine avec son logo de la marque Hush Puppies aux tons fanés. Sans doute occupait-elle le placard depuis un certain temps…

— J'ai peut-être trouvé quelque chose d'intéressant, annonça-t-il tout haut.

Il se hissa sur la pointe des pieds mais elle était hors de sa portée.

— Ma mère utilisait forcément un escabeau. Bon, je vais descendre chercher une chaise.

— Non. Je suis sûre de l'atteindre si tu me soulèves.

Il la regarda d'un air inquiet.

— Tu veux que je te soulève ? Je ne sais pas si…

— Tu m'offres tes mains croisées pour que je puisse y poser un pied et tu me soulèves.

Aller chercher une chaise aurait été tout aussi simple… Qu'importe, inutile de discuter. Tout ce qu'il voulait, c'était obtenir cette boîte le plus vite possible. Une fois penché, il présenta donc ses mains à Georgia.

— Un, deux, trois, compta celle-ci avant de se hisser en souplesse.

Il la souleva et attendit patiemment.

— Tu peux l'attraper ? demanda-t-il.

— Pas facile… Tiens bon, j'y suis presque !

Une fraction de seconde plus tard, une avalanche de boîtes tomba sur eux. Sous le coup de la surprise, Georgia perdit l'équilibre et s'effondra contre lui. Heureusement, il la retint juste avant qu'elle ne bascule. La sentir tout contre lui le troubla, et il sentit son pouls s'accélérer.

— Ça va ? demanda-t-il en ravalant péniblement sa salive.

Elle posa sur lui un regard abasourdi.

— Euh… Oui. Je ne m'attendais pas à ce qu'elles tombent toutes en même temps.

Georgia se serrait avec insistance contre lui. Il la lâcha, et elle recula. Il prit une grande bouffée d'air dans l'espoir de retrouver son calme. Autant se concentrer sur leur découverte, cela vaudrait mieux.

Plusieurs paires de chaussures s'éparpillaient sur la

moquette, et la boîte de la marque Hush Puppies s'était également ouverte. Comme il fallait s'y attendre, elle ne contenait pas une paire de chaussures vieille de trente ans, mais des papiers qui s'étaient répandus sur le sol.

Ils s'accroupirent et entreprirent de réparer les dégâts. Carson trouva des photographies nouées par une ficelle. Il la dénoua et examina les images. Deux représentaient ses frères et lui enfants, prises apparemment lors d'une matinée de Noël et d'une représentation scolaire de fin d'année. Il y en avait une de sa mère, très jeune, peut-être même adolescente. Ensuite, quelques-unes de sa mère avec des inconnus. Il les retourna : rien n'étant inscrit au dos, impossible de savoir s'il s'agissait de parents ou d'amis.

Il les mit de côté pour s'intéresser à un recueil d'anciennes coupures de presse. La plupart concernaient la disparition d'une jeune fille nommée Amy Jo Turner. Il lut un article : celui-ci relatait seulement les circonstances de la disparition de l'adolescente et l'appréhension des autorités. Son bateau avait été retrouvé vide, dérivant sur le lac. Une chaussure et le pull qu'elle portait au moment de sa disparition avaient été rejetés sur le rivage environ une semaine plus tard.

L'article provenait d'un journal de Houston daté du début des années 1980, avant la naissance de Brooks et Graham. Leur mère n'avait jamais évoqué Houston, encore moins la possibilité d'y avoir vécu. Qui était Amy Jo Turner ? En quoi ce drame la concernait-il ? Elle devait pourtant y attacher une grande importance pour avoir conservé l'article pendant trente ans.

— Carson, s'exclama soudain Georgia. Lis ça.

Il prit l'enveloppe défraîchie qu'elle lui tendait et déplia la lettre qui se trouvait à l'intérieur. Écrite à la main, elle était adressée à sa mère. Il la parcourut hâtivement jusqu'à la signature.

A toi pour toujours. S.

Il la relut depuis le début. Des indices lui permettraient peut-être de percer l'identité de l'auteur.

Ma très chère Cynthia,

Tu n'imagines pas à quel point je souffre d'être éloigné de toi. J'ai conscience de m'être mis tout seul dans cette situation et je ne te prierai jamais assez de m'excuser. On dirait que je détruis tout ce que j'aime. Vous vous en sortirez probablement mieux sans moi, les garçons et toi. J'espère seulement qu'un jour tu pourras me pardonner. Sache que mes sentiments pour toi ne changeront jamais, aussi longue que soit notre séparation. Tu as été et seras toujours l'unique amour de ma vie.

À toi pour toujours. S.

Que tirer d'une initiale ? Carson examina l'enveloppe à la recherche du cachet de la poste. La date lui fit l'effet d'un uppercut en plein menton. Cette lettre avait été postée de Chicago, sept mois avant sa naissance. Cela signifiait forcément quelque chose. Ce S serait-il son père ? Pourquoi n'avait-il pas écrit son prénom en entier ?

— Qu'en penses-tu ? demanda Georgia.

Il la relut une dernière fois.

— Je pense que l'auteur de cette lettre est mon père. C'est un indice, et pourtant je n'ai pas l'impression d'être plus avancé. À quoi peut servir une initiale ?

— C'est déjà beaucoup, dit-elle avec entrain.

Objectivement, oui. Pour autant, il avait du mal à partager l'optimisme de Georgia.

— As-tu fait une autre découverte intéressante ?

Elle feuilleta du pouce un paquet d'enveloppes retenues par un élastique.

— Pas grand-chose. Ce sont de vieilles feuilles de paie. Désolée.

Avec un hochement de tête, Carson se mit en devoir de tout ranger dans la boîte à chaussures.

— Mes frères seront contents. Nous ne revenons pas complètement bredouilles. Je vais leur apporter la boîte pour qu'ils étudient son contenu. Disons que c'est fini pour aujourd'hui.

Ils rassemblèrent sacs et boîtes à chaussures qu'ils transportèrent au rez-de-chaussée. En consultant sa montre, il s'aperçut qu'il avait mobilisé Georgia plus longtemps que prévu.

— Il est drôlement tard, dis donc. Je te prie de m'excuser. J'ai gâché ton après-midi.

— Je n'aurais pas travaillé de toute façon, répondit-elle. Et puis quand j'ai proposé de t'aider je n'ai pas précisé pendant combien de temps.

— Je te remercie beaucoup, insista-t-il. Ça a été plus vite avec toi. J'aurais certainement tâtonné longtemps avant de trouver cette boîte. Il y a encore à explorer, mais tout ce que je cherchais est certainement dans cette vieille boîte Hush Puppies. Pour me rattraper, puis-je t'inviter à dîner ?

Elle le fixa un moment, son nez mutin plissé tandis qu'elle faisait mine de réfléchir.

— Que dirais-tu d'un repas chinois à emporter ? demanda-t-elle enfin.

— Peux-tu me passer la barquette de riz frit ?

Georgia prit le Tupperware et utilisa des baguettes pour

déposer une portion de riz à côté de son poulet au sésame et de son rouleau de printemps. Le restaurant chinois situé à un pâté de maisons de son appartement était le meilleur de la ville. Elle y commandait ses repas au moins trois fois par semaine. Au début, cette suggestion n'avait pas paru enthousiasmer Carson. Sans doute aurait-il préféré l'emmener dans un établissement raffiné, avec serviettes en lin et tout le tralala, mais elle avait insisté pour qu'ils restent chez elle.

En rentrant, ils s'étaient donc arrêtés au restaurant et avaient acheté ensuite un pack de cidre brut à l'épicerie du coin. Encore une de ses idées. Bien sûr, elle appréciait le homard et les vins fins, mais rien ne valait à ses yeux deux barquettes de spécialités du Jade Palace, savourées autour de sa table basse. À présent, Carson semblait ravi.

— Waouh ! s'exclama-t-il après avoir goûté une bouchée de bœuf aux brocolis. C'est excellent !

— Je te l'avais dit. Tout est délicieux. Et vraiment, il faut déguster ces plats assis par terre. Cela rend l'expérience encore plus agréable.

Il retourna en riant à son assiette. Elle qui s'attendait à ce qu'il fasse grise mine à l'idée de manger par terre devant une table basse ! Il s'était plié sans rechigner à sa suggestion.

— J'ai vécu dans une famille où on prenait ses repas autour d'une table basse, expliqua-t-elle. Ils ne regardaient pas la télé, c'était là qu'ils aimaient être ensemble. On parlait et on riait. J'ai beaucoup aimé.

— Ce sont les meilleurs moments, acquiesça-t-il. Il y a des jours où je donnerai mon dernier dollar pour redevenir enfant, regarder des vieux films et manger du pop-corn avec maman et tante Gerty. Avec mes frères, nous nous retrouvons régulièrement pour des soirées cinéma à la maison, mais ce n'est pas la même chose.

Elle vit le visage de Carson s'assombrir tandis qu'il baissait les yeux sur son assiette. Il prit un morceau de bœuf qu'il mâcha d'un air absent. Elle connaissait le chagrin causé par le manque et se consolait en imaginant un avenir radieux.

— Il y aura encore de bons moments, le rassura-t-elle. Un jour, quand tu auras une famille à toi, tes enfants chériront les petits bonheurs que tu partageras avec eux.

— Il me semble que ça n'arrivera pas avant des siècles. Honnêtement, l'idée d'avoir une famille me semble irréalisable. Je travaille tellement. Et même si je trouvais la femme idéale, j'aurais l'impression d'être un imposteur. Comment pourrais-je être père quand j'ignore ce que c'est d'en avoir un ?

— Tu y arriveras. Songe qu'en étant simplement présent tu auras déjà fait beaucoup mieux que les nôtres. Tu es un type bien, Carson, et je ne doute pas que l'art d'être père te vienne tout naturellement.

— Et toi ? Tu ne fonderas jamais de famille si tu passes ton temps libre au bureau.

Comme si elle ne le savait pas ! D'une certaine façon, cela l'arrangeait. À quoi bon démarrer une relation condamnée d'avance ? Comme les gens finissaient toujours par la quitter, elle préférait s'en tenir à des relations superficielles, c'était la meilleure façon d'éviter la déception.

— Pour le moment, la Newport Corporation et mes collègues sont ma famille. Et cela me suffit.

— Tu n'as donc pas de petit ami ?

Elle le considéra avec une certaine curiosité. Sa vie privée l'intéressait-elle vraiment ou se montrait-il simplement poli ?

— Tu n'as pas entendu ? Je couche avec la Newport Corporation.

La dernière bouchée de son plat avalé, elle posa ses baguettes en travers de son assiette. Pourquoi avait-elle dit une bêtise pareille, franchement ?

Parfois, elle ferait bien de réfléchir avant de parler.

En riant, Carson repoussa son assiette puis la regarda d'un air songeur.

— Est-ce que je peux te poser une question ?

— Bien sûr.

Que risquait-elle ? Ils avaient évoqué leur enfance difficile, que pourrait-il y avoir de pire après ça ?

— Pourquoi as-tu dit à Sutton que j'étais ton amant hier soir ?

Eh bien, ça, par exemple. C'était pire.

— Je, euh… C'est venu comme ça, dit-elle en se levant pour ramener les couverts à la cuisine.

Et passer à autre chose, accessoirement.

Cependant, Carson ne l'entendit pas de cette oreille. Il la suivit avec les restes du dîner qu'il posa sur le plan de travail.

— C'est tout ?

Il était si près d'elle que le parfum de son eau de toilette l'étourdissait.

Avec un soupir, elle lui fit face. On n'était plus au collège : elle devait se conduire en adulte.

Le mouvement la rapprocha de lui. Ils se touchaient presque, désormais. Fallait-il qu'elle recule ? Non, ce serait puéril.

— C'était juste un vœu pieux, avoua-t-elle sans pouvoir le regarder dans les yeux.

Il posa une main sur sa taille.

— Georgia ?

S'il la touchait, elle ne pourrait jamais répondre. Il n'avait qu'à tendre la main.

— Oui ?

Carson posant un doigt sous son menton, elle n'eut d'autre choix que de le regarder. Elle sentit ses joues s'embraser. Ces somptueux yeux verts fixés sur elle, il souriait.

— J'espérais que tu le dises.

Elle l'entendit à peine tant son cœur battait fort. Leur baiser de l'autre jour n'était donc pas qu'un simple moment d'égarement ?

— Pourquoi ?

Il l'enlaça pour l'attirer à lui.

— Parce que, allongé dans mon lit la nuit, je pense à notre baiser. Et je rêve de te tenir à nouveau dans mes bras. Je sais que c'est interdit parce que tu travailles pour moi, mais je ne peux pas m'en empêcher. Et maintenant que tu as annoncé à la moitié du personnel que nous sommes amants et que la terre n'a pas cessé de tourner… Je n'ai plus de raison de réprimer mon désir.

Plus il parlait, plus elle tombait sous le charme. Il avait raison. Leur relation professionnelle survivrait à une liaison pourvu qu'ils se comportent en adulte. Leur attirance était indéniable ; y céder ne serait pas dramatique. Leur aventure n'aurait pas de conséquences fâcheuses sur leur travail. Personne ne semblait y attacher d'importance, Sutton excepté.

— C'est vrai, reconnut-elle en croisant son regard sans sourciller.

Il n'eut pas besoin d'autre encouragement pour l'embrasser avec passion. En se hissant sur la pointe des pieds, elle glissa les bras autour de son cou et s'abandonna à l'ivresse de l'instant.

Elle avait trouvé enivrant le baiser sur le terrain, mais ce n'était rien comparé à celui-ci. Il éveillait follement ses sens. Tandis que les mains de Carson exploraient son corps, elle ne songeait qu'à son désir pour lui.

— J'ai envie de toi, murmura-t-elle contre ses lèvres.

Il s'écarta pour semer des baisers le long de sa joue jusque dans le creux de son cou.

— Tu vas m'avoir, gronda-t-il sourdement.

Il s'empara à nouveau de ses lèvres, plus ardent que jamais. Toujours enlacé à elle, il les fit reculer jusqu'à ce qu'elle bute contre la table de la salle à manger. Georgia s'y hissa, Carson lové entre ses cuisses. Elle frissonnait d'excitation tant elle sentait la force de son désir.

Il glissa une main sous son T-shirt pour lui caresser le dos puis, d'un geste, la débarrassa du vêtement qu'il expédia au sol. Il contempla ses seins qui tendaient le fin tissu du soutien-gorge avant de se déshabiller à son tour.

Il fondit sur sa gorge et ce qui apparaissait de ses seins. Elle dégrafa prestement son soutien-gorge et le fit glisser sur ses bras. Elle ne voulait aucun obstacle entre eux. Elle avait tant rêvé de sentir la peau nue de Carson contre la sienne, nue également, et son fantasme était sur le point de se réaliser.

À la vue de sa poitrine dénudée, il poussa un gémissement. Quand il attrapa ses seins, elle en sentit les pointes durcir sous ces mains viriles qui les effleuraient. Puis ce fut au tour des lèvres et de la langue de Carson qui mordit même un téton.

— Carson ! cria-t-elle alors qu'une décharge électrique terminait sa course au creux de ses cuisses.

Elle se cambra pour mieux sentir ce sexe tendu par le désir contre le sien.

— Je n'arrive pas à croire que ça soit enfin arrivé, dit-elle en levant les yeux au plafond.

— Tu peux y croire, ma belle.

Les yeux fermés, Georgia se laissa aller aux sensations qu'il déclenchait dans son corps. Et au moment où elle pensa ne plus supporter longtemps cette délicieuse torture, il entreprit de déboutonner son jean. Elle souleva les hanches pour qu'il le fasse glisser avec sa culotte le long de ses jambes.

Ceci fait, il dévora du regard son corps nu tout en tirant un préservatif d'une poche de son pantalon et en le posant près d'elle sur la table.

Il l'embrassa en faisant courir sa main sur sa cuisse nue et finit par la glisser entre ses jambes, lui arrachant un frisson de volupté.

Quand ses doigts plongèrent en elle, cette fois, elle cria.

— Tu aimes ? demanda-t-il.

— Oh ! oui !

Encouragé par sa réaction, il continua de la caresser jusqu'à ce qu'elle se torde au bord de la table. Il aurait suffi d'un rien pour qu'elle bascule dans l'extase.

— Pas déjà, souffla-t-elle en l'attrapant par le poignet. Je te veux en moi.

— Très bien.

Le regard de Carson resta plongé dans le sien pendant qu'il enlevait son pantalon et mettait le préservatif. Ensuite, il se plaça entre ses jambes.

— Oui, gémit-elle alors qu'il la pénétrait lentement.

Il la prit par les genoux pour l'attirer tout au bord de la table et entrer encore plus profondément en elle.

Il empoigna résolument ses hanches pour la maintenir tout en lui faisant l'amour. Chacun de ces puissants coups de reins déclenchait en elle un véritable brasier. Elle s'arc-bouta, agrippée à la table tandis qu'il accélérait le mouvement.

La vie était extraordinaire. Elle était partie travailler sans rien attendre de sa journée et voilà qu'elle était désormais au bord d'un orgasme prodigieux, en train de réaliser son rêve le plus fantastique. Elle sentait le plaisir suprême monter en elle. Carson savait charmer son corps, comme s'ils étaient de vieux amants.

— Oh oui, c'est bon ! dit-elle d'une voix haletante.

Cet homme semblait vraiment savoir quoi faire pour qu'elle chavire !

Soudain, Georgia se sentit emportée tout entière par l'orgasme. Un véritable tsunami. Elle s'agrippa aux épaules de Carson tandis que les spasmes de plaisir se succédaient en la faisant trembler. Après un dernier tressaillement, elle laissa sa tête retomber en arrière et demeura inerte entre ces bras puissants.

Alors, lui-même s'abandonna à la jouissance.

— Georgia, gémit-il la tête dans le creux de son cou.

Elle le serra contre sa poitrine nue. Puis, à mesure qu'elle émergeait de cette espèce de délicieux brouillard, des pensées virevoltèrent dans sa tête, et la réalité de la situation la frappa comme la foudre : elle venait de faire l'amour avec son employeur sur la table de sa salle à manger !

Avant qu'elle puisse prononcer un mot, Carson se redressa et la prit dans ses bras.

— La chambre ? demanda-t-il.

— À l'étage.

Il l'emporta jusqu'à la grande pièce qui surplombait la pièce à vivre et la déposa sur le lit. Après s'être débarrassé de ce qui lui restait de vêtements, il s'allongea près d'elle.

Quand il l'attira contre lui, elle fut surprise de le trouver de nouveau prêt.

— Encore ? fit-elle.

— Oh ! oui. Et cette fois, dans un bon lit.

— Au moins, je pourrai dire que j'ai étrenné la table de ma salle à manger, dit-elle avec un sourire plein de malice.

- 6 -

— Vous ne croirez jamais ce que j'ai déniché !

Carson parlait affaires avec son frère Brooks dans son bureau quand Graham fit une irruption tapageuse.

Presque une semaine s'était écoulée depuis qu'il avait remis la boîte à chaussures à ses aînés… Et passé la nuit avec Georgia.

Comme d'habitude, le travail avait occupé la majeure partie de leur temps, et il attendait avec impatience le week-end pour la voir en dehors du bureau. Au travail, elle était trop tendue. Si lui se moquait qu'on les sache ensemble, elle semblait mal à l'aise.

Il était tellement pris par les derniers détails de l'achat du terrain de l'hôpital que la boîte à chaussures et son contenu lui étaient sortis de l'esprit.

Graham se laissa tomber dans un fauteuil devant la table où Brooks et lui étaient installés. Ses yeux bleus brillaient d'excitation comme lorsqu'il avançait de manière significative dans une affaire juridique. Ils lui avaient laissé la boîte parce qu'il n'avait pas son pareil pour éplucher des papiers et chercher des indices.

— Eh bien ? interrogea Brooks.

— Eh bien alors que j'examinais les papiers, j'ai été surpris de découvrir plusieurs feuilles de paie venant d'Elite Industries. Il semblerait que maman y ait travaillé avant notre naissance. Elle y serait même restée sept mois avant de te mettre au monde, Carson.

Celui-ci se rembrunit. Leur mère n'avait pas une seule fois mentionné ce détail au cours de toutes ces années. Pas même quand ils se plaignaient de leur redoutable concurrent autour de la table du dîner.

— Je croyais qu'elle travaillait avec Gerty comme serveuse dans un restaurant.

— C'est exact. Jusqu'à ce qu'elle entame le troisième trimestre de sa première grossesse. Puis, après cette période chez Elite, elle est retournée travailler au restaurant. Elle aurait été licenciée rapidement mais je n'ai pas trouvé pourquoi. Les papiers que j'ai trouvés montrent qu'elle a reçu une très généreuse indemnité de licenciement ainsi qu'une élogieuse lettre de recommandation de son patron. Et devinez pour qui elle travaillait chez Elite. Le prénom commence par un S…

Carson sentit brusquement son estomac se contracter. Il n'avait plus du tout envie de savoir où tout ceci les menait.

— Sutton Winchester, dit Brooks d'une voix pleine d'appréhension.

Une appréhension qui faisait écho à la sienne.

— Oui, confirma Graham. Elle était son assistante de direction.

À ces mots, Carson se leva brusquement. C'en était trop pour lui.

— J'ai besoin d'un petit remontant. Quelqu'un en veut ?

— Je crois que ça nous sera utile à tous, dit Brooks.

Carson alla au bar servir trois scotchs avec des glaçons qu'il rapporta à la table de conférence avant de se rasseoir dans son fauteuil avec une moue de dégoût. Sans attendre ses frères, il avala une grande gorgée d'alcool et la laissa circuler jusque dans son estomac vide. L'amertume du breuvage lui faisait le plus grand bien.

— Maman était donc son assistante de direction ? Une sacrée promotion depuis son emploi de serveuse, fit remarquer Brooks en prenant son verre.

Certes. Elle n'était guère qualifiée pour occuper un tel poste. Connaissant Sutton, il n'avait pas envie de se demander ce qui avait emporté la décision. Sa mère aurait-elle vraiment accepté la proposition de ce sale type en échange de services sexuels ? Alors qu'elle était enceinte de six mois de jumeaux ? Mais peut-être qu'elle avait été sa maîtresse bien avant de travailler pour lui…

— Carson ? lança Graham d'un ton inquiet. Est-ce que ça va ? Tu es tout pâle.

Oh ! il n'avait aucun mal à le croire. Il avait la sensation que tout son sang se glaçait tandis que la réalité de son passé s'imposait dans son esprit. Pas étonnant que leur mère ait tenu à ce qu'ils ignorent la vérité. Elle disait que leur père était une personne horrible. S'il s'agissait de Winchester, elle avait mille fois raison. Malgré tout, il n'arrivait pas à se persuader que c'était vrai. Non, ce n'était pas possible ! Et pourtant… Au fond de lui, il sentait grandir sa certitude.

— C'est notre père, jeta-t-il.

Brooks l'observa d'un air suspicieux.

— Comment peux-tu en être aussi sûr ?

— Rappelez-vous la lettre trouvée dans la boîte que je vous ai montrée l'autre jour. Un homme dit qu'il fait souffrir maman, qu'elle lui manque terriblement et qu'il est désolé de ce qui s'est passé. Qu'elle et les enfants s'en sortiront mieux sans lui. Et c'est signé d'un *S*.

— Tu ne vas pas un peu vite ? demanda son frère. Les prénoms qui commencent par S courent les rues.

— Possible, mais nous parlons ici de Sutton Winchester. Figurez-vous qu'il a proposé une prime d'embauche d'un million de dollars à Georgia pour qu'elle vienne travailler chez Elite Industries. Et devienne sa maîtresse, par-dessus le marché !

Graham parut sidéré, son verre de scotch immobilisé à mi-chemin de ses lèvres.

— Tu es sérieux ? Quel répugnant personnage !

— Si c'est ainsi qu'il recrute ses employées et ses maîtresses, l'histoire tient debout. Mettons qu'il ait rencontré maman au restaurant et qu'ils aient eu une liaison. Quand elle découvre qu'elle est enceinte, il lui propose le poste d'assistante de direction afin qu'elle bénéficie d'une assurance médicale et de congés maternité.

Brooks le regarda d'un air pensif.

— S'il s'est donné tant de mal pour la soutenir lors de sa première grossesse, pourquoi l'aurait-il licenciée quand elle t'attendait ? Ça paraît incohérent.

— Je n'en sais rien. D'après la lettre, il semblerait que la décision ne lui ait pas appartenu.

— Il était marié à cette époque, fit observer Graham. Et si sa femme avait eu vent de sa famille clandestine et exigé qu'il mette un terme à sa liaison ?

Brooks éclata de rire.

— On voit que tu ne connais pas Celeste Van Houten ! C'est un glaçon. Je ne l'imagine pas faire une scène pareille.

— Il nous faut des preuves, martela Graham. Seul un test de paternité nous permettrait de connaître une fois pour toutes la vérité. Seulement, je doute que le vieux singe accepte pour nous faire plaisir, d'autant que nous hériterions d'une partie de ses biens à sa mort. Et on ne peut exiger un test de paternité sous le seul prétexte que notre mère a été son employée à l'époque de la conception de Carson. Il nous faut la preuve qu'ils ont eu une liaison.

— Qui était au courant, à part eux ? souligna Brooks.

Graham haussa les épaules :

— Difficile à dire. Sutton n'allait pas crier sur les toits qu'il avait une maîtresse, même si ça nous paraît évident.

— Quelqu'un a dû le savoir, insista-t-il. Peut-être quelqu'un qui travaillait pour Sutton à l'époque, dans ses locaux ou chez lui.

— C'est une piste à suivre. Je vais creuser dans cette direction et voir ce que ça donne. Peut-être aurons-nous la chance de rencontrer quelqu'un qui se souvient…

Graham essayait de se montrer optimiste, mais on sentait le découragement percer dans sa voix. Les chances de retrouver un témoin de cette époque étaient très minces. Les faits remontaient à trente ans. De plus, les employés de Winchester étaient probablement grassement payés pour se taire. Pourtant, si quelqu'un pouvait accomplir ce miracle, c'était bien Graham.

— Nous en savons plus qu'il y a une semaine, renchérit celui-ci en s'efforçant de se montrer positif.

— Exact, acquiesça Carson. Je me demande simplement où cela va nous mener. Admettons que nous obtenions un test de paternité et que ce test confirme que Sutton est notre père. La suite de l'histoire risque d'être explosive.

— Pas pour lui, en tout cas, dit Brooks. Nous allons le faire payer pour ce qu'il a fait à notre mère et à nous.

Carson se tourna vers son frère aîné :

— Comment ? Cet homme n'a pas pour un sou de conscience.

— C'est vrai. Il n'empêche : nous aurions tout autant de droits sur sa succession que les trois filles qu'il a eues avec Celeste. Nous exigerons notre part, ce sera sa punition.

— La plus grosse part ne revient-elle pas à sa femme ?
Graham en profita pour intervenir :

— Ils sont divorcés depuis deux ans maintenant. Les avocats de Celeste ont déjà prélevé sa part. Le reste ira à ses filles. Cependant, Sutton peut modifier son testament et nous inclure. Il suffira de trouver les bons arguments pour le convaincre.

Carson fit de son mieux pour se contenir. Même si Sutton le méritait, il n'aimait pas la tournure que prenait la discussion.

— Très bien, finit-il par soupirer. Nous trouverons le moyen de lui faire passer un test de paternité et nous exigerons notre dû. Il y a juste un inconvénient à tout ça.

— Lequel ?

— Si nous avons raison, Sutton Winchester est notre père. Et maman nous a fait promettre de ne jamais avoir affaire à lui. À l'entendre, il était dangereux et nous étions bien mieux sans lui. Je me suis toujours demandé si elle n'exagérait pas. Je me disais que c'était peut-être quelqu'un de bien. Sauf que si c'est Sutton… il y a des chances pour que nos pires craintes soient fondées.

— Georgia ?

— Oui ?

Georgia leva les yeux de son dîner presque intact et croisa le regard soucieux de Carson. Après avoir tellement désiré passer du temps seule avec lui, voilà qu'elle gâchait leur tête-à-tête. Il avait insisté pour l'emmener dîner dans un endroit chic. Il portait le costume bleu marine à fines rayures qu'elle adorait le voir porter : cette couleur tranchait avec sa peau hâlée et faisait ressortir le vert de ses yeux. Il était superbe. Et pourtant, elle n'arrivait pas à se concentrer sur ce qu'il disait.

— Est-ce que ça va ? insista-t-il. Tu me parais… distraite. Tu as peut-être réfléchi, et ça te contrarie qu'on nous voie ensemble ?

— Non, non ! s'empressa-t-elle de répondre. Désolée. Mais c'est vrai que j'ai la tête ailleurs ce soir.

Il prit son verre de vin. Il avait terminé son assiette que la serveuse venait débarrasser. Georgia la laissa emporter la sienne. Depuis qu'elle avait reçu un certain appel, son appétit s'était envolé. L'univers avait cessé de tourner, et personne ne semblait s'en apercevoir.

— Tu veux en parler ? Je suis tout ouïe, dit-il en buvant une gorgée de vin.

Elle se mordit la lèvre. Raconter tout haut ce qui était arrivé n'était pas évident. En même temps, elle avait besoin de partager la nouvelle avec quelqu'un. Carson était la seule personne à qui elle avait parlé de son passé, il comprendrait à quel point c'était important pour elle. Elle aurait également pu se confier à Sheila, son assistante sociale d'autrefois, c'est vrai. Mais celle-ci ne se serait sûrement pas montrée aussi enthousiaste qu'elle. Elle avait donc renoncé à l'appeler.

— Figure-toi qu'hier soir j'ai reçu un coup de téléphone de ma mère.

— De ta mère ? Vraiment ?

— J'ai moi-même du mal à y croire, avoua-t-elle. Après vingt-six ans de silence, elle surgit brusquement du néant. Depuis qu'elle a vu la retransmission de la conférence de presse au sujet de l'hôpital, elle cherchait à obtenir mon numéro de téléphone pour prendre contact avec moi. Enfin, c'est ce qu'elle m'a dit.

— Quel choc ça a dû être !

— Tu n'imagines même pas.

Elle s'était contenue le temps de l'appel, mais aussitôt

après avoir raccroché, elle avait fondu en larmes et pleuré pendant une demi-heure. C'était tellement surréaliste de répondre à un appel et d'entendre la voix d'une femme qui prétendait être sa mère. La voix ne lui disait évidemment rien mais il ne lui avait pas fallu longtemps pour se convaincre qu'elle s'entretenait bien avec Misty Adams.

— Qu'a-t-elle dit ?

— La conversation n'a pas duré longtemps. En gros, qu'elle se reconstruisait et souhaitait reprendre contact avec moi. J'ai cru comprendre que cette rencontre faisait partie d'une psychothérapie pour l'aider à rester clean. Elle veut venir me voir à Chicago.

— C'est génial ! s'exclama Carson en lui prenant la main. Comment te sens-tu ?

C'est là qu'on voyait la différence entre raconter cette histoire à quelqu'un qui avait grandi entouré de ses deux parents et à quelqu'un comme Carson qui avait vécu en ignorant son passé. N'importe qui d'autre aurait demandé si elle était heureuse. Mais il n'y avait pas de mots pour décrire son état d'esprit. Méfiante aurait été plus juste. Optimiste, certes, mais pas trop. Après tant de déceptions, elle était prête à tenter l'aventure à condition de rester sur ses gardes.

— Je suis partagée. J'ai envie de la voir et de lui poser des questions. En même temps, je doute qu'on sera d'emblée les meilleures amies du monde. Renouer le lien prendra du temps, et cela n'aboutira peut-être à rien. Ma mère est plutôt déboussolée. Je ne sais pas depuis combien de temps elle s'est reprise en main. Si elle replonge, je refuse d'être embarquée dans ses histoires.

— Je comprends, répondit-il d'un ton compatissant. On a envie de connaître ses parents et d'établir une relation avec eux. Seulement, s'ils n'ont pas fait partie de notre vie, c'est qu'il y a une raison. Parfois, on se demande si ce n'est pas préférable.

— Exactement. Je vais tout de même la rencontrer. Je lui ai envoyé de l'argent pour qu'elle prenne le bus Detroit-Chicago. Elle passera quelques jours ici. On verra bien ce que ça donnera.

Les sourcils froncés, il la fixa un moment en silence.

— Crois-tu que ce soit une bonne idée de lui donner de l'argent et de la laisser habiter chez toi ? demanda-t-il enfin. Après tout, c'est une inconnue.

Georgia retira la main et la posa sur ses genoux.

— J'y ai réfléchi. Il ne s'agit que de cent dollars. Si elle les utilise pour acheter de la drogue, si elle ne vient pas, la leçon ne m'aura pas coûté cher. Seulement, pour que ça ait une petite chance de marcher, il faut que je fasse preuve d'un minimum de confiance.

— Mais l'accueillir chez toi ? Non, vraiment, c'est imprudent.

Devant le scepticisme de Carson, le peu d'enthousiasme qu'elle manifestait à l'idée de revoir sa mère commença à se dissiper. Que voulait-il qu'elle fasse ? Qu'elle cache l'argenterie ? Elle n'en avait pas. Tout ce qu'elle possédait, c'était son appartement.

— Avais-je le choix ? fit-elle remarquer un peu sèchement. Si elle ne peut payer un ticket de bus, il n'est même pas question d'hôtel. C'est seulement l'affaire de quelques jours. Si la cohabitation me met mal à l'aise, je lui trouverai une chambre quelque part, d'accord ?

— Je suis navré de me montrer aussi pessimiste, Georgia. C'est sans doute à cause de mon éducation. Je ne voudrais pas que tu souffres, tu comprends.

— Ne t'inquiète pas pour ça. Je sais que je dois me montrer prudente avec Misty, mais ton soutien serait le bienvenu. Je t'ai encouragé à rechercher ton père et j'apprécierais que tu me soutiennes au cours de cette plongée dans mon passé.

Carson vint s'asseoir près d'elle sur la banquette, la prit dans ses bras et l'embrassa sur la joue.

— Je te soutiendrai à cent pour cent, n'en doute pas. Je m'inquiète juste pour toi.

Elle laissa son anxiété se dissoudre dans la chaleur de cette étreinte. Il avait certainement raison. Prendre la défense de Misty était un peu prématuré : elle ne la connaissait pas, après tout.

— Merci. Je n'ai pas l'habitude qu'on s'inquiète pour moi.

— Tu ferais mieux de t'y habituer. Bon, je dois reconnaître que la découverte de Graham m'a rendu un peu nerveux. Ma mère nous avait prévenus que notre père n'était pas un ange, mais j'étais loin d'imaginer qu'il puisse s'agir de Sutton Winchester…

La nouvelle l'avait abasourdie, elle aussi. À la réflexion, Carson possédait les mêmes yeux verts pétillant de malice que Sutton. Ce qu'elle se garda bien de lui dire. Il n'avait certainement pas envie d'avoir quoi que ce soit de commun avec cet homme, surtout pas des gènes.

— Qu'allez-vous faire ?

— Graham va essayer de trouver quelqu'un qui ait vu notre mère et Sutton ensemble. Si nous mettons la main sur ce témoin, nous exigerons un test de paternité afin d'être renseignés une fois pour toutes.

— Si c'est bien votre père, que ferez-vous ?

Carson se rembrunit.

— Je n'en sais rien. Je serais surpris qu'il nous invite à partager le dîner de Thanksgiving avec ses enfants légitimes. Pour jouer un rôle dans sa vie, il faudra nous bagarrer. Graham et Brooks ont davantage envie d'en découdre que moi. Les mises en garde de ma mère ne m'ont jamais quitté. Elle avait forcément une bonne raison pour l'éloigner de nous. Tout bien considéré, ai-je vraiment envie de nouer des liens avec lui ?

Elle hocha la tête. Cette réaction était bien compréhensible !

— Je comprends. Je prends un risque en laissant ma mère venir me voir. Il se peut qu'elle soit sincère, mais il se peut aussi qu'elle soit restée la junkie qui m'a abandonnée. Jusqu'ici, je me suis très bien débrouillée sans elle. En même temps, il m'est impossible de renoncer à l'occasion de la connaître. Quand on a tellement espéré que ses parents se manifestent et vous protègent du mal, l'enfant en nous est toujours là, il appelle de ses vœux l'amour qu'il n'a jamais reçu. Si l'on renonce à ça, que reste-t-il ?

— Tout le reste, protesta-t-il. Ta mère a du moins l'excuse d'avoir été une gamine fauchée et déboussolée, incapable de s'occuper d'un enfant. Winchester, lui, est le type le plus riche de Chicago. Pourtant, pas une fois il n'a cherché à entrer en contact avec nous, pendant toutes ces années. Pas une carte d'anniversaire, pas de pension alimentaire, pas même un peu d'indulgence dans les affaires. Pourquoi voudrais-je d'un homme pareil dans ma vie ?

— Tu ne peux pas en être certain avant de le connaître mieux.

— Je n'ai jamais eu de père, Georgia. Quelle est la meilleure solution ? Avoir un salaud pour père et connaître la vérité ? Ou ne jamais le rencontrer et se poser perpétuellement des questions.

Georgia se mordit la lèvre. Carson avait mis le doigt sur un point sensible.

— Il est certain que la vérité n'est pas toujours rose. Je donne une chance à ma mère. Vu que mon père a mis enceinte une adolescente en cavale, avec un problème de drogue, je ne le connaîtrai sûrement jamais. Ainsi, je conserve l'image d'un père idéal. Inutile de savoir qu'il était un client ou son fournisseur de drogue, ou qu'il a violé une jeune fille sans défense.

Il réfléchit quelques instants.

— De toute façon, la décision ne m'appartient pas. Si mes frères tiennent à aller jusqu'au bout, que je le veuille ou non, je saurai si Sutton est mon père. Quant à ce qui se passera après… Tout dépendra de ce cher vieux papa.

Georgia termina son verre d'un trait. S'agissant de leurs parents, ils étaient tous les deux dans l'incertitude, et elle détestait ce sentiment. Pendant ses années d'errance, de famille d'accueil en famille d'accueil, elle avait à la fois espéré et craint que sa mère se ressaisisse et la reprenne avec elle.

L'idée que Misty ait effectué des recherches pour la retrouver la remplissait d'exaltation. Elle avait fait le premier pas ; c'était énorme. Elle-même n'aurait sans doute pas eu trop de mal à retrouver sa trace, mais elle avait toujours refusé de faire la démarche. Apprendre que sa mère s'était démenée pour la retrouver lui faisait chaud au cœur, sans pour autant dissiper ses craintes. Et la conversation avec Carson n'avait rien arrangé.

Une chose était sûre : elle allait passer la nuit à s'agiter et à retourner ces pensées dans sa tête. Misty devait arriver le vendredi, ce qui lui promettait plusieurs jours d'anxiété avant d'être fixée. Elle avait besoin de distraction, quelque chose pour s'empêcher de réfléchir à la situation. Le travail n'y suffirait pas. En revanche, s'allonger contre Carson et poser la tête sur son épaule semblait une bonne solution.

— Es-tu prêt à partir ? demanda-t-elle.

— Tu ne veux pas de dessert ?

Elle caressa sa joue ombrée d'une légère barbe et tourna la tête jusqu'à ce que leurs lèvres se rencontrent. Ce baiser la réchauffa et éveilla ses sens. Et le plaisir d'être dans les bras de Carson dissipa comme par magie l'image de Misty et Sutton.

Elle ne se trompait pas. Une nuit de passion avec Carson serait le remède idéal, pour lui comme pour elle.

— Oh si, murmura-t-elle en le gratifiant d'un regard lourd de sous-entendus.

— Alors allons-y, dit-il avec un large sourire.

- 7 -

— Rebecca, que signifie ce rendez-vous de 15 heures cet après-midi ?

Il attendit nerveusement la réponse de son assistante. Mais qui était la femme avec laquelle ses frères et lui avaient rendez-vous quelques minutes plus tard ?

Rebecca apparut sur le seuil de la porte.

— Je ne suis pas plus avancée que vous. Graham m'a appelé ce matin pour me demander de le noter. Il ne vous a rien dit ?

Rien. Mais cela ne valait pas la peine d'ennuyer Rebecca avec ce petit problème.

— J'ai sans doute oublié. Merci.

Il n'eut guère le temps de s'appesantir sur la question car Brooks entra aussitôt, l'air consterné.

— Qu'est-ce que c'est que ce rendez-vous ?

— C'est Graham qui l'a programmé, répondit Carson avec un haussement d'épaules. Il ne t'a rien dit non plus ?

Brooks se laissa tomber dans un fauteuil, sourcils froncés.

— Non. Qui peut bien être cette Tammy Ross ? Jamais entendu parler.

— C'est l'ancienne femme de ménage de Sutton Winchester !

C'était la voix de Graham. Il venait d'entrer dans le bureau avec un sourire satisfait.

Carson écarquilla les yeux. S'il s'attendait à une visite pareille ! Cela ne voulait dire qu'une chose…

— Sait-elle quelque chose sur la relation de Sutton avec notre mère ?

Graham vint prendre place dans un fauteuil avec une lenteur exaspérante.

— Oui.

— Pourquoi ne t'a-t-elle pas dit ce qu'elle savait ? Quel besoin de la faire venir jusqu'ici ?

— Parce qu'elle tenait à nous parler à tous les trois, en personne. Apparemment, la tournure prise par les événements la contrarie. C'est une vieille dame sentimentale qui connaissait et aimait notre mère. Soyez un peu indulgents avec elle.

— Monsieur Newport, annonça la voix de Rebecca par l'Interphone. Mme Ross désire vous voir.

— Pile à l'heure ! constata Graham en se levant.

Celui-ci se rendit à la réception et revint quelques instants plus tard avec une petite dame aux cheveux gris et au sourire doux.

Imité par Brooks, Carson se leva pour l'accueillir, la main tendue.

— Bonjour, madame Ross. Asseyez-vous, je vous prie.

Il désigna la table de conférence et rejoignit ses frères qui reprenaient leurs places.

— Merci de me recevoir aujourd'hui, répondit la vieille dame. Lorsque Graham a pris contact avec moi et que j'ai compris que je parlais à un des jumeaux devenu adulte…

Les yeux de la vieille dame s'embrumèrent.

— J'ai compris que je devais vous dire tout ce que je savais. Ma loyauté vis-à-vis des Winchester s'arrête avec les feuilles de paie.

— Je suis entré en relation avec l'agence qui fournit

à Sutton son personnel de maison, expliqua Graham. Une personne a accepté de communiquer mon numéro à Mme Ross.

— J'ai appris le décès de votre mère par le journal, poursuivit-elle. J'ai eu du mal à croire que la jeune femme pleine de vie d'autrefois avait disparu. Et que les bébés de mon souvenir étaient devenus des hommes adultes.

— Comment avez-vous connu notre mère ? demanda Brooks.

— J'ai connu Cynthia quand elle était secrétaire de M. Sutton. Elle appelait à la maison de temps en temps, pour transmettre des ordres pour le dîner ou me dire quelle chemise je devais préparer pour le lendemain. Elle était charmante. Quelquefois, nous bavardions. Sa grossesse la transportait de joie. Comme j'avais moi-même eu deux enfants, je lui donnais des conseils. Après la naissance des jumeaux, enfin, la vôtre, Graham et Brooks, je lui ai proposé de vous garder si elle désirait sortir. À l'époque, j'ignorais qui elle fréquentait et qui était le père de ses enfants.

Brooks plissa les lèvres puis demanda :

— Notre mère voyait donc Sutton en secret ?

— Oui. D'après ce que j'ai fini par savoir, ils ont eu une liaison bien avant qu'elle travaille pour Elite Industries. À vrai dire, ce n'était pas très surprenant. Votre mère était ravissante, tout à fait le genre de femme que Sutton appréciait. Vous comprenez, entre Celeste Van Houten et lui, il s'agissait d'un mariage de raison. Il était toujours en quête de… plaisirs extraconjugaux.

Carson baissa la tête. L'idée que sa mère n'ait été qu'une maîtresse de Sutton Winchester parmi tant d'autres l'attrista. Elle aurait mérité d'être sincèrement aimée par un homme qui l'aurait épousée et rendue heureuse. Au lieu de ça, elle avait élevé seule ses trois enfants, avec un salaire de serveuse. Que serait-elle devenue sans l'aide de Gerty ?

— Apprendre votre existence a un été un grand choc, reprit Tammy Ross en le regardant. Cynthia a dû quitter l'entreprise si vite au cours de sa seconde grossesse que je n'en ai même pas eu connaissance. Je suis sûre que M. Winchester tenait à ce qu'elle reste secrète. Mme Winchester était déjà agacée par cette liaison avec votre mère. Je ne crois pas qu'elle ait été au courant de votre existence. Et Sutton préférait sans doute qu'il en aille de même pour vous.

— S'il tenait tant au secret, comment avez-vous appris tout ceci ?

La vieille femme sourit finement.

— Il existe différentes sortes de gens riches, et les Winchester appartiennent à cette catégorie de nantis qui considèrent leurs employés comme des inférieurs. Parfois, Mme Winchester ignorait ma présence ou bien peut-être l'oubliait-elle vraiment. Je n'avais pas assez d'importance à ses yeux pour qu'elle me remarque. C'était pénible, mais parfois bien utile.

» Je me souviens qu'un soir, M. et Mme Winchester ont eu une violente dispute. Elle était enceinte de Nora, à cette époque. La vaisselle a volé, ce soir-là ! Ils sont allés s'enfermer dans leur chambre, mais c'était inutile. On les entendait hurler dans toute la maison. J'étais dans le couloir en train de ramasser les éclats d'un vase qu'elle lui avait jeté à la figure quand je l'ai entendue mentionner le nom de Cynthia. Elle disait à son mari qu'elle ne resterait pas là, les bras croisés, à supporter une nouvelle grossesse et le laisser s'afficher avec sa secrétaire. Elle a menacé de divorcer, de le mettre sur la paille, et juré qu'il ne reverrait jamais ni Eve, ni le bébé. Elle aurait mis ses menaces à exécution, croyez-moi. Son frère était un impitoyable avocat spécialisé dans les affaires de divorce. Elle a donc mis le marché dans les mains de Sutton : soit il rompait avec sa secrétaire, soit c'était un homme fini.

Carson était abasourdi. Il n'en revenait pas.

— C'est à ce moment que j'ai compris que les jumeaux devaient être de lui, poursuivit Tammy Ross. Je n'arrivais pas à imaginer qu'il prenne autant soin de votre mère. Une semaine plus tard, une femme a appelé à la maison en se présentant comme la secrétaire de M. Winchester. J'ai demandé des nouvelles de Cynthia, et on m'a répondu qu'elle ne travaillait plus pour la compagnie. C'est la dernière fois que j'ai entendu parler de votre mère et de vous. Après ça, elle a disparu.

— Malgré tout, rien ne dit que je suis le fils de Sutton, hasarda-t-il. Elle a pu avoir une liaison avec un autre homme après son départ d'Elite.

La vieille dame lui tapota la main.

— Vous êtes le fils de Sutton Winchester, mon garçon. N'en doutez pas une seconde. Vos frères tiennent de votre mère, mais vous, vous êtes le portrait craché de votre père quand il était plus jeune.

Il déglutit péniblement. Bien sûr, étant donné qu'il ne ressemblait pas à ses frères, on disait toujours qu'il tenait de son père. Mais l'idée de devoir quoi que ce soit à Sutton Winchester le révulsait.

— Madame Ross, accepteriez-vous de répéter tout cela devant un juge ? demanda alors Graham. Il ne sera peut-être pas nécessaire d'aller jusqu'au test de paternité. Si c'est le cas, le juge pourrait vouloir vous entendre.

— Absolument. J'ai gardé le silence assez longtemps.

M. Winchester doit faire ce qu'il faut pour ses enfants. Il n'est jamais trop tard pour ça.

— Merci d'être venu nous parler, dit-il.

— C'est moi qui vous remercie. Je me demandais depuis des années ce qu'étaient devenus les enfants de Cynthia. Maintenant, je sais. Elle était fière de vous trois, j'en suis sûre.

Graham raccompagna Mme Ross, et revint une dizaine de minutes plus tard.

— Alors, qu'en pensez-vous ?

— Je pense que tu as une chance incroyable, répondit Brooks. Comment as-tu réussi à retrouver cette femme ?

— La chance n'a rien à voir là-dedans, rectifia Graham en se laissant tomber dans un fauteuil. À l'école de droit, on t'apprend comment trouver les infos dont tu as besoin pour influencer la cour en ta faveur. Et mon habileté dans ce domaine est sans égale. J'ai appelé toutes les agences de recrutement de personnel de maison présentes à Chicago. Si ça n'avait pas marché, j'aurais essayé de manipuler le comptable de Sutton pour qu'il fouille dans ses archives. Par chance, j'ai touché le gros lot.

Carson intervint pour poser la question qui lui brûlait les lèvres :

— Et maintenant ?

— La demande est prête à être soumise au juge. Une fois qu'il aura ordonné le test de paternité, Winchester sera mis au courant. Quand nous serons certains qu'il est notre père, nous revendiquerons notre part d'héritage et attendrons tranquillement le bouquet final.

— Je savais que vous reviendriez.

Georgia ignora l'expression suffisante de Sutton. C'était beaucoup plus gênant de soutenir son regard vert, si semblable à celui de Carson, à présent qu'elle connaissait la vérité. Savoir que cet homme était probablement le père de Carson était difficile à avaler. Surtout quand ce regard la détaillait avec une convoitise qu'il ne cherchait pas à dissimuler.

— Newport sait-il que vous êtes là ?

— Non.

En toute honnêteté, elle n'avait pas parlé de son projet à Carson : il ne l'aurait jamais laissée faire. Si elle était venue, c'était avec une idée précise en tête : obtenir des informations. Si Carson et ses frères le traînaient en justice, tout pourrait s'avérer utile. Et si elle réussissait à obtenir de l'argent pour l'hôpital, ce serait encore mieux.

— Ça y est ? Vous êtes revenue à la raison et prête à accepter ma proposition ? Vous vous êtes enfin aperçue que Newport n'était pas assez bien pour vous ?

Elle fit de son mieux pour dissimuler son dégoût. Il fallait jouer le jeu encore quelque temps si elle voulait récolter des renseignements. Elle avait conscience de se jeter dans la gueule du loup, mais c'était le seul moyen d'être utile à Carson.

— Une femme doit avoir l'esprit ouvert.

Le rire de Sutton fut entrecoupé par une quinte de toux interminable. Il sortit un mouchoir de sa poche et le maintint sur sa bouche. Il ne semblait pas au mieux de sa forme, c'était le moins qu'on puisse dire. Il semblait flotter dans son costume et les cernes sous ses yeux ressortaient sur son visage creusé. Manifestement, son état s'était encore détérioré depuis la semaine précédente.

Lorsqu'il eut fini de tousser et qu'il rangea son mouchoir, elle remarqua de petites gouttes de sang sur le tissu. Pas de doute : Sutton était sérieusement malade. Ce n'était pas une maîtresse qu'il lui fallait, mais un médecin.

— Un verre ne nous ferait pas de mal, dit-il après s'être éclairci la gorge.

Il se leva de son bureau et se dirigea vers un minibar installé dans un coin.

— Est-ce que je vous sers quelque chose ?

— Volontiers.

Georgia rejoignit Sutton au bar où il mettait des glaçons dans deux verres de cristal. Appuyée à la table de conférence, elle le regarda servir un scotch et préparer une vodka gimlet, son cocktail favori. Encore qu'il ne devait certainement pas s'en douter.

— Alors dites-moi, ma chère. À quoi buvons-nous ?

Elle contempla son verre le temps de trouver une réponse appropriée.

— À tous les possibles et à ma liberté d'action, répondit-elle en souriant.

— Vraiment ?

Après avoir trinqué, il but une gorgée de scotch puis reposa son verre sur la table.

— Que puis-je faire pour vous aujourd'hui ? Êtes-vous prête à accepter mon offre généreuse ?

— Pas encore.

— Je préfère cette réponse à la précédente. On progresse !

Après tout, autant laisser ce vieil homme malade croire ce qu'il voulait si cela lui faisait plaisir.

— C'est le privilège des femmes de changer d'avis.

— Bien dit !

Il avança d'un pas et se pencha sur elle.

— Que faudrait-il pour vous convaincre d'accepter mon offre, ma belle enfant ? Dites. Plus d'argent ? Des bijoux ? Un appartement avec terrasse ? Vous aurez tout ce que vous voudrez si vous vous donnez à moi maintenant.

Il avait posé une main sur sa cuisse et la fixait avec insistance.

— Il faut encore que je réfléchisse, dit-elle en écartant sa main. Mais un geste pourrait influencer ma décision finale.

— Une négociatrice, hein ? Ça me plaît ! De quoi s'agit-il ?

— J'aimerais qu'Elite Industries fasse un don pour le projet de l'hôpital pour enfants Newport.

Il s'empara de son verre et but une gorgée de scotch sans la quitter des yeux.

— Pourquoi ferais-je une chose pareille ?

— Permettez-moi de vous donner un conseil puisque vous n'avez pas de directeur des relations publiques en ce moment. Si je dirigeais votre service, c'est exactement ce que je vous conseillerais de faire. On sait que vous cherchiez à acquérir le terrain de l'hôpital. Certains pensent peut-être qu'Elite aurait même dû renoncer à son projet d'appartements de luxe pour soutenir une noble cause. Faire un don pour ce projet redorerait votre blason.

— Ce n'est pas nécessaire. Je suis le maître de cette ville.

— Peut-être, admit-elle. Mais comme vous n'avez pas l'habitude de perdre, vous ne savez sans doute pas gérer une défaite. Et vous n'aimeriez pas passer pour un mauvais perdant face aux Newport, n'est-ce pas ?

— Allons, allons..., marmonna Sutton. Si j'avais voulu ce terrain, je l'aurais eu.

Le pauvre, s'il savait... En plus de ses yeux, il avait aussi transmis son opiniâtreté à Carson. Malheureusement pour lui.

— Naturellement. Mais quelle meilleure façon de

le prouver au monde que de soutenir financièrement le projet ? Allons, Sutton, faites un geste

À ces mots, il se pencha sur elle, ce qui la contraignit à reculer.

— Et en dehors de la faveur de l'opinion publique, que me rapporterait ce geste ?

— Tout dépend de la somme inscrite sur le chèque.

Le grand sourire qui éclaira le visage de Winchester lui rappela tellement Carson qu'elle sentit son cœur se serrer douloureusement.

— Vous êtes bagarreuse, j'aime ça ! Vous avez gagné. Je ferai un chèque aux Newport. Indiquez-moi le montant.

— Mettez la somme à laquelle vous estimez ma valeur.

— Monsieur Winchester ?

Une voix familière venait de résonner dans la pièce.

En tournant la tête, Georgia découvrit Graham à l'entrée du bureau. Il les fixait, et on lisait sur son visage un mélange de stupéfaction et de colère. Par-dessus l'épaule de Graham, elle aperçut le visage d'Eve Winchester, fille aînée de Sutton et héritière de l'entreprise. Tous les deux paraissaient complètement abasourdis de surprendre Sutton en train de la serrer dans ses bras. Ou presque.

— Désolée, papa, dit Eve. Je n'ai pas pu le retenir.

Georgia repoussa Sutton. Finalement, celui-ci recula et se tourna vers les intrus avec un soupir.

— Pas de problème. Aujourd'hui, mon bureau est devenu le rendez-vous des Newport. Entrez, entrez.

L'homme d'affaires retourna s'asseoir derrière son bureau tandis qu'elle tentait de se ressaisir. Elle n'avait rien à se reprocher, mais l'expression de Graham lui déplaisait. De toute évidence, il s'imaginait qu'il venait de surprendre un tête-à-tête crapuleux.

— Que puis-je pour vous, Graham ? Ou peut-être

devrais-je dire Brooks. Bon sang ! Je n'ai jamais réussi à vous distinguer l'un de l'autre.

La mâchoire de Graham se contracta, et il rougit de colère.

— Le moins qu'on puisse attendre d'un père serait pourtant qu'il reconnaisse ses propres enfants.

L'accusation laissa Sutton de marbre. Il se renversa contre le dossier de son fauteuil, les mains croisées sur son ventre.

— D'un père, certainement, mais je ne suis pas sûr de comprendre vos insinuations, monsieur Newport.

— Je n'insinue rien. Je vous le dis droit dans les yeux, papa.

L'atmosphère se chargea d'électricité. Georgia regarda Eve, entrée dans le bureau à la suite de Graham. Les allégations de ce dernier semblaient la stupéfier et la décevoir. Rien d'étonnant à ça. Quelle femme n'aurait pas été déçue en découvrant que les beaux et riches fils Newport étaient ses demi-frères ?

— Je ne suis pas votre père, répliqua le promoteur sans l'ombre d'une hésitation.

— Vous niez avoir eu une relation avec ma mère ?

— Pas du tout. C'était une très jolie femme. Vous lui ressemblez, je dois le reconnaître. Mais je ne suis pas votre père. Elle était enceinte quand nous nous sommes rencontrés.

Graham déposa une enveloppe sur le bureau de Sutton.

— C'est ce que nous verrons.

Winchester ouvrit l'enveloppe et en tira un feuillet.

— Une injonction à me soumettre à un test de paternité ? C'est adorable. Très bien. Je me plierai aux ordres de la cour. Mais n'imaginez pas que vous avez gagné une bataille, Graham. Vous n'apprécierez certainement pas les résultats de ce test. Je vous le répète, je ne suis pas votre père.

— Je n'en attendais pas moins d'un homme tel que vous, répondit celui-ci sans broncher avant de se tourner vers elle. Georgia, veux-tu que je te reconduise au bureau ?

On ne sentait guère de chaleur dans sa voix, mais qu'importe…

— Je veux bien.

Elle avait obtenu ce qu'elle désirait. Rester en tête à tête avec l'homme d'affaires après cet incident serait gênant. Elle ramassa son grand sac fourre-tout et le mit sur son épaule.

— Auriez-vous l'obligeance de nous expédier votre chèque par courrier ? demanda-t-elle avec un grand sourire.

— Ce sera fait, répondit-il avec un regard adouci.

En se dirigeant vers la porte, Georgia surprit ce qui ressemblait fort à un regard de connivence entre Graham et Eve. Ils étaient au beau milieu du parking quand celui-ci lui adressa la parole.

— Qu'est-ce que ça signifie ?

Le ton avec lequel il avait posé la question était très déplaisant. On l'aurait dit certain d'avoir surpris quelque chose entre Sutton et elle !

— J'ai une meilleure question, riposta-t-elle. Qu'y a-t-il au juste entre Eve Winchester et toi ?

Elle le vit serrer les mâchoires, mais il ne tourna pas la tête vers elle.

— Rien.

Elle partit dans un grand éclat de rire. Elle travaillait rarement avec Graham du fait qu'il passait la majeure partie de son temps à son cabinet. Mais elle le connaissait assez pour savoir qu'il mentait.

— À d'autres ! J'ai bien vu le regard gourmand qu'Eve

posait sur toi. Enfin, jusqu'à ce que tu appelles son père « papa ».

— Si Sutton est notre père, ce que tu as vu importe peu. Il est fort probable qu'Eve soit ma demi-sœur. Donc, fin de l'histoire.

Graham ouvrit la portière de la voiture, et elle s'installa sur le siège passager. Elle attendit qu'il ait démarré pour faire remarquer :

— Sutton était drôlement catégorique en affirmant qu'il n'était pas ton père.

— Tu t'attendais à autre chose ?

Elle hésita un instant. Se dérober n'était pas dans les manières de Sutton. Certes, il était capable de mentir par omission, mais la façon péremptoire dont il avait répondu à cette accusation la poussait à le croire.

— Je ne sais pas. Je ne l'ai jamais surpris en train de mentir. D'habitude, il arrive à ses fins sans s'abaisser à tromper son monde.

— Tu le connais drôlement bien, dis-moi ! Combien de temps as-tu passé avec lui dans le dos de Carson ? Il m'a raconté la proposition malhonnête que t'a faite ce filou. Aurais-tu changé d'avis et décidé d'accepter ?

— Mais non ! Nous parlions affaires.

Georgia regarda droit devant elle. Pas question de s'expliquer davantage. Après tout, elle n'avait pas de comptes à lui rendre.

— Je l'aurais parié. Laisse-moi te donner un conseil au sujet de Carson. Les histoires de cœur, ce n'est pas trop son truc. Il faut dire que sa seule et unique relation sérieuse a pris fin quand son amie l'a jeté pour un type plus riche.

Ah oui ? Elle l'ignorait. Ils n'avaient pas évoqué en détail leur passé amoureux.

— Vraiment ?

— Oui. Candy et lui étaient même fiancés quand elle est partie rejoindre son milliardaire. Carson en a beaucoup souffert.

— C'est gentil de me prévenir. Seulement, Carson et moi, nous sommes juste…

— Je me moque de ce que vous êtes ou de ce que vous n'êtes pas ! Je veux juste que tu saches, pour que tu réfléchisses avant de faire revivre ça à Carson.

Elle se mordit la lèvre. Elle était aussi prête à quitter Carson pour Sutton que pour le prince Harry. Mais ce n'était pas le moment de polémiquer sur ce point avec Graham. Elle expliquerait à Carson ce qu'elle manigançait. C'était à lui qu'elle faisait confiance, pas à Graham. À en juger par leur attitude, la sienne et celle d'Eve, il n'était pas neutre. Et il le serait d'autant moins si Winchester n'était pas son père.

Bref, si quelqu'un dans cette voiture risquait de passer à l'ennemi, c'était bien Graham.

- 8 -

— Est-ce qu'on peut se parler, Georgia ?

— Je vais récupérer des photocopies à l'imprimante et j'arrive.

Carson laissa repartir Georgia qui passait dans le couloir puis regagna son bureau. Il était si nerveux qu'il ne parvenait pas à rester assis. Il alla regarder la vue imprenable sur le centre-ville de Chicago que lui offrait la baie vitrée. Hélas, ce spectacle qu'il aimait ne lui apporta aucun réconfort. La confusion régnait dans son esprit depuis que Graham avait quitté son bureau, quelques instants plus tôt.

Ce que son frère lui avait raconté de son entrevue avec Sutton le laissait perplexe. Que faisait Georgia chez ce type ? À vrai dire, les réponses qu'il imaginait ne le réjouissaient guère. L'appréhension qui lui nouait l'estomac était un peu trop familière à son goût. Pourtant, il se refusait à se laisser atteindre par les sous-entendus de Graham au sujet de Georgia. Attention à ne pas tirer des conclusions trop hâtives — ce qu'il avait fait quand le bruit avait couru que Candy, sa fiancée, sortait avec un autre. Malgré l'anxiété tenace qui le rongeait, il avait rapidement refusé d'y attacher de l'importance. À tort.

La rupture de leurs fiançailles ne l'avait pas vraiment affligé. Pour être honnête, il n'était pas amoureux de Candy. Simplement, elle avait toutes les qualités pour être une bonne épouse. Selon ses critères de l'époque, bien sûr. Comme il n'avait pas le temps de chercher la femme idéale, il avait décidé de faire sa vie avec elle.

Ce qui l'avait profondément affecté, c'étaient les raisons pour lesquelles Candy le quittait. Il réussissait dans la vie. Malgré des débuts difficiles, ses frères et lui comptaient parmi les hommes d'affaires les plus fortunés et les plus talentueux de Chicago. Pourtant, il avait douloureusement conscience de ne pas être issu d'une bonne famille et d'être un enfant naturel que son père avait refusé de reconnaître. Du fait qu'il se battait quotidiennement pour prouver sa valeur, il n'avait vraiment pas besoin qu'une femme le quitte pour un homme possédant tout ce qu'il n'avait pas.

Pendant un certain temps, il s'était demandé s'il était à la hauteur. Il avait de l'argent, mais pas assez aux yeux de Candy. Il réussissait, mais pas assez pour que son père soit fier de lui et revendique sa paternité. Il avait changé depuis ses fiançailles. Il était plus avisé, plus mûr, et réussissait encore mieux dans la vie. Malheureusement, l'histoire semblait se répéter. Si Georgia le quittait pour son propre père, ce serait bien pire que la première fois.

Alors à quoi bon faire des efforts si cela ne suffisait jamais ?

— Tu voulais me parler ?

Carson se retourna et découvrit Georgia sur le pas de la porte.

— Oui. Entre, je t'en prie. Ferme la porte et installe-toi.

Elle hésita quelques instants avant de s'exécuter.

— C'est à propos d'hier ? demanda-t-elle en s'asseyant dans un fauteuil.

— Peut-être, répondit-il en soupirant. Ce matin, j'ai eu une petite conversation avec Graham qui m'a troublé, je t'avoue. J'aimerais juste entendre ta version des faits.

— Il n'y a pas de faits. Ton frère a mal interprété ce qu'il a surpris.

— Explique-moi donc.

Après ce que lui avait raconté son aîné, il redoutait d'entendre la vérité de la bouche de Georgia. L'idée qu'elle entretienne une relation avec son père lui donnait envie de démolir à coups de poing les murs de son bureau.

— Il s'agit tout simplement d'espionnage industriel.

Carson haussa un sourcil.

— Pardon ?

— Écoute, dit-elle en se penchant en avant. Avec toutes ces interactions entre Newport Corporation et Elite Industries, il m'a semblé préférable de garder le contact. Si Sutton croit que je réfléchis à son offre, je lui extorquerai peut-être des informations susceptibles de t'aider. C'est tout.

Il se rendit compte qu'il retenait sa respiration lorsqu'il poussa un soupir de soulagement. Il ne lui restait plus qu'à chasser les doutes que Graham avait semés dans son esprit. Il n'avait aucune raison de soupçonner Georgia. Il devait l'écouter en toute impartialité.

— Vraiment ?

Elle se leva et vint s'asseoir sur ses genoux. Puis elle glissa les doigts dans ses cheveux.

— Oui, vraiment. Tu veux savoir ce que j'ai découvert jusqu'ici ?

Elle avait déjà obtenu des informations ? Voilà quelqu'un qui ne perdait pas de temps. Il avait hâte d'en savoir plus. L'ennui, c'était qu'il avait bien du mal à se concentrer en sentant ce fessier rond et ferme posé sur lui. Il se contenta toutefois de poser une main sur son genou nu et de le caresser.

— Bien sûr. Raconte.

— Tout d'abord, j'ai obtenu un don généreux d'Elite pour l'hôpital. Sutton envoie un chèque par courrier cette semaine.

Sans cacher son sourire, il serra Georgia très fort contre lui. Quelle femme étonnante ! Et qui, pour une mystérieuse raison, tenait à lui.

— Pas possible !

— Si. À mon avis, son amour-propre le dissuadera de donner moins qu'un nombre à sept chiffres. Comme ça, il sera toujours en tête d'affiche de la liste des sponsors d'entreprise. J'ai aussi des renseignements personnels qui pourraient vous être utiles à tes frères et toi.

— Parle !

— Graham n'est pas resté assez longtemps pour le remarquer. Sutton est malade.

Carson fronça les sourcils. Voilà qui était pour le moins étonnant…

— Malade ? Ce vieux renard est trop mauvais pour être malade. Les bactéries n'oseraient jamais s'attaquer à lui.

La plaisanterie ne fit pas rire Georgia.

— Je suis sérieuse, Carson. Je ne te parle pas d'un rhume. Il tousse et crache du sang. Il a perdu du poids et a une mine épouvantable. Il arrive encore à donner le change, mais je pense vraiment que quelque chose ne va pas.

Si ce qu'avançait Georgia était exact, l'information n'avait pas été rendue publique. Dès que la nouvelle se répandrait, les spéculations iraient bon train. Qui reprendrait Elite Industries ? Qui seraient les bénéficiaires de son testament ? Combien de ses maîtresses se présenteraient aux funérailles ?

Normalement, ils devraient recevoir rapidement les résultats du test de paternité. Si Graham et Brooks étaient toujours déterminés à obtenir leur part du gâteau, le temps pressait. Au cas où ils étaient les enfants de Sutton, revendiquer leur part dès l'annonce de sa maladie paraîtrait particulièrement mesquin. Même si lui-même se souciait peu des apparences, qu'on le prenne pour le digne rejeton du vieux bandit était le dernier de ses souhaits.

C'était bien sa chance. Il avait passé trente ans à se demander qui était son père. Et, alors qu'un candidat solide venait tout juste de se présenter, il fallait que celui-ci tombe malade. Si Georgia avait raison, si Winchester était gravement atteint, combien de temps pourrait-il passer avec son cher vieux papa ?

Encore que. Même si la vie accordait dix ans de plus à Sutton, établiraient-ils des liens étroits ?

— Carson, ça va ?

La voix de Georgia l'arracha à ses pensées. Il se rendit compte qu'elle attendait une réaction de sa part.

— Ça va. Je réfléchissais à ce que ça signifiait pour nous. Tu crois qu'il est sérieusement malade ?

— Je ne suis pas médecin, mais il a très mauvaise mine. Et crois-moi, il ne s'agit pas d'une banale grippe ou d'un dérangement intestinal. Quoi que ce soit, c'est grave. Son état se détériore rapidement.

— Sans doute sa légendaire vie de débauche qui le rattrape.

Georgia le fixa avec attention et lui caressa la joue du doigt.

— Es-tu toujours fâché contre moi parce que je suis allée le voir ?

— Mas non ! En fait, j'apprécie ton discret coup de main.

— Tu préfères que j'arrête ?

Il prit un instant pour réfléchir. Il aurait dû acquiescer,

mais elle avait raison. Il y avait des informations intéressantes à tirer de ce côté.

— Non. Continue à lui rendre visite si tu penses que c'est utile et si tu ne te sens pas en danger auprès de lui. Montre-toi tout de même prudente. On ne peut pas lui faire confiance.

— Je pense qu'en ce moment il parle plus qu'il n'agit, mais je promets de te tenir au courant si j'y retourne. Tu sais que tu n'as pas à craindre que je te quitte pour lui, n'est-ce pas ? Ni son argent ni ses offres ne m'intéressent.

Quand elle posa sur lui ses grands yeux gris, Carson n'eut d'autre choix que de la croire. Elle n'était pas Candy, et malgré ce que Graham croyait avoir vu, il ne se passait rien entre Sutton et elle. Si elle avait voulu le quitter pour ce vieux renard, elle l'aurait fait d'emblée. Au lieu de ça, elle était là, blottie sur ses genoux, en train de lui affirmer qu'elle n'irait nulle part. C'était ce qu'elle pouvait lui dire de plus sexy.

— J'aimerais le croire. Seulement, nous sommes ensemble depuis moins de quinze jours. Ce n'est pas assez sérieux entre nous pour que j'exige des choses de toi.

— Tu peux exiger quelques trucs, dit-elle d'un air faussement pudique. J'aime qu'un homme commande. Du moins, dans la chambre.

Elle s'agita sur ses genoux, et il oublia tous ses soucis. Il mourait d'envie de soulever sa jupe, de caresser ses cuisses nues et de se donner sauvagement à elle, là, sur ce bureau.

Non, du calme. Il brisait déjà une règle d'or en entretenant une relation avec une de ses employées. Inutile de compliquer davantage les choses en faisant l'amour avec Georgia dans cette pièce.

Il lui caressa les fesses à travers sa jupe droite.

— La journée de travail n'est-elle pas terminée ? demanda-t-il en lui jetant un regard coquin.

Elle consulta sa montre en souriant.

— Il n'est que 15 h 30.

— Possible, mais je suis le patron. Et quand le patron te dit de rentrer chez toi, il faut obéir.

Le baiser fougueux que lui donna Georgia mit tous ses sens en éveil. Elle savait comment le rendre fou !

— Comme vous voudrez, monsieur Newport.

Georgia attendait, pleine d'anxiété, devant la gare routière. Sa mère était arrivée de Detroit. Celle-ci lui avait envoyé un texto pour la prévenir qu'elle serait sur place à 18 h 30. Un flot continu de passagers commençait à sortir de la gare. En jetant un coup d'œil à son portable, elle constata qu'il était moins le quart. Misty serait peut-être la dernière personne à franchir le seuil.

Sa nervosité ne faisait que croître. C'était un grand moment pour elle. Comment leur rencontre allait-elle se passer ? Mystère. Le scepticisme de Carson avait instillé le doute dans son esprit, mais elle essayait de ne pas le laisser croître. Même si elle était trop inquiète pour entretenir trop d'espoirs, elle avait vraiment envie qu'il se passe quelque chose entre elles.

Et puis une jeune femme franchit la porte. Blonde, une petite quarantaine, un sac à dos sur une épaule et un sac marin à la main. Ses cheveux étaient rassemblés en queue-de-cheval et ses vêtements, fripés par le long voyage.

Quand leurs regards se croisèrent, Georgia sut tout de suite que c'était sa mère, malgré la surprise de la trouver si jeune. Bien sûr, Misty était adolescente au moment de sa naissance, mais elle se l'était représentée un peu plus âgée.

— Georgia ? hasarda-t-elle en s'arrêtant à quelques pas.

— Bonsoir, maman.

Elle n'avait rien trouvé d'autre à dire.

La jeune femme s'approcha, visiblement sur ses gardes. Ni l'une, ni l'autre, ne savait comment gérer ce moment historique. Finalement, Misty laissa tomber son sac marin à terre et elle tendit les bras pour la serrer fort contre elle.

Georgia enfouit son visage dans le cou de sa mère. Elle sentait des larmes lui piquer les yeux et les dissimula en les laissant couler sur le pull de sa mère.

— Oh ! ma petite chérie, murmura Misty. Laisse-moi te regarder.

Elle s'écarta de manière à ce que sa mère étudie son visage. Elle essaya de ne pas s'agiter. Autant se concentrer sur le fait que sa mère était là. Vraiment là.

— Tu es si belle, dit Misty. J'étais jolie, mais toi... Tu es une vraie beauté.

— N'exagérons rien, dit-elle en rejetant maladroitement le compliment.

— Et tu es devenue quelqu'un de bien. Si élégante, si soignée. Savoir que tu travailles pour cette grande entreprise... Tu ne peux pas savoir comme je suis fière.

Georgia hocha timidement la tête. Elle avait travaillé si fort pour devenir quelqu'un qu'elle accepta ces éloges.

— Tu as faim ? s'enquit-elle. On pourrait aller dîner quelque part.

— À vrai dire, le voyage m'a fatiguée. Ça t'ennuierait qu'on rentre chez toi et qu'on se fasse livrer ?

Georgia sourit. Son goût pour les plats à emporter lui venait peut-être de sa mère.

— Pas du tout. Il y a un excellent chinois près de chez moi, et un italien très bien, pas loin non plus.

— J'adore la nourriture chinoise.

Ah oui ? Ce devait être également génétique, alors.

— Où es-tu garée ? demanda Misty.

— Je n'ai pas de voiture. C'est plus simple de prendre le métro quand on habite en centre-ville.

La mine déçue de sa mère la prit de court. Misty appréhendait sans doute de reprendre des transports en commun après son long trajet en bus.

— Mais je peux appeler un taxi, ajouta-t-elle.

Le sourire revint sur le visage de Misty.

— Ce serait merveilleux. J'ai été renversée par un chauffard alcoolisé il y a quelques années. J'ai eu le bassin fracturé. Depuis, je ne peux pas rester longtemps debout sans souffrir.

Georgia faillit rester bouche bée. Ne sachant pas quoi répondre, elle héla un taxi. Le trajet jusqu'à son appartement s'effectua dans le silence. Devant son immeuble, Misty ouvrit de grands yeux. On aurait dit qu'elle avait un véritable château sous les yeux.

Quand elles traversèrent le hall agréablement décoré, le regard ébloui de Misty alla des dalles de marbre du sol aux portes de l'ascenseur en cuivre poli comme des miroirs. Une fois à l'intérieur de l'appartement, les cris d'admiration de sa mère redoublèrent.

— Je n'ai jamais vu d'endroit si beau !

Elle examinait les œuvres d'art aux murs et les grandes baies vitrées qui offraient une vue spectaculaire sur le paysage urbain.

— J'ai peur de renverser quelque chose, ajouta Misty en serrant anxieusement son sac à dos contre elle.

— Tu n'as pas à t'inquiéter, la rassura-t-elle. Débarrasse-toi de tes affaires et détends-toi.

Georgia prit son sac marin et le posa près du canapé.

— Malheureusement, je n'ai pas de chambre d'amis. Il faudra donc te contenter du canapé.

— C'est déjà très gentil de m'accueillir chez toi. J'espère que ça n'aggravera pas mes problèmes de dos.

— Que t'est-il arrivé ?

— Tu sais, ma petite chérie, après la vie que j'ai menée, j'ai mal un peu partout. Mais je suis sûre que tu n'as pas envie d'entendre des histoires tristes. Tu as suffisamment souffert à cause de moi, j'imagine.

— Mais non. Raconte-moi ce qui s'est passé.

Le temps de se débarrasser de son sac à dos, elle serra les bras contre sa poitrine. Au même moment, ses manches remontèrent, dévoilant une triste collection de cicatrices.

— Il y a une dizaine d'années, mon dealer m'a envoyé ses sbires parce que je lui devais de l'argent. Ils m'ont poussée dans l'escalier de mon immeuble. On a dû me mettre des vis et des broches dans la colonne vertébrale, et j'ai parfois du mal à dormir.

— C'est horrible !

Misty haussa les épaules d'un air désabusé.

— Comme je te le disais, il vaut mieux que je ne te raconte pas ma vie. Tu dois me détester, au moins au fond de toi, et ce n'est pas moi qui te le reprocherai. Sache seulement qu'il valait mieux pour toi qu'on me retire ta garde. N'importe qui aurait été un meilleur parent que moi. C'est pour ça que je n'ai jamais…

Misty hésita, le visage rouge d'émotion. Puis avoua dans un souffle :

— C'est pour ça que je n'ai pas cherché à te reprendre. Tu étais mieux sans moi. Et j'avais raison quand je vois ce que tu es devenue. Tu aurais sombré tout comme moi si je m'étais battue pour te reprendre. Alors j'ai préféré vous laisser tous partir.

Au prix d'un effort certain, Georgia ravala son émotion. Elle avait grandi persuadée que sa mère ne se souciait pas d'elle. Apparemment, c'était faux. C'était pour son bien que sa mère ne s'était pas manifestée.

Soudain, elle repensa à sa dernière phrase et eut comme une décharge électrique.

— Comment ça, tous ?

— Tu as un frère et une sœur plus jeunes que toi. J'aurais dû t'en parler plus tôt, répondit sa mère en baissant les yeux.

Georgia posa la main sur sa bouche. Cet aveu la fit vaciller. Un frère et une sœur ? Pendant des années, elle s'était crue seule au monde et voilà qu'elle découvrait qu'elle avait un frère et une sœur dont elle ignorait tout ?

— Où sont-ils ? Parle-moi d'eux.

— Je ne peux pas te dire grand-chose. Désolée. J'étais si accro à la drogue à l'époque qu'ils me les ont pris à la naissance. Ils ont été tous les deux adoptés, j'ignore leurs noms de famille et l'endroit où ils vivent. Malgré mon état, je savais que renoncer à mes droits leur permettrait d'avoir une vraie famille et de ne pas se retrouver baladés d'un endroit à un autre. J'aurais dû faire la même chose pour toi. Mais tu avais cinq ou six ans, on m'a dit qu'un enfant de cet âge était plus difficile à adopter. J'ai beaucoup de fautes sur la conscience, comme tu peux le constater.

Sentant ses genoux se dérober, Georgia se laissa glisser dans un fauteuil de peur de s'effondrer. Certes, elle s'était préparée à entendre des choses pénibles, mais pas à de pareilles horreurs.

— Je suis désolée, ma chérie. Tu comprends pourquoi je voulais te voir : pour te dire que je m'en veux de ce que je t'ai fait endurer. Même si je n'espère pas que tu me pardonnes, il fallait que je vienne.

— Nous avons encore beaucoup de choses à nous dire, réussit-elle à bredouiller.

Misty acquiesça puis se retourna et tapota les coussins du canapé.

— Ce sera très confortable. C'est un beau canapé. Je suis sûre qu'il est bien meilleur que mon lit de camp du refuge.

Georgia se sentit soudain gagné par l'amertume de la culpabilité. Elle dormait dans un bon lit toutes les nuits : autant laisser sa mère en profiter le temps de son séjour.

— Tu sais quoi, maman ? Tu vas prendre mon lit à l'étage. J'ai un super matelas, tu verras. Quant à moi, je dormirai ici.

— Oh non, pas question. Je ne t'ai pas raconté mes ennuis pour que tu culpabilises.

— Je t'assure qu'il n'y a pas de problème. Nous allons monter tes affaires.

Sa mère la suivit jusqu'à sa chambre en mezzanine qui surplombait la salle de séjour. Le vaste lit occupait le milieu de la pièce qui disposait d'une luxueuse salle de bains.

Elle déposa le sac de Misty au pied du lit.

— J'espère que tu seras bien ici.

Misty examina l'endroit d'un air satisfait. Elle ôta son pull, révélant de nouvelles cicatrices ainsi que des tatouages qui disparaissaient sous les manches courtes de son T-shirt.

— Ce sont des traces de piqûres, dit Misty qui avait surpris son regard. Enfin, pas toutes. Certaines sont des souvenirs de mon époque de scarification.

Georgia resta bouche bée. Elle savait que sa mère avait un problème d'héroïne, oui, mais pas qu'elle se mutilait.

— Tu te coupais ?

— J'étais une enfant très perturbée. Ça m'aidait à me

sentir mieux. C'était ma seule consolation jusqu'à ce que je découvre la drogue et le sexe.

Elle frotta ses bras nus tout en hochant la tête.

— J'aurais dû m'en tenir à la scarification. Je ne blessais personne d'autre que moi.

D'instinct, Georgia serra très fort sa mère dans ses bras. Normalement, cela aurait été à Misty de la réconforter. En réalité, sa mère n'était qu'une enfant perdue. Pour le moment, elle n'avait pas très envie de savoir ce qui l'avait menée sur cette pente autodestructrice. Une chose était sûre, elle l'aiderait à se reconstruire.

— Tu es en train de reprendre ta vie en main, dit-elle sans hésiter. Tu as la vie devant toi pour connaître le bonheur.

— Tu crois ?

Les yeux gris de Misty, si semblables aux siens, brillaient de larmes.

— J'en suis sûre.

- 9 -

— Les résultats sont arrivés !

Carson avait ouvert la porte de son appartement. Alors qu'il s'attendait à voir Georgia, il eut la surprise de découvrir Graham et Brooks. Ce dernier agitait une grande enveloppe. Quand il comprit de quoi il s'agissait, il en oublia son projet de dîner avec Georgia. Il avait attendu et redouté ce moment toute la semaine.

— Tu les as regardés ?

— Non. J'ai réussi à me contenir parce que je voulais qu'on les regarde ensemble. Avec un verre d'alcool, dit-il en brandissant une bouteille de tequila dans une main et un sachet de citrons verts dans l'autre.

— Sage décision.

Il recula pour laisser entrer ses frères. Au lieu de se précipiter pour ouvrir l'enveloppe, ils prirent leur temps. Graham versa des shots tandis que Brooks découpait méticuleusement les citrons.

Carson les regarda faire en tapotant nerveusement le comptoir du bout des doigts.

Il y avait quelque chose de définitif dans la lecture des résultats du laboratoire, comme la fin d'une époque. Toute leur vie, un halo de mystère avait entouré leur père. Ils s'étaient souvent imaginé qui il était réellement et ce qu'il leur dirait s'ils se retrouvaient face à face. Le contenu de cette enveloppe allait peut-être réduire définitivement à néant leurs fantasmes. Si les résultats du test étaient positifs, le voile du mystère serait soulevé. Il leur resterait alors la dure et froide réalité d'avoir pour père Sutton Winchester.

Dans le cas contraire, ils devraient reprendre l'enquête depuis le début, sans aucune piste à suivre. Le seul indice en leur possession désignait Sutton. Seulement, que feraient-ils si ce n'était pas lui ?

Comme il posait les yeux sur l'enveloppe, Carson entendit résonner les paroles de leur mère. « Vous vous en sortirez mieux sans votre père. » Et si elle avait raison ? C'était leur dernière chance de changer d'avis.

— Êtes-vous sûrs de vouloir connaître les résultats ? demanda-t-il.

Graham le regarda avec de grands yeux.

— Tu es sérieux ?

— Oui. Quand nous aurons ouvert cette enveloppe, il n'y aura plus moyen de revenir en arrière. Maman avait sûrement une excellente raison de nous cacher l'identité de notre père. Peut-être serait-il plus sage de nous conformer à son désir.

— Peut-être, dit Brooks. Mais nous sommes allés trop loin pour reculer maintenant. De plus, Winchester a également reçu ces résultats. C'est trop tard pour changer d'avis. Nous saurons, d'une manière ou d'une autre.

— Tu as raison, reconnut-il en jetant l'enveloppe sur le plan de travail.

Et c'était vrai. Ils avaient atteint le point de non-retour.

Graham leur tendit un shot à chacun.

— Buvons pour nous calmer avant d'ouvrir l'enveloppe. À quoi allons-nous porter un toast ?

— À la vérité, proposa Carson.

— À la vérité ! reprirent en chœur ses frères.

Ils avalèrent le contenu de leurs verres et les reposèrent d'un même geste. Restait maintenant à ouvrir cette enveloppe.

— Dépêche-toi de l'ouvrir, dit enfin Brooks. Ce suspense me tue !

— Qui veut lire tout haut ? demanda Graham en déchirant le papier du pouce.

— Vas-y, dit Carson. C'est grâce à toi que nous en sommes là.

Graham sortit deux feuillets, un pour les résultats de Carson, un pour celui des jumeaux.

— D'accord. Commençons par Carson.

Graham parcourut d'abord rapidement le papier du regard. Cela ne dura que quelques secondes. Pourtant, Carson eut l'impression que son estomac était noué. Même la tequila n'était pas parvenue à le calmer.

Finalement Graham se mit à lire.

— « On ne peut exclure que Sutton Winchester, le père présumé, soit le père biologique de l'enfant Carson Newport, car ils partagent des marqueurs génétiques. La probabilité de paternité est de 99,99 % comparée à celle d'un homme de type caucasien, non testé, sans lien de famille. »

— Nous avions raison, dit Brooks.

Carson ne savait comment réagir à cette nouvelle. Il s'était préparé à ce moment : une part de lui espérait que Sutton ne soit pas son père, une autre espérait qu'il le soit pour en finir avec cette incertitude atroce. À présent, il en était sûr. Il était le fils de ce vieux filou. Au fond de lui, il l'avait su, mais la confirmation officielle scellait la vérité dans son esprit.

L'homme qu'il avait cherché toute sa vie, cet homme dont sa mère lui avait caché le nom, était sous son nez depuis le début. Et il l'avait toujours perçu comme un gêneur. La Newport Corporation et ses propriétaires n'étaient qu'une mouche agaçante qui bourdonnait autour de la couronne du roi de Chicago. Jamais Sutton ne les avait traités autrement, et surtout pas comme ses propres enfants. Être incapable de reconnaître publiquement des fils illégitimes était une chose ; les traiter comme quantités négligeables en était une autre.

— Carson, ça va ?

Lorsque la voix de Brooks le tira de ses réflexions, il se rendit compte qu'il retenait toujours sa respiration.

— Oui, soupira-t-il en tendant la main vers la bouteille de tequila pour se verser un nouveau shot.

— Lisons les vôtres et finissons-en.

Graham passa au second rapport.

— « On ne peut ni exclure ni confirmer que Sutton Winchester, le père présumé, soit le père biologique des enfants Graham et Brooks Newport. Les échantillons de ces derniers ayant été contaminés, ou mal traités, il sera nécessaire de procéder à de nouveaux prélèvements pour parvenir à un résultat définitif. »

— Comment ça, « contaminés ou mal traités » ? s'exclama Brooks. C'est une plaisanterie ? Tout ça pour en arriver là ?

Sur ces mots, il se versa une grande rasade pour faire passer sa déception.

Graham secoua la tête d'un air fataliste.

— Il ne nous reste plus qu'à retourner au labo.

— Et en attendant les résultats, nous réfléchirons à la suite à donner aux événements, dit Carson histoire de distraire ses aînés de leur déception.

— Non, rétorqua Brooks. S'il est aussi malade que le prétend Georgia, ça ne peut pas attendre. Pas question que

Sutton s'en tire comme ça. Il doit payer pour nous avoir abandonnés et pour avoir couché avec notre mère avant de la quitter. Il a beau être notre père, c'est la guerre entre nous. Il faut attaquer quand l'adversaire ne s'y attend pas.

Graham acquiesça d'un bref signe de tête. Ce qui mit Carson encore plus mal à l'aise.

— Organisons une réunion avec les Winchester pour demain, proposa son aîné.

Georgia fut surprise de croiser les jumeaux Newport alors qu'elle entrait dans l'immeuble de Carson. Ils lui adressèrent un salut poli, mais ne s'arrêtèrent pas. L'un et l'autre avaient dans le regard une lueur froide qui l'inquiéta. Que se passait-il ? Il y avait des chances pour que son rendez-vous avec Carson ne se déroule pas comme prévu…

Après avoir appuyé sur bouton de la sonnette, elle attendit patiemment. Il finit par ouvrir. Seigneur, il semblait dévasté ! Les coins de ses lèvres s'abaissaient tristement, et il avait les yeux rougis.

— Bonjour, Georgia, dit-il d'une voix dénuée d'expression. Je te prie par avance de m'excuser. Ce soir, je ne serai pas d'une compagnie très agréable. Est-ce que ça t'ennuie si on reste ici ?

— Pas du tout.

Elle le bouscula presque pour entrer. Sans doute allait-il lui demander de s'en aller. Seulement, hors question de le laisser seul : il avait besoin de parler, et elle l'écouterait, que ça lui plaise ou non.

Elle posa son sac sur le bar, près d'une bouteille à demi pleine de tequila et de trois verres à shot. Ce qui expliquait peut-être l'humeur sombre de Carson. Puis son regard tomba sur un feuillet portant l'en-tête d'un laboratoire d'analyses.

Il avait reçu les résultats du test de paternité.

Inutile de lire le rapport pour en deviner le contenu. À en juger par l'expression de Carson, Sutton était certainement ce père dont il ne voulait pas.

Elle se tourna vers lui. Les bras autour de sa taille, elle plongea les yeux au fond des siens.

— Est-ce que ça va aller ?

— À force, oui. Il suffit que je m'adapte à un monde où un homme comme Sutton peut produire un homme comme moi.

— Il n'a pas produit un homme comme toi, voyons. S'il t'avait élevé, tu aurais été une personne tout à fait différente, une personne avec qui je ne serais sans doute pas sortie. Tu es d'abord le produit de l'environnement aimant dans lequel ta mère t'a élevé. C'est ce qui compte. Tu n'as rien de commun avec lui.

— Tu crois vraiment ?

Carson s'écarta et se mit à arpenter la salle de séjour avant de s'asseoir sur le canapé. Il ne tenait pas en place !

— Je tiens plus de ce requin que tu ne l'imagines. Nous allons le détruire, tu comprends ?

Georgia ouvrit de grands yeux.

— Comment ça ?

— Graham et Brooks en veulent à son héritage et, apparemment, tous les coups seraient permis. D'après eux, nous méritons un dédommagement. Le jour est venu de faire payer Sutton.

Elle s'assit près de lui et posa une main sur son genou.

— Tu n'es pas d'accord avec cette vision des choses ?

— Oui et non, admit-il. Je veux dire, j'ai envie qu'il souffre. Je voudrais qu'il passe le reste de ses jours à regretter ce qu'il nous a fait, à notre mère et à nous. En même temps, l'idée de vengeance me déplaît. Dommage que je n'ai pas hérité de son instinct de tueur.

— Ne dis pas ça ! C'est ton honnêteté qui m'a attirée vers toi.

Il la regarda avec quelque chose comme une étincelle de gaieté dans les yeux.

— Tu veux dire que ce ne sont pas mon allure superbe et mes abdos durs comme du roc ?

Elle sourit. C'était rassurant de le voir dans un meilleur état d'esprit.

— Ces qualités n'ont sûrement pas nui.

Il glissa un bras autour de ses épaules et elle se blottit contre lui. C'était si bon de l'avoir tout près d'elle.

— Je suis content que tu sois venue, dit-il. Si j'avais été seul, j'aurais ruminé toute la nuit et fini la bouteille de tequila.

— Tu l'aurais regretté demain.

— C'est généralement le cas. Mais assez avec mon drame parental. Je ne veux pas gâcher notre soirée à en parler. Comment s'est passée ta rencontre avec ta mère ? J'espère que tu as de meilleures nouvelles à raconter.

— Bien, rassure-toi. Beaucoup mieux que prévu, même.

Si Carson avait le moral au plus bas, elle se sentait optimiste. Pour la première fois depuis des années. Et peut-être même de sa vie. Les derniers jours avaient été fantastiques ; elle avait obtenu des réponses à des questions qu'elle n'aurait même pas songé à poser.

— Nous avons passé des heures à parler. J'en ai beaucoup appris sur elle. Figure-toi que j'ai quelque part un frère et une sœur !

— Pas possible ? s'exclama-t-il en riant.

Georgia hocha la tête avant de poursuivre :

— C'est incroyable ! Si ça continue, j'aurai bientôt une famille immense autour de moi. Cependant, c'est dur de l'entendre raconter sa vie. Grandir dans des familles d'accueil n'a pas été agréable mais ce n'est rien comparé à l'enfer que ma mère a traversé. Je ne suis pas surprise qu'elle ait plongé dans la drogue. Je ne sais même pas comment elle arrive à se lever le matin.

— Où est-elle à présent ? Nous aurions pu attendre qu'elle soit repartie pour le Michigan pour nous voir.

— À vrai dire, tout s'arrange à merveille. Je l'ai aidée à trouver un groupe d'Alcooliques Anonymes qui se réunit ce soir. C'est à quelques pâtés de maison de chez moi, dans une église. Je lui ai donné assez d'argent pour qu'elle s'achète une authentique pizza de Chicago à la pizzeria qui se trouve justement en face. Ça l'occupera quelques heures.

— Tu ne crains pas de la laisser seule chez toi ?

Elle ne put s'empêcher de grimacer. Voilà qu'il recommençait avec ses soupçons.

— Elle est restée seule tout l'après-midi pendant que j'étais au bureau, et il n'y a pas eu de problème. C'est gentil de t'inquiéter, Carson, mais je pense vraiment que tout va bien se passer. Si je n'étais pas tranquille, je ne serais pas ici, avec toi.

— D'accord, tu peux me reprocher ma prudence exagérée. C'est égoïste de ma part, mais je préfère que tu sois ici, avec moi. J'aimerais juste être un compagnon plus agréable.

Il lui adressa un pâle sourire.

— Je m'imaginais qu'on ne se verrait pas après le travail jusqu'au départ de Misty.

C'était mal la connaître. Elle n'aurait jamais voulu rester aussi longtemps sans voir Carson. Au bureau, ça ne comptait pas. Ils gardaient une attitude distante, professionnelle. Ce qui était tout à fait normal. Leurs conversations tournaient autour des affaires, la planification du gala de charité pour l'hôpital étant sa grande mission du moment. Impossible de se blottir contre lui et sentir ses bras autour d'elle quand elle en avait envie.

— C'est que tu me manquais.

Elle n'aimait pas reconnaître sa fragilité, mais c'était la pure vérité. Pourquoi le nier ? Elle s'attachait de plus en plus à lui. Elle souhaitait lui parler de sa relation avec sa mère, être là pour le réconforter quand il recevait de mauvaises nouvelles.

— Je suis heureux que tu sois venue. J'aurais été triste de te savoir seule ce soir à la maison.

— À cause de toi, je n'ai jamais envie d'être seule le soir à la maison…

À ces mots, Carson se pencha sur elle et l'embrassa. Elle aurait tant voulu faire disparaître la tristesse de Carson, user de son corps pour apaiser les blessures laissées par ce père qui le hantait.

En s'écartant, Georgia lui sourit d'un air faussement innocent.

— Je sais ce qui te ferait du bien.

Il leva un sourcil interrogateur. Sans un mot, elle glissa du canapé pour se retrouver agenouillée entre ses jambes, les yeux dans les yeux, tandis qu'elle déboutonnait lentement sa chemise.

Il la laissa agir à sa guise. Elle tira sa chemise de son jean et en écarta les pans, révélant ce torse musclé qu'elle couvrit de baisers. Puis elle descendit vers sa taille et respira la chaude odeur de sa peau avant de reculer pour déboutonner son pantalon. Elle sentait la chaleur de son désir à travers son caleçon.

Elle le caressa tout doucement avant de tirer sur son caleçon et son pantalon pour les faire descendre sur ses cuisses. Sans plus rien pour la gêner, elle referma ses doigts sur son sexe et le serra légèrement jusqu'à ce que Carson pousse des sons rauques en se contorsionnant sur le canapé. Alors elle se pencha pour le prendre dans sa bouche et promener sa langue sur lui. Tout le corps de Carson se raidit et il finit par cesser de respirer.

— Oh ! Georgia, gémit-il en glissant convulsivement les doigts dans ses cheveux. Bon sang ! C'est bon, chérie.

Elle le caressait des lèvres et des mains. Les doigts de Carson se crispaient sur ses cheveux et elle sentait ses muscles se raidir quand elle accélérait le mouvement, puis ralentissait pour le provoquer.

— Je ne vais pas pouvoir tenir une minute de plus, dit-il entre ses dents serrées.

— Je commence juste !

— Ah oui ? Eh bien, moi aussi. Viens là.

Il l'attrapa par la main et la tira pour qu'elle se retrouve à califourchon sur lui. Il prit le temps de mettre un préservatif avant de retrousser sa jupe sur ses hanches, frôlant au passage la dentelle de sa lingerie. Puis il glissa les mains sous ses jambes, écartant sa culotte pour s'enfoncer en elle. Elle se laissa alors descendre sur lui.

Il déboutonna hâtivement son chemisier de soie et le retira puis saisit ses seins et pinça les pointes durcies qui déformaient le mince tissu de son soutien-gorge.

Les yeux fermés, Georgia agita les hanches et le sentit bouger en elle. Carson poussa un grondement sourd tandis qu'elle glissait le long de son sexe. Elle se mordit la lèvre quand ces mouvements frénétiques firent naître en elle une vague de chaleur.

— Pourquoi ai-je attendu si longtemps pour te toucher ?

se demanda-t-il tout haut. J'aurais pu te serrer dans mes bras depuis longtemps.

Elle s'était posé la même question la semaine précédente. Elle travaillait pour la Newport Corporation depuis plus d'un an, désormais. Un an où elle était rentrée chez elle tous les soirs en fantasmant sur son employeur sans jamais imaginer coucher avec lui un jour. Une année de solitude qu'elle aurait pu éviter si elle avait pensé un instant mériter un homme tel que lui.

À vrai dire, elle n'était pas encore certaine d'être assez bien pour lui, mais était-ce une raison pour se priver de savourer chacun de leurs instants ensemble ? Alors qu'elle ne s'était jamais autorisée à être aussi proche de quelqu'un, Carson avait pulvérisé les solides murailles qui la protégeaient de l'extérieur. Elle sentait son cœur se gonfler en pensant à lui, et son corps l'appeler de tous ses vœux.

À quoi ressemblait exactement l'amour ? Difficile à dire. Les seuls exemples qu'elle connaissait provenaient de romans ou de films. Mais si elle n'avait jamais personnellement éprouvé ce sentiment, Carson l'aidait à croire qu'elle l'avait rencontré pour de bon. Elle faisait plus qu'apprécier Carson. Plus que le désirer. Il la possédait corps et âme. Elle mourrait s'il la quittait, même !

Oui, elle était tombée amoureuse.

Un tourbillon d'émotions étreignait son cœur tandis que la spirale du plaisir s'intensifiait.

Georgia le saisit par les hanches pour l'aider à accélérer le mouvement, de plus en plus vite, et atteindre enfin l'extase. Des petits cris et des gémissements s'échappèrent de ses lèvres à mesure qu'elle sentait monter inexorablement son orgasme.

Carson finit par exploser, et elle se cramponna à ses

épaules en gémissant et en se tordant tandis que tout son corps se crispait. Peu à peu, elle s'apaisa, et les dernières vagues de plaisir déferlèrent sur elle. Quand elle ouvrit les yeux, elle vit que Carson l'observait attentivement.

— Tu es si belle quand tu jouis, dit-il. J'aime te regarder et te sentir monter au septième ciel.

— Maintenant, c'est ton tour…

Sans perdre une seconde, il l'attira à lui, le visage plongé dans le creux de son cou. Elle s'agrippa à lui, concentrée sur ce plaisir qui la rendait folle. Les lèvres de Carson se promenaient sur la peau de son cou et de ses épaules, en la goûtant, en la mordant. Alors qu'il se crispait et que ses mouvements se faisaient plus frénétiques, elle lui murmura des mots érotiques à l'oreille.

Ce n'était pas exactement ce qu'elle avait envie de lui dire. Ses émotions la poussaient plutôt à lui chuchoter qu'elle était tombée amoureuse de lui. Mais ce n'était ni le lieu ni l'heure. Elle n'avait jamais prononcé ces mots. Quand elle le ferait, l'instant devrait être magique. Il faudrait que Carson soit à l'unisson. Ce qui risquait de prendre plus de temps, hélas.

Cependant, ses paroles atteignirent leur but. Il planta les doigts dans sa chair en s'enfonçant en elle avec un grondement de satisfaction. Elle le tint serré contre elle et déposa un doux baiser sur ses lèvres quand il s'abandonna.

— Tu sais quoi ? dit-il une fois remis de ses émotions.

— Non ?

— Tu avais raison. Je me sens mieux.

- 10 -

Ce soir-là, après le départ de Georgia, Carson eut du mal à dormir. Était-ce à cause de sentiments qui se partageaient son cœur ou de sa nervosité à la perspective du rendez-vous avec Sutton ? Une chose était sûre : c'est d'un pas incertain qu'il entra dans les locaux d'Elite Industries en compagnie de ses frères, le lendemain après-midi.

— Ce n'est pas le chemin du bureau de Winchester, fit observer Graham à l'assistante qui les guidait dans le couloir.

— C'est exact, monsieur. Nous nous rendons au bureau de Mlle Winchester. M. Winchester est absent aujourd'hui.

— Il nous pose un lapin, grommela Brooks. Il a eu les résultats tout comme nous et il est trop lâche pour affronter la situation.

— En réalité, il est malade.

C'était la voix d'Eve Winchester, qui venait d'apparaître juste devant eux

Carson dévisagea d'un air soupçonneux la fille aînée de Sutton. Qui, en principe, était aussi sa sœur aînée. Considérer Sutton comme son père était déjà difficile, mais les répercussions au sein de la famille lui paraissaient tout aussi bizarres. Eve était sa sœur. Il se passa une main dans les cheveux tout en secouant la tête. Non, il ne s'habituerait pas facilement à l'idée.

— Normal qu'il ne se sente pas bien après nous avoir si ignoblement menti, dit Brooks.

Eve se raidit. Au lieu de répliquer, elle leur fit signe d'entrer dans son bureau et les invita à s'asseoir à la table de conférence.

De son côté, Carson nota que Brooks semblait très remonté et prêt à en découdre. Quant à Graham, il demeurait anormalement silencieux et ne quittait pas la jeune femme des yeux.

Peu après qu'Eve se fut assise à son tour, une autre jeune femme arriva. Plus petite, avec des cheveux plus blonds, mais les mêmes yeux verts. Les yeux de Sutton. Les siens.

— Je vous présente Grace, ma plus jeune sœur.

— Où est Nora ? demanda Brooks. Nous avions bien spécifié que nous tenions à rencontrer tous les membres de la famille.

— Nora vit au Colorado et elle a un enfant en bas âge. Comme vous avez exigé que cette entrevue ait lieu aujourd'hui, vous comprendrez que c'était impossible qu'elle y assiste.

— Et Sutton ? s'enquit Graham. Est-il réellement malade ou est-ce l'idée de voir s'envoler une partie de sa fortune qui l'a rendu souffrant ?

Carson guetta les réactions des deux sœurs aux propos blessants de son frère. Dans les yeux de Grace, il lut une inquiétude éloquente. Pas de doute, Sutton était réellement malade.

— De quoi souffre-t-il ? demanda-t-il.

C'était son père après tout.

— Nous l'ignorons, répondit Grace. Il voit le médecin aujourd'hui.

— Allons droit au but, messieurs, déclara alors Eve en les regardant tour à tour.

Carson plissa les lèvres. Cette attitude froide et impersonnelle lui rappelait Sutton.

— Je peux m'occuper de cette affaire aussi bien que mon père : inutile d'annuler la réunion, même s'il n'est pas là.

— Très bien, dit-il. Votre père a certainement reçu tout comme nous les résultats des tests de paternité, et je suppose qu'il vous a informées de ce qu'ils révélaient.

— Oui. Vous êtes notre demi-frère, dit Eve d'un ton neutre.

Elle se tourna ensuite vers les jumeaux et ajouta à leur intention :

— Pour ce qui est de vous, ça reste à déterminer.

— Je suis pratiquement sûr que, cette fois, les résultats seront positifs, dit Brooks. Nous voulons donc entamer la procédure.

— La procédure de quoi ? demanda Grace.

— Celle permettant d'obtenir la part d'héritage qui nous revient.

— Notre père est malade, pas mort. Il n'est pas question d'héritage pour le moment.

— Il en sera question un jour. Sa fortune ne le préservera pas du sort réservé au commun des mortels. Et nous n'attendrons pas qu'il soit six pieds sous terre pour contester le testament. Nous voulons nous assurer que nous recevrons ce qui nous revient de droit.

Carson s'agita sur son fauteuil pendant que les autres se querellaient. Cette situation était tellement gênante !

— Vous croyez donc aux miracles, dit Eve. Peu importe que vous soyez ou non ses fils biologiques, notre père n'est pas obligé d'inclure qui que ce soit dans son testament s'il ne le désire pas.

— En effet, intervint Graham. Il peut nous laisser en dehors du partage. Mais s'il agit ainsi, je peux vous garantir que vos sœurs et vous ne verrez pas un centime de votre héritage avant longtemps. Nous porterons l'affaire en justice, et les biens seront bloqués pendant des années. Vous n'aurez rien tant que le juge n'aura pas tranché. Sans compter tous ces frais de justice à régler…

Grace déglutit péniblement.

— Que proposez-vous ?

— C'est très simple, répondit Brooks. Si votre père accepte de modifier maintenant son testament, il n'y aura pas de problèmes. Il nous ignore depuis notre naissance. Notre mère nous a élevés seule, sans recevoir un centime de pension de votre père. Ce n'est certainement pas trop demander que d'exiger notre part quand il partira. Quant à vous, mesdemoiselles, vous auriez tout intérêt à faire en sorte que cette affaire se règle au mieux.

— Nous ? demanda Eve.

— Vous êtes les petites chéries à leur papa, non ? Encouragez-le à modifier son testament pour qu'il nous inclue dans la distribution. Expliquez-lui que vous ne voulez pas que l'affaire soit traînée en justice. Il vous écoutera certainement.

— Avez-vous rencontré notre père ?

Carson trouva la question si drôle qu'il ne put s'empêcher de rire. Les autres le regardèrent d'un air courroucé. Apparemment, le moment était mal choisi pour trouver des côtés comiques à la situation.

Histoire de faire retomber la tension, il crut bon de dire :

— Eve, Grace, essayez de vous mettre à notre place. Votre père a toujours partagé votre vie, et vous n'avez jamais manqué de rien. Nous méritions cette existence tout autant que vous, mais nous avons été écartés du jeu. Nous avons dû nous battre pour obtenir ce que nous possédons, ce n'est pas maintenant que nous comptons nous arrêter. Notre père nous le doit, en souvenir de notre mère et dans notre intérêt.

— Je suis vraiment désolée pour les conditions dans lesquelles vous avez grandi, dit Eve. Désolée que vous vous soyez sentis mal aimés ou que votre vie ait été difficile. Mais comprenez que nous ne sommes en rien responsables de cette situation. Avez-vous réfléchi au choc que c'est pour nous de découvrir tout ceci ?

Comme Eve le regardait en prononçant ces mots, Carson eut soudain le sentiment d'être le méchant de l'histoire.

— Brusquement, voilà que nous avons des frères. Un en tout cas, c'est sûr. Et nous apprenons que notre père a non seulement trompé notre mère, mais qu'il l'a fait sans le moindre scrupule. Vous ne punissez pas Sutton avec vos revendications, mais nous.

— Je déteste que les choses se passent ainsi, dit Graham.

On sentait de la tristesse dans sa voix. À vrai dire, c'était assez curieux. Graham se montrait généralement impitoyable dans ce genre de situation. Peut-être éprouvait-il des remords à planter ses dents de requin dans la chair de sa propre sœur.

— Seulement, nous savons tous qu'il n'existe qu'un moyen d'atteindre Sutton Winchester, poursuivit Graham. Et c'est en attaquant son porte-monnaie. Nous aurons de la chance s'il accepte de nous reconnaître en privé. Publiquement, c'est exclu. Je suis navré que nous ayons à entamer vos parts du gâteau pour parvenir à nos fins, mais c'est tout ce que nous obtiendrons de notre père. Croyez bien que nous ne renoncerons pas.

Un lourd silence tomba sur la pièce tandis que chacun jaugeait l'autre du regard.

— Très bien, finit par soupirer Eve. J'aurai une discussion avec papa au sujet du testament. Quand les résultats du nouveau test lui parviendront, peut-être sera-t-il d'accord pour envisager des modifications, mais n'y comptez pas avant.

— Parfait, dit Graham.

— Si vous n'avez rien à ajouter, j'ai du travail et je suppose que vous aussi, conclut la jeune femme en se levant.

Tous l'imitèrent.

Carson et ses frères traversèrent les couloirs en silence. Une fois dans la voiture de Brooks, les portières fermées, il osa demander :

— Et maintenant ?

— Je trouve que ça prend une bonne tournure, dit Graham. Il ne nous reste plus qu'à attendre les résultats et voir comment l'autre camp réagit.

— Tu as été trop faible avec elle, lui reprocha Brooks. Cette Eve est tout à fait ton type de femme, mais de là à lui manger dans la main…

— Cette Eve, comme tu dis, est peut-être notre sœur, vieux. Ce que tu dis est dégoûtant.

— Quoi qu'il en soit, tu l'apprécies et tu ne lui porteras pas l'estocade.

— Ce sera inutile. Nous avons fait valoir notre point de vue. Comme elle l'a très justement rappelé, nous allons les punir pour les actes de leur père. Inutile de frapper plus fort que nécessaire.

Depuis la banquette arrière où il était assis, Carson écouta ses frères échanger vivement leurs avis. Pour sa part, leur projet de revanche ne lui plaisait toujours pas.

— Je ne sais pas quoi penser, avoua-t-il.

Les jumeaux se retournèrent vers lui.

— Qu'est-ce que ça signifie ? demanda Brooks.

— Je veux dire… À quoi bon tout cela ? Nous n'avons pas besoin de cet argent, et ce n'est pas lui qui nous rendra un père. Nous allons simplement susciter la haine de nos sœurs. Et quand Sutton sera parti, elles seront tout ce qui nous restera.

— Il a abandonné notre mère ! s'exclama Graham. Il l'a laissée enceinte avec des jumeaux en bas âge ! Il doit être puni pour ses fautes. Propose une autre façon de faire, et je te suis.

— Je n'en ai pas.

Le regard de Brooks s'adoucit en se posant sur lui.

— Je sais que maman aurait réprouvé cette façon d'agir. Elle ne nous a pas élevés dans cet esprit et, pourtant, sa mémoire réclame vengeance. Si tu refuses de toucher à l'argent de Sutton, investis-le dans l'hôpital. Achète des équipements qui sauveront des vies d'enfants si ça t'aide à mieux dormir la nuit. Mais il faut t'habituer à l'idée que Sutton Winchester devra se saigner pour nous.

De retour de son déjeuner, Georgia eut la surprise de découvrir un message vocal de Sutton. Il devait normalement participer à une réunion avec les frères Newport mais c'était de chez lui qu'il appelait. Il voulait lui parler et lui remettre en mains propres son don pour l'hôpital. Si elle était disponible, il enverrait une voiture.

Elle se mit donc en contact avec la secrétaire de Sutton. Un chauffeur viendrait la chercher d'ici une heure.

Elle se rappela alors ce qu'elle avait promis à Carson : elle devait le prévenir si elle revoyait Winchester ! Cela attendrait le lendemain. Il était sans doute occupé à tirer des plans sur la comète avec ses frères, et elle comptait passer la soirée avec sa mère puisque Misty repartait le lendemain matin pour Detroit.

Plus tard dans l'après-midi, la voiture franchit un immense portail de fer forgé. Au bout d'une allée serpentant au milieu d'arbres superbes, Georgia découvrit la propriété de Sutton avec des yeux ébahis. Elle se trouvait devant une immense demeure de pierres grises susceptible d'accueillir au moins vingt personnes Les cinq Winchester qui, à sa connaissance, l'habitaient devaient s'y sentir un peu perdus.

Le chauffeur fit le tour d'une fontaine avant de s'arrêter au pied d'un escalier monumental. Un homme d'un certain âge, l'attendait en haut des marches.

— Mademoiselle Adams, dit-il avec un sourire poli. Je suis Christopher, le maître d'hôtel. M. Winchester vous attend.

— Je croyais que M. Winchester était à son bureau aujourd'hui, fit-elle remarquer.

— Normalement, oui, mais il se sent légèrement souffrant.

Georgia grimpa à la suite du maître d'hôtel un escalier de marbre, puis le suivit le long d'un couloir. Ils s'arrêtèrent devant des doubles portes.

— Est-ce son bureau ? s'enquit-elle.

— Non. Il se sent trop faible pour quitter son lit. Vous allez être admise dans sa suite.

Christopher ouvrit les deux battants, et elle entra. L'idée de se retrouver dans la chambre de Sutton ne l'enchantait guère, c'était le moins qu'on puisse dire, mais il était trop tard pour reculer. D'ailleurs, la pièce qu'elle apercevait ressemblait plus à un salon qu'à une chambre avec sa rangée de portes-fenêtres ouvrant sur une terrasse qui surplombait une piscine et un court de tennis.

Le maître d'hôtel ouvrit de nouvelles portes.

— Monsieur Winchester, Mlle Adams est ici.

— Faites-la entrer, lui répondit une voix à l'intérieur, et demandez qu'on serve le thé.

Après s'être respectueusement incliné, Christopher disparut, la laissant seule dans la chambre de Sutton.

Georgia se raidit légèrement. Pourtant, lorsque son regard se posa sur lui, ses appréhensions se dissipèrent. Cet homme ne l'avait pas attirée ici pour la séduire.

Il paraissait encore plus défait et amaigri que la fois précédente. Une intraveineuse fixée sur sa main le reliait à une poche à perfusion, il portait un tube à oxygène dans le nez et un équipement médical mesurait son pouls et ses autres signes vitaux.

— Je crains de ne pouvoir devenir votre amant, ma chère.

Il souriait, mais il n'y avait aucune trace d'amusement dans ses yeux verts.

Elle ne put s'empêcher d'avoir de la peine pour lui en le voyant se caler péniblement contre les oreillers.

— Nous avons appris que vous étiez malade, dit-elle. Mais c'est plus qu'une simple grippe, n'est-ce pas ?

— Malheureusement. Je vous en prie, prenez un siège.

D'un geste sans force, il lui désigna un fauteuil près de son lit.

— Je pensais que vous étiez à la réunion avec les frères Newport pour parler des résultats de vos tests génétiques.

— C'était l'idée. Mais ce maudit cancer en a décidé autrement, avoua-t-il.

— Un cancer ?

— On m'a diagnostiqué un cancer du poumon. Les résultats des analyses ne me sont pas encore parvenus, mais selon toute probabilité, il s'étend et a sans doute gagné les ganglions lymphatiques. Les médecins essaient des traitements, mais c'est plus ou moins une condamnation à mort. Certains diront que ma punition n'a que trop tardé.

— Vos filles sont-elles au courant ?

Sutton secoua la tête.

— Non. Elles savent que je suis malade, mais pas jusqu'à quel point. J'ai encore des affaires à régler avant de réunir les enfants pour leur annoncer la nouvelle. C'est une situation très délicate, promettez-moi de ne pas ébruiter ce que je viens de vous confier. Surtout pas à Carson. Je leur apprendrai ce qui se passe à ma façon, le moment venu.

Georgia ne put qu'acquiescer d'un timide signe de tête. Elle était triste pour Carson. Il venait d'apprendre la veille qui était son père et il allait le perdre avant d'avoir appris à le connaître. Pourquoi fallait-il qu'elle reçoive une seconde chance avec sa mère et pas lui ? C'était si injuste.

Sur ses entrefaites, une femme se présenta avec un service à thé en argent sur un plateau. Elle le posa sur la table de nuit et servit un thé noir dans de délicates tasses en porcelaine. Elle tendit à son patron une tasse et une soucoupe sur laquelle elle avait posé une tranche de pain beurré.

— Comment prenez-vous votre thé, mademoiselle ? demanda-t-elle ensuite.

— Avec un sucre et un peu de crème, s'il vous plaît.

La domestique lui tendit sa tasse.

— Désirez-vous autre chose, monsieur Winchester ?

— Merci. Ce sera tout.

Après un signe de tête, la domestique disparut aussi rapidement qu'elle était entrée.

Georgia but une gorgée de thé tout en réfléchissant aux propos de Sutton. Tout cela la laissait songeuse…

— Pourquoi vous confiez-vous à moi, une étrangère ? Et pourquoi avez-vous demandé à me voir aujourd'hui ?

Elle n'appréciait pas d'être dépositaire d'un aussi lourd secret. D'autant qu'elle savait combien il affecterait Carson et ses frères.

— Parce que je vous aime bien, Georgia. Vous êtes intelligente, belle, douée en affaires. Si j'avais vingt ans de moins, vous devriez compter avec moi.

Il soupira mélancoliquement avant de reprendre :

— Malheureusement, mon esprit et mon corps me trahissent. Je vous ai demandé de venir aujourd'hui pour vous parler de ma maladie en personne afin que vous compreniez ce qui se passe. Puisque Carson et vous êtes ensemble, je me suis dit que vous pourriez sans doute l'aider à avaler tout ça.

La prévenance de Sutton la surprit. Malgré la distance qui le séparait de son fils, il semblait comprendre que ce serait difficile pour Carson. Et il savait également que Carson ne chercherait pas de réconfort auprès de lui. Car c'est vers elle qu'il irait.

— Je voulais aussi vous donner quelque chose.

Joignant le geste à la parole, le promoteur tira une enveloppe scellée du tiroir de sa table de nuit. Elle portait le nom de Carson rédigé de sa main.

— C'est le don pour votre hôpital. Je voulais vous le remettre en mains propres. S'il vous plaît, donnez-le-lui dès que vous le verrez.

Georgia prit l'enveloppe et la glissa dans son sac.

— Je n'y manquerai pas.

— Il me déteste, vous savez, dit Sutton d'un ton neutre. Il faut reconnaître que j'ai tout fait pour. Ce chèque n'arrangera sûrement pas les choses, mais c'est tout ce que je peux offrir. Cynthia a été la lumière de ma vie. Quand je l'ai perdue, j'ai sombré dans l'obscurité pour toujours. Honorer son souvenir en apportant ma contribution à cet hôpital est le moins que je puisse faire.

Elle remarqua l'expression nostalgique qui se peignit sur le visage de Sutton au moment d'évoquer la mère de Carson. Représentait-elle réellement davantage qu'une simple conquête à ses yeux ? Carson et elle ne le sauraient peut-être jamais.

— Il ne vous déteste pas, affirma-t-elle. Il déteste la façon dont vous avez traité sa mère.

À ce moment, de façon tout à fait inattendue, Winchester éclata de rire.

— Je parie que Cynthia a raconté n'importe quoi aux garçons pour les tenir éloignés de moi ! Aussi étrange que cela puisse paraître, elle tenait à me protéger. Elle a quitté l'entreprise pour la même raison. À cette époque, ma femme me menaçait de mille maux si je ne rompais pas avec elle. Personnellement, le fait que Celeste me mette sur la paille ne me faisait ni chaud ni froid, j'étais incapable de la quitter. Cependant, Cynthia a refusé ce sacrifice de ma part : elle refusait que je renonce à tout pour elle et elle est partie. Tout ce que j'ai pu faire pour l'aider, c'était lui donner une indemnité de licenciement. Elle m'a fait promettre de ne pas la chercher, et j'ai tenu parole. Je regrette chaque jour de l'avoir fait. J'aurais su pour Carson si je l'avais cherchée.

Georgia se redressa. Cela voulait dire que…

— Vous ignoriez l'existence de Carson ?

— Complètement. J'étais au courant pour les jumeaux, bien sûr, mais ils n'étaient pas de moi. Lorsqu'ils ont démarré leur affaire et qu'ils sont devenus mes principaux concurrents, je savais qui ils étaient. J'ai alors pensé à reprendre contact avec Cynthia, puis j'ai réfléchi. Tant d'années s'étaient écoulées, elle ne tenait probablement pas à ce que je fasse irruption dans sa vie. En apprenant l'existence d'un troisième enfant, j'ai supposé qu'il était le fruit d'une autre aventure de Cynthia. Il ne m'est pas venu à l'idée que…

Le regard de Sutton exprimait une tristesse qu'elle ne s'attendait pas à y voir. C'était particulièrement poignant.

— J'ai toujours rêvé d'avoir un fils, reprit-il. J'aime mes filles plus que tout, mais je suis très peiné d'apprendre que j'avais un fils sans le savoir. Et maintenant…

Il désigna tristement le matériel médical autour de son lit.

— Il est trop tard.

Elle était stupéfaite de découvrir une facette inattendue de la personnalité de cet homme. Sans être un saint, il n'était pas le monstre qu'on dépeignait. Ces regrets lui semblaient sincères. Peut-être avait-elle raison : la relation de Sutton avec la mère de Carson n'était pas qu'une aventure sordide. Cela ressemblait à de l'amour. Elle connaissait désormais le vrai visage de l'amour. Il lui suffisait de songer à tout ce qu'elle désirait faire pour Carson parce qu'elle tenait à lui. Cynthia était-elle arrivée à de telles extrémités pour protéger son amant de la ruine financière ?

— Il n'est pas trop tard, affirma-t-elle. Carson et vous pouvez encore avoir une relation. Il faut simplement le convaincre de vous donner votre chance. Si toutes les choses que sa mère lui a dites sur votre compte sont fausses, il doit le savoir.

Le promoteur la laissa parler d'un air songeur, puis secoua la tête.

— Il ne m'écoutera pas. Mais peut-être vous écoutera-t-il, vous.

- 11 -

— Maman ?

Georgia franchit la porte de l'appartement, les bras chargés de sacs de provisions. Ayant quitté la demeure de Sutton Winchester à une heure avancée, elle avait prié son chauffeur de la déposer à la supérette de son quartier au lieu de retourner au bureau. Elle avait acheté des produits que sa mère aimait et de quoi préparer ses fameuses lasagnes pour le dîner. Misty dormait quand elle était revenue de chez Carson, la veille. Il lui tardait de passer une agréable soirée avec elle avant son départ pour Detroit !

Depuis qu'elle avait quitté Sutton, elle se sentait d'humeur sentimentale. S'il y avait de l'espoir pour Carson et son père, peut-être y en avait-il pour sa relation avec sa mère ? Jusque-là, c'était plutôt encourageant.

Elle posa les sacs sur la table de la salle de séjour et tendit l'oreille. À part la veille, elle avait trouvé Misty sur le canapé, en train de lire un livre ou de regarder la télévision. Mais ce soir, il n'y avait pas un bruit dans l'appartement.

— Maman ? répéta-t-elle.

Pas de réponse.

Les sourcils froncés, elle inspecta la salle de séjour. Tout semblait en place. Le livre de sa mère était posé sur la table basse où elle l'avait laissé.

Peut-être était-elle montée à l'étage…

Une fois en haut, elle se figea sur place en découvrant le spectacle. On aurait dit qu'une tornade avait traversé la pièce. Les tiroirs étaient ouverts, ses vêtements jonchaient le sol, la porte du placard bâillait et son coffret à bijoux gisait à terre.

Seigneur, était-il arrivé quelque chose à Misty ? Elle courut jusqu'au placard, s'attendant presque à trouver sa mère recroquevillée au fond, blessée, ou pire. Mais il était vide. Elle courut à la salle de bains. Et si le cambriolage avait mal tourné ? Hélas, aucune trace de Misty là non plus.

Soudain, au milieu du chaos, Georgia s'aperçut d'une chose : les sacs de Misty avaient disparu.

Elle possédait quelques bijoux de valeur. Enfin, jusqu'ici puisque le contenu de son coffret s'était volatilisé. Dans son placard, il manquait quelques paires de chaussures de luxe dont les boîtes gisaient au sol. Son nouvel iPad qu'elle avait mis à charger sur la commode s'était également envolé.

Une minute. Elle cachait du liquide dans une enveloppe et une carte de crédit d'urgence entre le matelas et le sommier. Une vieille habitude. Avec cet argent et ce qu'elle promenait dans son fourre-tout, elle pouvait s'en aller et ne jamais revenir. Un vestige de sa vie nomade d'enfant placée en famille d'accueil.

Elle s'agenouilla, glissa les mains sous le matelas. Pas d'enveloppe. Elle finit par soulever le matelas, ce qui confirma ses soupçons. L'argent s'était envolé en même temps que sa mère.

Elle se laissa tomber sur le lit. Des émotions contradictoires se disputaient son cœur. Et voilà, ce que redoutait Carson s'était produit. Elle avait espéré que Misty était capable d'être une mère, que cette femme avait changé, mais elle s'était trompée. En réalité, Misty avait gagné sa confiance pour mieux la dépouiller. Comment avait-elle pu se montrer aussi naïve ?

Des larmes perlèrent à ses yeux. Dans la salle de bains, elle s'aspergea le visage d'eau froide. Après quoi, elle prit appui sur le bord du lavabo et hésita. Que faire ? Devait-elle prévenir la police ? Peut-être, mais elle en était incapable. Même si elle se sentait l'âme d'une enfant abandonnée au milieu de nulle part. Une fois de plus.

Durant ces quelques jours, elle s'était attachée à sa mère. Cette trahison ne parvenait même pas à éradiquer le souvenir des bons moments passés ensemble. Quoi que Misty ait fait, il n'était pas question de la livrer à la police. Ces objets n'avaient aucune importance à ses yeux. Ils étaient remplaçables, contrairement à l'amour de sa mère.

Enfin, si jamais sa mère l'avait aimée.

En se redressant, le regard de Georgia tomba sur la poubelle. À l'intérieur, un sachet en plastique contenant des résidus et ce qui ressemblait fort à une seringue. Sa mère avait recommencé à se droguer ! Voilà qui expliquait son brusque changement d'attitude. Avait-elle utilisé l'argent de la pizza pour se procurer de l'héroïne au lieu de se rendre aux Alcooliques Anonymes ? De toute évidence, Misty avait laissé son addiction prendre le dessus et gâcher ce qu'elles avaient commencé à construire ensemble.

Une immense déception la saisit. Vis-à-vis de sa mère, mais aussi d'elle-même. C'était trop lourd à porter. Il fallait qu'elle en parle à quelqu'un. Le temps de regagner la salle de séjour, elle prit son portable et composa le numéro de Carson.

— Bonsoir, Georgia ! Je ne m'attendais pas à avoir de tes nouvelles ce soir.

— Est-ce que je peux venir ?

Ce fut un cri du cœur. La gorge nouée, elle eut bien du mal à retenir ses larmes. Non. Si elle devait pleurer, ce serait dans les bras de Carson, pas avant.

— Bien sûr. Je dois te prévenir, ce n'est pas la grande forme, mais tu es la bienvenue. Tu ne passais pas la soirée avec ta mère ?

Elle ravala la boule qui lui bloquait la gorge.

— Changement de programme.

— Je suis là. À tout de suite.

Georgia reposa son portable sur la table, rangea consciencieusement ses courses dans le réfrigérateur et, avant de sortir, enclencha le système de sécurité au cas où sa mère songerait à revenir. Dans la rue, ne se sentant pas d'humeur à prendre le métro, elle héla un taxi.

Quelques minutes plus tard, elle arrivait chez Carson. La porte était grande ouverte. Curieux !

Elle se glissa à l'intérieur et referma derrière elle. Tout semblait vide. Où était-il passé ?

Au bout de quelques secondes, elle l'entendit lancer :

— C'est toi, Georgia ? Viens, je suis dans la salle de musculation.

Guidée par sa voix, elle suivit le couloir. Elle le trouva uniquement vêtu d'un short et de gants de boxe, en sueur, en train de s'acharner sur un sac de sable suspendu au plafond.

Elle l'observa quelques instants. Elle s'attendait à ce qu'il arrête, sachant qu'elle était là, qu'il lui demande ce qui n'allait pas, qu'il la console. Mais il continua de frapper jusqu'à ce qu'il s'immobilise, épuisé, le front contre le sac.

— Est-ce que ça va ? demanda-t-elle.

— On avait rendez-vous avec Sutton et ses filles, aujourd'hui, expliqua-t-il en retirant ses gants. Et il nous a fait faux bond.

Elle se mordit la lèvre. Elle connaissait la vérité, mais avait promis de se taire.

— Sutton n'est pas venu ?

— Non, soupira-t-il en jetant ses gants dans un coin. Il paraît qu'il est malade, ce qui confirmerait tes soupçons. Mais jusqu'à quel point ? Il t'a donné rendez-vous l'autre jour avec l'espoir de te mettre dans son lit, et quand il s'agit de rencontrer ses fils, voilà qu'il est grabataire !

— Je ne suis pas surprise. Je t'ai dit que je ne le trouvais pas bien du tout.

— Ne le défends pas, s'il te plaît !

Elle tressaillit devant cette réponse. Elle n'avait jamais vu Carson dans cet état. D'ordinaire, il était calme et posé. Cette réunion semblait l'avoir mis hors de lui.

— As-tu rencontré Eve ?

— Elle et Grace étaient là, acquiesça-t-il. Elles n'ont pas manifesté un grand enthousiasme, ce qui n'a rien d'étonnant. Et elles n'ont pas plus sauté de joie à l'idée de m'avoir pour frère. Comme si j'avais brisé le mariage de leurs parents par ma seule existence ! Je n'ai rien à voir là-dedans. Je… J'ai l'impression que cette histoire va nous exploser à la figure. Maman avait raison. Nous aurions mieux fait de rester à l'écart de notre père. C'était un salaud à l'époque, et il n'a pas changé.

Que répondre à cela ? Il suffisait d'entendre sa colère pour comprendre qu'il était profondément déçu. Le petit garçon en lui avait espéré que son père et ses sœurs l'accueilleraient au sein de leur famille. Tout comme elle-même avait espéré que désormais sa mère serait là pour elle.

Et voilà ce que cela leur avait apporté…

— Tu devrais donner à Sutton une chance d'être ton père, avança-t-elle. Sa réaction pourrait te surprendre.

D'un geste brusque, Carson attrapa une serviette et se frotta le visage.

— J'en doute sincèrement. On ne peut pas faire confiance à un type pareil. Je ne veux plus le voir.

— Mais pourquoi ? Tu voulais pourtant que je continue à pêcher des infos auprès de lui.

— Non, non, ça n'en vaut pas la peine. Je ne veux plus que tu l'approches et je ne l'approcherai pas non plus. Franchement, je n'arrive pas à y croire ! souffla-t-il en se laissant tomber sur le banc de musculation. Je regrette amèrement d'avoir fouillé les affaires de ma mère. J'aurais préféré ne pas savoir.

— Impossible de revenir en arrière. Le mieux, à présent, c'est de tirer le meilleur parti de ce qui est fait.

Avec un grognement de dépit, il passa la serviette autour de son cou et se leva.

— Si ça ne te fait rien, je préférerais ne plus en parler. Inutile de gâcher la soirée

À ces mots, il vint vers elle et la prit par la taille pour lui donner un baiser.

— Parle-moi plutôt de toi. Je croyais que tu devais passer la soirée avec ta mère.

Georgia hocha tristement la tête.

— Je le croyais aussi. Mais à mon retour, je me suis aperçue qu'elle s'était envolée.

— Que veux-tu dire ? demanda-t-il. Elle est partie plus tôt que prévu ?

— En quelque sorte. Elle a cambriolé mon appartement pour s'acheter de la drogue et a filé en douce.

Carson n'en revenait pas. Non, allons, il avait mal entendu.

— Peux-tu répéter ?

— Tu avais raison depuis le début, dit-elle en se mettant à sangloter contre sa poitrine. Je croyais qu'elle voulait vraiment nouer des liens avec moi, mais elle s'est contentée de m'utiliser. Je me sens complètement stupide d'être tombée dans le panneau.

La pauvre, ce devait être une telle déception !

— Je suis désolé, murmura-t-il en lui caressant tendrement les cheveux. J'aurais préféré avoir tort. Tu es sûre qu'elle n'est pas juste sortie ? Peut-être assiste-t-elle à une autre réunion des Alcooliques Anonymes ?

— Non. Pour assister à une réunion, elle n'avait pas besoin d'emporter mon iPad, mon argent et mes bijoux. Elle a bouleversé ma chambre de fond en comble en cherchant tout ce qui pouvait se monnayer. Elle ne reviendra pas. Et si elle revenait, je la mettrais dehors.

Il la serra plus fort contre lui. Il aurait voulu faire davantage pour elle. Malheureusement, il n'avait pas le pouvoir de faire de cette femme quelqu'un de meilleur, ni d'effacer le mal qu'elle avait fait à sa fille. Il pouvait juste soutenir Georgia.

Finalement, elle s'écarta. Quand elle essuya ses larmes, le mascara laissa des traînées noires sur sa peau pâle.

— Pardonne-moi d'avoir craqué. Tu veux m'excuser un instant ? Je vais me passer de l'eau froide sur le visage.

— Pendant ce temps, je vais nous servir un verre de vin et commander une pizza, qu'est-ce que tu en dis ? Ce soir, un petit remontant ne sera pas superflu.

— Parfait ! Merci.

Carson la regarda disparaître dans le couloir. Une fois dans la cuisine, après avoir ouvert une bouteille de vin, il aperçut le sac fourre-tout de Georgia. Celui-ci trônait sur la pile de papiers où se trouvait le numéro de la pizzeria. Depuis leur premier entretien, il se demandait ce qu'il pouvait bien contenir. Sa propre vie tenait dans un portefeuille. Que pouvait-elle transporter avec elle, partout, tout le temps ?

Quand il souleva le sac pour le poser ailleurs, il se pencha pour jeter un coup d'œil à l'intérieur. Par simple curiosité, bien sûr. Difficile de distinguer quelque chose dans ce fatras. Cependant, une enveloppe blanche portant son nom attira son attention.

Tout en sachant qu'il n'avait pas le droit d'agir ainsi, Carson ne put résister à la tentation et ouvrit l'enveloppe. Elle contenait un chèque de Sutton d'une somme de vingt millions de dollars, à l'ordre de l'hôpital du Cynthia Newport Memorial. Il fixa longuement le morceau de papier.

C'était irréel.

— Quel genre de pizz…

C'était la voix de Georgia.

Elle s'interrompit brutalement en voyant ce qu'il tenait à la main.

— Tu fouilles dans mes affaires maintenant ? s'insurgea-t-elle.

— En voulant changer ton sac de place, j'ai aperçu cette enveloppe à mon nom. Qu'est-ce que ça signifie ?

— C'est un chèque pour l'hôpital, dit-elle en lui arrachant son sac des mains. Je t'avais dit que Sutton voulait faire un don.

Il remit le chèque dans l'enveloppe tout en secouant la

tête. Cela n'avait aucun sens. Pourquoi diable Winchester donnerait-il une somme pareille ? Et depuis combien de temps Georgia lui dissimulait-elle ce don ?

— Quand Sutton t'a-t-il donné ce chèque ?

— Cet après-midi, bougonna-t-elle.

— Attends… Tu l'as vu aujourd'hui ? Alors qu'il nous avait plantés à la réunion ?

— Oui. Il m'a demandé de passer chercher le chèque chez lui.

— Et tu n'as pas pensé à me le signaler ? Tu étais censée me dire si tu le voyais, non ? C'était dangereux d'y aller, et tu le savais.

Georgia secoua la tête.

— Je n'ai pas eu l'occasion de t'en parler. Et puis je comptais te remettre ce chèque dès que je te verrais. Mais après le tour que m'a joué ma mère, j'étais si perturbée que j'ai oublié. Alors voilà, Sutton m'a demandé de te remettre ceci.

Ce type était trop faible pour voir son fils, mais il avait demandé à Georgia de se rendre chez lui juste pour chercher un chèque ? Quelque chose clochait dans cette histoire.

— De quoi avez-vous parlé ?

— De toi, principalement.

Il eut un rire amer.

— Il préfère parler de moi avec toi plutôt que me rencontrer maintenant qu'il sait que je suis son fils ?

Elle parut sincèrement peinée par cette réponse.

— Tu sais, je ne crois pas qu'il soit l'horrible personne que tu décris. Ce que tu sais de lui, c'est ce que ta mère t'a raconté et ce que tu as appris à travers vos impitoyables relations d'affaires. Tu devrais aller le voir et te faire ton opinion par toi-même.

Carson ouvrit de grands yeux. Aller le voir ? Mais quelle idée !

— Pourquoi ?

— Parce que c'est ton père, voyons ! Tu devrais au moins lui laisser sa chance.

— Bien sûr. Cette façon de voir les choses a très bien fonctionné pour ta mère et toi ! jeta-t-il.

C'était un coup bas, mais tant pis. Elle ne se rendait pas compte de l'énormité de sa demande.

— Pourtant, je ne regrette rien. D'accord, ça n'a pas tourné comme je l'espérais. Au moins, j'ai essayé. Et j'ai appris sur mon passé et ma famille des choses qui, sinon, seraient restées dans l'ombre. Oui, ça me coûte quelques affaires personnelles et beaucoup de chagrin, mais ça en valait la peine.

Carson nageait en plein brouillard. Après cette mésaventure avec sa mère, pourquoi l'encourageait-elle maintenant à voir son père ? Elle n'avait pas eu de mots assez durs pour lui !

— Pourquoi insistes-tu autant pour que je le voie ? Franchement, de quel côté es-tu, tu peux me le dire ?

— Du tien, enfin ! Seulement, je détesterais que tu rates la chance d'avoir une relation avec ton père. C'est ce que tu as toujours voulu, non ? Tu as déjà perdu bien trop de temps. Chaque instant avec lui est précieux.

Il eut brusquement le sentiment qu'elle en savait plus long que ce qu'elle voulait bien dire. Sutton lui avait sans doute raconté une histoire à faire pleurer dans les chaumières pour la mettre de son côté. Sinon, elle ne lui aurait pas tenu tête de cette façon. Ces vingt millions avaient-ils acheté sa loyauté ?

— Qu'est-ce qu'il t'a raconté ? Pourquoi as-tu changé d'attitude ?

Quand elle le regarda, il sentit que plusieurs sentiments se partageaient le cœur de Georgia.

— Je ne peux pas te le dire, finit-elle par souffler.

— Tu ne peux pas ou tu ne veux pas ? Qu'as-tu fait de ta loyauté, Georgia ? On dirait que tu es de son côté.

Elle lui jeta un regard indigné.

— Non, c'est de ton côté que je me range, et uniquement de ton côté. Parce que je tiens à toi. Seulement, je sais combien cette histoire compte pour toi et je ne voudrais pas que tu commettes d'erreur.

— Si tu tiens à moi, tu dois me dire ce qu'il t'a raconté, rétorqua-t-il.

— Impossible. Je lui ai promis de ne rien dire avant qu'il vous ait parlé. Vraiment, n'agis pas de manière à le regretter plus tard. Il faut me faire confiance.

— Te faire confiance ? Comment te faire confiance alors que tu passes ton temps avec lui sous couvert de l'espionner pour mon compte ? Alors que mon adversaire m'expédie un chèque de vingt millions de dollars par ton intermédiaire, parce que tu es la seule en qui il ait confiance ? N'ai-je pas le droit d'entretenir quelques soupçons ?

Georgia écarquilla les yeux.

— Vingt millions de dollars ?

Jouait-elle la surprise ou était-elle sincère ?

— Comment ? Tu ignorais le montant du don ? Il ne me donne sûrement pas cet argent de bon cœur. C'est forcément un dédommagement, comme si tu en avais gagné chaque centime à l'horizontale.

Elle recula d'un pas. On aurait dit que ces mots lui avaient fait l'effet d'une gifle.

— Tu tiens des propos ignobles ! Mon dévouement à la cause de ta mère a des limites. Je n'ai pas couché avec Sutton et je ne coucherai jamais avec lui, quelle que soit la somme qu'il me propose !

— Alors pourquoi ferait-il un tel don ? rugit-il. Et n'essaie pas de me faire croire qu'il éprouve une soudaine tendresse pour les enfants malades !

D'un geste sec, Carson posa le chèque sur le comptoir.

— Je suppose que je devrais t'accorder une augmentation. Peu de gens à Newport Corporation font preuve d'un tel dévouement pour l'entreprise.

Georgia recula comme si Carson l'avait frappée et s'appuya au comptoir le temps de se ressaisir.

— Vous pouvez aller au diable, vous et votre augmentation, monsieur Newport ! Je m'imaginais qu'il y avait quelque chose entre nous, mais cette fois encore, je me suis montrée d'une naïveté incommensurable. Tu as cru toute ta vie que tu n'étais pas assez bien pour mériter l'amour d'une femme. Mais quand il te crève les yeux, tu refuses de le voir et tu préfères le repousser. Eh bien ton vœu va se réaliser ! Puisque tu ne peux pas me faire confiance, tout est fini entre nous. Je n'ai pas comploté derrière ton dos, ni couché avec ton père. Et je refuse d'avoir le moindre rapport, privé ou professionnel, avec quelqu'un capable de croire autre chose !

Carson ouvrit de grands yeux.

— Tu démissionnes ? demanda-t-il en croisant les bras. Tu vas courir voir Sutton et le supplier de te donner le poste qu'il t'a offert ?

— Je ne prendrai même pas la peine de répondre. Je savais que c'était une mauvaise idée d'avoir une liaison avec toi. Je n'aurais pas dû me laisser dominer par mes émotions. J'espère que cette fois, j'aurai appris la leçon.

Sur ces mots, Georgia tourna les talons et quitta

l'appartement. La colère l'étouffait, et des larmes d'indignation coulaient sur ses joues quand elle sortit de l'immeuble et s'arrêta au feu du coin de la rue en attendant qu'il passe au vert. D'un geste brusque, elle sortit un mouchoir de son sac. Pleurer n'avançait à rien.

La journée avait si bien commencé. La découverte de son amour pour Carson l'avait transportée de bonheur, tout comme la joie de voir que sa relation avec Misty s'épanouissait dans le bon sens. Et voilà que, douze heures plus tard, il ne lui restait rien, pas même une raison de rester à Chicago. Fuir cette ville : voilà tout ce qu'elle souhaitait faire.

Elle arrêta un taxi et s'engouffra à l'intérieur.

— À l'aéroport, dit-elle au chauffeur.

Elle avait besoin d'une oreille attentive. Hélas, ni sa mère ni son amant ne pouvaient la lui offrir. La seule personne au monde qui ne la laisserait jamais tomber, c'était Sheila, son ancienne assistante sociale. Elle était d'excellent conseil. Peut-être, seulement peut-être, pourrait-elle l'aider à sortir de ce cauchemar qu'était devenue sa vie.

- 12 -

Assis sur son canapé, Carson contemplait son portable obstinément silencieux. Trois jours s'étaient écoulés depuis que Georgia avait quitté son appartement. Il n'avait pas reçu la moindre nouvelle de sa part. Naturellement, il ne s'attendait pas à ce qu'elle lui téléphone après leur altercation. Elle avait dû courir retrouver Sutton. Bizarrement, elle n'était même pas passée au bureau chercher ses affaires.

Son bureau était tel qu'elle l'avait laissé. Il aurait pu demander à Rebecca de le ranger, mais pour être franc, il espérait qu'elle change d'avis à propos de sa démission. Ils ne sortiraient plus ensemble, soit. L'ennui, c'est qu'une directrice des relations publiques aussi compétente serait difficile à remplacer. Il ferait mieux de s'en souvenir le jour où il serait de nouveau tenté de s'intéresser à une employée…

Il allait reposer son portable sur la table basse quand l'appareil sonna.

— Oui ?

— Salut, frangin, c'est moi, Graham. J'ai des nouvelles. Winchester organise une réunion demain. Il réclame notre présence à tous, sans expliquer de quoi il retourne.

— J'imagine que si c'est lui qui organise, il se montrera, dit-il d'un ton amer.

Tout en prononçant ces mots, Carson se souvint d'une chose. D'après Georgia, Sutton s'apprêtait à faire une annonce dont elle connaissait la teneur, mais elle avait juré le secret. En tous les cas, ce type ne reculait devant rien ! Rassembler tous ses enfants semblait la meilleure recette pour un désastre.

— Crois-tu qu'Eve l'aura convaincu de modifier son testament ?

— Je n'en sais rien. Si c'est le cas, je l'ai sous-estimée parce qu'elle aurait accompli un miracle en un rien de temps.

— Aurons-nous les résultats du test d'ici là ?

— Qui sait ? S'il sait que nous sommes ses fils et que le test de paternité n'est qu'une formalité, il en a peut-être assez de se battre et renonce à attendre la preuve. Je vais demander à Rebecca de prévoir cette réunion dans nos emplois du temps de demain.

Carson se rembrunit. S'il s'agissait de la nouvelle à laquelle Georgia avait fait allusion, ce devait être important pour qu'elle n'ait pas voulu se délier de sa promesse.

— D'accord, dit-il.

Il y eut un long silence.

— Carson, qu'est-ce qui ne va pas ?

Il avait délibérément préféré cacher à ses frères sa brouille avec Georgia. Winchester leur donnait assez de fil à retordre. Ce n'était pas la peine d'y ajouter ses problèmes amoureux. Trouver un nouveau directeur des relations publiques pour s'occuper de la promotion de l'hôpital serait suffisant.

— C'est Georgia ? insista Graham. Elle n'est pas dans son bureau. Ne me dis pas qu'elle a démissionné pour filer chez Sutton.

Après une attaque aussi directe, difficile de tergiverser.

— Elle a démissionné, et j'ignore où elle se trouve, admit-il à son aîné.

— Que s'est-il passé ?

— C'est cette sale histoire avec Sutton. Quand elle a dit des choses qui m'ont déplu, j'ai explosé. Alors elle a démissionné.

— Désolé, mon vieux. C'est bien pour ça qu'il ne faut pas sortir avec des collègues. En cas de rupture, cela a des répercussions fâcheuses. Dois-je demander aux ressources humaines de commencer à recruter ?

— Pas encore, répondit-il.

Sans trop savoir pourquoi, en toute honnêteté. Georgia ne reviendrait pas après ce qu'ils s'étaient dit.

— Laisse passer quelques jours, ajouta-t-il. Voyons d'abord ce que donnera cette réunion avec Sutton et les retombées qu'elle aura.

Une chose à la fois…

— Enfin, tu es là, ma chérie !

Georgia leva les yeux et prit la tasse de thé brûlant que lui proposait Sheila.

— Merci, dit-elle. Et merci d'avoir accepté au pied levé de me recevoir. Je ne savais vraiment pas où aller.

Sa tasse à la main, Sheila s'assit dans le fauteuil proche du canapé sur lequel Georgia était allongée avec une couverture. Elle avait téléphoné à Sheila depuis l'aéroport de Chicago. Lorsqu'elle s'était présentée à la porte de son appartement de Detroit, à minuit, elle avait été accueillie comme un membre de la famille.

En réalité, Sheila était sa seule famille. Elle avait été là depuis qu'on lui avait confié son dossier quand elle avait dix ans. Elle s'était alors efforcée de lui trouver les foyers les plus stables et les plus sûrs, malgré les difficultés.

Sheila avait rempli avec elle ses dossiers de bourse ou d'inscription en faculté. Elle l'avait encouragée à intégrer l'université de Northwestern et poussée à chercher sa voie. Elle l'avait aussi avertie que rechercher ses parents biologiques n'était pas toujours la meilleure des décisions.

Ce qui venait de se passer prouvait qu'elle avait raison.

— Pendant mon séjour, je t'aiderai pour le ménage, ajouta Georgia. Je ne veux pas que tu me traites en invitée.

Encore un réflexe d'enfant habituée à s'installer dans de nouveaux foyers : on était mieux accepté en se rendant utile.

— Tu as eu une semaine plutôt pénible, fit remarquer Sheila. Et d'ailleurs, même si ce n'était pas le cas, je prendrai soin de toi parce que tu le mérites. Tu peux aider si tu le désires, mais ce n'est pas une obligation. Je doute que deux femmes adultes fassent beaucoup de désordre !

Georgia accepta cette remarque tout en buvant son thé. Il était parfait, chaud mais pas brûlant, avec la dose parfaite de crème et de sucre, comme celui qu'elle avait bu chez Sutton. Depuis ce jour, sa vie avait basculé. Alors que l'avenir s'annonçait prometteur, elle était désormais célibataire, orpheline de mère et sans emploi.

— As-tu des projets pour ton séjour à Detroit ? s'enquit Sheila.

— Pas vraiment. J'ai pris mon billet sans avoir réfléchi. Je savais simplement qu'il fallait que je quitte Chicago. Mais, maintenant que je suis là, je commence à me poser des questions. À quoi bon rentrer ?

— Pourquoi pas ?

— Il n'y a plus rien pour moi là-bas. Je n'ai plus de travail, plus d'amis. Mon travail était toute ma vie. Un nouveau départ à Detroit, c'est sans doute ce qu'il me faut.

Sheila ne cacha pas son mécontentement.

— Tu dis des sottises, mon chou. Avec ton métier, ta place est à Chicago. Et puis tu adores ton appartement. Tu as beau penser qu'il n'y a rien pour toi là-bas, il y a sûrement plus qu'ici. Tout ce qui t'attend à Detroit, ce sont de mauvais souvenirs.

— C'est faux, protesta-t-elle. Misty m'a appris que j'ai un frère et une sœur qu'elle a donnés à l'adoption. Je pourrais essayer de les retrouver. Tu crois que tu m'aiderais ?

— C'est délicat. Tout dépend des conditions de l'adoption. Si les parents ont préféré ne rien dire, ces enfants ignorent peut-être qu'ils ont été adoptés. Ceci mis à part, il se pourrait que tu ne trouves pas non plus ce que tu cherches avec eux.

Georgia écarquilla les yeux. Que voulait-elle dire ?

— Qu'est-ce que je cherche ?

— Une famille. Tu n'as pas obtenu ce que tu voulais avec ta mère, ça ne tournera pas mieux avec ton frère et ta sœur. J'exerce ce métier depuis longtemps : dans ce genre d'affaires, les dénouements sont rarement heureux. À ta place, au lieu de laisser mon passé me hanter, j'irais de l'avant et songerais plutôt à fonder ma propre famille.

Une famille à elle ?

Franchement, l'idée ne lui avait jamais traversé l'esprit. Cette aventure avec Carson avait été sa première vraie relation sérieuse. Les concepts de mariage et d'engagement lui étaient étrangers. Maintenant qu'ils avaient rompu, c'était encore plus vrai. En ce qui concernait les hommes, elle n'avait pas un jugement très sûr. Garder ses distances était sans doute la meilleure solution.

Il lui arrivait de penser qu'un jour, elle aurait des enfants. Or ce fameux jour se situait dans un avenir si lointain qu'il semblait ne devoir jamais arriver. Il lui restait beaucoup de temps pour devenir mère, c'est vrai, seulement… n'ayant jamais eu de mère, comment saurait-elle en devenir une ? Il était hors de question qu'elle échoue comme sa mère avant elle. La destinée d'un enfant était en jeu !

— Je n'ai pas besoin de famille à moi, dit-elle. Je t'ai.

Sheila posa sa tasse sur la table basse et vint s'asseoir près d'elle sur le canapé.

— Bien sûr, tu m'as. Mais tu n'as pas besoin de vivre à Detroit pour ça. Où que tu sois, tu pourras toujours compter sur moi. Malgré les épreuves que tu viens de subir, tu ne peux pas renoncer à tout ce que tu as construit. L'emploi à Elite Industries t'attend toujours, n'est-ce pas ?

Oui, l'offre était toujours valable. Cependant, même si elle sentait un lien amical se créer avec Sutton, il ne serait plus là bien longtemps. Par la suite, elle aurait affaire à Eve, qu'elle connaissait mal. Qui pouvait dire si elles s'entendraient ?

— Je ne crois pas que ce soit une bonne idée, avoua-t-elle.

— Écoute, c'est l'intérêt d'une ville comme Chicago. Il y a beaucoup plus d'ouvertures qu'ici.

— Tu as raison.

Et c'était sincère. Simplement, il semblait plus facile de fuir que d'affronter le gâchis qu'elle avait laissé derrière elle. À Detroit, elle ne risquait pas de tomber sur Carson. Oublier son chagrin d'amour serait plus facile.

De nouveau, Georgia sentit les larmes lui piquer les yeux.

— Ça va aller, ma puce ?

Elle haussa les épaules en regardant sa seule amie et ravala ses larmes.

— Tu sais, au fond de moi, je pressentais que ma mère agirait comme elle l'a fait. Avec Carson, c'est beaucoup plus douloureux. Il me semblait que ce qu'il y avait entre nous était… Je ne sais pas. Ce qu'il m'a dit était si cruel, cela ressemblait si peu à l'homme que je croyais connaître. Il m'a agressée si violemment…

— Tu es consciente que c'est probablement parce qu'il souffrait ?

— J'ai certainement touché un point sensible, admit-elle. Ça m'a désarçonnée, tu comprends ? Il est beau, riche, puissant, tout lui réussit, et pourtant, il avait l'air d'attendre que je me retourne contre lui.

— La vie n'est pas si simple. Parfois, plus les gens réussissent et plus les autres les guettent pour les déboulonner de leur piédestal. Sa réaction t'a paru disproportionnée, elle ressemble surtout à un mécanisme de défense. La question est de savoir : s'il se rend compte qu'il a commis une erreur et s'excuse, renoueras-tu avec lui ?

Pour tout dire, elle s'était déjà interrogée à ce sujet depuis son arrivée à Detroit.

— Probablement, finit-elle par répondre. J'ai toujours donné une seconde chance aux gens, même quand ils ne la méritaient pas. Et ils finissaient souvent par me décevoir. Cette fois, ce serait peut-être différent. Quoi qu'il en soit, je l'aime. C'est idiot, mais c'est comme ça.

— D'accord, dit Sheila. Alors s'il a cette miraculeuse révélation et s'il veut se précipiter pour te dire à quel point il est désolé et combien il t'aime, comment est-il censé te retrouver ?

Les six enfants officiels et potentiels de Sutton Winchester étaient rassemblés autour de la table de conférence de son bureau. Apparemment peu désireux de parler, ils se contentaient de se jeter des regards méfiants à travers la table.

Nora, la cadette, était arrivée le jour même du Colorado. Carson ne la connaissait pas, car elle ne venait jamais assister à aucun événement d'affaires. Elle semblait avoir pris ses distances avec le milieu familial. Comment lui en faire le reproche ?

Peu après, la porte s'ouvrit, et Sutton entra accompagné d'une femme. Il fallait espérer que ce n'était pas une nouvelle maîtresse. Son père n'avait pas besoin d'avoir une nouvelle femme dans sa vie, et certainement pas d'en exhiber une devant ses enfants. Évidemment, celle-ci ne paraissait vraiment pas son style. Elle avait un chemisier boutonné jusqu'au col, pas un cheveu ne dépassait de son chignon serré, et elle arborait un air austère dans son tailleur gris.

Sutton lui tira une chaise afin qu'elle s'assoie près de lui, à l'extrémité de la table.

De son côté, Carson nota le léger tremblement des mains du vieil homme. Il paraissait plus mince que la dernière fois qu'il l'avait vu. Franchement, Georgia avait raison. Vu la mine épouvantable qu'il avait, ce n'était certainement pas un simple dérangement intestinal.

— Je suis sûr que vous vous demandez pourquoi je vous ai réunis aujourd'hui, commença le promoteur. Si j'avais du temps à perdre, je prolongerais volontiers le suspense, mais ce n'est pas le cas. Allons donc droit au but : je suis condamné par la médecine.

Carson n'eut aucune réaction. En se tournant vers ses trois sœurs, il les vit frémir d'horreur. Nora se couvrit la bouche d'une main, et les yeux de Grace se remplirent d'incrédulité.

— Comment ça ? demanda-t-elle. Tu es sûr ?

— Absolument sûr. Je vous présente le Dr Wilde.

Il désigna sa voisine.

— Elle me soigne pour un cancer du poumon. Il n'y a guère d'espoir d'amélioration, mais je souhaite qu'elle tente l'impossible. Pas question de rester passif devant ce maudit cancer. Cependant, je me suis déjà fait à l'idée que je ne verrai pas la nouvelle année.

Carson assimila la nouvelle. Un cancer, à un stade avancé. Winchester serait mort au nouvel an. Les mots tournaient dans sa tête tandis qu'il essayait de leur donner un sens. Finalement, il se tourna vers Brooks, et ils échangèrent un regard. Ils avaient cru disposer de temps pour atteindre leur but. Ils se croyaient capables de convaincre Sutton de modifier son testament. Mais à présent… l'horloge tournait. Il leur faudrait très vite faire leur deuil du père qu'ils venaient de retrouver.

— Je vais mettre de l'ordre dans mes affaires, continua Sutton. Ensuite, je me rendrai à l'hôpital. Je ne sais pas quand j'en sortirai, si j'en sors.

— Nous allons essayer un traitement expérimental, expliqua le Dr Wilde. Étant donné le degré d'évolution de la maladie, nous n'avons plus rien à perdre. Ce que nous cherchons, c'est à gagner du temps. Votre père est condamné.

— Oh ! papa ! s'exclama Grace.

Et elle se précipita vers son père pour l'embrasser.

Carson éprouva une pointe de jalousie en voyant Winchester caresser tendrement les cheveux de sa fille en la serrant contre lui. Il doutait que son père l'étreigne un jour de cette manière, même s'il lui restait des dizaines d'années à vivre au lieu de quelques mois.

— Ne te fais pas de souci pour moi, Gracie. J'ai vécu trois vies dans une sur cette terre.

— Comment pourrai-je gérer l'entreprise sans toi ? demanda Eve d'un air accablé.

Le fardeau semblait trop lourd pour ses épaules.

— Je t'en prie, Eve, répondit son père avec hauteur. Tu es intelligente et capable. D'ailleurs tu la diriges déjà pratiquement. Tu t'en sortiras très bien sans moi. À mon avis, certains d'entre nous s'en sortiront même mieux.

À ces mots, Carson vit les yeux de Sutton se poser sur lui.

C'était la première fois qu'ils se regardaient dans les yeux depuis que le test de paternité avait révélé la vérité.

— Ceci dit, nous avons un autre problème à régler aujourd'hui, dit-il en soulevant une enveloppe. J'ai récupéré les résultats du test pour Graham et Brooks. L'un de vous désire en avoir la primeur ?

Brooks saisit l'enveloppe et l'ouvrit rapidement. Carson observait Sutton. Celui-ci exprimait une telle satisfaction qu'il n'y avait aucun doute : il n'avait pas besoin du test pour savoir que les jumeaux n'étaient pas ses fils. Mais comment pouvait-il en être aussi certain ?

Son frère consulta le document pendant ce qui lui parut être une éternité. Puis il l'entendit annoncer :

— Sutton Winchester n'est pas notre père.

Celui-ci se renversa contre le dossier de son fauteuil et croisa ses mains sur son ventre. Un petit sourire amusé étira sur ses lèvres pendant qu'il regardait Graham et Brooks digérer la nouvelle.

Carson ne se sentait pas très bien non plus. Toute sa vie, à force de se sentir différent de ses frères, il s'était convaincu que c'était à cause de leur gémellité qui créait un lien de grande proximité entre eux. Il avait ignoré leurs physiques si dissemblables. À présent, les différences sautaient aux yeux.

Cela ne signifiait qu'une chose : si Sutton n'était pas le père de Graham et Brooks, leurs recherches revenaient à leur point de départ.

— Bon, dit Graham en se tournant vers Sutton. Maintenant que ceci est établi, je crois que nous pouvons passer à la question des modifications à apporter à votre testament.

— Vous n'imaginez tout de même pas avoir droit à quoi que ce soit ! s'exclama Eve.

— Brooks et moi, non. Mais Carson est toujours héritier. La seule différence, c'est que les biens devront être divisés en quatre au lieu de six.

— C'est ridicule ! s'écria une des sœurs.

Carson ne prit pas la peine de lever les yeux pour voir de qui il s'agissait. Autour de la table, tout le monde se mit à parler en même temps, avec agitation. À quoi bon essayer de faire entendre sa voix dans ce concert ?

À cet instant, la scène lui parut irréelle. Oui, il en voulait toujours à son père, mais la maladie allait le venger plus tôt et plus définitivement qu'il ne l'aurait souhaité. S'il obtenait de l'argent de l'héritage, il l'investirait dans l'hôpital, avec les vingt millions que Sutton avait déjà donnés. L'hôpital construit à la mémoire de sa mère serait une merveille.

Le jour de l'inauguration, ce ne serait pas Georgia qui se tiendrait à ses côtés pour couper le ruban, mais le nouveau directeur des relations publiques de Newport Corporation. C'était si injuste que cet événement se déroule sans elle. Elle l'avait soutenu et…

Soudain, il eut une révélation qui lui fit l'effet d'un coup de poing.

Georgia savait.

Elle savait que Sutton était condamné. Il ignorait pourquoi, dans un premier temps, Winchester avait choisi de se confier à elle plutôt qu'à ses propres enfants, mais c'était le secret qu'elle avait juré de garder. En un instant, tout ce qui s'était passé pendant cette horrible soirée se remit en place. Voilà pourquoi elle l'avait incité avec tant d'insistance à connaître son père. C'était sans doute l'approche de la mort qui l'avait incité à faire un don si considérable à la fondation, et non d'hypothétiques relations entre Georgia et lui…

Brutalement, un constat s'imposa. Il était le roi des imbéciles et un beau salaud. Il avait accusé Georgia de prendre parti, d'être déloyale vis-à-vis de l'entreprise et de lui-même. Il avait même sous-entendu qu'elle couchait avec Sutton. Tout cela après l'avoir poussée à approcher son ennemi pour l'espionner.

Carson se leva brusquement. Instantanément, les autres cessèrent de se quereller et le regardèrent d'un air interrogateur.

— Je dois vous quitter, déclara-t-il.

Graham l'attrapa par le bras.

— Qu'est-ce qui te prend ?

— Il faut que j'aille retrouver Georgia et que je la supplie de me pardonner.

Ses frères le considérèrent avec de grands yeux, comme s'ils craignaient qu'il ait perdu la raison.

— Cette réunion est importante, dit Brooks. Es-tu vraiment obligé de partir dans la minute ?

— Absolument ! approuva Sutton. Ne laisse pas un joyau pareil te filer sous le nez, fils.

Et il lui adressa un clin d'œil et un discret sourire.

Fils ?

Carson sentit sa gorge se serrer. Il se sentait incapable de répondre à qui que ce soit. Tout ce qu'il avait à faire, c'était quitter la salle en toute hâte. Sans un mot, il se dirigea vers la porte. Il avait des problèmes autrement plus importants à régler.

Il lui fallait retrouver la trace de Georgia.

- 13 -

Tel un ouragan, Carson pénétra dans les locaux de Newport Corporation. L'ascenseur n'irait jamais assez vite : il grimpa donc quatre à quatre l'escalier jusqu'au dernier étage où se trouvaient les bureaux de la direction.

— Rebecca ! hurla-t-il une fois les portes franchies. J'ai besoin de vous !

Quand il arriva au bureau de son assistante, elle ouvrait de grands yeux remplis de stupéfaction et de panique.

— Que se passe-t-il ? Il y a un problème ?

— Oui et non, répondit-il en fonçant tout droit à son bureau. Venez, s'il vous plaît, et apportez votre tablette.

Il s'installa à son bureau et regarda Rebecca, déjà à pied d'œuvre, comme toujours.

— Il faut que vous m'aidiez à retrouver Georgia.

— Elle est absente aujourd'hui, monsieur Newport. Pour tout dire, je ne l'ai pas vue de la semaine.

— Je sais. Elle a donné sa démission.

— Ce n'est pas possible ! s'exclama la jeune femme. Quand ? Je ne suis pas au courant.

— Il y a quelques jours.

Sa secrétaire l'examina quelques instants en silence.

— Que lui avez-vous fait ? demanda-t-elle enfin.

Carson leva les yeux, surpris. Rebecca était son assistante depuis cinq ans maintenant. Apparemment, elle le connaissait mieux qu'il ne l'aurait cru.

— Vous saviez que nous sortions ensemble, n'est-ce pas ?

— Tout le monde le sait, monsieur.

— D'accord. Eh bien vous ne serez pas surprise d'apprendre que je me suis montré particulièrement maladroit avec elle. J'ai tout gâché. Je suis entièrement responsable, j'en ai conscience. Je ne suis pas certain qu'elle me pardonnera, mais je vais essayer de me rattraper.

— L'aimez-vous ?

Cette fois, ce fut à lui d'avoir l'air ahuri. Il n'avait jamais eu de conversation aussi personnelle avec Rebecca. Leurs échanges concernaient toujours le travail ou la manière dont elle avait occupé son week-end. Jamais ce qu'il pouvait faire dans sa vie privée ! Certes, il n'avait pas vraiment eu de vie privée jusqu'à dernièrement… Ce qui était sûr, c'est qu'il avait bien besoin de la sagesse féminine de Rebecca et de sa connaissance des relations entre les sexes.

Aimait-il Georgia ?

— Oui, absolument.

Il l'avait soupçonné quand sa présumée trahison l'avait tant affecté. Être jeté par Candy l'avait ulcéré. Cette fois, cela avait été mille fois plus douloureux parce qu'il l'aimait. Comprendre qu'elle n'était coupable d'aucune des fautes dont il l'accusait rendait la situation encore plus horrible.

— Voilà qui fait plaisir à entendre, monsieur. Est-ce qu'elle vous aime ?

De cela, il n'était pas certain. Elle avait été profondément blessée par les accusations qu'il avait portées. Il l'avait même vue pleurer. De là à dire qu'elle l'aimait… En même temps, leur relation était toute neuve et personne ne voulait être le premier à avouer son amour. À présent, pour qu'elle revienne à lui, il était prêt à crier son amour sur les toits.

— Je ne sais pas. Je l'espère.

Rebecca hocha pensivement la tête.

— Et quel grand geste envisagez-vous pour qu'elle vous pardonne ?

Un grand geste ?

— Je n'y ai pas encore réfléchi, confessa-t-il. Ce que je voudrais d'abord, c'est la retrouver.

— Nous la retrouverons, monsieur. Mais quand ce sera fait, sachez bien ce que vous allez dire. Si c'est pour tout gâcher, autant nous épargner tout ce travail.

Carson déglutit péniblement. Rebecca avait raison. Il abordait un tournant de sa vie qu'il n'avait pas le droit de rater. Georgia méritait mieux.

— Que suggérez-vous ?

— D'abord des excuses. Ni reproches, ni justifications. Juste des excuses. Ensuite, lui offrir des fleurs. C'est un cliché mais ça marche. Mon mari peut me rendre complètement folle de colère puis arriver avec une brassée de lis, et je fonds. Connaissez-vous ses fleurs préférées ?

— Non.

Rebecca plissa les lèvres tout en réfléchissant.

— Quand vous irez chez le fleuriste, choisissez celles qui vous la rappelleront. Avec cette méthode, vous ne pouvez pas vous tromper. Enfin, dites-lui que vous l'aimez et voyez comment elle réagit. À partir de là, la balle sera dans son camp.

— C'est tout ?

Cela semblait vraiment trop facile.

— Eh bien, ça dépend… Désirez-vous aller jusqu'au bout, et franchir tous les obstacles ?

Oui, il le désirait. À partir de là, il savait exactement ce qu'il devait faire.

— J'irai jusqu'au bout, dit-il. Je m'en occuperai cet

après-midi. Maintenant, il faut qu'on la fasse revenir, vous et moi. Le problème, c'est qu'elle s'est évanouie dans la nature. Je suis passée chez elle, le gardien dit qu'elle lui a demandé de garder le courrier sans donner de date de retour. Ce n'est pas bon signe.

— A-t-elle de la famille proche, ou des amis chez qui elle aurait pu se réfugier ?

Carson secoua la tête.

— Je ne pense pas. En tout cas, elle n'a pas de parents. J'en sais moins sur d'éventuels amis.

— Voulez-vous que je jette un œil dans son bureau ? Elle a peut-être laissé un carnet d'adresses ou un quelconque indice. Je peux aussi demander au service informatique de se connecter à son ordinateur, on verrait qui est dans sa liste de contacts.

Attention, méfiance. C'était probablement la démarche la plus efficace, mais il avait encore en tête le regard de Georgia quand elle l'avait surpris le nez dans son sac. Elle tenait à sa vie privée, ce qu'il comprenait parfaitement. Bien sûr, le bureau qu'elle occupait était la propriété de l'entreprise, et il pouvait y faire ce qu'il voulait, d'autant qu'elle avait démissionné. Mais autant éviter de commettre cette indélicatesse.

— Commençons par demander à son assistante et à ses collègues s'ils ont une idée de sa destination, dit-il. Nous découvririons peut-être des choses intéressantes sans avoir à fouiller son ordinateur. Ce qu'elle n'apprécierait pas, je le sais. Prévenez-moi dès que vous avez du nouveau.

Rebecca se leva tout en tapotant l'écran de sa tablette. Elle était presque arrivée à la porte quand il se rappela une chose.

— Rebecca ? Voyez si vous trouvez des informations

sur une certaine Sheila. C'est la seule personne dont m'a parlé Georgia. Elle vit probablement, ou a vécu, à Detroit.

— Sheila ? Compris.

Sur ces mots, elle partit se mettre en chasse.

De son côté, Carson passa à l'étape suivante. Pour aller jusqu'au bout, il prit rendez-vous par téléphone chez Tiffany and Co et s'y rendit une heure plus tard. De retour au bureau, un petit sac bleu à la main et avec un grand sourire, il vit Rebecca lui tendre un morceau de papier sur lequel étaient inscrits un nom, un numéro de téléphone et une adresse à Detroit.

— L'assistante de Georgia avait cette information. Il paraît qu'elle envoie des fleurs à cette Sheila pour la fête des mères. Il me semble que c'est un bon endroit pour commencer vos recherches.

— Vous êtes incroyable, dit-il avec gratitude. Je vais l'appeler tout de suite.

Il referma la porte derrière lui. Sheila saurait certainement où se trouvait Georgia. Si c'était le cas, il la rejoindrait où qu'elle se trouve. Il lui fallait juste savoir dans quelle direction aller.

Il lui sembla qu'une éternité s'écoulait avant qu'une voix féminine ne réponde enfin.

— Bonjour. Est-ce que je m'adresse à Sheila ?

— Oui. Qui êtes-vous ?

— Carson Newport. Je…

— Un instant.

Il attendit en silence, le cœur battant. Il perçut un bruit de pas, puis celui d'une porte qui se fermait, et de nouveaux pas.

— Voilà, fit la voix de Sheila. Je préfère qu'elle ne nous entende pas.

Elle ?

— Georgia est chez vous ?

— Oui. Depuis quelques jours.

La première tentative était la bonne ! *Merci, Rebecca, du fond du cœur, merci !*

— Vous ne pouvez pas savoir comme je suis soulagé ! Je n'avais pas d'autre piste. Il faut qu'elle revienne.

— Je suis heureuse de l'entendre. Elle n'a pas beaucoup d'endroits où aller. Je ne suis que son assistante sociale, et pourtant la seule personne sur qui elle puisse compter au monde. À part vous. Peut-elle toujours compter sur vous ?

Sans hésiter une seconde, Carson répondit :

— Bien sûr ! Je ne veux plus jamais qu'elle se sente dans l'obligation de fuir. Dorénavant, je veux qu'elle coure vers moi quand elle est malheureuse.

— Vous paraissez très sûr de vous, Carson, mais Georgia est profondément blessée. Déjà qu'elle a du mal à accorder sa confiance, il faudra peut-être plus qu'un sourire et de simples excuses pour la regagner.

Oh ! il en était bien conscient et pas qu'un peu…

— Je sais. Elle mérite beaucoup mieux que ça. Elle mérite un homme en qui elle puisse avoir totalement confiance, un homme qui lui prouve qu'elle est en sécurité et aimée. Je voudrais être cet homme. Je l'aime et je me sens stupide d'avoir laissé mes problèmes passés empiéter sur le présent. Je…

— Gardez tout ça pour elle, mon cher, le coupa Sheila. Quand pouvez-vous être au plus vite à Detroit ?

Il consulta sa montre. Ce n'était pas un très long voyage, mais il fallait compter avec les formalités d'aéroport.

— À l'heure du dîner, répondit-il.

— Je vais la distraire et la garder à la maison jusqu'à votre arrivée. Elle parlait de sortir dîner en ville, je vais insister pour cuisiner un plat vraiment spécial qu'elle ne pourra pas refuser. Vous avez mon adresse ?

Il vérifia que l'adresse inscrite sur le papier était la bonne.

— Je prendrai un taxi de l'aéroport, dit-il.

— Parfait. J'attends avec impatience de faire votre connaissance, Carson.

Après avoir coupé la communication, il ressentit une exaltation extraordinaire.

— Rebecca ! Réservez-moi une place sur le premier vol en partance pour Detroit ! cria-t-il.

La seconde d'après, il commença à rassembler les affaires dont il pourrait avoir besoin.

En levant les yeux, quelques minutes plus tard, il découvrit Brooks sur le pas de la porte de son bureau. Avec sa large carrure, ses cheveux blonds tout ébouriffés et sa mine sombre, il ressemblait à un Viking en colère. Bon sang, c'est vrai ! Avec Georgia qui occupait toutes ses pensées, il avait complètement qu'il avait laissé ses frères dans l'antre du fauve, dans la matinée.

— Qu'est-ce qui t'as pris de partir en pleine réunion ? attaqua Brooks. Tu nous as laissés tomber, Graham et moi.

— Désolé.

Il n'avait pas songé une minute que ses frères devaient être bouleversés. Ils avaient appris qu'ils n'avaient toujours pas de père, ce n'était pas rien. Malgré tout Graham s'était lancé dans un véritable plaidoyer pour qu'il reçoive sa part.

— Comment ça s'est terminé ?

Brooks haussa les épaules.

— On s'est vite retrouvés dans une impasse. À cause de la maladie de Sutton, le temps presse. Et, bien sûr, il y a les nouvelles recherches à effectuer pour retrouver notre père. Comment as-tu pu t'éclipser au milieu de cet imbroglio ? C'était un cap important pour notre plan.

Carson acquiesça. Il en était bien conscient. Seulement, à ce moment-là, cela n'avait plus eu aucune importance à ses yeux.

— Il fallait que je parte. Il n'y avait plus que retrouver Georgia qui comptait.

L'expression de Brooks s'assombrit un peu plus. Ce qui n'était pas peu dire.

— Ce n'est qu'une femme, Carson. Elles vont et viennent. Comment as-tu pu partir rejoindre une petite amie alors qu'il s'agissait de faire payer Sutton pour la façon dont il a traité notre mère et t'a abandonné ?

Il soupira. Rien de ce qu'il dirait n'atténuerait la colère de son frère. Lui aussi avait eu besoin de temps pour y voir clair.

— Rien de ce que nous ferons à Sutton ne changera ce qui est arrivé à maman. On ne peut pas modifier le passé ni réparer les anciennes fautes. J'ai décidé que mon avenir avec Georgia comptait davantage pour moi.

La seconde d'après, Carson se leva et saisit le petit sac bleu posé sur son bureau.

— Et elle n'est pas une petite amie, Brooks. Du moins plus pour longtemps.

— S'agit-il vraiment de ce que je crois ? demanda celui-ci avec des yeux agrandis par la surprise.

— Oui. L'avenir commence aujourd'hui.

Georgia préparait une salade quand on frappa à la porte. Sheila ayant refusé son invitation à dîner dehors, elle avait insisté pour aider à préparer le repas.

— Je suis en pleine préparation des pâtes, dit celle-ci. Peux-tu aller ouvrir ? C'est sans doute un livreur. J'attends un colis.

— Bien sûr.

Elle s'essuya les mains sur un torchon et se hâta d'aller répondre. La porte à peine ouverte, elle se figea. Ce n'était pas un livreur qui se tenait devant elle, mais Carson.

— Bonsoir, Georgia.

Il portait un de ses plus beaux costumes et tenait un bouquet de roses à la main. Par quel miracle avait-il retrouvé sa trace ? Elle jeta un regard méfiant derrière elle. *Tiens, tiens…* La cuisine était brusquement vide, ce qui confirma ses soupçons. Sheila avait conspiré dans son dos et attiré Carson ici. Sans la prévenir de son arrivée !

Dire que Sheila ne lui avait même pas conseillé de se changer ! Elle avait noué ses cheveux en queue-de-cheval et portait un T-shirt trop grand des Detroit Lions acheté dans un grand magasin. Tout cela parce qu'elle n'avait pas apporté de vêtements de rechange.

Elle lissa machinalement ses cheveux. Le voir dans son beau costume avec cet air de chien battu l'émouvait. Mais elle comptait bien résister.

— Vas-tu me parler ? demanda-t-il en l'implorant du regard.

Même si elle en avait envie, elle n'avait aucune intention de lui faciliter la tâche. Carson devrait ramper devant elle avant qu'elle lui pardonne la façon dont il l'avait traitée.

— Oui, mais comme tout ce que je dis ou fais est déformé et utilisé contre moi, il vaut sans doute mieux que je te laisse faire la conversation.

Il acquiesça puis baissa la tête vers le bouquet qu'il tenait toujours à la main.

— C'est juste, je le mérite. Derrière ton conseil bien intentionné et ton dévouement à l'entreprise, j'ai imaginé des intentions sordides. J'aurais dû te faire confiance comme tu me le demandais. Désolé d'avoir agi ainsi, vraiment. Je me rends compte à présent que j'ai tout interprété à l'aune de mes complexes qui n'ont rien à voir avec toi. Tu ne méritais pas ces horribles choses que je t'ai dites ce soir-là.

Georgia écoutait Carson vider son cœur. Il semblait sincère. Mais ce n'était pas suffisant. Ce qu'il avait brisé ne se réparerait pas en un claquement de doigts.

— Sutton a rassemblé tout le monde hier et annoncé qu'il était condamné. Bien sûr, tu le savais déjà.

Il la regarda. Pour chercher une confirmation dans ses yeux, sans doute. Elle ne sourcilla pas.

— Je ne crois pas qu'on deviendra intimes, lui et moi, poursuivit-il, mais je comprends maintenant pourquoi tu insistais pour que je me rapproche de lui tant qu'il en était encore temps. Nous sommes loin du compte. Cela dit, j'aborde la chose avec un esprit plus ouvert. C'est un grand pas pour moi.

— Tant mieux. Et tes frères ? demanda-t-elle en gardant un ton détaché.

Ce serait difficile pour Carson d'accepter son père si ses frères en jugeaient autrement.

— Il s'avère que Sutton n'est pas leur père. Ce sont mes demi-frères.

Georgia hocha la tête. Ce n'était pas non plus nouveau pour elle. Elle avait raison d'affirmer que Sutton était peut-être un sale type, mais pas un menteur.

— Il l'avait dit. Graham n'a pas voulu l'écouter, c'est tout.

— Je suis sûr que si. Écoute, j'ignore ce qui va se passer avec Sutton, ou mes frères, ou je ne sais qui, mais je sais que je désire que tu reviennes à Chicago. La Newport Corporation a besoin de toi, Georgia. Les plans pour le gala de charité sont au point mort depuis ton départ. Nous devons faire un bon usage du don de Sutton et, franchement, j'ai besoin d'aide. Tu fais partie de la famille

Newport Corporation, et je veux que tu sois là quand nous couperons le ruban le jour de l'inauguration de l'hôpital.

Elle sentit son espoir fondre. C'était tout ce qu'il voulait ? Seules ses compétences en matière de relations publiques l'intéressaient ? Il aurait pu s'économiser un voyage s'il lui avait dit plus tôt que c'était tout ce qu'il avait à lui offrir.

— Tu es venu de si loin dans le seul but de me proposer de reprendre mon poste ? Tu aurais très bien pu me faire cette offre par téléphone.

Naturellement, elle n'aurait pas répondu.

Il grimaça en secouant la tête.

— Non, je ne pouvais pas. Et tu sais très bien que je ne suis pas venu pour te parler de ton poste.

— Pourquoi es-tu venu alors ? Jusque-là, c'est l'impression que tu donnes.

— Je sais. C'est plus facile pour moi de parler travail, voilà tout.

L'air penaud, il lui tendit alors le bouquet de roses.

— Elles sont pour toi. Des American Beauties. J'ai pensé qu'elles t'iraient parfaitement.

Georgia prit le bouquet. Les roses dégageaient un parfum exquis et leurs pétales étaient aussi doux que du velours. Personne ne lui avait jamais offert de fleurs. Elle n'avait même pas eu de petit bouquet au bal du lycée puisqu'elle n'y avait pas assisté, faute de pouvoir s'acheter une robe convenable et les accessoires assortis. Depuis, ses histoires de cœur avaient été trop dépourvues de romantisme pour un geste pareil.

— Merci, dit-elle sans pouvoir détacher ses yeux de ces superbes roses.

— Ce que je suis vraiment venu te dire… À part te présenter mes excuses… C'est que tu me manques terriblement. Quand tu es partie, j'ai eu l'impression d'avoir un trou dans la poitrine. Ne pas avoir de père m'a souvent donné cette impression, comme si une part de moi manquait. Toutefois, après notre dispute, je me suis rendu compte que les deux souffrances étaient différentes. Dans le cas de mon père, je devais subir son absence, mais dans le tien, c'était moi qui t'avais obligée à partir. Et je pouvais agir. Je ne veux pas seulement que tu rentres au sein de la famille Newport Corporation, Georgia. Je veux que tu fasses partie de ma famille à moi. Tous les deux, nous souffrons de ne pas en avoir eu une, ou de l'avoir perdue au fil des années. Ce que je te propose, c'est que nous fondions ensemble une famille, une vraie famille, enfin.

À chaque parole de Carson, Georgia sentait son cœur se serrer plus douloureusement. Rêvait-elle, ou lui proposait-il vraiment de…

C'était impossible.

— Je t'aime, Georgia. Je suis entêté et stupide, effrayé par les histoires d'engagement, et j'ai peut-être tout gâché… Mais ça ne change pas mes sentiments pour toi. J'ai passé ma vie à craindre de perdre les gens parce que je ne me croyais pas digne de leur amour. Quand j'ai pensé qu'il m'arrivait la même chose avec toi, tout a explosé dans ma tête. Je t'ai repoussée pour me protéger, et c'était une réaction complètement stupide. Finalement, je me suis retrouvé seul, le cœur brisé comme si tu m'avais quitté alors que le mal venait de moi. Et comme je ne veux plus jamais revivre ça, cette fois…

Carson glissa une main dans la poche intérieure de sa veste.

— Je vais m'arranger pour que ça ne se reproduise pas.

Quand il sortit la main de sa poche, il tenait un petit écrin bleu turquoise. Georgia sentit son cœur s'emballer. On ne lui avait jamais offert de bijoux non plus. Et, comme sa mère avait fait main basse sur le peu qu'elle avait, le contenu de cet écrin serait le seul bijou au monde qu'elle posséderait.

Elle vit alors Carson poser un genou en terre.

— Georgia, je veux que nous fondions tout de suite une famille, toi et moi. Que nous laissions notre passé et nos chagrins derrière nous pour commencer une nouvelle existence. Si tu veux bien être ma femme, je promets de faire tout ce qui sera en mon pouvoir pour que tu te sentes aimée, estimée, spéciale, chaque jour de ta vie.

Sur ce, il souleva le couvercle de l'écrin, révélant un solitaire rond monté sur un anneau de platine.

— J'espère que tu l'aimeras. Je voulais une bague classique et traditionnelle puisque c'est ce qui nous a le plus manqué dans nos vies. Mais aussi belle et intemporelle comme toi.

— Elle est magnifique, bredouilla-t-elle une main devant sa bouche.

— Acceptes-tu de m'épouser, Georgia ?

Quand il prit la bague, le diamant brilla de mille feux.

— Oui, dit-elle en posant les fleurs sur une table basse. Non, pas juste oui. Oui, de tout mon cœur !

Avec un grand sourire, il glissa la bague à son doigt puis, la main serrée dans la sienne, il se leva et la contempla avec un regard rempli d'un amour qu'elle n'avait jamais espéré y voir.

— J'apprécie ton enthousiasme, dit-il.

— Tu n'as encore rien vu, répliqua-t-elle en souriant.

Et les bras à son cou, elle attira son visage pour lui donner un baiser brûlant.

MICHELLE CELMER

Envoyée par le destin

Traduction française de
NATALIA DELYS

PASSIONS

HARLEQUIN

Titre original :
DEMANDING HIS BROTHER'S HEIRS

Ce roman a déjà été publié en 2016.

- 1 -

Holly Shay ne croyait pas aux signes du destin.

Pourtant, le petit incident qui venait de se produire la fit réfléchir…

Il n'y avait pourtant rien d'extraordinaire. Alors qu'elle jetait le linge sale de Devon et Marshall dans la corbeille, son alliance avait glissé de son doigt et volé à travers la pièce. Rien d'étonnant : depuis que Holly avait perdu les kilos pris pendant sa grossesse, elle était devenue trop grande ! La bague en diamant avait heurté le mur, laissant une trace sur la peinture, avant d'atterrir sur le sol de la chambre avec un bruit sourd.

Peut-être quelqu'un essayait-il de lui dire quelque chose…

Qu'il était temps d'enlever cette bague, par exemple !

Holly secoua la tête. Elle n'avait plus vraiment le choix de toute façon. L'idée de mettre la bague en gage lui brisait le cœur, mais elle n'avait que quelques semaines pour trouver un nouvel appartement. Or, elle n'avait pas d'emploi et pas un sou.

Un mois plus tôt, après le décès de Jeremy, elle avait découvert l'état d'endettement dans lequel il les avait plongés en l'espace de dix mois. C'est-à-dire le temps qu'avait duré leur mariage… Seigneur, elle allait mettre des années pour rembourser ces dettes…

Enfin, c'était un comportement habituel chez les toxicomanes, d'après ce qu'on lui avait dit. Si elle avait su, elle aurait pu l'aider. Comment avait-elle pu être aussi aveugle ? Oh ! Elle avait bien détecté que quelque chose n'allait pas chez Jeremy, mais elle l'avait cru stressé par la naissance des jumeaux. Leur mariage précipité, parce qu'elle était enceinte, avait été un bouleversement. Sans parler de cette grossesse difficile. Devon et Marshall étaient nés avec un mois d'avance et avaient dû passer deux semaines en soins intensifs. Lorsqu'ils avaient enfin rejoint le domicile familial, ils étaient reliés à des machines surveillant leur rythme cardiaque et leur respiration.

Bref, cette période avait été difficile à vivre pour eux deux.

Pourtant, ce n'était qu'après l'overdose de Jeremy qu'elle avait commencé à assembler les pièces du puzzle. Elle avait été bêtement aveuglée par l'amour qu'elle lui portait et par ce rêve d'une famille parfaite dont elle avait toujours rêvé. Quand allait-elle se dire que pour certaines personnes, le bonheur était impossible ?

Enfin, c'était comme ça. C'était son destin de ne jamais être heureuse.

Mais cela aurait pu être encore bien pire… Holly avait perdu ses parents quand elle avait dix ans, mais elle avait eu la chance d'être confiée à un couple adorable qui s'occupait déjà de deux autres enfants placés. Certes, l'argent n'avait jamais coulé à flots, mais elle avait toujours eu une existence décente. Des repas chauds tous les jours, des vêtements et quelqu'un pour l'aider à faire ses devoirs. Même si ses parents d'accueil avaient désormais pris leur retraite en Floride, elle était toujours en contact régulier avec eux.

Seulement voilà… ce n'était pas la même chose que d'avoir une vraie famille !

Holly observa ses fils endormis dans leurs berceaux

jumeaux. Elle sentit son cœur se gonfler d'amour. A vrai dire, elle n'avait jamais imaginé qu'on puisse ressentir un lien aussi intense avec d'autres personnes…

Encore quelques heures et les jumeaux fêteraient leurs trois mois. Ce qui voulait dire que Jeremy était parti depuis près d'un mois… Elle se mordit la lèvre. L'idée que ses enfants ne connaîtraient jamais leur papa lui fendait l'âme. Son mariage avec Jeremy n'avait jamais été parfait, mais quel couple pouvait se targuer d'avoir une relation « parfaite » ? Seulement, elle n'avait pas du tout réalisé à quel point leur union était *imparfaite* !

Etait-il préférable que Jeremy disparaisse aussi vite ? Le fait de ne pas avoir connu leur père épargnerait-il aux jumeaux la souffrance du manque ? Ou bien avanceraient-ils dans la vie avec, dans le cœur, un vide qui ne serait jamais comblé ?

Peut-on souffrir de l'absence de quelqu'un qu'on n'a jamais connu ?

Holly se souvenait toujours avec peine de la période qui avait suivi la mort de ses propres parents. Elle avait appris à faire face, mais c'était le genre d'événement dont personne ne pouvait vraiment se remettre. Ce drame était toujours présent dans son esprit. Ce sentiment d'injustice, ce vide… La conscience qu'elle était réellement seule l'avait longtemps hantée.

Maintenant qu'elle avait les jumeaux, elle ne serait plus jamais seule !

Holly traversa la pièce pour ramasser sa bague. Elle l'avait toujours trouvée trop lourde, trop grosse, trop voyante… Jeremy l'avait choisie en pensant à lui plus qu'à elle. Elle se serait contentée de quelque chose de plus simple. Il avait refusé de lui en dire le prix, mais cela lui avait certainement coûté une petite fortune.

Plutôt que de remettre la bague à son doigt, elle la glissa dans la poche de son jean. Sans doute pourrait-elle en tirer une coquette somme en la mettant en gage… Cela lui permettrait au moins de payer le loyer.

Pris de pitié, le propriétaire de l'appartement lui avait offert un mois de loyer pour qu'elle puisse régler ses affaires et trouver un logement abordable. Par conséquent, impossible de remettre ses recherches à plus tard… Holly prit une grande inspiration. C'était décidé : dès le lendemain, elle mettrait les jumeaux dans leur poussette et ferait le tour des prêteurs sur gages pour essayer de tirer un bon prix de sa bague. Elle avait eu beau retourner le problème un millier de fois dans sa tête, l'issue était toujours la même. Elle avait besoin d'argent, et cette bague était le seul objet de valeur en sa possession. Elle n'avait même pas de voiture, ce qui rendait ses déplacements avec les jumeaux quelque peu délicats…

Mais une autre question la taraudait. Même si elle avait l'argent nécessaire pour louer un appartement, quelqu'un accepterait-il de lui faire signer un bail ? Les cartes de crédit que Jeremy avait ouvertes à son nom avaient toutes atteint le plafond autorisé. Et tant qu'elle n'aurait pas trouvé un moyen de faire garder les jumeaux, décrocher un job allait être une véritable mission impossible. Sans compter qu'elle n'avait pas de famille pour l'aider, pas plus que d'amis disposés à s'occuper à temps plein de deux bébés. Impossible également d'embaucher une nounou : cela coûtait bien trop cher !

Holly sentit sa poitrine se serrer sous l'effet de l'angoisse. Seigneur… Elle avait traversé son lot d'épreuves par le passé, mais jamais elle ne s'était retrouvée dans une situation aussi désespérée.

Elle contempla une dernière fois le visage angélique de

ses bébés et sourit. Là, elle mit le babyphone en marche et sortit de la chambre en refermant doucement la porte derrière elle. Jeremy et elle avaient sérieusement envisagé de déménager, mais ils n'en avaient pas eu le temps. Les premiers mois de sa grossesse, Holly avait souffert de terribles nausées qui l'avaient clouée au lit presque en permanence. A cinq mois, alors qu'elle commençait tout juste à reprendre figure humaine, elle avait ressenti des contractions. Heureusement, celles-ci s'étaient arrêtées. Mais par prudence, elle avait dû rester allongée jusqu'à l'accouchement.

Jeremy lui avait promis qu'après la naissance, ils se mettraient en quête d'une jolie maison à retaper, dans le nord de l'Etat. Un endroit où ils se sentiraient chez eux. Mais avec toutes les dettes contractées par Jeremy, aucune banque ne leur aurait jamais accordé un prêt immobilier !

Sans doute en était-il conscient lui-même...

Holly poussa un soupir. Elle était déchirée entre le chagrin et la colère. Jeremy n'avait pas été honnête avec elle. Quels qu'aient été leurs problèmes, ils auraient pu les régler ensemble. Pourquoi ne lui avait-il rien dit ? Certes, il avait toujours eu du mal à faire confiance aux gens, mais de toute évidence, le problème était bien plus profond.

Jeremy n'avait pas eu autant de chance qu'elle. Il ne lui avait jamais beaucoup parlé de son passé, mais elle savait qu'il avait été ballotté entre différents foyers et familles d'accueil avant de voler de ses propres ailes dès l'âge de seize ans. Son passé difficile avait sûrement laissé des cicatrices bien plus profondes qu'elle ne l'avait imaginé. En tant qu'épouse, elle aurait dû le deviner ! Elle aurait dû déceler ce qui le tourmentait. Sans doute aurait-elle pu le sauver...

Seulement voilà... Jeremy avait-il envie d'être sauvé ?

Holly pénétra dans sa chambre et alluma la lumière. Le lit *king size* parfaitement fait semblait la narguer. Elle n'avait plus dormi dedans depuis qu'elle y avait retrouvé Jeremy sans vie… Elle évitait cette pièce à tout prix. Si elle y entrait, c'était uniquement pour récupérer des vêtements. Elle dormait désormais sur un matelas gonflable qu'elle avait d'abord installé dans la chambre d'enfants avant de le déménager dans le salon.

Holly soupira. Elle avait beaucoup apprécié cet appartement, mais désormais elle n'avait qu'une hâte : le quitter. Depuis le décès de Jeremy, être ici la mettait mal à l'aise. Toute la vie de son mari, tous ses effets personnels se trouvaient dans cet appartement. Elle était tiraillée entre l'envie de tout garder et celle de s'en débarrasser pour prendre un nouveau départ.

Elle prit son pyjama et referma la porte de la chambre. Il était à peine vingt heures, mais elle avait pris l'habitude d'aller dormir en même temps que les jumeaux. Ce qui ne serait plus possible lorsqu'elle aurait un travail. Elle se laissa tomber sur le sofa et ferma les yeux. Elle dut s'assoupir presque immédiatement car lorsqu'elle se réveilla en sursaut, au bruit de coups frappés à la porte d'entrée, elle constata qu'il était presque vingt et une heures trente.

C'était sûrement Sara, sa voisine de palier. Celle-ci s'arrêtait souvent en rentrant du travail pour bavarder… Holly alla ouvrir la porte. Elle n'était pas vraiment d'humeur à discuter mais il aurait été impoli de ne pas répondre.

Surprise, ce n'était pas Sara. Un homme se tenait sur le seuil. Holly frémit. Même s'il était tourné vers l'escalier, ce visage avait quelque chose de terriblement familier. Cette haute stature, ces épaules larges… Ces cheveux noirs et épais… et jusqu'à cet épi sur la partie gauche du crâne…

Elle sentit son cœur se mettre à battre à coups précipités.

Bon sang, cet homme ressemblait en tout point à Jeremy. A l'exception des vêtements. Il portait un costume, et elle avait travaillé assez longtemps dans la vente pour reconnaître un costume sur mesure. Jeremy, lui, n'avait porté qu'une seule fois un pantalon coupe sport et un blazer. Tout ça parce qu'elle lui avait interdit de mettre un jean pour se rendre au mariage d'un ami. Et encore, elle avait dû lui acheter la tenue !

Elle en était à ce point de sa réflexion lorsque l'homme se retourna. Quand elle découvrit son visage, elle eut l'impression que la terre se dérobait sous ses pieds. Les yeux qui la regardaient lui étaient si familiers… Elle vit les lèvres de l'homme remuer, mais sa voix semblait venir d'une autre pièce. Tout se troubla, et elle se sentit chavirer.

Impossible, impossible… Ou bien elle rêvait, ou bien elle était en pleine hallucination.

Car l'homme devant elle ne se contentait pas de ressembler à son mari défunt…

Non, cet homme *était* Jeremy.

Jason Cavanaugh n'en revenait pas. Tout allait de travers. Cet appartement était censé être celui de son frère, mais à sa grande surprise, c'était une belle femme blonde qui était venue lui ouvrir. Hélas ! avant de savoir quel était son nom, il avait vu son visage devenir livide. Ses yeux s'étaient révulsés, et elle s'était soudainement écroulée. Un peu plus et sa tête heurtait le chambranle de la porte !

Il étouffa un juron. Son charme légendaire avait le don d'émouvoir la gent féminine, certes, mais jamais aucune femme ne s'était encore évanouie à ses pieds !

A vrai dire, ce n'était pas la première fois que quelqu'un le prenait pour son frère. Il ressemblait à Jeremy comme deux gouttes d'eau après tout. Pour être honnête, il n'avait encore jamais provoqué ce genre de réaction. Mais on lui avait déjà jeté le contenu d'un verre à la figure !

Bref, il ne voulait même pas imaginer ce que Jeremy avait fait à cette pauvre fille… Avait-il vidé ses comptes en banque avant de l'abandonner ? Ou couché avec sa meilleure amie ?

Jason secoua la tête. Avec Jeremy, on pouvait s'attendre à tout. Cela dit, s'il était là, c'était uniquement pour récupérer les affaires de son frère. Si quelqu'un ne s'en était pas déjà débarrassé… Certains effets valaient-ils le coup d'être gardés ? Impossible à dire. Oh ! Il n'était pas du genre sentimental, mais il ne possédait rien qui lui rappelait son frère… Cinq ans plus tôt, en effet, après une énième cure de désintoxication infructueuse, Jeremy avait été renié et déshérité par leur père. Celui-ci s'était ensuite débarrassé de tout ce qui pouvait lui rappeler son fils perturbé.

Cela pouvait paraître irrationnel, mais Jason ne pouvait pas s'empêcher de se sentir responsable de la chute de Jeremy. Contre l'avis de son père, il lui versait depuis cette époque une allocation mensuelle. Et pour cause : son frère n'avait aucun moyen de subsistance.

Peut-être avait-il fait une erreur…

Il s'agenouilla à côté de la jeune femme, qui devait avoir une vingtaine d'années, et lui toucha la joue. Elle semblait reprendre des couleurs, une chance. Ses longs cheveux blonds aux reflets roux formaient comme une auréole autour de sa tête, et son T-shirt légèrement relevé laissait voir une partie de son ventre. Il détourna les yeux. Pourquoi avait-il regardé, enfin ?

— Hé ! dit-il en poussant gentiment son épaule. Réveillez-vous.

Elle marmonna des propos incohérents avant d'ouvrir de grands yeux bleus qu'elle posa sur lui.

— Que s'est-il passé ? murmura-t-elle.

— Vous vous êtes évanouie, répondit-il en lui tendant la main. Vous pouvez vous asseoir ?

— Je crois que oui, bredouilla-t-elle en l'attrapant mais sans le quitter des yeux.

La pauvre, elle avait l'air aussi choquée qu'horrifiée.

Jason tira le bras en arrière pour lui procurer l'élan nécessaire, et elle put s'installer un peu plus confortablement.

— C'est bon ?

Elle hocha la tête. Elle paraissait toujours hypnotisée.

— Vous lui ressemblez totalement, parvint-elle à dire. Sauf…

Elle leva la main pour effleurer son sourcil gauche du bout des doigts. Ce geste était si délicat qu'on aurait dit une caresse. Il se sentit frémir, malgré lui.

— Pas de cicatrice…, murmura-t-elle.

— Pas de cicatrice, non.

Elle cilla plusieurs fois puis retira sa main à la hâte. Tant mieux, d'ailleurs. Cette scène commençait à devenir gênante.

— Je suis désolée, je…

— Ce n'est pas grave, s'empressa-t-il de dire.

Il resta un instant songeur. Peu importe comment Jeremy avait eu cette cicatrice, cela avait dû se produire au cours des cinq dernières années. Depuis leur naissance, il avait toujours été impossible de les différencier. Ils étaient réellement identiques en tout point.

Enfin presque…

— Jeremy ne vous a jamais dit qu'il avait un vrai jumeau ? demanda-t-il.

La jeune femme secoua la tête négativement. Elle paraissait toujours aussi hébétée et perdue.

— Il m'a dit qu'il n'avait pas de famille.

Et pourtant… Il était la preuve vivante du contraire !

— Il m'a menti, murmura-t-elle en secouant la tête avec incrédulité.

Dans ses yeux, au-delà de l'incompréhension, Jason pouvait distinguer de la colère et de la souffrance.

— Pourquoi a-t-il fait ça ? reprit-elle.

Il s'était souvent posé cette question au sujet de son frère. Désormais, c'était à lui de régler les problèmes que Jeremy avait créés. Il rachèterait ses erreurs. Il l'avait fait si souvent par le passé…

— Si vous me laissez entrer, on pourrait peut-être discuter, osa-t-il hasarder.

Pour tout dire, il se sentait un peu mal à l'aise, accroupi comme ça sur le palier.

Jason se passa une main dans les cheveux. Ils avaient clairement besoin de discuter. C'était le meilleur moyen de mesurer l'étendue des dégâts. Peu importe ce que Jeremy avait fait à cette femme, il le réparerait.

— Bien sûr…

Il se redressa et tendit la main à la jeune femme.

— Besoin d'aide ?

Elle hocha la tête et se releva lentement en s'agrippant fermement à sa main. Tiens, elle était plus grande qu'il ne pensait. Elle était aussi très mince, presque maigre, et avait des cernes sous les yeux.

Jason eut un instant d'hésitation. Cette femme était-elle droguée et en manque ? Avait-elle fourni de la drogue à son frère ? A moins que ce ne soit le contraire…

Une minute… Il ne savait rien de cette femme. Pourquoi

pensait-il qu'elle se droguait ? Tout ça parce que son frère avait ce genre de problème ! C'était la rendre coupable de fautes qui n'étaient pas les siennes. Lui-même avait souffert de ce raccourci.

Voyant la jeune femme chanceler légèrement alors qu'ils entraient, Jason attrapa son bras pour l'aider à conserver son équilibre.

— Allez-y doucement.

— Je devrais peut-être m'asseoir, dit-elle d'une voix toujours aussi faible.

— C'est une bonne idée…

Jason observa d'un œil inquiet la jeune femme atteindre un sofa et se laisser tomber dessus.

C'est à cet instant qu'il aperçut les biberons vides sur la table basse.

Bon sang ! Son frère avait-il trouvé le moyen de jeter son dévolu sur une mère célibataire ? Car elle ne portait manifestement pas d'alliance… Ce serait horrible… Il s'assit sur le bord de la table basse, tout près d'elle, histoire de la rattraper si elle venait à nouveau à se trouver mal.

— Connaissiez-vous Jeremy depuis longtemps ?

— Un peu plus d'un an, répondit-elle.

— Et vous… vous sortiez ensemble ?

Elle fronça subitement les sourcils. Elle avait l'air de ne pas en croire ses oreilles.

— Il ne vous a pas dit qu'il était marié ?

Jason écarquilla les yeux. Jeremy ? Marié ?

Eh bien, pour une surprise, c'était une surprise.

— Non, il ne m'a rien dit de tel, finit-il par répondre. Je n'avais pas parlé à mon frère depuis plus de cinq ans. Depuis que mon père a rompu tout lien avec lui, en réalité.

— Alors vous ne savez pas pour les garçons ?

Comment ça, « les garçons » ?

— Les garçons ?

— Oui, nos fils… Devon et Marshall.

- 2 -

Si Jason n'avait pas déjà été assis, cette nouvelle l'aurait fait tomber à la renverse.

Lui qui était venu ici pour rapporter quelques effets lui rappelant son frère. Un vêtement, un objet, une ou deux photos…

Jamais, même dans ses rêves les plus fous, il n'aurait pensé découvrir que son frère avait une progéniture.

— Mon frère avait *des enfants* ? parvint-il à demander.

— Des jumeaux.

— Quel âge ont-ils ?

— Presque trois mois.

Oh ! Jeremy… Qu'est-ce que tu as encore fait ?

— Je suis désolé, dit-il. Je l'ignorais totalement.

— Alors mes fils ont une famille ? Des tantes et des oncles ? Des cousins ?

Jason sentit son cœur se serrer. La jeune femme paraissait si pleine d'espoir… Cela aurait été cruel de la décevoir. A ses cernes sous les yeux et à sa minceur extrême, il devinait que la vie n'avait manifestement pas été tendre avec elle.

— Nous avons de la famille éloignée en Grande-Bretagne, mais je suis le seul parent proche de Jeremy.

— Oh ! Je n'ai pas de famille moi non plus. Alors j'avais pensé…

Il frémit légèrement. L'évidente déception qu'il lisait

sur le visage de la jeune femme le toucha en plein cœur. Mais elle se ressaisit, prit une grande inspiration et se força à sourire. Peut-être n'était-elle pas aussi fragile qu'elle en avait l'air…

— Mais vous, vous serez là pour parler à mes enfants de leur père, n'est-ce pas ? reprit-elle. Vous êtes probablement la personne qui a le mieux connu Jeremy.

Jason haussa un sourcil. Vraiment ? Il avait pourtant l'impression qu'il n'avait jamais réellement connu son frère. Enfin, pas depuis qu'ils étaient sortis de l'enfance.

— Que vous a-t-il dit exactement au sujet de notre famille ? insista-t-il.

— Il m'a raconté qu'il n'avait pas de famille. Qu'il était devenu orphelin très jeune et qu'il avait grandi en foyer.

Au prix d'un effort surhumain, Jason essaya de contenir la colère qui grandissait en lui.

En foyer ? C'était tout sauf la vérité. Mais cela ressemblait tellement à Jeremy !

— Que vous a-t-il dit d'autre ? poursuivit-il.

— Qu'il avait été malade pendant son enfance, et qu'à cause de cette maladie, personne ne voulait de lui.

Jason serra les dents.

— A-t-il précisé de quelle maladie il avait souffert ?

— D'un cancer. Il avait toujours peur que la maladie revienne.

Stop ! Il était temps de faire cesser cette mascarade.

— Jeremy n'a jamais eu de cancer, dit-il froidement. Il n'a pas non plus grandi en foyer ou dans je ne sais quelle famille d'accueil.

Et pour cause. Lui et son frère avaient été élevés par leurs parents dans un grand appartement à Manhattan. Ils avaient toujours eu tout ce dont ils avaient besoin. Peut-être cela expliquait-il en partie le comportement de Jeremy… Il n'avait pas eu à travailler pour obtenir ce qu'il voulait.

Jason vit alors la jeune femme blêmir.

— Mais alors… Il m'a menti ? bredouilla-t-elle. Mais pourquoi ?

Elle était si pâle et paraissait si abasourdie que Jason fut soudain saisi d'une crainte. Pourvu qu'elle ne s'évanouisse pas à nouveau !

— C'est ce que Jeremy fait toujours, répondit-il. Enfin… *faisait* toujours…

Il la vit aussitôt grimacer de douleur.

Mais quel idiot…

Pourquoi se montrait-il aussi insensible ? De toute évidence, cette femme avait beaucoup aimé son frère. Cela dit, si leur relation ressemblait à celles qu'avait eues son jumeau auparavant, elle ne connaissait probablement pas le vrai Jeremy.

— Son overdose… Etait-elle accidentelle ? lui demanda-t-il brusquement.

Elle acquiesça en se mordillant la lèvre.

— Mélange fatal de médicaments sur ordonnance.

Jason hocha la tête. Jeremy avait pour habitude d'avaler tout ce qui pouvait le faire planer, mais les médicaments avaient toujours eu sa préférence.

— Vous ne paraissez pas surpris…, fit-elle remarquer.

— C'est à cause de l'addiction de mon frère que notre père a coupé les ponts. Les arrestations, les mois passés en cure de désintoxication… Rien n'y a fait.

Celui-ci avait fait jouer toutes ses relations pour éviter la prison à Jeremy. Alors que l'incarcération aurait peut-être créé un choc salutaire pour lui…

— Pourquoi n'ai-je rien vu ? s'interrogea la jeune femme.

Jason sentit son cœur se serrer. Les yeux de l'épouse

de Jeremy exprimaient une souffrance et une confusion qu'il ne connaissait que trop bien.

— Il était très doué pour dissimuler…

— D'abord, j'ai cru qu'il dormait…

Il vit ses yeux se remplir de larmes. Elle battit des paupières pour les refouler.

— Ils ont essayé de le réanimer, mais il était trop tard, parvint-elle à lâcher.

— Vous ne pouviez rien faire. Je sais que c'est dur, mais je vous en prie, ne vous rendez pas responsable de ce qui s'est passé.

— C'est facile à dire, répliqua-t-elle.

— Non, pas du tout.

Autant le dire tout net : Jason ne pouvait se défaire du sentiment d'être en partie responsable des écarts de conduite de Jeremy. En outre, il se sentait coupable d'éprouver du soulagement à l'idée que son frère ne ferait plus jamais de mal à personne. Jeremy ne serait plus là pour briser le cœur de sa femme. Et au moins, ses enfants ne verraient pas leur père se détruire.

Par ailleurs, la femme de Jeremy était jeune et séduisante. Il y avait donc fort à parier qu'elle ne resterait pas seule bien longtemps… Toutefois, l'idée qu'un inconnu élève les enfants de son frère, ses neveux, lui déplaisait terriblement. Si quelqu'un devait prendre cette responsabilité, c'était bien lui !

Jason ouvrit la bouche mais se ravisa. Une minute, il ne connaissait même pas le prénom de sa belle-sœur.

— Au fait, nous ne nous sommes même pas présentés.

Cette remarque lui valut un sourire prudent de la part de la femme de Jeremy.

— En effet. Je suis Holly Shay.

— Et moi Jason Cavanaugh.

Il lui tendit la main qu'elle serra non sans l'observer d'un air toujours aussi confus.

— Cavanaugh ? Mais… Jeremy disait que son nom de famille était Shay.

Elle s'interrompit, secoua la tête avec incrédulité, puis leva les yeux vers lui.

— C'était encore un mensonge, n'est-ce pas ?

— Vous n'êtes pas la première femme à laquelle Jeremy…

Il s'interrompit. Comment ne pas être blessant ?

— … à laquelle Jeremy s'est présenté sous une fausse identité.

— Alors notre relation, notre mariage… Tout ça n'était qu'un énorme mensonge ?

Voilà. Elle commence à comprendre…

— Où en sont vos finances ? osa-t-il aussitôt demander.

Jason vit Holly hésiter, mais le bref éclair de frayeur et de désespoir qui brilla dans ses yeux ne lui échappa pas. Escroquer un étranger était une chose, mais escroquer sa propre femme… la mère de ses enfants ! Jeremy n'avait décidément plus aucune limite.

— Combien vous a-t-il pris ?

Elle baissa les yeux et ne répondit pas.

— Vous a-t-il laissé des dettes ? insista Jason.

Holly hocha la tête en se mordillant la lèvre.

— De quel montant ?

Pas de réponse.

— Vous pouvez me dire la vérité, Holly. Cela ne va pas me contrarier ou me blesser. J'ai compris depuis longtemps quelle sorte d'homme était mon frère et je l'ai accepté. Rien de ce que vous pourrez dire ne me choquera.

Elle releva le menton et soutint enfin son regard.

— Je suis dans une situation financière catastrophique,

admit-elle. Le seul objet de valeur qui me reste est mon alliance. Si tant est que le diamant soit un vrai…

A ces mots, Jason se redressa. Etait-il possible que… ?

— Je peux la voir ? demanda-t-il brusquement.

— Je l'ai avec moi.

Holly mit sa main dans la poche de son jean et en sortit la bague.

Jason sentit son cœur bondir. Il avait cru qu'il ne reverrait jamais cette bague… Dans son esprit, elle avait été échangée contre du liquide ou de la drogue.

— C'est un vrai diamant, affirma-t-il.

— Qu'en savez-vous ?

— Cette bague appartenait à ma mère.

Holly secoua la tête. Elle se sentait totalement piégée. Cette alliance avait représenté pour elle le seul espoir de se sortir du gouffre financier dans lequel elle se trouvait. Or, si cette bague appartenait à la défunte mère de Jason, elle ne pouvait évidemment plus la vendre !

— Jeremy est né sept minutes avant moi, expliqua Jason. Quand notre mère est morte, il a hérité de cette bague. Elle est dans notre famille depuis plusieurs générations.

Le cœur lourd, Holly tendit la bague à Jason.

— Vous devez la récupérer alors.

— Vous êtes la femme de Jeremy. La mère de ses enfants. Elle vous appartient.

Si seulement c'était vrai… Certes, elle avait été la femme de Jeremy, mais elle n'avait pas su deviner qui il était réellement.

— Je vous en prie, reprenez-la, dit-elle.

L'air hésitant, Jason prit néanmoins la bague.

— En êtes-vous sûre ?

— Parfaitement sûre.

L'anneau aux pierres précieuses paraissait minuscule dans sa large paume.

— Pour être honnête, j'avais fini par croire que Jeremy l'avait vendue depuis bien longtemps. Je ne pensais jamais la revoir.

A ces mots, il la glissa dans la poche de sa veste.

Holly retint un soupir. Avec cette bague s'envolaient ses espoirs de pouvoir prendre un nouveau départ avec ses enfants. Qu'allait-elle faire maintenant ? Déposer un dossier de surendettement ? Aller voir une assistante sociale ? Chercher refuge dans un foyer ?

Manifestement, Jason perçut sa détresse, car il lui demanda aussitôt d'un air soucieux :

— Est-ce que ça va ?

— Oui, acquiesça-t-elle en esquissant un sourire.

— Vous n'avez pas l'air bien, insista-t-il.

Elle se sentit frémir. Seigneur, il l'étudiait avec une expression qui lui rappelait tant Jeremy…

— Si c'est l'argent qui vous inquiète, je vous assure qu'il ne faut pas vous en faire.

Holly secoua la tête. Evoquer le désastre financier dans lequel elle se trouvait la mettait mal à l'aise.

— Vous n'avez pas à vous préoccuper de mes problèmes d'argent, déclara-t-elle.

Pourvu que cela mette fin à cette discussion !

— Je m'en charge, répliqua-t-il avec fermeté.

Holly haussa les sourcils. A voir le regard qu'il lui lançait, il ne plaisantait pas…

— J'apprécie votre sollicitude, mais ce n'est pas nécessaire.

— Je vais m'occuper de rembourser vos dettes, continua-t-il, et je vous aiderai financièrement pour que vous retombiez sur vos pieds.

Certainement pas ! Entre le moment où elle avait quitté sa famille d'accueil et celui où elle avait épousé Jeremy, elle s'était totalement assumée. Cela n'avait pas toujours été facile, mais elle y était parvenue.

Autant se rendre à l'évidence : elle avait commis une terrible erreur en faisant confiance à Jeremy pour gérer leur budget. Une erreur qu'elle ne referait jamais avec personne. Après tout, Jason pouvait très bien être comme son frère ! Il paraissait honnête… comme Jeremy, les premiers temps.

— Je ne peux pas vous laisser faire ça, assena-t-elle.

Jason la fixa avec intensité pendant plusieurs secondes, comme pour savoir s'il pouvait la faire changer d'avis. Il décida manifestement qu'il n'y arriverait pas.

— Si c'est ce que vous voulez, soupira-t-il enfin.

— C'est ce que je veux.

Elle hocha la tête. Elle s'en sortirait. Elle s'en était toujours sortie. Oui mais… elle n'avait jamais eu deux bébés à assumer…

— Laissez-moi au minimum prendre en charge les frais d'obsèques, reprit-il. Je dois au moins ça à Jeremy. Et à ses enfants.

Holly réfléchit. Si elle le laissait faire, cela la soulagerait momentanément. Et Jason aurait peut-être la possibilité de tourner la page…

Allez, inutile de s'accrocher désespérément à sa fierté.

— C'est d'accord, murmura-t-elle.

A ces mots, Jason parut à la fois soulagé et triste.

Il n'en restait pas moins un homme terriblement séduisant. Rien d'étonnant à cela, d'ailleurs. Après tout, il ressemblait comme deux gouttes d'eau à Jeremy.

Holly frémit légèrement. Le physique longiligne et les traits ciselés de son mari l'avaient hypnotisée dès l'instant où elle avait posé les yeux sur lui, lors d'une fête à laquelle ils participaient tous les deux. Jamais elle n'avait couché avec un homme dès le premier soir, mais cette nuit-là, elle avait accompagné Jeremy chez lui sans aucune hésitation…

Avec lui, le sexe n'était pas renversant, mais agréable. Plus que l'aspect physique de leur relation, ce qu'elle avait particulièrement apprécié, c'était d'être auprès de lui. Elle aimait la façon dont ses lèvres bougeaient quand il parlait, ainsi que l'arc que formait son sourcil droit quand il était étonné. Elle aimait le contact de sa main dans la sienne.

Jeremy lui avait procuré un sentiment de sécurité.

Tout du moins, au début…

Hélas ! lorsque sa grossesse l'avait clouée au lit, Holly avait constaté que Jeremy n'était pas capable de faire face. Au lieu de la rassurer et de prendre les choses en main, il avait sombré, et c'était elle qui avait sans cesse dû apaiser son anxiété.

A l'époque, elle avait cru qu'une fois l'accouchement passé, les choses reprendraient leur cours normal. Malheureusement, après le retour des jumeaux de l'hôpital, l'état de Jeremy avait continué à se détériorer. Très vite, elle avait eu l'impression de devoir assumer trois enfants sans l'aide d'un mari ! Certains jours, Jeremy ne sortait même pas de son lit. Il avait même commencé à l'accuser de trop s'occuper des jumeaux et de le négliger, lui.

Mais elle s'était armée de patience, dans l'espoir qu'il redevienne l'homme doux et attentionné qu'elle avait épousé. Comment aurait-elle pu savoir que cette personne n'avait jamais existé ?

— Si vous n'aviez pas vu Jeremy depuis si longtemps, comment avez-vous su qu'il était décédé ? s'enquit-elle soudainement.

— C'est mon avocat qui m'a prévenu. Pour la première fois en cinq ans, il n'avait pas touché à son allocation mensuelle. J'ai compris que quelque chose était arrivé.

Holly ouvrit grand la bouche et sentit son cœur se briser à nouveau.

— Il avait une allocation mensuelle ? bredouilla-t-elle.

— Vous ne le saviez pas ?

Elle secoua la tête. Elle se sentait mal. Très mal. Jeremy lui avait-il dit une fois, rien qu'une fois, la vérité ?

— Je suis désolé de me montrer un peu indiscret, reprit Jason, mais d'après vous, d'où provenait l'argent de Jeremy ? Avait-il un travail ?

— Il m'a expliqué qu'il avait eu un grave accident de voiture dans son adolescence et qu'il avait des séquelles au dos irrémédiables. Il prétendait que son argent provenait des dommages et intérêts auxquels il avait eu droit. Je devine qu'il n'y a jamais eu d'accident… n'est-ce pas ?

Jason grimaça comme s'il souffrait lui-même de devoir lui révéler la vérité.

— Pas à ma connaissance…

Holly secoua la tête. Seigneur… Y avait-il eu un seul élément réel dans leur relation ? Jeremy l'avait-il sincèrement aimée ? Avait-il aimé ses enfants ? En était-il seulement capable ?

— Allez-vous rester à New York ? s'enquit alors Jason.

L'idée de devoir trouver un appartement sans avoir ni argent ni travail la remplit subitement d'angoisse.

— Je… je ne sais pas encore, finit-elle par bafouiller.

— J'aimerais avoir la possibilité de connaître mes neveux, intervint aussitôt Jason. Ils sont la seule famille qui me reste.

— Bien sûr, ça ne me dérange pas. C'est juste que… Disons que les choses sont un peu compliquées pour le moment, mais dès que nous serons installés, je vous le ferai savoir.

Elle avait beau essayer de faire bonne figure, l'air sceptique de Jason montrait bien qu'il n'était pas dupe.

Il l'étudia de ces mêmes yeux bleus limpides que son frère.

— Vous ne savez pas où aller, n'est-ce pas ?

Holly redressa les épaules et releva le menton.

— Je trouverai quelque chose, affirma-t-elle avec une confiance qu'elle était loin d'éprouver.

— Vous aviez parlé de vendre la bague… Avez-vous d'autres ressources ? Une assurance-vie, par exemple ?

Elle retint un soupir. Si seulement… Mais ce n'était pas les affaires de Jason.

— Je vais me débrouiller.

— Je comprends que non, soupira-t-il en secouant la tête. Il vous a laissée sans rien, c'est bien ça ?

Faux. Jeremy lui avait bel et bien laissé quelque chose. Une montagne de dettes et deux bouches à nourrir !

Elle baissa la tête et serra ses mains l'une contre l'autre. Pas question de montrer à Jason qu'elles tremblaient.

— Je vais m'en sortir, lâcha-t-elle.

— Comment ?

Elle battit des paupières.

— Je vous demande pardon ?

— Comment allez-vous faire ? Quels sont vos projets ?

Bonne question…

— Eh bien… je ne sais pas encore, mais je vais trouver.

Quand elle avait rencontré Jeremy, Holly venait de quitter sa Floride natale pour emménager à New York. Croiser le chemin de Jeremy lui avait semblé être, à l'époque, un signe du destin. Mais maintenant que sa vie avait volé en éclats, s'il n'y avait pas eu ses deux petits garçons, elle aurait réellement préféré ne jamais l'avoir rencontré !

Jason fronça les sourcils. Même si sa voix exprimait la plus grande confiance, les yeux de Holly, eux, racontaient une tout autre histoire…

Pas de doute : la jeune femme était en réalité terrifiée à l'idée de devoir s'assumer seule avec ses deux enfants. De toute évidence, elle n'était pas en mesure de le faire. Lui, au contraire, avait la capacité de lui venir en aide, si elle voulait bien le laisser faire… Mais il faudrait pour cela qu'elle accepte de ravaler un peu de sa fierté. Et elle n'avait pas l'air d'en manquer !

Subitement, il entendit des pleurs d'enfant et réalisa qu'ils provenaient du babyphone posé sur la table basse. Puis d'autres pleurs se firent entendre, comme en écho aux premiers.

Jason entendit alors Holly soupirer d'un air las et accablé. Depuis combien de temps n'avait-elle pas eu une nuit complète ? Il ne pouvait qu'imaginer la difficulté pour elle de se retrouver veuve avec deux bébés…

Et voilà qu'il venait par-dessus le marché de lui annoncer que tout ce qu'elle croyait savoir sur son mari n'était qu'un tissu de mensonges !

— Voudriez-vous faire la connaissance de vos neveux ? proposa-t-elle brusquement.

A ces mots, Jason sentit son cœur bondir. Rencontrer ces petits jumeaux qui étaient désormais sa seule famille ? Evidemment qu'il en avait envie !

— Bien sûr !

Holly se leva du canapé et chancela légèrement avant de retrouver son équilibre. Elle lui adressa un triste sourire.

— Je suis encore un peu dans le cirage…

Il se leva aussitôt, prêt à la rattraper si elle venait à tomber ou à s'évanouir à nouveau. Pourvu que cela n'arrive pas : il n'avait pas la moindre idée de ce qu'il fallait faire avec deux enfants qui hurlaient. Il suivit Holly de près tandis qu'elle se dirigeait vers la chambre et ouvrait la porte. De toute évidence, ses neveux avaient des poumons en parfait état de marche ! Comment de si petits êtres pouvaient faire un tel raffut ?

Quand elle alluma la lumière, Jason retint son souffle en regardant dans les berceaux par-dessus l'épaule de Holly. Impossible de renier ses neveux ! Ils étaient le portait craché de son frère. Et de lui-même, à cet âge.

Elle prit l'un des petits dans ses bras et le lui tendit.

— Voici Devon.

Jason resta planté comme un piquet. Que devait-il faire ?

— Il ne va pas vous mordre…

Pas très rassuré, il prit l'enfant et le tint à bout de bras. Les yeux bleus écarquillés, Devon se calma aussitôt. Il paraissait minuscule entre ses bras…

— Quant à ce petit pleurnicheur, il s'appelle Marshall, reprit Holly en soulevant le deuxième bébé.

Elle le cala sur son épaule et lui tapota le dos, ce qui n'eut aucun effet sur ses pleurs. Sans doute était-il le plus râleur des deux…

— Marshall était le nom de notre grand-père, précisa Jason.

Holly tourna son visage vers lui et sourit en constatant comment il tenait son fils.

— Il ne va pas se casser, vous savez, lança-t-elle.

— Pour tout vous dire, je n'ai jamais tenu un enfant aussi petit.

A quoi bon le nier ? Jason se sentait complètement hors de son élément. Dans sa vie professionnelle, il avait eu l'occasion de côtoyer les personnes les plus puissantes du pays, et pourtant, il n'avait pas la moindre idée de la façon dont il fallait se comporter avec un être humain aussi petit et inoffensif.

— Il paraît si fragile. J'ai peur de le laisser tomber.

— Ça n'arrivera pas, le rassura-t-elle.

Jason la regarda pour comprendre la marche à suivre. Il installa alors Devon contre sa poitrine et plaça une main sous sa couche et l'autre dans son dos pour le maintenir contre lui. En voyant le bébé lever sa petite tête pour le scruter de ses yeux bleus inquisiteurs, il se rendit compte que l'enfant n'était pas aussi fragile qu'il en avait l'air.

Il vit ensuite Holly installer Marshall sur la table à langer et lui changer sa couche tout en lui parlant d'une voix douce et apaisante. Son sourire était si rempli d'amour et de tendresse que Jason se surprit à sentir son cœur palpiter. Si seulement elle pouvait le regarder comme ça…

Mais qu'est-ce qui te prend, enfin, Jason ? C'est ta belle-sœur !

C'était la vérité, mais bon sang, qu'elle était jolie ! Une beauté naturelle et pleine de santé.

Selon lui, les femmes se répartissaient en deux catégories. Il y avait celles qui aspiraient à une vie classique avec mariage et bébés, et celles qui fuyaient tout engagement. Et c'était celles-là qu'il préférait…

Pour certaines personnes, le mariage et les enfants n'étaient tout simplement pas prévus au programme.

Holly reprit alors Marshall et se tourna vers Jason.

— Allez, on échange ! décréta-t-elle.

Hélas ! ce ne fut pas une mince affaire. Une fois dans les bras de Jason, Marshall protesta bruyamment. Difficile de ne pas le prendre mal…

— Ça vous dirait de m'aider à les nourrir ?

— Je ne sais pas comment faire, bredouilla-t-il.

— Il n'y a rien de difficile, lui assura-t-elle avec un sourire.

Jason prit place sur le canapé et donna gauchement le biberon à Marshall qui téta avidement sans le quitter des yeux.

A vrai dire, même si ce n'était pas un choix volontaire, les enfants n'avaient jamais fait partie de ses projets. En général, il faisait tout son possible pour les éviter. Cependant, s'il devait jouer le rôle de l'oncle, il faudrait au moins qu'il essaie d'apprendre à s'occuper de ses neveux. Si quelque chose arrivait à Holly, il en aurait alors la totale responsabilité… Mais que se passerait-il s'il lui arrivait malheur à lui aussi — si sa maladie refaisait surface, par exemple ? Qui prendrait soin d'eux ?

Cette perspective était véritablement terrifiante.

Une fois changés et rassasiés, les bébés se rendormirent. Jason aida Holly à les coucher dans leur berceau.

— A quelle fréquence devez-vous faire ça ? demanda-t-il pendant qu'elle rinçait les biberons dans l'évier.

— Toutes les trois heures. Parfois plus, parfois moins. Jamais ils n'ont dormi plus de quatre heures d'affilée.

Cela faisait donc une moyenne de huit fois par jour. Huit fois, multipliées par deux bébés.

Et Holly devait assumer ça toute seule ! Eh bien…

Il éprouva soudain un immense respect pour les mamans célibataires.

— Comment y arrivez-vous toute seule ?

— J'ai appris à faire plusieurs choses en même temps, répondit-elle avec nonchalance.

La réalité était sans doute un peu plus compliquée que Holly voulait bien l'admettre. Comment pouvait-elle espérer trouver un travail avec deux enfants sur les bras ?

Certes, elle pouvait les mettre à la crèche, mais il n'aimait guère cette idée. C'était certainement vieux jeu de penser une chose pareille, mais il voulait que ses neveux soient élevés par leur mère, comme lui et son frère l'avaient été. Jason sentit son cœur se gonfler d'émotion. Il n'avait que de tendres souvenirs de sa petite enfance. La vie était proche de la perfection en ce temps-là…

Jusqu'à ce que tout change.

Au même instant, la voix de Holly le tira de sa rêverie.

— Merci de m'avoir aidée, dit-elle en s'essuyant les mains.

— Je serais heureux de recommencer, déclara-t-il avec sincérité. En fait, je serai de retour la semaine prochaine. J'aimerais passer un peu de temps avec les garçons…

— Vous ne vivez pas à New York ?

— Après la mort de notre père, j'ai déménagé dans le nord de l'Etat.

La maison près du lac dans laquelle il vivait était dans la famille depuis des générations. C'était un endroit qu'il affectionnait depuis l'enfance.

— Jeremy voulait qu'on s'installe dans cette région, raconta Holly. Qu'on trouve une baraque à retaper avec un grand jardin et une balançoire pour les enfants. J'imagine qu'il n'en croyait pas un mot…

Jason baissa la tête. C'était sans doute le cas. Jeremy avait une prédilection pour l'anonymat des grandes villes. C'était beaucoup plus pratique pour assouvir son addiction…

Contrairement à son frère, lui avait toujours aspiré à un rythme de vie moins trépidant. Pendant les dix ans où il avait travaillé pour son père, il avait eu une vie professionnelle gratifiante. Mais d'un point de vue personnel, ce style de vie ne l'avait jamais comblé. Ce n'était qu'après le décès de son père qu'il avait commencé à mener la vie qu'il souhaitait vraiment.

— Vous devriez me rendre visite, vous et les garçons, déclara-t-il subitement.

Il fut surpris et heureux de voir le regard de Holly s'éclairer.

— C'est très gentil de votre part, mais êtes-vous sûr d'avoir la place ? Je ne veux pas vous envahir.

Sur le moment, Jason crut qu'elle plaisantait. Cela dit, sa question était légitime. Après tout, elle ne savait rien de leur famille et de leur aisance financière. Mais autant ne pas l'informer tout de suite du fait que ses fils pourraient un jour hériter de millions… Cela faisait beaucoup de nouvelles à assimiler pour une seule journée ! Il n'empêche : même si son frère était déshérité depuis des années, Jason ferait en sorte que Holly et ses enfants soient à l'abri du besoin.

— J'ai de la place, lui assura-t-il.

Découvrir le confort dans lequel il vivait allait peut-être amener Holly à changer d'avis. Avec un peu de chance, il parviendrait à la convaincre de rester.

Il aurait ainsi une chance de réparer le mal que son frère avait fait.

Il le devait à ses neveux.

Et il se le devait à lui-même.

- 3 -

Jason sirotait une bière à *The Trapper Tavern* en compagnie de son meilleur ami, l'avocat Lewis Pennington. Une fois au courant de l'existence de Holly et des jumeaux, celui-ci lui demanda :

— Tu es certain de pouvoir lui faire confiance ? Inutile que je te rappelle le genre de personnes que ton frère avait l'habitude de fréquenter, n'est-ce pas ? Cette fille essaie peut-être de t'entourlouper…

Jason leva les yeux au ciel. C'était impossible.

— Lewis… Elle a eu tellement peur en me voyant qu'elle est tombée dans les pommes. Je t'assure, elle n'a pas l'air de savoir qui était vraiment Jeremy.

— A moins que ce ne soit une excellente actrice…, avança Lewis. Ton frère était bon acteur, lui aussi !

— Imagine que ce soit une innocente victime…

— Tu veux vraiment courir ce risque ? Les enfants concernés par cette histoire sont tes neveus.

Jason secoua la tête. Certainement pas ! Mais maintenant que son frère était mort, une immense responsabilité pesait sur ses épaules : le bonheur et le bien-être de ses neveux.

— Voilà pourquoi, quand elle sera chez moi, je lui proposerai de rester jusqu'à ce que sa situation financière se stabilise.

Il avait laissé son numéro de téléphone à Holly en lui demandant de l'appeler si elle avait besoin de quoi que ce soit. Dès le lendemain, elle lui avait téléphoné. Paraissant lasse et excédée, elle avait accepté de lui rendre visite pour s'échapper quelques jours de New York.

Derrière elle, Jason avait entendu ses neveux crier à pleins poumons. C'était une bonne chose que Holly n'ait pas hésité à admettre qu'elle avait besoin d'aide. Et à vrai dire, il était plus qu'heureux de pouvoir lui rendre service.

— Ce que je veux dire, c'est que tu ne sais rien de cette femme, insista Lewis. Ne laisse pas le fait qu'il s'agisse de la mère de tes neveux brouiller ton jugement.

— Avec un frère comme Jeremy, j'ai appris à être un bon juge du caractère de quelqu'un.

— Peut-être, mais à ta place, je cacherais les objets de valeur !

Jason lui lança un regard noir. Comment osait-il dire ça alors qu'il ne la connaissait même pas ?

— Laisse-moi au moins faire quelques recherches sur elle, s'entêta Lewis. Vérifier si elle n'a pas un casier judiciaire…

— Si tu veux… Mais je doute que tu trouves quelque chose.

— A quelle heure arrive son train ?

— Dans une heure, répondit Jason en consultant sa montre.

Il avait proposé à Holly de venir à New York pour la récupérer, ainsi que les jumeaux, mais elle avait insisté pour prendre le train. Et quand il avait tenté de l'en dissuader, elle n'en avait pas démordu. Bref, même s'il ne la connaissait que très peu, il commençait à se douter d'une chose : il était presque impossible de forcer Holly à faire quelque chose qu'elle ne voulait pas faire !

— Si elle est dans une situation financière aussi catastrophique, tu pourrais payer ses dettes et l'installer dans un logement à elle, non ? demanda alors Lewis.

— Dis-toi que j'ai déjà essayé…

— Et alors ?

Jason but une longue gorgée de bière avant de reposer sa bouteille sur le bar.

— Elle ne veut pas un sou de moi.

Lewis haussa les sourcils, l'air étonné.

— Vraiment ?

— Elle ne veut rien entendre.

— Elle est donc du genre indépendante…

Jason secoua la tête. *Et encore… Le mot est faible.*

— Tu n'as pas idée.

— Au fait, elle est séduisante ?

Hélas oui ! Terriblement. Mais pouvait-il l'avouer à son ami ?

— Ça rime à quoi, cette question ? s'empressa de s'écrier Jason.

Lewis sourit de toutes ses dents.

— Tu es attiré par elle ?

Jason retint un soupir agacé. Oh oui ! il l'était ! Quel homme ne le serait pas ?

— Il s'agit de ma belle-sœur, finit-il par dire. Mes sentiments n'ont aucun rapport avec cette histoire.

— Je ne suis pas d'accord, surtout si tu comptes vivre sous le même toit qu'elle. Les sentiments ont le chic pour se manifester quand on s'y attend le moins !

— Ma seule préoccupation, c'est mes neveux, affirma Jason.

— Que se passera-t-il si cette femme refuse de rester chez toi plus longtemps ?

— Je ne pourrai pas l'obliger, bien entendu.

— Ce n'est pas nécessairement vrai.

Jason fronça les sourcils. Où voulait en venir Lewis ?

— Comment ça ?

— Tu as un moyen de pression… Tes neveux. Tu pourrais la menacer de la poursuivre en justice pour obtenir leur garde.

— Pour quel motif ? Elle me paraît parfaitement qualifiée pour s'occuper d'eux.

Jason leva les yeux au ciel. Attaquer Holly en justice ? Quelle idée ! Jamais il ne pourrait faire une chose pareille à ses neveux. Ils avaient déjà perdu leur père… Il n'allait pas non plus les arracher à leur mère… Non, jamais !

— Si elle est sans la moindre ressource, elle voudra à tout prix éviter une bataille juridique. La menacer pourrait la rendre plus disposée à coopérer…

Ou bien la pousser à bout.

Jason se passa une main dans les cheveux. A quoi bon se voiler la face ? Il allait certainement avoir des difficultés à convaincre Holly. Pour autant, pas question d'en arriver à cette extrémité. Cela dit, s'il y avait du vrai dans ce que Lewis soupçonnait, alors tous les coups seraient permis pour protéger les petits.

Enfin… Inutile de brûler les étapes. Contrairement à son père qui avait toujours perçu les inconnus comme une menace potentielle, lui préférait accorder à chacun le bénéfice du doute. A ses yeux, les gens étaient innocents jusqu'à ce qu'ils soient déclarés coupables.

Enfin… Ce n'était pas maintenant qu'il allait convaincre Lewis. Autant laisser tomber et changer de sujet.

— Comment va Miranda ?

Son ami soupira et secoua la tête.

— Tourmentée par les hormones !

Jason eut un sourire. Depuis trois ans qu'ils étaient mariés, Lewis et son épouse, Miranda, essayaient d'avoir un enfant. Sans succès jusque-là. Ils avaient essayé toutes les méthodes possibles et imaginables, en vain. Ils en étaient déjà à leur troisième tentative de fécondation in vitro en neuf mois, ce qui n'était pas sans conséquences pour chacun d'eux sur le plan émotionnel. Mais Miranda était peut-être encore plus affectée. Après tout, Lewis avait déjà un fils adolescent d'une précédente relation.

Il n'empêche, quelle ironie du sort ! Un homme aussi irresponsable que Jeremy n'avait eu aucune difficulté pour concevoir des enfants alors que Lewis et Miranda, qui avaient tant à offrir, n'y arrivaient toujours pas.

— Quand aura lieu la prochaine tentative ? s'enquit Jason.

— Vendredi prochain ! répondit Lewis, les yeux plongés au fond de son verre de scotch. Quelle qu'en soit l'issue, ce sera la dernière.

— Pourquoi ? Vous n'allez tout de même pas abandonner !

— Au bout de trois ans, chaque déception nous atteint un peu plus. Nous avons commencé à nous renseigner sur l'adoption internationale.

— Un autre processus qui s'annonce lent et éprouvant, fit remarquer Jason.

Lewis hocha la tête.

— Oui, mais une fois que notre dossier aura été approuvé, il y aura enfin une lueur au bout du tunnel…

— Avez-vous envisagé de faire appel à une mère porteuse ?

— Pour qu'elle change d'avis après la naissance du bébé ? Non… Ça détruirait Miranda.

— Je suis désolé, Lewis. J'aimerais pouvoir faire quelque chose.

— Nous y arriverons, je ne perds pas espoir.

Jason fit la moue. La situation de ses amis n'avait rien d'enviable. Pour sa part, il lui avait fallu des années de réflexion et de débat avec lui-même pour accepter le fait qu'il n'aurait jamais de famille à lui.

Et pourtant, on dirait bien qu'il venait d'en recevoir une en héritage !

Holly poussa un soupir excédé. C'était le voyage en train le plus pénible qu'elle ait jamais eu à faire…

Elle avait espéré que les jumeaux dormiraient une bonne partie du trajet de cinq heures. Hélas ! ils n'avaient cessé de gémir et de pleurer, ne s'assoupissant que de courts instants avant de se réveiller l'un l'autre… A l'arrivée du train, elle puisa dans ce qui lui restait d'énergie pour installer les jumeaux dans leur poussette. Pourquoi avait-elle refusé que Jason vienne les chercher à New York ? Quelle idiote !

Une fois assise dans la luxueuse voiture de sport de Jason, les jumeaux bien attachés à l'arrière, elle sentit fort heureusement la tension retomber. Autant se rendre à l'évidence : si elle devait être une maman célibataire pour ses jumeaux, il lui faudrait abandonner sa fierté et accepter un peu plus l'aide des autres. S'occuper de Devon et Marshall n'était pas une mince affaire, alors qu'en serait-il lorsqu'ils commenceraient à marcher à quatre pattes, puis sur deux pieds ! Le simple fait d'y songer l'épuisait déjà !

Sans compter qu'elle culpabilisait de s'accorder ces vacances plutôt que de rechercher activement un emploi à New York. Néanmoins, elle avait la sensation que sa santé mentale dépendait de ce petit break.

Elle était tout bonnement épuisée.

Pendant que Jason chargeait les bagages dans le coffre,

elle jeta un coup d'œil aux jumeaux par-dessus son épaule. Ils somnolaient tous les deux. Elle en aurait pleuré de soulagement si elle en avait eu l'énergie…

— Dur voyage ? lança-t-il en s'installant au volant.

Il adressa alors à Holly un sourire lumineux qui la fit frémir de la racine des cheveux au bout des orteils.

Que lui arrivait-il ? Elle se détourna et fit mine de regarder par la vitre. Pourvu qu'il ne remarque pas ses joues échauffées. Le fait que Jason dégage un parfum délicieusement musqué ne l'aidait pas à reprendre ses esprits, loin de là. Elle luttait de toutes ses forces. Hélas ! cela ne servait à rien, car elle se sentait étrangement excitée.

Autant être honnête : pendant toute la période où elle avait vécu avec Jeremy, Holly n'avait jamais éprouvé une telle réaction physique face à un simple sourire. Bon, le fait qu'elle n'ait pas eu de relations sexuelles depuis six mois avait sûrement quelque chose à voir là-dedans… Elle avait d'ailleurs l'impression que cela faisait un an. Voire cinq !

Elle sentit aussitôt ses joues s'empourprer davantage. Le moment était bien mal choisi pour penser au sexe ! Mais plus elle essayait de ne pas y penser, plus son esprit s'égarait.

— Tout le monde est prêt ? demanda Jason avant de démarrer le moteur.

Sentant ses beaux yeux posés sur elle, Holly n'eut d'autre choix que de se tourner vers lui.

Elle plongea immédiatement au fond de son regard ténébreux.

Bizarrement, elle n'avait plus l'impression de voir Jeremy. Ils avaient beau être identiques physiquement, la personnalité et le tempérament de Jason le différenciaient nettement de son frère.

Il plissa le front.

— Vous vous sentez bien ? Vous êtes toute rouge…

— Euh… Oui, ça va, bredouilla-t-elle. Je suis juste fatiguée.

L'air soucieux, Jason tendit le bras pour toucher sa joue brûlante de ses doigts froids et étonnamment rugueux. Il fronça les sourcils et pressa ensuite le dos de sa main sur son front, comme le faisait la mère d'accueil de Holly quand elle était petite fille.

— Vous êtes chaude !

Holly se sentit frémir. Elle était surprise de ne pas s'être encore transformée en flaque d'eau… Seulement, le fait que Jason continue à la toucher ne l'aidait pas à se ressaisir.

Elle l'observa attentivement. Il était habillé de façon décontractée, avec un pantalon noir et un polo blanc qui contrastait fortement avec son teint bronzé. Il devait certainement passer beaucoup de temps à l'extérieur, en ce début de mois de juin. Si elle avait la chance de vivre près d'un lac, elle en ferait probablement autant ! A l'adolescence, l'un de ses passe-temps favoris était d'aller pêcher avec sa famille d'accueil. Elle avait toujours espéré que, un jour, elle pourrait partager ce genre d'expérience avec ses propres enfants.

Au même instant, la voix de Jason la ramena à la réalité.

— Nous devons traverser la ville pour nous rendre chez moi. Vous voulez vous arrêter pour acheter quelque chose ou vous préférez que nous allions directement à la maison ?

— Allons chez vous, s'il vous plaît. C'est loin ?

— A dix minutes à peine. J'habite de l'autre côté du lac.

Trapper Cove, qui était nichée dans une crique au bord du lac, ressemblait à l'image que Holly s'était toujours faite d'une petite ville du nord de l'Etat de New York. Un endroit chic, propre, au charme légèrement suranné. Elle fit descendre la vitre et inspira une bouffée d'air frais. C'était tellement plus agréable que l'atmosphère de cet endroit tentaculaire…

Tandis qu'ils remontaient Main Street jusqu'au cœur de la ville, Jason lui raconta brièvement l'histoire du quartier. Ils dépassèrent ensuite la marina et le club nautique. Elle dénombra une bonne dizaine de yachts hyper-luxueux. Sans parler des nombreux véhicules importés alignés le long des rues immaculées.

Holly était assez impressionnée. Cet endroit était-il aussi huppé du temps où Jason et Jeremy étaient gamins ? A l'époque où Jeremy était censé vivre dans la rue en faisant la manche !

Cette pensée lui déchira le cœur. Elle était toujours aussi atterrée par le nombre de mensonges que son mari lui avait racontés. A quoi bon le nier ? Elle avait été mariée à un homme qu'elle ne connaissait pas ! Tout bien réfléchi, sa vie avec Jeremy n'avait jamais été une formidable histoire d'amour…

Ils s'étaient rencontrés, étaient sortis ensemble et, trois mois plus tard, elle s'était retrouvée enceinte. Lorsque Jeremy avait insisté pour l'épouser, elle avait pensé que l'amour viendrait avec le temps. Lorsqu'ils se connaîtraient mieux l'un l'autre…

Eh bien… Elle s'était vraiment lourdement trompée.

Autant être honnête : elle n'avait jamais réussi à connaître son mari. L'homme dont elle pensait être tombée amoureuse n'existait même pas.

Jamais de sa vie elle ne s'était sentie autant trahie.

Pendant qu'ils roulaient lentement dans la ville, plusieurs

personnes saluèrent Jason de la main. Holly sentit qu'on lui lançait des regards curieux.

— C'est une belle ville, déclara-t-elle. Vous semblez connaître beaucoup de monde.

— Jeremy et moi passions tous nos étés ici avec notre mère et nos grands-parents. Notre père nous retrouvait le week-end, quand il parvenait à s'échapper de son travail.

Elle n'avait pas de mal à le croire. C'était l'endroit idéal pour passer la belle saison. Ou même le reste de l'année !

— Vous vivez donc ici, désormais ?

— En effet.

— Près du lac ?

— Au bord de l'eau, oui. Face à la ville.

Aussitôt, Holly scruta la rive opposée du lac par la vitre. Les maisons adossées à l'épaisse forêt de conifères l'empêchaient hélas ! d'avoir une vue dégagée. A cette distance, elle ne distinguait pas grand-chose. Tout au plus apercevait-elle, presque cachée derrière une rangée de pins majestueux, une imposante structure en bois à l'allure rustique. Peut-être un hôtel ou un pavillon de chasse. La bâtisse était beaucoup trop grosse pour que quelqu'un habite là-dedans.

— Vous pouvez voir votre maison d'ici ? lui demanda-t-elle au moment où ils passaient devant un grand magasin et un hôtel.

— A peine. Je vous la montrerai la prochaine fois que nous viendrons en ville.

Le véhicule de Jason quitta Main Street et la ville pour s'engager sur une route qui s'enfonçait dans la forêt en contournant le lac. Des taches de soleil dansaient sur le pare-brise au moment où le feuillage s'éclaircissait. De loin en loin, Holly réussit à apercevoir le lac bleu clair. Les parfums intenses de la forêt envahirent peu à peu l'habitacle.

Elle ferma les yeux et inspira profondément. Comme par magie, elle sentit les nœuds dans ses muscles se détendre et ses nerfs se calmer. Pour la première fois depuis la mort de Jeremy, elle s'accorda la permission de se relaxer. La sensation était étrange, mais agréable.

Au bout de quelques minutes, Jason tourna dans un long chemin de terre pour le moins accidenté.

— Voici quelque chose qu'on ne voit jamais en ville, déclara-t-il.

Holly ouvrit les yeux et resta alors bouche bée. Une famille de cerfs se promenait non loin de là. Quel beau spectacle !

Soudain, le rideau d'arbres s'ouvrit, et la bâtisse que Holly avait prise pour un hôtel apparut devant eux. Elle était tellement enfoncée dans la forêt que sa structure en bois semblait se fondre dans la végétation.

Lorsque le véhicule s'arrêta devant l'entrée, elle réalisa qu'il ne s'agissait pas d'un hôtel.

Non, c'était une maison. Une immense maison.

Elle prit une grande inspiration et s'efforça de ne pas paniquer. Elle aurait dû s'en douter… Les gens modestes ne passent pas leurs étés dans des maisons au bord d'un lac ! Cela aurait dû lui mettre la puce à l'oreille. Pas de doute : la famille de Jason était riche. Tous ces étés que Jeremy avait soi-disant passés dans la rue à mendier de l'argent et de la nourriture, il les avait passés… dans un manoir !

Holly fut brusquement prise de nausée. Toute trace d'amour ou de respect pour son défunt mari avait définitivement disparu de son cœur. Jamais elle n'avait été autant déçue et trahie par quelqu'un.

Jason se gara devant la porte, coupa le contact et se tourna vers elle avec un regard plein d'intensité.

— Nous voici à la maison ! lança-t-il avec enthousiasme.

- 4 -

En tendant le cou, Holly distingua à travers la vitre trois étages où le bois se mêlait au verre. Le manoir était une subtile combinaison entre tradition et modernité.

Elle était bouche bée. Jamais elle n'avait vu une maison avec d'aussi grandes fenêtres ! La vue de l'intérieur devait être incroyable. Et dire qu'elle s'était inquiétée de devoir vivre trop près de son beau-frère…

— Vous n'exagériez pas vraiment en disant que vous aviez « de la place » pour nous, fit-elle remarquer à Jason.

Celui-ci grimaça légèrement.

— Je n'avais pas l'intention de vous prendre au dépourvu, vous savez…

— Vous ne vouliez simplement pas m'accabler. Je le comprends.

— Vous n'êtes pas fâchée ?

Elle sourit et secoua la tête. Comment aurait-elle pu l'être ? Les intentions de Jason étaient nobles, c'était un homme qui avait du cœur. C'était tout ce qui comptait. D'ailleurs, il avait raison : apprendre tous les mensonges de Jeremy en une seule fois aurait été trop éprouvant. Découvrir la réalité au compte-gouttes la rendait plus facile à digérer.

Subitement, la porte d'entrée de la grande bâtisse s'ouvrit, et un couple âgé en sortit. Ces gens devaient sûrement travailler pour Jason. Une résidence aussi immense nécessitait forcément du personnel…

L'homme et la femme s'avancèrent tandis qu'elle descendait de voiture.

— Vous êtes Holly, n'est-ce pas ? lui dit la femme avec un accent de la Nouvelle-Angleterre. Bonjour !

Joignant le geste à la parole, elle prit la main de Holly et la secoua énergiquement.

— Nous sommes tellement heureux de vous rencontrer.

— Holly, intervint Jason, je vous présente Faye et George Henderson.

Holly les regarda attentivement. Ils avaient une petite soixantaine d'années.

— Je suis heureuse de vous rencontrer.

— Enchanté, renchérit George d'une voix rocailleuse qui allait de pair avec son visage buriné.

C'était un homme imposant, plus grand encore que Jason, avec une musculature impressionnante pour un homme de son âge.

— Laissez-moi voir ces petits anges dont j'ai tant entendu parler ! s'exclama Faye en frottant ses paumes l'une contre l'autre, les yeux brillants d'excitation.

Cette femme avait beau être de petite taille, elle était robuste et dégageait beaucoup d'énergie.

Jason ouvrit alors la portière arrière, et Faye se pencha pour regarder à l'intérieur.

— Oh ! Holly, ils sont magnifiques ! Tes parents seraient tellement fiers, Jason ! N'est-ce pas, George ?

Celui-ci regarda par-dessus l'épaule de son épouse et hocha la tête.

— Certainement !

— Allons installer Holly dans sa chambre, dit Jason.

Faye et lui l'aidèrent à sortir les bébés de la voiture tandis que George se chargeait des bagages.

Le rez-de-chaussée de la maison était constitué d'un espace ouvert avec un plafond très haut. Les fenêtres immenses donnaient l'impression que la forêt pénétrait à l'intérieur. Une cheminée massive et un mobilier qui semblait fort confortable composaient une décoration à mi-chemin entre style rustique et chic suranné. Au centre de la pièce principale se trouvait un large escalier en colimaçon agrémenté d'une rampe laquée.

Les jambes tremblantes, Holly suivit Jason dans l'escalier qui menait au premier, puis au deuxième étage. En haut, une mezzanine était meublée, elle aussi, de fauteuils et canapés moelleux. Les murs, eux, étaient garnis du sol au plafond d'étagères croulant sous le poids de centaines de livres.

Là encore, les fenêtres offraient une vue imprenable sur le lac et ouvraient sur une terrasse en bois sur plusieurs niveaux.

— C'est incroyable ! murmura Holly à Jason qui portait Devon, toujours profondément endormi dans son siège-bébé. Je comprends pourquoi vous préférez vivre ici qu'en ville…

— Je me suis toujours senti comme chez moi ici, expliqua-t-il en l'entraînant vers un grand couloir.

Elle jeta un coup d'œil dans chaque pièce. Toutes étaient spacieuses et décorées avec goût.

— Où est votre chambre ?

Holly se mordit aussitôt la lèvre. Pourquoi avait-elle posé cette question déplacée ? Hélas ! c'était plus fort qu'elle. A vrai dire, l'idée que Jason puisse dormir à seulement quelques mètres d'elle faisait battre son cœur à toute vitesse.

A sa grande surprise, il pointa le plafond du doigt.

— Je suis installé là-haut, dans le loft.

Incroyable ! Encore un autre étage ? C'était une maison vraiment gigantesque pour un seul homme !

— Voici la chambre d'enfants, déclara alors Jason en poussant une porte de l'épaule.

Holly plissa les yeux. La chambre d'enfants ? Pourquoi un homme célibataire aurait-il besoin d'une chambre d'enfants ?

A vrai dire, elle en savait très peu sur la vie de Jason. Elle savait qu'il n'avait jamais été marié et n'avait pas d'enfants. Mais était-ce par choix ou à cause des circonstances de la vie ? Mystère.

Elle constata immédiatement que le mobilier de la chambre d'enfants était flambant neuf.

— Vous avez acheté des meubles ! s'exclama-t-elle.

De fait, il y avait des meubles, mais aussi tous les accessoires pour bébé dont elle pourrait avoir besoin. Le tout, en double. Deux berceaux, deux commodes… Et beaucoup de jouets.

— C'est parfait, murmura-t-elle.

Jason posa le siège-bébé par terre, à côté d'un des deux berceaux.

— J'aimerais m'en attribuer le mérite, mais c'est Faye qui est derrière tout ça. Je n'avais pas la moindre idée de ce dont vous pourriez avoir besoin…

— Ce n'est rien, dit celle-ci avec un geste de la main.

Là-dessus, elle s'accroupit pour détacher Marshall de son siège.

— Vous avez fait tout ça pour une seule petite visite ? reprit Holly.

Jason se tourna vers elle.

— La première d'une longue série, je l'espère.

Il sourit, et Holly se sentit trembler. Quelque chose dans ses yeux, dans la façon qu'il avait de l'observer, la troubla profondément. Ils restèrent plusieurs secondes à se regarder comme ça. C'était comme si le temps s'était arrêté.

Soudain, la voix de Faye la tira de ses pensées. Celle-ci avait pris Marshall dans ses bras.

— Dis donc Jason, et si tu montrais sa chambre à Holly pendant que je m'occupe des garçons ?

Holly détourna à regret son regard de Jason.

— Je peux le faire, déclara-t-elle.

— Mais non, voyons, répliqua Faye. Vous avez l'air épuisée. Prenez le temps de vous installer pendant que je prends soin de ces petits anges…

Holly eut un petit sourire. Si elle avait été dans le train avec eux, Faye y aurait réfléchi à deux fois avant de qualifier les jumeaux de « petits anges » !

Elle commença à suivre Jason mais une fois sur le pas de la porte, elle hésita et jeta un regard en arrière. Depuis qu'ils étaient sortis de l'hôpital, les jumeaux ne l'avaient jamais quittée une seule seconde. Ils avaient beau être en parfaite santé, désormais, les laisser entre les mains de quelqu'un d'autre l'angoissait.

— Allez-y, ne vous inquiétez pas, la rassura Faye avec un sourire compréhensif. Tout ira bien. J'ai pratiquement élevé Jason et Jeremy, vous savez.

Holly hocha la tête. *Allez, ma grande, apprends à laisser les autres t'aider.*

— D'accord, merci, se força-t-elle à répondre.

Sa chambre se trouvait juste à côté de celle des jumeaux. Elle était très spacieuse et disposait d'une salle de bains et d'un dressing. Le mobilier était en pin, et le lit *king size* était recouvert d'un édredon cousu à la main.

— Cette pièce est plus grande que mon appartement tout entier, fit-elle remarquer à Jason. C'est une très belle maison. Merci de nous avoir invités.

— Vous serez toujours les bienvenus, chaque fois que vous le souhaiterez.

Il sourit et, à nouveau, elle éprouva cette sensation de chaleur intense. Comme si tout son être se mettait à fondre. Difficile de regarder Jason sans se laisser piéger par le bleu de ses yeux. Les yeux de Jeremy l'avaient-ils autant captivée ? Sans doute pas…

Holly secoua la tête. Pas question de perdre les pédales. Elle était lessivée et perturbée. Les choses lui apparaîtraient plus clairement après quelques heures de sommeil. Enfin, pourvu que ce soit le cas.

— Voudriez-vous vous allonger et vous reposer un peu ? lui demanda alors Jason.

Incroyable, on aurait dit qu'il lisait dans ses pensées ! Elle alla jusqu'au lit et passa sa main sur l'édredon. Il était tellement beau qu'elle craignait presque de l'abîmer.

— Ça va être agréable de dormir dans un vrai lit. Un matelas pneumatique, ce n'est pas très confortable.

Jason parut atterré de l'entendre faire cet aveu.

— Mais… vous n'avez pas de lit ?

— Si, bien sûr, mais c'est dans notre chambre… que j'ai trouvé Jeremy.

A ces mots, il se rembrunit aussitôt.

— Désolé, je n'avais pas compris ça.

— Vous ne pouviez pas savoir, lui dit-elle pour le rassurer.

— Nous n'en avons pas vraiment parlé, en fait.

Holly s'assit sur le bord du lit. Oui, peut-être valait-il mieux en discuter maintenant, et ne plus revenir sur la question.

— Il n'y a pas grand-chose à dire, en fait, murmura-t-elle. Quand je suis entrée dans la chambre, j'ai cru qu'il dormait. Mais en m'approchant du lit, j'ai senti que quelque chose n'allait pas. Alors je…

Elle s'interrompit pour déglutir, puis reprit :

— Sa peau était déjà froide. J'ai compris que ça faisait déjà quelque temps qu'il…

Jason grimaça en hochant la tête. Entendre les circonstances de la mort de son frère le peinait, c'était évident. Malgré les frasques de Jeremy, ils étaient tout de même de vrais jumeaux. Identiques en tout point, ou presque.

— Je suis désolé, murmura-t-il. Je ne voulais pas vous attrister.

Holly sentit son cœur se serrer. Pas une journée ne s'écoulait, — pas même une heure — sans qu'elle ne revoie dans son esprit l'image de son mari étendu sans vie. Rien de ce qu'il avait fait, pas un de ses mensonges, n'aurait pu lui faire souhaiter sa mort…

Cela dit, même si elle était encore traumatisée, ses sentiments avaient beaucoup évolué depuis qu'elle avait appris la vérité sur Jeremy. Les premiers jours après sa mort avaient été une torture : son mari lui manquait cruellement. Puis, peu à peu, une sensation de soulagement s'était emparée d'elle. Non pas parce que Jeremy était mort, bien sûr, mais parce qu'elle n'aurait plus à affronter ses terribles sautes d'humeur.

— J'ai su…, poursuivit Jason en s'asseyant sur le lit à côté d'elle. J'ai senti que quelque chose se passait, même si ça peut vous paraître étrange.

— Ça arrive aux jumeaux, n'est-ce pas ?

— Je sentais toujours sa présence. Même quand nous étions à des milliers de kilomètres l'un de l'autre. Et puis tout à coup… plus rien.

Il tourna la tête pour la regarder. Holly sentit son cœur se serrer. Il y avait tant de tristesse dans ses yeux qu'elle eut envie de le prendre dans ses bras. Mais ce n'était sûrement pas une bonne idée de franchir cette ligne.

— Aujourd'hui, j'ai l'impression qu'il me manque une partie de moi, reprit-il.

— J'ai du mal à imaginer ce qu'on ressent à être aussi proche d'une autre personne.

— C'est le genre de chose à laquelle on ne pense pas. Jusqu'à ce que la personne disparaisse…

— Je suis vraiment désolée, murmura-t-elle en posant sa main sur son bras.

Jason regarda sa main, puis leva les yeux vers son visage… On devinait tant de choses dans ce regard ! Difficile de dire quoi exactement, mais une chose était sûre : il était impossible de ne pas y être sensible.

Au même instant, Faye entra dans la pièce et annonça d'une voix rassurante :

— Les jumeaux se sont endormis.

A ces mots, Holly retira précipitamment sa main du bras de Jason. Comme si elle avait été prise faute ! Elle faillit même se justifier pour ce geste… mais se ravisa.

— Merci, se contenta-t-elle de dire.

— Y a-t-il quelque chose que je puisse faire pour vous avant de préparer le dîner ? s'enquit Faye.

— Non, merci. J'ai juste besoin de faire une petite sieste.

— Vous avez mille fois raison ! Le dîner sera servi dans une heure.

Sur ces mots, la vieille femme fit un sourire et s'éclipsa.

Holly la regarda sortir avant de lancer :

— Elle est vraiment gentille.

— Faye est ravie de vous avoir ici, répondit Jason. Et George aussi. Il est juste un peu moins démonstratif.

Elle hocha la tête. Il paraissait pour le moins réservé, en effet. Un peu comme le père d'accueil d'Holly… Un gentil géant.

Elle soupira et se frotta les tempes. Elle avait très envie de se reposer mais se sentait trop nerveuse pour dormir.

— Maux de tête ? s'enquit Jason. J'ai des médicaments dans la salle de bains. Je vais en chercher…

Une fois seule, Holly s'allongea sur le lit, histoire de le tester, et enfouit sa tête dans l'oreiller.

Oh ! quel bonheur !

Jamais elle n'avait eu un matelas aussi confortable ! C'était comme un aperçu du paradis… Elle ferma les yeux juste une seconde. Après, elle irait voir les jumeaux.

Là-dessus, plus rien.

Une boîte d'ibuprofène à la main, un verre d'eau dans l'autre, Jason revint dans la chambre… pour découvrir Holly assoupie, ronflant légèrement. La jeune femme était tellement belle qu'il resta un long moment à la regarder. Belle et douce… Mais cela ne lui avait peut-être pas porté chance. Son mariage avec Jeremy en était la preuve…

Il posa le verre et la boîte de comprimés sur la table de chevet puis sortit de la chambre. Il jeta un coup d'œil dans la chambre d'enfants sans y pénétrer. Les bébés semblaient profondément endormis : pas question de les réveiller.

La sonnerie de son téléphone portable se fit tout à coup entendre. Mince ! Il regagna hâtivement le couloir, de peur que les jumeaux ne l'entendent.

C'était Lewis.

— Je voulais t'annoncer le résultat de mes recherches, dit-il sans préambule.

Jason fit la moue. Son ami n'avait pas traîné. Etait-ce bon ou mauvais signe ?

— Et alors ? demanda-t-elle

— Elle ne t'a pas menti sur son identité. Pas de casier judiciaire. Pas même une contravention !

Jason hocha la tête. Rien de surprenant dans tout ça, mais c'était tout de même un soulagement d'être certain de la probité de Holly.

— J'ai aussi fait des recherches sur sa situation financière, ajouta Lewis.

Jason tendit l'oreille. Voilà l'élément qui l'intéressait.

— Et ?

— Elle est catastrophique.

— A quel point ? répliqua Jason d'une voix mal assurée.

— Elle est criblée de dettes et en défaut de paiement sur plusieurs prêts.

— A-t-on une idée du montant total de son endettement ?

Lewis lui dit la somme. Elle était astronomique.

Bon sang, pourquoi ? Pourquoi elle, Jeremy ?

Bon. Jason savait maintenant ce qu'il devait faire et il ne serait pas en paix avec lui-même tant que la situation ne serait pas réglée.

— Rembourse-la, lâcha-t-il soudainement. Rembourse l'intégralité de la dette.

— Je croyais qu'elle ne voulait pas que tu fasses ça, fit remarquer Lewis.

— Peu importe. Occupe-toi de ça.

— Si c'est ce que tu veux…

— C'est ce que je veux.

Jason coupa la communication et descendit au rez-de-chaussée. Il fallait qu'il parle à Faye, et vite. C'est dans la cuisine qu'il la trouva.

De toute évidence, elle l'attendait. Debout, les bras

croisés, elle tapotait du pied avec un petit air courroucé. Elle avait beau être de petite taille, Faye dégageait une force de caractère indéniable.

A vrai dire, il avait une petite idée de ce qui la rendait de si mauvaise humeur. Mais autant faire mine de ne pas comprendre.

— Qu'y a-t-il ?

— Tu sais que je n'aime pas me mêler de ce qui ne me regarde pas…

Il ne put s'empêcher d'éclater de rire.

— Ah oui ? Ça, c'est un scoop !

Depuis le décès de sa mère, Faye avait mis un point d'honneur à ce qu'il reste dans le droit chemin. Ce qui n'était pas vraiment un exploit : des jumeaux, c'était lui qui ne franchissait jamais la ligne rouge. Il faisait ce qu'on lui demandait sans faillir, sans rechigner. Il était le « bon » jumeau. Et désormais, le seul. Faye s'était souvent sentie responsable du comportement destructeur de son frère. Mais il avait également sa part de culpabilité dans cette triste histoire…

— Cette fille est douce et charmante, déclara-t-elle.

Jason hocha la tête. Oui, c'était la meilleure façon de décrire Holly. Elle était trop douce et charmante pour quelqu'un comme lui.

— Tu dis ça comme s'il s'agissait d'un défaut. Tu préférerais qu'elle soit laide et désagréable ?

Faye lui lança un regard noir.

— Elle me semble surtout très vulnérable.

— Et tu crois que je pourrais profiter d'elle ?

— Pas volontairement…

— Je veux seulement l'aider et réparer le mal que Jeremy lui a fait. A elle et aux petits.

Faye fit la moue. Elle n'avait pas l'air convaincue, c'était le moins qu'on puisse dire.

— Si tu le dis…

— Pourquoi est-ce si difficile à croire ?

— Parce que j'ai vu la façon dont tu la regardais.

— Ce n'est pas un crime que de regarder !

Pourquoi Faye avait-elle tous ces doutes ? Elle savait pertinemment que Jason n'était pas le genre d'homme à s'engager. Qu'il ne pourrait jamais avoir une famille à lui. Un Cavanaugh avait déjà profité de Holly, il ne tenait pas à la blesser lui aussi. En tout cas, pas intentionnellement.

Jason leva les yeux. Les sourcils froncés de Faye montraient bien qu'elle n'appréciait pas cette réponse.

— Tu as toujours l'intention de lui demander de rester ?

— Elle n'a nul autre endroit où aller. Jeremy l'a mise dans une situation d'endettement insurmontable.

— Quel genre de dette ?

Il lui donna le montant exact. Faye porta la main à sa bouche.

— Oh ! mon Dieu ! La pauvre !

— Ne t'inquiète pas, je m'occupe de tout. Holly a besoin d'aide, même si elle ne veut pas l'admettre. Ma priorité n° 1 est de m'assurer que les jumeaux soient élevés dans des conditions correctes. Un jour, ma fortune leur appartiendra. Il faut qu'ils soient accompagnés s'ils doivent porter l'héritage des Cavanaugh dans le futur. Ils doivent recevoir ce qu'il y a de mieux en matière d'éducation. Je peux faire en sorte que cela soit possible. Ils doivent aussi être élevés dans un environnement stable et sain. Je refuse qu'ils deviennent comme leur père.

A ces mots, Faye prit un air indigné.

— Tu ne sous-entends pas que Holly n'est pas capable

de bien les éduquer parce qu'elle n'a pas eu la même éducation que toi, j'espère !

Jason poussa un long soupir.

— Ne t'emballe pas, Faye. La richesse est une terrible responsabilité et parfois un lourd fardeau. Comme nous avons pu nous en rendre compte avec Jeremy, elle peut facilement être mal gérée. Je veux que mes neveux soient préparés pour affronter les épreuves de la vie.

— Tant que tu gardes à l'esprit que Holly est leur mère et qu'aucune décision ne peut être prise sans son accord…

— J'en suis parfaitement conscient.

Evidemment qu'il n'essaierait jamais de contester son autorité sur ses enfants ! Mais il savait parfaitement ce qui était bon pour ses neveux. Et c'était bien ce qu'il comptait faire comprendre à Holly.

- 5 -

Holly se réveilla en douceur de sa sieste. Quel bonheur !

Elle se sentait tellement bien, lovée sur ce matelas, qu'elle aurait pu facilement se rendormir. Mais pas question de céder à la tentation pour autant. Les jumeaux allaient bientôt se réveiller, et il allait falloir les nourrir. Alors debout !

A ce propos, elle aussi avait intérêt à manger quelque chose… Si elle perdait encore du poids, elle ne tarderait pas à ressembler à un squelette. Voyons voir… Il était 8 heures passées. Elle avait probablement raté le dîner. Tant pis. Faye devait certainement avoir gardé au chaud une assiette de restes.

Holly s'assit sur le lit et battit des paupières. Elle était surprise de se sentir aussi reposée après seulement quelques heures de sommeil. Elle se leva et alla jusqu'à la fenêtre pour contempler le lac à la surface calme et limpide.

Mais… où étaient passés tous les bateaux ? Et pourquoi le soleil était-il du mauvais côté du lac ?

Elle regarda à nouveau l'heure. Seigneur, il n'était pas 8 heures du soir, mais 8 heures du matin ! Elle avait dormi toute la nuit !

Ni une ni deux, elle se précipita vers la porte et l'ouvrit brutalement. C'est là qu'elle tomba nez à nez avec Jason. Le poing levé, il s'apprêtait à frapper au battant et sursauta en l'apercevant.

— Euh… bonjour. Faye m'envoie vous prévenir que le petit déjeuner est prêt.

Il observa son visage avec une pointe d'inquiétude dans le regard.

— Eh bien… On dirait que vous venez de voir un fantôme.

— Où sont les garçons ? s'empressa-t-elle de demander.

— Dans la cuisine avec Faye.

— Ils vont bien ?

Jason parut déconcerté par cette question.

— Bien sûr !

Holly poussa un soupir. Elle était tellement soulagée qu'elle dut attraper le chambranle de la porte pour conserver son équilibre.

— Vous pensiez que j'allais les vendre au marché noir ? demanda-t-il.

Elle n'avait rien pensé, en fait. Elle avait juste « réagi ».

— Non, bien sûr que non, bafouilla-t-elle. C'est juste que… nous n'avions jamais été séparés depuis qu'ils sont sortis de l'hôpital. J'ai toujours un œil sur eux…

— Respirez calmement, lui conseilla Jason.

Holly inspira et expira profondément à trois reprises jusqu'à ce qu'elle sente son estomac se dénouer et son rythme cardiaque ralentir. Ouf ! ça allait mieux.

Enfin, ce n'était pas comme ça qu'elle avait espéré commencer cette journée. Dire que ce séjour était censé être agréable et relaxant…

— Ça va mieux ? demanda-t-il.

Elle opina, un peu rassérénée. Mais pourquoi avoir réagi de façon aussi excessive ? C'était bête de sa part.

— Désolée, j'ai paniqué, bredouilla-t-elle. Je ne voulais pas me montrer impolie.

— Vous n'avez pas été impolie.

— C'est que… Les petits étaient si fragiles quand ils sont nés. Même si je sais maintenant qu'ils sont en parfaite santé, je n'arrive pas à être entièrement sereine…

— Holly ?

Elle leva le visage vers Jason. Impossible de ne pas se noyer dans ses beaux yeux bleu océan. Sans compter que sa façon de prononcer son nom avait le don de la faire fondre.

Il posa ses mains sur ses épaules et les serra légèrement.

— Vous êtes en sécurité ici, dit-il d'un ton rassurant. Il ne vous arrivera rien, ni à vous ni à vos enfants. Je vous en donne ma parole.

Holly acquiesça. C'était la vérité. Elle connaissait à peine cet homme, mais elle savait du plus profond de son cœur qu'il était on ne peut plus sincère. Sans parler du fait que c'était agréable de sentir ses mains sur ses épaules… Un peu trop agréable, même…

— Ça va aller ? demanda-t-il tandis que ses mains glissaient plus bas le long de ses bras.

Holly se sentit trembler. Jason se tenait vraiment tout près d'elle et l'enivrait de son parfum viril.

Tendre la main et de le toucher aurait été tellement plus simple…

Non ! Elle ne devait surtout pas faire ça !

— Je vais bien, parvint-elle à répondre. Je suis juste un peu déboussolée.

— Vous n'avez rien mangé hier soir… Vous devez être affamée.

— Je le suis, avoua-t-elle.

Quand il relâcha ses bras, elle fut à la fois soulagée et déçue.

Elle sortit dans le couloir. Des effluves de bacon et de café lui chatouillèrent les narines.

— Que diriez-vous de marcher un peu autour de la propriété après le petit déjeuner ? lui proposa Jason en descendant l'escalier à côté d'elle. Nous pourrions aussi aller en ville cet après-midi…

— Ce programme me convient tout à fait, répondit-elle avec enthousiasme.

Holly pénétra dans la cuisine. La pièce spacieuse était équipée d'appareils électroménagers haut de gamme dignes des meilleurs restaurants. Faye était en train de faire des œufs brouillés, Devon calé sur sa hanche. Dans son siège posé sur la table, Marshall poussait des cris joyeux tout en remuant ses petites jambes potelées.

Décidément, il n'y avait vraiment aucune raison de s'inquiéter. Les jumeaux semblaient parfaitement heureux avec Faye. Seulement, Holly ne put s'empêcher de ressentir une pointe de jalousie. Elle était tellement habituée à tout faire par elle-même…

La gouvernante sourit en la voyant approcher.

— Bonjour, belle endormie. Vous avez faim ?

« Belle endormie… » La mère d'accueil de Holly l'appelait souvent comme ça. Ce souvenir lui donna le sourire.

— Je suis affamée, acquiesça-t-elle en prenant Marshall dans ses bras pour lui faire un câlin.

Quand Holly le chatouilla sous le menton, il gloussa et attrapa des mèches de ses cheveux entre ses petits doigts. Elle se raidit subitement. Mince, elle ne s'était pas coiffée, en se levant. Pis encore : elle ne s'était pas changée depuis la veille !

Ni une ni deux, elle jeta un coup d'œil à son reflet dans le réfrigérateur. Sa queue-de-cheval était un peu de guingois, et ses vêtements étaient froissés. Une splendeur.

Cela dit, Jason l'avait déjà vue encore moins à son avantage…

Au même moment, un téléphone sonna. C'était celui de Jason. Il le sortit de la poche de son pantalon et consulta l'écran.

— Excusez-moi, je dois prendre l'appel, dit-il en fronçant les sourcils.

Le temps qu'il sorte de la pièce, Faye se tourna vers Holly.

— Avez-vous bien dormi ?

Holly essayait de dégager ses mèches de cheveux mais Marshall s'obstinait à les garder dans son petit poing.

— Comme une souche. Je n'ai même pas entendu les garçons se réveiller. Je suis un peu étonnée qu'ils aient dormi toute la nuit…

— Ils n'ont pas dormi toute la nuit, corrigea Faye. Ils se sont réveillés à l'heure du dîner et ont pris un biberon. Ensuite, nous avons joué un peu avec eux, Jason et moi. Ils sont tombés de fatigue aux alentours de 22 heures et ont dormi jusqu'à 2 heures du matin.

— Pourquoi ne m'avez-vous pas réveillée ?

— Jason n'a pas voulu. Il a dit que vous aviez besoin de vous reposer. C'est la crème des hommes, vous savez.

Holly cala Marshall sur sa hanche avant de répondre :

— Je m'en suis rendu compte.

— Après ce qui vous est arrivé avec Jeremy…

A ces mots, Faye secoua la tête, l'air attristé.

— Je tiens à ce que vous sachiez que Jason n'est pas du tout comme son frère, ajouta-t-elle.

— Je le sais.

— J'aurais aimé que vous connaissiez Jeremy quand il était plus jeune. C'était un garçon vraiment adorable. J'aimerais tant savoir pourquoi il a autant changé… Enfin, voilà de quoi reprendre des forces.

Là-dessus, elle prit une assiette de bacon et en offrit

à Holly. Celle-ci prit un morceau. Elle en avait l'eau à la bouche…

— Hum ! Merci, c'est délicieux.

— Resservez-vous, vous n'avez que la peau sur les os ! Il va falloir remédier à ça.

Holly hocha la tête. Elle avait toujours été naturellement mince et n'avait pris que dix kilos pendant sa grossesse. Mais Faye avait raison. Elle était devenue vraiment trop maigre.

Ni une ni deux, elle avala le bacon et en prit un autre morceau en esquivant la main poisseuse de Marshall.

— Vous vivez dans la maison avec George ? demanda-t-elle.

— Non, nous habitons dans le pavillon tout près de la maison, répondit Faye en esquissant un geste vers la fenêtre au-dessus de l'évier.

Holly tendit le cou pour voir dehors. Le petit cottage était en bois, comme la maison principale. Il était enfoui dans le sous-bois et se fondait si bien avec la végétation qu'elle ne l'avait pas remarqué quand ils étaient arrivés la veille.

— Depuis combien de temps vivez-vous ici ?

— Depuis que j'ai épousé George. Son père a été le gardien de cette propriété pendant des années, et son père avant lui. C'est une tradition familiale.

Holly eut un petit pincement au cœur. Etant orpheline, elle n'avait pas vraiment connu de « traditions familiales », même si sa famille d'accueil avait fait de son mieux pour qu'elle ait une enfance normale.

Mais ce n'était pas la même chose que d'avoir une vraie famille…

— Vos enfants vont-ils perpétuer la tradition ? osa-t-elle demander.

— Notre fils unique est décédé quand il était tout petit.

Holly sentit son cœur se serrer. Seigneur, quel drame atroce ! Elle ne pouvait pas s'imaginer perdre un de ses enfants. Elle refusait même d'y penser !

— Je suis désolée, murmura-t-elle.

— Il est né avec une malformation génétique, expliqua Faye. Il n'a même pas atteint l'âge de un an, et sa courte vie a été remplie de souffrances. Le médecin m'avait avertie que si j'avais un autre enfant, celui-ci risquerait de souffrir de la même maladie. Alors avec George, nous avons décidé de ne pas prendre ce risque. La recherche génétique n'était pas aussi avancée à l'époque…

Holly avait la gorge serrée. Comment pourrait-elle vivre si un tel malheur la frappait ?

— Cela a dû être une décision difficile à prendre…

— Je suis tombée en dépression pendant plusieurs mois. Puis Jason et Jeremy sont nés, et leur mère a vite été débordée. Elle avait besoin de mon aide. Bien sûr, ce n'est pas comme s'ils étaient mes enfants, mais je les ai profondément aimés.

A ces mots, Faye s'interrompit, les yeux perdus dans le vague.

— Si notre fils avait vécu, il aurait eu quarante ans cette année…

— Comment s'appelait-il ?

Holly vit alors un doux sourire éclairer le visage de Faye.

— Travis. Travis George Henderson.

— C'est un beau prénom.

— Mon père s'appelait Travis.

— Vous étiez-vous rendu compte pendant votre grossesse que quelque chose n'allait pas avec le bébé ?

— Absolument pas. J'ai eu une grossesse tout à fait normale. Mais dès que Travis est venu au monde, j'ai su qu'il y avait un problème. Il n'a pas pleuré. Quand, enfin, il a émis des sons, ce n'était que des gémissements faibles et rauques. Puis je l'ai vu… Il n'était pas normal, certes, mais j'ai trouvé que c'était le plus beau bébé de la terre. Les parents de Jason se sont montrés tellement gentils pour George et moi ! Les Cavanaugh ont ainsi fait en sorte que Travis puisse être examiné par des dizaines de spécialistes, à leur frais. Hélas ! tous nous ont dit la même chose… Qu'il ne vivrait pas plus de douze mois. Et que nous ne pouvions rien y faire.

Au prix d'un effort surhumain, Holly déglutit pour être en mesure de dire :

— Je suis navrée, Faye.

— C'était la volonté de Dieu. Et c'était il y a très longtemps. Je voulais juste que vous sachiez à quel point les Cavanaugh ont été bons pour nous. Ils ont pris soin de nous, et Jason fera la même chose pour vous.

Que je le veuille ou non, apparemment !

Si elle avait su que Jason avait l'intention de la laisser dormir toute la nuit, Holly n'aurait pas fait de sieste. Cela dit, elle ne pouvait pas nier qu'elle se sentait reposée. Cela ne lui était pas arrivé depuis la naissance des jumeaux.

Peut-être que cette fois-ci, il avait fait ce qui était le mieux pour elle… Du moment que cela ne devenait pas une habitude !

Holly chercha son portable dans la poche arrière de son pantalon. Impossible de mettre la main dessus, elle avait dû le laisser en haut. La veille, elle avait appelé un conseiller financier dans l'espoir qu'il lui propose une solution à ses problèmes. Pourvu qu'il la rappelle !

— Pouvez-vous surveiller les enfants quelques instants ? demanda-t-elle alors à Faye. Je voudrais monter chercher mon téléphone.

— Bien sûr. Prenez votre temps.

Le temps d'installer Marshall dans le siège-bébé, Holly monta l'escalier. Elle trouva son téléphone sur le lit. En plus de quelques mails et de notifications Facebook, elle constata bien un appel manqué du conseiller financier. Mais il lui avait laissé un message…

Assise sur son lit, Holly l'écouta une première fois, puis une deuxième. Et enfin une troisième fois, pour s'assurer qu'elle avait bien tout compris.

Elle s'empressa alors de glisser son portable dans sa poche pour s'empêcher de le jeter contre le mur.

Il n'y avait qu'une explication…

Furieuse, elle secoua la tête et marmonna entre ses dents.

— Salaud !

Jason attendit d'être seul dans son bureau, porte close, pour répondre à l'appel de Lewis.

— C'est fait, annonça celui-ci.

— Tu es certain d'avoir tout remboursé ?

— Jusqu'au dernier cent.

— Merci, Lewis.

— Tu ne seras peut-être pas aussi reconnaissant quand elle découvrira la vérité. Dans combien de temps va-t-elle comprendre ce qui se passe, d'après toi ?

Jason retint un soupir. Pas très longtemps, hélas ! Holly allait être furieuse d'apprendre la nouvelle. Mais avec le temps, elle accepterait… Elle comprendrait que c'était le mieux pour tout le monde.

— Quelle a été sa réaction quand elle a découvert la maison ? s'enquit Lewis.

— Elle l'a bien pris, bizarrement.

— Tu lui as demandé de rester ?

— Non, pas encore. Je ne veux pas me précipiter, ni

lui mettre la pression. Je préfère lui donner le temps de s'installer et de se sentir bien chez moi.

— A ta place, je n'attendrais pas trop. Si elle est aussi indépendante que tu le dis…

Et entêtée !

— Elle va probablement t'en vouloir quand elle découvrira que tu as payé toutes ses dettes.

Jason fit la moue. Lewis n'avait pas tort. Peut-être valait-il mieux régler ce problème sans tarder.

— Ah ! J'oubliais, reprit son ami. Miranda se demandait si vous voudriez venir dîner. Tous les quatre. Comme tu l'imagines, elle est impatiente de rencontrer tes neveux, ainsi que Holly.

Et pourquoi pas ? C'était une très bonne idée.

— Avec plaisir.

— Tu ne veux pas d'abord demander à Holly ?

— Ça lui fera du bien de voir du monde, répondit Jason.

— OK, mais accorde-moi une faveur… Ne lui dis pas que je me suis occupé du remboursement de ses dettes !

— Tu as suivi mes instructions. Si elle doit s'en prendre à quelqu'un, c'est à moi.

— Oui, mais elle ne le verra peut-être pas sous cet angle…

Jason s'apprêtait à répondre, mais il fut interrompu par un grand bruit. Quelqu'un frappait à la porte de son bureau. Avec insistance, manifestement.

Les coups résonnaient tellement que Lewis les entendit à l'autre bout du fil.

— Qu'est-ce que c'est que ça ? demanda-t-il.

Hélas ! avant que Jason ait eu le temps de répondre, la porte s'ouvrit en grand, et Holly déboula dans la pièce.

De toute évidence, elle était furieuse !

Elle le foudroya du regard, les mains sur les hanches, la queue-de-cheval de travers. Sans doute allait-il passer un sale quart d'heure mais qu'importe : elle était absolument adorable…

— Qu'est-ce que vous avez fait ? lança-t-elle aussitôt.

Il allait répondre, mais Lewis en profita pour dire, à l'autre bout du fil :

— Désolé de te dire ça, mais j'ai l'impression qu'elle est au courant !

— Quelle perspicacité ! répliqua Jason en regardant Holly se diriger droit sur lui. Il faut que je te laisse.

Il entendit alors son ami ricaner.

— A plus tard… Si tu survis !

Jason raccrocha et fit un geste vers la chaise de l'autre côté du bureau. Autant essayer de désamorcer le conflit.

— Asseyez-vous…

Au lieu de l'écouter, Holly ignora la chaise et posa ses mains sur le bureau. Comme si elle était prête à prendre son élan pour l'étrangler.

Jason se mordilla la lèvre pour se retenir de sourire. Elle paraissait aussi menaçante qu'un mulot !

— J'ai reçu un message très intéressant de mon conseiller financier, commença-t-elle.

Il haussa un sourcil. Tiens, elle avait un conseiller financier. Voilà qui était étonnant !

— Ah oui ?

— Oui. Il était censé m'aider à trouver un moyen d'échelonner le remboursement de mes dettes. Inutile de dire qu'il a été un peu déstabilisé de constater que je n'en avais pas.

Jason l'observa attentivement. Pas de doute : elle était furieuse. Et pourtant, il n'avait qu'une envie : l'attirer sur son bureau pour embrasser à pleine bouche ses lèvres délicieuses.

« Ses lèvres délicieuses » ? Il n'était pas sérieux, quand même ? Il s'agissait tout de même de sa belle-sœur ! L'épouse de son défunt frère.

— Cela doit être un soulagement pour vous de ne plus avoir ce souci, déclara-t-il.

— Bien entendu ! rugit-elle avec indignation. Mais là n'est pas la question.

Il se sentit frémir. Il aimait ce côté plus vif, plus insolent. Quoi d'autre pouvait-elle bien cacher sous ses airs réservés ? En tout cas, elle était terriblement sexy quand elle était en colère.

— Peut-être que si, justement, répliqua-t-il. Peut-être devriez-vous essayer de ravaler votre fierté et de laisser les autres vous aider.

— Vous croyez vraiment que c'est de ça qu'il s'agit ? De ma fierté ?

— Ce n'est pas le cas ?

A ces mots, elle serra les poings. L'espace d'un instant, il eut peur de la voir se jeter sur lui.

— Je vous ai demandé expressément de ne pas vous mêler de ma situation financière, et vous étiez d'accord. Or, vous avez fait exactement le contraire dans mon dos !

Jason se leva et contourna son bureau. Il faillit poser ses mains sur les épaules de Holly comme il l'avait fait un peu plus tôt, histoire de la calmer. Mais elle paraissait tellement furieuse qu'il eut peur de prendre un coup en pleine figure.

— Holly, j'ai seulement fait ce qui est le mieux pour vous et pour les garçons.

— C'est vous qui le dites !

Il baissa les yeux. La façon dont elle le regardait lui donnait la sensation d'être un parfait abruti.

— Vous ne comprenez donc pas ? reprit-elle. Vous m'avez menti, Jason ! En me regardant droit dans les yeux… sans sourciller !

Jason retint un soupir. Elle n'était pas allée jusqu'à le comparer à son frère, mais le sous-entendu était parfaitement clair.

Le pire, c'était qu'elle avait entièrement raison… Ses intentions étaient peut-être les meilleures du monde, mais il lui avait effectivement menti. Les femmes qu'il avait l'habitude de fréquenter acceptaient les mensonges si elles en tiraient profit d'un point de vue matériel. Ce qui en disait long sur l'attitude faussée qu'il entretenait avec le beau sexe.

Seulement voilà… Holly ne ressemblait pas aux femmes qu'il avait connues. Avec son caractère bien trempé, elle n'était pas du genre à transiger avec ses principes, même si cela devait la plonger dans l'adversité.

— Vous avez raison, bredouilla-t-il.

Pas de doute : il pouvait s'en vouloir. Pourquoi avait-il cru qu'après avoir traversé autant d'épreuves, Holly serait facile à manipuler ?

Comment avait-il même pu penser qu'il avait le droit d'essayer ? Qui était-il pour décider de ce qui était le mieux pour quelqu'un qu'il connaissait depuis à peine quatre jours ?

Lui qui avait toujours juré de ne jamais laisser l'argent le changer ou lui donner un sentiment de toute-puissance…

Or, il était officiellement devenu son propre cauchemar.

Quel crétin !

— J'ai eu tort d'intervenir dans votre dos, ajouta-t-il.

J'espère que vous accepterez mes excuses. Cela ne se reproduira plus jamais, vous avez ma parole.

Il leva les yeux vers Holly. Elle sembla prendre quelques secondes pour réfléchir. Mince, mince… Il avait peut-être tout fichu en l'air. Allait-elle prendre ses cliques et ses claques et lui refuser le privilège de connaître ses neveux ?

— Excuses acceptées, finit-elle par déclarer.

A ces mots, Jason sentit un intense soulagement l'envahir. Holly lui accordait une seconde chance, et cette fois, il ne la gâcherait pas. Sa relation avec ses neveux en dépendait. Bon, il pourrait toujours prendre soin d'eux… Et de leur mère. Il faudrait juste qu'il fasse preuve d'un peu plus de subtilité.

— Maintenant que cette affaire est réglée, j'ai quelque chose à vous dire…, reprit Holly.

Elle parlait d'une voix tremblante, comme si elle s'apprêtait à éclater en sanglots.

Jason se raidit. Sans doute devait-il s'attendre au pire.

— Allez-y…

— Merci ! s'écria-t-elle subitement en se jetant dans ses bras avec tant de force qu'il faillit perdre l'équilibre. Merci beaucoup, Jason.

Celui-ci eut du mal à en croire ses oreilles. Hein ? Voilà qu'elle le remerciait, maintenant !

Décidément, jamais il ne comprendrait les femmes. Tout en ayant bien conscience que ce n'était pas très approprié, il noua ses bras autour d'elle et lui frotta doucement le dos en la maintenant contre lui. Holly se cramponnait à lui, le visage pressé contre sa chemise. Elle avait beau avoir la peau sur les os, elle avait encore des formes parfaites là où il fallait…

Difficile de ne pas laisser son esprit s'égarer… Pas plus que ses mains d'ailleurs. Il était célibataire, après tout !

Holly sentait si bon qu'il mourait d'envie d'enfouir son nez dans ses cheveux soyeux et de s'enivrer de leur parfum. Il voulait se saisir de ses longues mèches et amener son visage vers le sien pour goûter à ses lèvres.

Quand elle se serra davantage encore contre lui, Jason s'aperçut qu'elle tremblait. Il essaya de voir son visage, mais elle le gardait obstinément niché dans le creux de son cou.

— Ça va ?

Elle hocha la tête, mais il sentait ses larmes traverser le tissu de sa chemise.

— Alors pourquoi pleurez-vous ?

— Les derniers mois ont été t… tellement durs… J'étais stressée et ef… effrayée en permanence, sanglota-t-elle. C'est comme si on m'avait soulagée d'un poids immense. J'ai l'impression de pouvoir respirer. J'ai à nouveau de l'espoir pour les enfants et moi… Je ne sais pas comment je pourrai vous remercier…

— Vous ne me devez rien.

— Mais si.

Bon, si vraiment elle le pensait… C'était le moment de se lancer !

— Restez ici avec moi, vous et les enfants, s'empressa-t-il de dire avant de changer d'avis.

Holly se figea et resta muette. Jason grimaça. Le moment était-il bien choisi pour lui faire cette proposition ? Sans doute pas. Dans sa vie professionnelle, il se débrouillait comme un chef, mais cette femme douce et grave avait le don de lui faire perdre tous ses moyens.

— Vous voulez vraiment que nous restions ici ? demanda-t-elle au bout de quelques secondes. Avec vous ?

— Jusqu'à ce que vous retombiez sur vos pieds, oui.

Elle se redressa brusquement et fit un pas en arrière en essuyant ses larmes avec le revers de sa manche.

— Je peux me débrouiller seule. C'est ce que je fais depuis longtemps.

Jason poussa un soupir. Elle était plus têtue qu'une mule !

— Je n'en doute pas une seule seconde, mais vos fils ne méritent-ils pas un peu mieux que ça ?

- 6 -

Aïe !

Holly accusa le coup. Seulement Jason avait raison, difficile de prétendre le contraire. Ses enfants méritaient mieux que ce qu'elle était en mesure de leur offrir. Et elle aussi.

— Je le dois à Jeremy, reprit Jason.

Il y avait une telle tristesse dans ses yeux que Holly sentit son cœur se serrer.

Comment pourrait-elle refuser son offre alors qu'il la regardait avec une telle sincérité ? Cela les aiderait peut-être à tourner la page, aussi bien elle que lui.

— C'est d'accord, finit-elle par dire.

Il battit des paupières, comme s'il n'était pas certain d'avoir bien entendu.

— D'accord ?

— Je suis fière, mais je ne suis pas stupide. Même sans cette dette faramineuse à rembourser, m'en sortir seule à New York est presque une mission impossible. Rien ne me retient là-bas. Sans compter que j'ai toujours rêvé de vivre dans une petite ville à la campagne. Et ici, les enfants auront une famille…

— Et moi aussi.

Holly se mordit la lèvre. Quelque chose dans le ton de Jason lui brisa le cœur. Jusqu'à présent, elle n'avait pas pensé un instant que Jason pouvait se sentir seul.

Mais ce qu'elle devinait dans son regard était ô combien éloquent ! Avait-il autant besoin d'elle et de ses fils qu'ils avaient besoin de lui ? Manifestement oui. En tout cas, cela prouvait que le vieil adage disait vrai : l'argent ne fait pas le bonheur.

— J'ai cependant une ou deux conditions à poser, déclara Holly. Pour tout ce qui concerne les jumeaux, c'est moi qui prendrai les décisions. C'est non négociable.

— Je veux juste vous aider, fit remarquer Jason.

— Je le sais, mais la frontière est mince entre « aider » et « tenter de contrôler ».

— OK, c'est vous qui décidez. Quoi d'autre ?

Elle s'assit sur le bord de ce bureau qui était si propre qu'on aurait eu du mal à y trouver un grain de poussière. Sur ce point, Jeremy était bien différent. Depuis le jour où elle avait emménagé avec lui, Holly avait sans cesse dû passer derrière son mari. Chaussures et chaussettes traînaient toujours sur le sol, ainsi que des vêtements et des serviettes humides dans la salle de bains. Il laissait souvent de la vaisselle sale un peu partout alors qu'il aurait suffi de la mettre dans le lave-vaisselle. Cela avait le don de la mettre en colère, car elle aimait que les choses soient bien rangées.

Elle leva alors la tête vers Jason et vit qu'il l'observait d'un air interrogateur…

Ah oui ! il attendait qu'elle donne ses conditions…

D'abord, garder ses distances. Ce qui était une excellente idée : se coller contre ce roc viril avait été une belle erreur. Tout allait bien jusqu'à la seconde où elle avait pris conscience que cela lui plaisait… Elle avait beau être une jeune maman, elle était aussi une femme. Une femme qui n'avait pas pris du plaisir avec un homme depuis son cinquième mois de grossesse…

Cela dit, si elle devait rester ici, il faudrait qu'ils établissent une règle stricte à ce sujet. Mais comment en parler à Jason sans qu'il comprenne qu'elle avait véritablement envie de le toucher… partout !

Regarder Jason dans les yeux, aussi, lui faisait de l'effet. Mais elle ne pouvait tout de même pas lui demander de ne pas la regarder ! Le pauvre, ce n'était pas sa faute si elle se sentait fondre chaque fois que ses yeux immensément bleus plongeaient au fond des siens.

Quant à sa voix… Son timbre grave et profond la faisait frissonner. Mais là encore, elle ne pouvait pas lui ordonner de ne pas lui parler.

Bon sang, elle était dans de beaux draps !

— C'est tout, déclara-t-elle.

Jason parut quelque peu amusé.

— Vous êtes dure en affaires ! ironisa-t-il. Vous êtes sûre qu'il n'y a rien d'autre ?

Elle hocha la tête. Mais c'était un mensonge.

— Si quelque chose me revient, je vous en parlerai.

— Parfait, répondit-il en lui tendant la main. Marché conclu, alors.

Holly fixa sa main, l'air hésitant. Et dire qu'elle venait de se jurer de ne plus le toucher… Elle lui tendit la main malgré tout et la regarda disparaître dans celle de Jason. Comme il tardait à la relâcher, elle leva les yeux et fut instantanément hypnotisée par son regard.

Bon sang, encore une faiblesse qu'elle n'arrivait pas à dompter ! Au bout de plusieurs secondes, Jason libéra enfin sa main. Doucement… Comme une caresse.

Cherchait-il volontairement à la troubler ou bien irradiait-il naturellement cette intense énergie sexuelle ?

Pour être honnête, Holly ne savait pas laquelle de ces deux possibilités était la pire.

Elle laissa alors ses yeux descendre le long du corps de Jason. Etait-il vraiment comme son frère ?

Elle se mordit la lèvre. Seigneur, pourquoi pensait-elle à ce genre de choses ? Heureusement, elle était déjà rouge d'avoir pleuré ! Elle qui ne craquait jamais devant les gens…

Non décidément, elle n'était pas dans son état normal. Elle n'était plus la même personne. Mais peut-être ne savait-elle même plus qui elle était. Les événements de l'année écoulée l'avaient irrémédiablement changée.

Seulement, avait-elle réellement envie de redevenir celle qu'elle était ? Là était la question.

— Est-ce que je pourrais rapatrier ici certaines choses de mon appartement ? demanda-t-elle alors à Jason. Je mettrai le reste dans un garde-meubles.

— Holly, vous êtes ici chez vous. Vous pouvez apporter tout ce que vous voulez. Je veux que vous vous sentiez bien.

Curieusement, elle se sentait déjà bien, comme si elle était faite pour vivre dans cet endroit. C'était évidemment ridicule.

Sans doute était-elle seulement intensément soulagée.

— Je vais m'arranger pour faire transporter vos affaires, ajouta-t-il.

— Merci mais je peux m'en occuper moi-même.

Jason ouvrit la bouche, sans doute pour la contredire, puis sembla se raviser.

— Bien sûr. Mais si cela s'avère onéreux…

— Vous serez le premier à le savoir, l'assura-t-elle.

— Et si vous avez besoin de quoi que ce soit…

— Faites-moi confiance pour vous le dire.

Il s'esclaffa en secouant la tête.

— Je suis désolé. Il faudra que vous soyez patiente avec moi.

— Vous avez de la chance… j'ai énormément de patience.

Et elle avait le sentiment qu'elle en aurait besoin.

— Au fait, nous allons…

Jason s'interrompit et marmonna un juron avant de reprendre sa phrase du début :

— Je voulais vous dire que nous sommes invités à dîner chez des amis à moi. Ils ont très envie de vous rencontrer, vous et les garçons. Alors si vous êtes d'accord…

— Pourquoi pas, ça peut être sympa, s'empressa-t-elle de répondre.

Holly sourit. Elle aimait l'idée de rencontrer les amis de Jason et d'en apprendre un peu plus sur sa vie. Et elle appréciait le fait qu'il lui demande son avis, plutôt que de lui donner un ordre.

— J'aimerais beaucoup y aller, ajouta-t-elle.

L'espace d'un instant, elle avait soupçonné qu'il lui faisait cette proposition dans le seul but de se montrer gentil. Mais le sourire qu'il arborait indiquait tout autre chose. Pas de doute, il était véritablement heureux qu'elle accepte de l'accompagner.

Holly n'espérait cependant qu'une chose : qu'elle ne se ridiculiserait pas. Pourvu qu'elle ne dise pas une idiotie qui ferait honte à Jason… Ou bien qu'elle reste muette toute la soirée, perdue dans son regard bleu azur.

Un peu comme elle l'était en ce moment même…

Le pire, c'était que Jason la regardait exactement de la même façon ! Comment réagirait-il si elle caressait son visage, si elle suivait de ses doigts le tracé de ses lèvres ? Ou bien si sa langue…

Soudain, une voix la tira de sa rêverie.

— Que se passe-t-il ici ?

Holly recula d'un air coupable, même si elle n'avait

concrètement rien fait de mal. Elle fit volte-face et découvrit Faye sur le seuil du bureau de Jason.

Impeccable ! L'irruption de Faye l'avait peut-être empêchée de faire une grosse bêtise…

Le regard de la gouvernante passa de l'un à l'autre.

— Tout va bien ? s'enquit-elle. J'ai entendu crier. Et pourquoi Holly est-elle en train de pleurer ?

Elle accompagna ces derniers mots d'un regard accusateur en direction de Jason.

Celui-ci leva les mains pour calmer le jeu.

— Nous étions en train de négocier.

— Négocier quoi ? répliqua Faye en plissant les yeux.

Holly sentit alors Jason se rapprocher d'elle et l'entendit murmurer :

— Est-ce que je vous avais prévenue que Faye pouvait se montrer un peu indiscrète ?

— J'ai tout entendu ! protesta cette dernière en croisant ses bras sur sa poitrine.

Eh bien… Pour quelqu'un d'aussi frêle, Faye avait l'air particulièrement redoutable.

Jason eut un petit sourire. Il avait l'air d'aimer la taquiner. On aurait dit deux membres de la même famille plutôt qu'un employeur et une employée. Rien d'étonnant : ils se connaissaient depuis si longtemps…

— Je ne suis pas indiscrète, argua la gouvernante. Juste curieuse. C'est différent.

— J'ai demandé à Holly de rester ici avec les garçons, déclara Jason. Elle a accepté.

A ces mots, Faye ouvrit grande la bouche et applaudit.

— Oh ! c'est merveilleux ! s'exclama-t-elle.

Holly écarquilla les yeux. Tant d'enthousiasme était assez étonnant, mais cela lui faisait plaisir de voir une telle réaction.

— Pour combien de temps ?

— Je ne sais pas encore. Le temps que je me remette en selle. Je ne veux pas être un fardeau.

Faye balaya ces paroles d'un geste de la main.

— Un fardeau ? Allons donc, quelle idée ! J'aime m'occuper des gens, ma chère Holly. Or, Jason n'a pas vraiment besoin de moi. Un peu de vie dans cette maison nous fera du bien.

— J'aimerais que vous me fassiez une liste des choses que je pourrais faire pour vous aider, tint à ajouter Holly. Je tiens absolument à mettre la main à la pâte.

— Je vais y réfléchir, promit Faye. Pour le moment, venez prendre votre petit déjeuner tous les deux.

— Nous arrivons, dit Jason.

Après le départ de Faye, Holly le vit se tourner vers elle.

— Je n'aurais jamais imaginé que ça serait si facile.

— De quoi parlez-vous ?

— De vous convaincre de rester. Je pensais devoir ramper à plat ventre. Surtout après que vous avez découvert ce que j'ai fait…

Elle secoua la tête. Impossible d'imaginer Jason ramper devant qui que ce soit ! Il était si dynamique et débordant de charisme. Sans parler de son autorité naturelle. De toute évidence, les gens devaient avoir du mal à lui dire non…

Elle ne put s'empêcher de sourire en constatant qu'il continuait à la fixer avec un sourire hypnotisant. Dans quel guêpier s'était-elle fourrée ?

- 7 -

— Réveillez-vous !

En entendant ce cri, Jason sortit brusquement des brumes du sommeil où il avait sombré. Il sentit une main le secouer et ouvrit péniblement les yeux. La chambre était plongée dans l'obscurité, mais il distingua la silhouette de Holly à côté de son lit. Elle portait l'un des jumeaux dans ses bras. Mais enfin, qu'est-ce que…

Il s'assit et alluma la lampe de chevet en clignant les yeux.

— Quelle heure est-il ? demanda-t-il faiblement.

— 2 heures. Je suis désolée de vous réveiller…

Il la regarda. Elle portait un T-shirt trop grand qui lui arrivait juste au-dessus des genoux.

— Marshall est malade.

Quoi ? Ni une ni deux, Jason bondit du lit, le cœur battant.

— Qu'est-ce qui ne va pas ?

Au même moment, Marshall laissa échapper une toux sonore et caverneuse. Jason frémit. Il n'avait jamais entendu une toux pareille. Mince, mince…

— Oh ! mon Dieu ! Est-ce qu'il s'étouffe ? On dirait qu'il n'arrive pas à respirer !

— Calmez-vous, lui dit Holly sans s'affoler. Sa toux est impressionnante, certes, mais il semble respirer normalement. Cela dit, comme il a été un bébé prématuré, je ne veux prendre aucun risque.

— Mais qu'est-ce qu'il a ?

— Je suis presque sûre qu'il a le croup.

Jason battit des paupières.

— Le quoi ?

— Le croup. C'est un virus qui s'attaque aux cordes vocales. Enfin, c'est ce que j'ai lu sur Internet…

Il n'en revenait pas. Holly se fiait à Internet pour ce genre de choses ? Ce dont Marshall avait besoin, c'était d'un médecin. Pourtant, il devait bien admettre qu'à part cette mauvaise toux, le bébé ne paraissait pas si mal en point. Et pour cause : il lui adressait des sourires absolument craquants.

— Que puis-je faire ? demanda-t-il.

— Pourriez-vous prévenir Faye ? Je suis sûre qu'elle saura quoi faire. J'irais bien la chercher moi-même, mais il fait nuit, et j'ai peur de me perdre ou de trébucher.

— Je vais l'appeler, proposa-t-il en prenant son téléphone portable.

Faye répondit dès la première sonnerie. Une chance !

— Tu es au courant qu'il est 2 heures du matin ? dit-elle d'une voix ensommeillée.

— Que sais-tu du croup ? lui demanda-t-il sans relever sa remarque. Holly pense que Marshall a le croup.

Comme celui-ci recommençait à tousser, Jason approcha son téléphone du visage du bébé.

— Tu entends ?

— Oh oui ! c'est bien le croup ! lança Faye.

— Tu en es sûre ?

— Absolument. Tu l'as eu quand tu étais bébé.

Jason se tourna alors vers Holly pour lui transmettre

le diagnostic de sa gouvernante. Elle s'assit alors sur le lit et poussa un soupir de soulagement.

Peut-être qu'elle n'était calme qu'en apparence, finalement…

— Et maintenant, on fait quoi ? demanda-t-il alors à Faye.

— Allez dans la salle de bains et ouvrez le robinet de la douche. Il faut que l'eau soit aussi chaude que possible. Puis asseyez-vous dans la pièce avec le bébé.

Sur le coup, Jason eut du mal à en croire ses oreilles.

— Dans la douche brûlante ?

— Mais bien sûr que non ! s'exclama Faye. Dans la salle de bains ! La vapeur l'aidera à respirer.

Il hocha la tête. Ah oui ! d'accord ! Très malin, comme méthode.

— Je comprends. L'eau brûlante, ce n'est pas bon, mais la vapeur, si !

— Gardez-le un bon moment dans cette atmosphère, reprit Faye, puis enveloppez-le dans une couverture avant de l'emmener dehors, à l'air frais. Dis à Holly qu'ils s'en sortiront…

— Euh… Comment ça, « ils » ?

— Quand l'un des jumeaux attrape quelque chose, tu peux être sûr que l'autre suit…

Jason ne pouvait que confirmer. D'aussi loin qu'il s'en souvienne, cela s'était toujours passé comme ça pour Jeremy et lui.

— Merci Faye. Désolé de t'avoir réveillée.

— Tu as bien fait, mon grand.

Là-dessus, il coupa la communication et répéta les instructions de Faye à Holly. Celle-ci se promenait en berçant son fils et en lui caressant doucement le dos.

— Nous allons devoir utiliser la salle de bains de

votre chambre. Le plafond de la mienne est trop haut… La vapeur serait moins confinée.

— Merci d'avoir appelé Faye, Jason. Je suis désolée que nous ayons dû la réveiller.

— Ce n'est pas un problème. Allons-y…

— Je vais me débrouiller, déclara brusquement Holly en serrant Marshall contre elle. Vous pouvez vous recoucher.

Jason se mordit la lèvre. Dieu sait s'il en avait envie ! Il s'était tourné et retourné pendant une heure avant de parvenir à trouver enfin le sommeil, aux alentours de minuit. Mais quelque chose dans le regard de Holly lui faisait sentir qu'elle avait besoin de son soutien. Alors du nerf !

— Je suis parfaitement réveillé, répliqua-t-il en haussant les épaules. Je reste avec vous.

— Mais…

— Je veux être à vos côtés.

Joignant le geste à la parole, il posa sa main sur son épaule et la poussa à avancer. Après une légère hésitation, Holly commença à marcher.

Marshall continuait à tousser sans discontinuer, mais sans pour autant se plaindre. Bien au contraire, il continuait de sourire.

Quel petit garçon courageux !

Jason suivit Holly dans la salle de bains et referma la porte derrière eux. Il fit alors couler l'eau chaude dans la douche et laissa la porte de la cabine grande ouverte.

Seulement, quelque chose n'allait pas.

Ce n'était pas Marshall qui l'inquiétait, mais Holly. Elle était devenue blanche comme un linge et respirait bruyamment. Ses membres tremblaient, comme si elle était en proie à une crise de panique.

— Ça va ? s'enquit-il en posant sa main sur son bras.

Elle secoua la tête négativement et ne résista pas quand il lui retira Marshall des bras. Là, il la guida vers les toilettes dont il referma le couvercle.

— Asseyez-vous.

Holly se laissa tomber dessus. Doucement, il l'aida à baisser la tête entre ses genoux.

— Respirez lentement et profondément, lui conseilla-t-il.

— Je... je n'arrive pas à respirer, dit-elle d'une voix saccadée.

— En réalité, vous respirez trop. Essayez de ralentir le rythme...

Jason avait souvent vu sa mère faire ce genre d'attaques de panique vers la fin de sa vie, mais elle, à la différence de Holly, ne pouvait vraiment pas respirer : son cœur usé n'avait plus la force de pomper suffisamment d'oxygène.

La pièce commença à se remplir de vapeur. Le miroir était couvert de buée, et l'humidité collait à leur peau. Il maintint Marshall en hauteur, là où il y avait davantage d'humidité dans l'air. Ce faisant, il ne quittait pas Holly des yeux.

Peu à peu, la toux du petit se calma. Ouf !

— Vous voyez, dit-il à Holly. Il va déjà mieux.

Elle acquiesça et continua à se concentrer sur sa respiration, les coudes sur les genoux, la tête entre ses mains. Quand, enfin, elle releva la tête, son visage était toujours livide, mais sa respiration avait retrouvé un rythme plus normal.

— Vous vous sentez mieux ? lui demanda-t-il.

Elle hocha la tête, l'air penaud.

— Je suis désolée. Je ne sais pas ce qui m'est arrivé.

— Vous avez fait une crise de panique.

— Génial ! Je me croyais plus forte que ça...

— Vous avez traversé de dures épreuves, lui rappela-t-il.

— Merci, souffla Holly en lui jetant un regard furtif.

Jason sentit son cœur se serrer. La pauvre... Elle paraissait si vulnérable et perdue qu'il eut envie de la prendre dans ses bras pour la rassurer, lui dire que tout irait bien. L'ennui, c'était que la tenir près de lui ne suffirait pas. Une fois qu'il aurait noué ses bras autour d'elle, il ne voudrait plus la laisser partir, c'était certain !

— J'ai eu si peur, avoua-t-elle. Si vous n'aviez pas été là...

— Vous vous en seriez très bien sortie. Vous auriez appelé le pédiatre des enfants. Il vous aurait dit quoi faire...

— Vous croyez ?

— Bien sûr ! Vous ne vous faites pas assez confiance.

Jason la regarda d'un air rêveur. Un mélange de vapeur et de transpiration faisait briller son visage et trempait son T-shirt. Des mèches de cheveux blond pâle étaient collées à son beau visage comme des rubans trempés. Bon sang, qu'elle était jolie ! Il avait toujours préféré les blondes... Les blondes naturelles.

— Parfois, j'ai l'impression d'avancer à l'aveugle, finit-elle par dire dans un murmure.

— J'imagine que toutes les jeunes mamans doivent ressentir ça.

— Peut-être... La naissance des jumeaux et les jours qui ont suivi ont été tellement stressants. Ils ont passé leur premier mois en réanimation néonatale, je suis venue tous les jours pour être auprès d'eux.

— Et Jeremy ?

— Il n'aimait pas les hôpitaux, répondit-elle d'un ton un peu gêné. Il disait qu'il y avait passé beaucoup de temps dans son enfance...

Jason fit la moue. S'il s'était agi de ses enfants, il aurait tenu à rester à leurs côtés nuit et jour. Il fut à deux doigts d'expliquer à Holly la raison pour laquelle Jeremy détestait les hôpitaux mais se ravisa. Le moment lui paraissait mal choisi.

— Quel genre de père était mon frère ? s'enquit-il.

Il y eut alors un silence. Cela n'augurait rien de bon...

— Les jumeaux sont rentrés à la maison équipés de moniteurs cardiaques et respiratoires, raconta-t-elle. Ce fut une période très stressante, et Jeremy a eu des difficultés à faire face. Nous nous disputions sans cesse. Parfois, il s'en allait fâché et ne revenait que tard dans la soirée. Certaines nuits, il ne rentrait même pas du tout. Et le lendemain matin, il revenait comme si rien ne s'était passé. D'une certaine façon, il en voulait aux garçons d'occuper tout mon temps. Il m'a quand même accusée de les aimer davantage que lui.

Jason leva aux yeux au ciel.

— C'était le cas ?

— Peut-être... Probablement ! J'aurais dû réaliser que quelque chose n'allait vraiment pas chez lui. Je n'ai pas voulu voir, en fait... Je voulais me persuader que tout allait bien. J'aspirais à cette vie de conte de fées qu'il m'avait promise. Alors je lui ai trouvé toutes sortes d'excuses.

— Je peux vous dire que nous avons tous fait ça avec Jeremy..., dit-il. Moi, mes parents, et même Faye et George. Nous voulions tellement qu'il change, mais il l'utilisait à son avantage.

— Il s'est moqué de moi, murmura Holly avec tristesse.

Comme si elle s'attribuait la responsabilité de cet échec.

A mesure que l'eau refroidissait, la vapeur avait commencé à se dissiper. Marshall semblait totalement décontracté. Sa toux avait cessé, mais sa respiration était toujours rauque.

Jason alla fermer l'eau de la douche. Il constata que

Holly était trempée, elle aussi. Son T-shirt collait à son corps en soulignant ses formes. Elle avait beau être maigre, elle était encore très féminine sous cet habit sans grâce.

Il ne put s'empêcher de l'étudier… juste une seconde… avant de s'obliger à détourner les yeux.

— Que fait-on, maintenant ? demanda Holly.

— Il faut le faire sortir. Comment vous sentez-vous ?

— J'ai la tête qui tourne un peu.

Jason hocha la tête. Il valait mieux qu'il porte lui-même son neveu. C'était plus prudent.

— Je vais sur la terrasse à l'arrière de la maison. Si vous voulez en profiter pour jeter un coup d'œil à Devon…

— OK, acquiesça-t-elle.

Là-dessus, il ouvrit la porte de la salle de bains.

— S'il vous plaît Holly, prenez votre dessus-de-lit et enroulez-le autour de nous.

Il la laissa poser le plaid sur ses épaules puis l'arrangea de façon que son neveu soit bien couvert. Le temps de descendre au rez-de-chaussée, il sortit dans la nuit étoilée. Le thermomètre indiquait 15 °C, mais l'air qui caressait son visage encore humide lui paraissait frais. La terrasse était couverte de rosée. Il fit les cent pas dans l'obscurité, Marshall dans le creux de son bras. Son neveu ne le quittait pas des yeux et gazouillait gentiment. Ce bout de chou semblait facile à contenter…

Jason sentit son cœur fondre. La première fois qu'il avait pris les jumeaux dans ses bras, les bébés lui avaient paru minuscules et fragiles. Ils lui semblaient désormais plus robustes. Sans compter qu'il commençait à prendre le coup de main.

Au même instant, la porte s'ouvrit et Holly le rejoignit.

— Comment va Devon ?

— Il dort à poings fermés et respire normalement. Mais je suppose qu'il tombera malade tôt ou tard…

— Faye le pense aussi, mais si ça arrive, vous saurez quoi faire.

— Et je n'aurai pas à vous réveiller !

— Ça ne me dérange pas que vous le fassiez.

Dans la semi-obscurité, Jason la vit sourire puis laissa ses yeux courir le long du corps de Holly. Son T-shirt était tellement mouillé qu'il épousait parfaitement la courbe de ses seins. Jason pouvait même distinguer la tache sombre de ses tétons. Il s'imagina en train de les caresser… ou de les prendre dans sa bouche.

Il releva les yeux et croisa soudain ceux de Holly. Elle avait tout vu.

Pourtant, elle ne fit aucun geste pour se couvrir.

— Désolé, dit-il sans pour autant baisser les yeux. Je n'avais pas l'intention de regarder…

A sa grande surprise, il la vit hausser les épaules et dire :

— Regarder n'est pas un crime.

Sans doute, mais en règle générale, on a tendance à regarder avant de toucher… Etait-elle en train de lui faire comprendre qu'elle *voulait* qu'il la regarde ?

Au même moment, une bouffée d'air frais fit frissonner Holly qui se recroquevilla sur elle-même. Dommage… Elle lui cachait le spectacle qu'il avait eu plaisir à contempler.

— Rentrez si vous avez froid, dit-il.

Elle secoua la tête.

— Je ne veux pas quitter Marshall.

— Il va bien.

— Je veux rester, insista-t-elle en claquant des dents. Il est sous ma responsabilité.

Jason leva les yeux au ciel. Bon sang, ce qu'elle pouvait

être têtue ! Qu'était-il censé faire ? La laisser grelotter sans rien faire ? Elle allait tomber malade à son tour !

— Vous ne pourrez pas vous en occuper correctement si vous attrapez une pneumonie, argua-t-il.

Elle secoua obstinément la tête, et il fit la moue.

En un sens, le besoin qu'elle avait d'être auprès de ses enfants était compréhensible, mais elle exagérait tout de même un peu.

— Venez là, dit-il alors en ouvrant le dessus-de-lit.

Si elle comptait rester, autant qu'elle les rejoigne, Marshall et lui, dans leur cocon douillet.

Holly fit un pas hésitant, mais l'air frais de la nuit eut raison de ses réticences. Elle le laissa refermer le dessus-de-lit autour d'elle et l'attirer contre lui. Il la sentit néanmoins rester droite comme un *i*, les bras croisés.

Sa peau était presque glacée… La pauvre, elle était transie de froid !

— Vous êtes gelée, marmonna Jason.

— Je n… ne pensais pas qu'il f… faisait si froid.

— Il faut vraiment vous réchauffer.

Elle ne résista pas quand il passa son bras libre autour de ses frêles épaules pour resserrer son étreinte autour d'elle. Peu à peu, elle cessa de trembler et commença même à se détendre.

— Ça va mieux ? demanda-t-il.

Holly hocha la tête. Lui pouvait sentir ses cheveux s'accrocher à sa barbe naissante, et son souffle chaud caressait sa peau. Soudain, elle enfouit son visage dans le creux de son cou.

C'était tellement bon. Trop bon, même !

Très vite, il s'aperçut que l'oncle inquiet pour son neveu cédait en lui la place à l'homme. L'homme qui mourait d'envie de toucher Holly. A quoi bon le nier ? Il avait beau essayer de lutter, de se dire qu'il tenait dans ses bras la femme et l'enfant d'un autre homme — de son propre frère, même — son corps ne voulait rien entendre !

S'il ne battait pas en retraite maintenant, elle n'allait pas tarder à s'apercevoir de son trouble…

— C'est bon, murmura-t-elle. Ça faisait si longtemps que quelqu'un ne m'avait pas tenue comme ça.

Jason secoua la tête. Décidément, il avait du mal à comprendre Jeremy… Si Holly était sa femme, il aurait tout le mal du monde à ne pas être collé à elle en permanence !

Quant à serrer quelqu'un dans ses bras… Cela faisait longtemps que cela ne lui était pas arrivé, à lui non plus.

— Peut-être un peu trop bon, ajouta-t-elle alors. Nous ne pouvons pas nier qu'il y a une certaine attirance entre nous…

Jason resta un instant bouche bée. Il n'essaya même pas de la contredire : difficile de ne pas être soufflé par tant d'honnêteté ! Mais ce n'était pas pour lui déplaire, ça non. Il appréciait les femmes qui n'avaient pas peur de dire le fond de leur pensée. Il en avait assez des guerres psychologiques et des non-dits. Combien de fois était-il sorti avec des femmes qui faisaient semblant de ne pas penser au mariage alors qu'elles passaient leur temps à lire des magazines comme *Tout pour le mariage* ! Sans compter qu'elles s'intéressaient davantage à son portefeuille qu'à lui…

— A moins que je me trompe, reprit-elle comme il ne disait rien. Peut-être ai-je mal interprété les signaux.

— Non, vous ne vous trompez pas.

La voir soulagée d'entendre sa réponse le fit sourire.

Ne savait-elle pas à quel point elle était belle et douce ? Trop douce pour quelqu'un comme lui… Combien de fois devrait-il se le rappeler ?

Autant de fois qu'il serait nécessaire !

— Vous ne vous trompez pas, répéta-t-il.

Holly leva le visage vers lui. Elle était si près qu'il sentait son souffle chaud effleurer ses lèvres.

Essayait-elle de le rendre fou ?

— Je crois que nous serons tous deux d'accord pour dire qu'une relation autre qu'amicale serait une très mauvaise idée.

Jason se mordit la lèvre. Il était au supplice. A quoi bon se voiler la face ? S'il ne se contrôlait pas, il allait embrasser Holly. Hélas ! ce n'était pas son neveu, tranquillement endormi, qui allait lui venir en aide !

— Vous êtes toujours aussi brutalement honnête ? finit-il par demander.

— Avec Jeremy, j'ai étouffé mes véritables sentiments. Regardez où ça m'a menée… Si nous voulons que ça marche, si nous devons vivre sous le même toit, il faut que nous soyons honnêtes l'un envers l'autre. Même si la vérité fait parfois mal…

Jason hocha la tête. Voir Holly jouer franc jeu en disait long sur son caractère. Pourquoi n'avait-il pas rencontré cette fille formidable avant son frère ? Enfin, il valait mieux pour elle que ce ne soit pas arrivé. Et pour cause : il n'était pas en mesure de lui donner ce qu'elle voulait. Ce qu'elle méritait. Même s'il l'avait trahie, Jeremy lui avait donné deux adorables fils. C'était un cadeau immense.

Il leva les yeux. Elle le regardait toujours, dans l'attente d'une réponse. Si elle voulait qu'il soit honnête… eh bien elle allait être servie !

— La vérité, c'est que j'ai vraiment envie de vous embrasser…

Holly retint brusquement sa respiration. On pouvait presque entendre son cœur battre à toute vitesse.

— Je suis trop honnête pour vous ? finit par demander Jason.

— J'en ai envie moi aussi. De vous embrasser… Rassurez-vous, vous n'êtes pas trop honnête. Il faut que nous soyons en mesure de nous parler.

— Dans ce cas, aimeriez-vous savoir ce que je voudrais faire d'autre ?

Elle battit des paupières avant de répondre :

— Euh… Il n'est peut-être pas nécessaire que nous soyons honnêtes à ce point !

— Bon, alors il est probablement temps de rentrer.

Jason baissa les yeux. Maintenant que son neveu s'était endormi, il avait besoin d'une bonne douche froide !

— Vous avez raison.

Il ôta son bras et Holly recula.

— Je vais aller coucher Marshall, dit-elle.

— Vous vous sentez mieux ?

— Oui, beaucoup mieux. Je suis soulagée de vous avoir parlé.

Le temps de la laisser récupérer le bébé, il la suivit à l'intérieur puis jusqu'à la chambre des enfants. Pendant qu'elle couchait Marshall, il jeta un œil à Devon : sa respiration semblait normale. Tant mieux.

En se retournant, il vit que Holly était encore penchée sur le berceau de Marshall. Elle lui caressait les cheveux.

— Laissons-le dormir, suggéra Jason.

— Je ne veux pas le quitter.

— Il va beaucoup mieux.

Il se mordit la lèvre. Si seulement elle pouvait sortir de cette chambre en vitesse et aller se coucher ! La lumière du couloir rendait son T-shirt si transparent qu'il allait devenir dingue ! Allez, il fallait qu'il retourne au lit avant de faire une bêtise…

Holly recula à contrecœur. Aussitôt, il posa sa main sur son épaule et la guida hors de la chambre. Même si elle n'avait que la peau sur les os, il y avait chez elle une solidité qui était étrangement attirante.

— Venez, je vais vous border…

Elle éclata de rire.

— Ça fait des années que personne ne m'a bordée.

— Si je veux être un bon oncle, je dois m'entraîner.

— C'est un bon argument.

Bon. Elle avait l'air d'accepter cette excuse un peu téléphonée : il allait donc pouvoir se glisser dans sa chambre… Sans se faire prier, il la suivit. Un léger parfum de fleurs et de menthe flottait dans la pièce dont l'atmosphère était empreinte de douceur féminine.

Holly se glissa sous les couvertures mais resta assise. Elle tapota ensuite le matelas pour l'inviter à la rejoindre.

Jason se sentit frémir. Difficile de ne pas s'exécuter. Même si c'était tout sauf une bonne idée. Résultat, il s'assit à côté d'elle en faisant son possible pour dissimuler son trouble.

— Merci pour votre aide et pour votre honnêteté, Jason.

Il y avait une telle sincérité, une telle fragilité dans sa voix qu'il sentit son cœur s'emballer.

Bon sang ! Elle était en train de lui faire perdre la tête et elle ne le savait même pas ! Cette femme était tout et son contraire. Douce et innocente, puis, la seconde d'après, séductrice et sexy. Elle avait le don de le rendre dingue !

— Alors, comment fait-on pour border quelqu'un ? demanda-t-il.

— N'essayez pas de me faire croire que votre mère ne l'a jamais fait pour vous !

Oh que si ! des milliers de fois, même. Il savait donc

parfaitement comment s'y prendre. Mais quel intérêt y avait-il à jouer avec le feu, s'il ne se brûlait pas un peu ?

— C'était il y a longtemps, mais je vais faire de mon mieux.

Holly eut un petit sourire en coin. Pas de doute : elle savait exactement ce qu'il avait en tête. Mais elle n'avait manifestement pas la moindre intention de dire ou de faire quoi que ce soit pour l'arrêter. Seigneur... S'il continuait à hésiter entre ce qu'il aurait dû faire — sortir immédiatement de cette chambre — et ce qu'il avait envie de faire — se glisser entre les draps avec elle —, son cerveau allait imploser.

Jason ne se rappelait pas avoir été envoûté à ce point par une femme. Obnubilé par l'idée de la toucher.

Bref, il était fichu !

— D'abord, ma mère me lisait une histoire ou me chantait quelque chose, dit-il.

— Je pense que nous pouvons sauter cette étape.

— Et parfois, elle faisait ça...

Joignant le geste à la parole, il leva la main vers elle et caressa les mèches soyeuses qui s'étaient échappées de sa queue-de-cheval en tâchant de ne pas trembler. Le désir qu'il lisait dans ses beaux yeux l'hypnotisait littéralement.

— C'est agréable, murmura-t-elle en laissant échapper un doux gémissement de plaisir quand il effleura sa lèvre inférieure avec la pulpe de son pouce.

Peu à peu, les paupières de Holly semblèrent devenir incroyablement lourdes.

— Est-ce qu'elle vous embrassait pour vous souhaiter bonne nuit ? demanda-t-elle alors d'une voix grave et légèrement voilée.

Jason se mordit la lèvre. Bon sang, cette fille le tuait !

Ni une ni deux, il se pencha et elle ferma les yeux.

Il avait l'intention de l'embrasser sur la joue, sagement, mais c'était sans compter sur la détermination de Holly. Car il la vit soudain attraper son visage et l'incliner de manière qu'il pose les lèvres sur les siennes.

C'était le baiser le plus torride que Jason ait jamais donné ou reçu. Et lorsque la langue de Holly toucha la sienne, il eut l'impression qu'un véritable feu d'artifice embrasait tout son être — et tant pis si cela pouvait paraître idiot ! Là, elle plongea les mains dans ses cheveux. Ce simple geste suffit à provoquer chez lui des vagues de désir brûlant.

S'il ne faisait rien pour arrêter cette folie, la situation allait lui échapper. Pourtant, cette certitude ne l'empêcha pas d'ôter l'élastique de la queue-de-cheval de Holly pour libérer ses cheveux qui tombèrent sur ses épaules et dans son dos.

Pouvait-elle avoir l'air plus sexy, plus désirable ? Non.

Il n'empêche : il était en train de faire une grave erreur…

Les bras d'Holly se refermèrent autour de son cou. Quand ses ongles s'enfoncèrent dans son dos, Jason laissa échapper un grognement venu du plus profond de lui-même. Là, elle rejeta la couverture et l'attira contre elle. Lorsque sa cuisse mince et douce l'effleura, il sentit tout son corps s'embraser.

Pourtant, quand elle empoigna sa chemise pour la lui retirer, il se figea brusquement.

Oh non ! Elle allait voir sa cicatrice. Il devrait donc lui fournir des explications… Il y avait tant de choses qu'elle ignorait à son sujet, tellement de choses qu'il devait lui raconter. Dire qu'à cet instant, il lui mentait sur son compte…

Seulement, que se passerait-il si elle tombait amoureuse de lui ? Jeremy avait fait assez de dégâts…

Jason retint un soupir. Il ne pouvait pas prendre le risque de la blesser davantage. Voilà pourquoi, même si tout son corps avait envie du contraire, il attrapa les poignets de Holly et les écarta de lui.

— Attendez, Holly…

Elle leva vers lui des yeux interrogateurs :

— Qu'y a-t-il ? demanda-t-elle d'une voix légèrement hachée.

Il se sentit frissonner. Elle était incroyablement sensuelle avec ses cheveux ébouriffés et ses joues légèrement rougies par l'excitation. Son T-shirt était remonté jusqu'à la taille, révélant sa culotte en dentelle transparente.

Jason marmonna un juron.

— Nous ne pouvons pas faire ça, grogna-t-il.

— J'ai fait quelque chose qu'il ne fallait pas ? demanda-t-elle d'un ton incrédule.

— Non, pas du tout. Le problème, c'est moi.

— Comment ça ?

— Il est tard, rétorqua-t-il. Est-ce que nous pouvons reprendre cette conversation demain ? Quand nous y verrons un peu plus clair…

Holly parut un peu désorientée, et peut-être blessée.

— Si c'est ce que vous voulez…, finit-elle tout de même par dire.

— Croyez-moi si je vous dis que c'est mieux comme ça.

- 8 -

Le lendemain matin, Holly se leva à 8 heures avec un léger sentiment de culpabilité. Se réveiller aussi tard alors qu'elle était maman de deux bébés était assez discutable…

Surprise : les jumeaux n'étaient pas dans leurs berceaux. Faye les avait certainement levés. La gouvernante de Jason avait sans doute pensé qu'elle avait besoin de repos après cette nuit agitée. Pourtant, ce n'était pas seulement à cause de la toux de son fils qu'elle était restée éveillée une bonne partie de la nuit…

En réalité, ne pas avoir pu assouvir son désir l'avait profondément frustrée !

Tout en se tournant et en se retournant dans son lit, elle avait essayé de se convaincre que Jason lui avait fait une faveur. Coucher avec lui aurait été immoral. Seulement voilà… Elle n'était pas parvenue à éteindre ce véritable brasier qu'il avait allumé en elle. Elle l'avait ardemment désiré et il avait semblé la désirer lui aussi…

Jusqu'au moment où il l'avait repoussée.

Jason avait néanmoins paru déchiré… Comme si cette décision avait été difficile à prendre.

Holly aurait pu insister pour qu'ils discutent pendant la nuit, bien sûr, mais quelque chose dans son regard l'avait poussée à laisser tomber. Cette réticence était-elle due aux signaux contradictoires qu'elle lui envoyait ? Après tout, elle lui avait bien dit qu'ils ne pouvaient être qu'amis… avant de finir par se jeter sur lui quelques heures plus tard.

Peut-être estimait-il que le décès de son frère était encore trop récent. C'était bien naturel. A sa place, comment aurait-elle réagi ? Si elle avait tragiquement perdu sa sœur jumelle, se serait-elle autorisée à avoir une aventure avec son beau-frère ?

Allez, autant se débarrasser de ces pensées désagréables avec une bonne douche. Plus tard, une fois habillée et coiffée, elle repensa aux mains de Jason plongées dans sa chevelure. Instantanément, elle sentit tout son corps s'embraser.

Avec Jeremy, le sexe était agréable, mais elle n'avait jamais ressenti avec lui l'excitation affolante qu'elle avait éprouvée dans les bras de Jason. Ni avec Jeremy ni avec personne d'autre, d'ailleurs. Mais on ne pouvait pas dire qu'elle était experte en la matière ! La liste des hommes avec lesquels elle avait couché était courte, mais elle savait ce qu'elle aimait. Et Jason était tout à fait capable de le lui donner.

Holly retrouva Faye et ses fils dans la cuisine. Les jumeaux étaient endormis dans leurs sièges, et la dynamique gouvernante de la maison était occupée à charger le lave-vaisselle.

Celle-ci se tourna avec un grand sourire en l'entendant entrer.

— Bonjour, belle endormie !

Holly se pencha sur Marshall et posa sa main sur son petit front.

— Comment va-t-il ? s'enquit-elle.

— On a du mal à croire qu'il a été malade ! Et pour le moment, Devon ne montre aucun symptôme.

— Merci de m'avoir laissée dormir, en tout cas.

On ne pouvait pourtant pas dire qu'elle s'était vraiment reposée…

Lorsqu'elle était parvenue à s'assoupir, elle avait été assaillie par des cauchemars. Elle avait ainsi rêvé du jour où elle avait retrouvé Jeremy dans la chambre. A la différence près qu'il était inconscient et non mort. Elle appelait les urgences, mais ses doigts s'obstinaient à composer le mauvais numéro. Quand, enfin, elle y parvenait, la communication était coupée !

Dans un autre rêve, elle se voyait assise à l'arrière de la voiture de ses parents. Si, physiquement, elle avait dix ans, mentalement, elle était une adulte. Elle savait ce qui allait se passer. Hélas ! quand elle essayait d'attirer l'attention de ses parents à l'avant, il lui était impossible d'émettre le moindre son. Elle essayait alors de donner des coups de pied dans le siège de sa mère : rien à faire. Il ne lui restait plus qu'à regarder le camion arriver au ralenti… Face à un drame inévitable, le cerveau assimilait, paraît-il, les informations plus rapidement. Ce qui faisait paraître le passage du temps plus lent…

Dans son cauchemar, Holly ne ressentait pas de douleur. Le bruit de la tôle froissée, elle ne l'entendait pas. Elle n'éprouvait pas non plus d'angoisse ou d'effroi. Au contraire, elle se sentait étrangement détachée, comme si la situation était trop invraisemblable pour qu'une enfant de dix ans puisse l'analyser. Comme si l'idée de perdre ses deux parents en même temps était impossible à concevoir.

Chaque fois, elle se réveillait juste avant que le camion les percute.

En réalité, Holly avait éprouvé des souffrances indescriptibles. Quand elle s'était réveillée à l'hôpital une semaine plus tard, elle n'avait eu aucun souvenir de l'accident. Mais au cours des semaines suivantes qu'elle avait passées sur son lit d'hôpital à tenter de se remettre, la mémoire lui était revenue peu à peu.

Seigneur, elle aurait presque préféré rester amnésique... Il lui avait fallu plus d'un an de rééducation avant de pouvoir marcher sans boiter, et plus de deux ans de psychothérapie pour apaiser la culpabilité qui la dévorait. Car elle était la seule survivante de l'accident.

Tout à coup, la voix de Faye la ramena à la réalité.

— Les garçons sont de petits anges, ce matin.

— Vous avez vu Jason ? Ou est-ce qu'il dort encore ? demanda Holly.

Le simple fait de prononcer ce nom fit naître une boule au creux de son estomac, et elle sentit la nervosité la gagner. Mais enfin, pourquoi ?

— Il est derrière, sur la terrasse, en train de lire le journal. Allez-y, je garde un œil sur les jumeaux.

— Vous êtes sûre ?

Faye posa un regard amusé sur les bébés avant de se tourner vers elle.

— Comme vous pouvez le constater, ils ne sont pas particulièrement pénibles pour le moment !

Holly sourit. Effectivement, les jumeaux étaient moins difficiles depuis qu'ils étaient ici. Ils sentaient peut-être que leur maman était plus calme depuis qu'elle avait l'aide de Faye et de Jason. Sans compter que le lourd fardeau financier qui pesait sur ses épaules n'était plus qu'un lointain souvenir.

— Je ne serai pas longue, promit-elle à Faye avant de sortir.

Une fois dehors, elle aperçut aussitôt Jason. Vêtu d'un pantalon de survêtement et d'un T-shirt blanc, les cheveux humides et ébouriffés, il ressemblait davantage à un professeur de sport qu'à un cadre supérieur. Assis à califourchon sur une chaise longue, il buvait une tasse de café en consultant le journal ouvert devant lui.

— Bonjour, Jason.

— Bonjour, dit-il en levant les yeux.

Il esquissa un sourire prudent et un peu hésitant.

Holly prit une grande inspiration. Allez, autant parler sans détour.

— Je voulais vous présenter mes excuses pour cette nuit…

Il haussa un sourcil surpris, comme si c'était la dernière chose qu'il s'attendait à entendre.

— Mais non, vous ne me devez aucune excuse !

Elle prit alors place sur une chaise à côté de lui. Le bois était froid et humide de rosée.

— Mais si, insista-t-elle.

— Parce que nous nous sommes embrassés ?

— Non, ça, c'était merveilleux. Vous embrassez vraiment très bien…

Soudain, elle vit une lueur de désir s'allumer dans les yeux de Jason.

— Vous aussi…, répondit-il d'une voix caressante.

— Je réalise que je vous ai envoyé des signaux vraiment contradictoires. Je prétends que nous ne pouvons être qu'amis et, dix minutes plus tard, je vous attire dans mon lit ! Après tout, vous pourriez très bien avoir une petite amie…

— Je pourrais en avoir une douzaine !

Holly fit la moue. Pourvu qu'il plaisante ! Jason était-il réellement un séducteur extrêmement raffiné ? Et d'ailleurs, pourquoi cette éventualité l'intriguait-elle au plus haut point ?

— Ce n'est pas le cas, la rassura-t-il. Je fais une pause

dans ma vie amoureuse. Je prends du recul pour remettre les choses à plat.

— Quoi, par exemple ?

L'espace d'un instant, il sembla hésiter.

— C'est compliqué…

— Je suis plus maligne que j'en ai l'air, vous savez !

Jason frotta ses paumes l'une contre l'autre, comme s'il s'apprêtait à faire une révélation.

— En fait, je fais en sorte que mes aventures restent superficielles.

— Vous n'êtes donc intéressé que par le sexe…

— Dans un sens, oui. Je ne veux pas m'engager.

— Vous avez la phobie de l'engagement, alors.

Holly le regarda attentivement. Le soleil qui se reflétait sur la surface du lac rendait le bleu des yeux de Jason encore plus perçant.

— On peut dire ça, mais pas pour la raison que vous vous imaginez sans doute.

Vraiment ? Difficile à croire. Et pour cause : elle-même ne savait pas quoi penser.

La voix de Jason se fit tout à coup plus grave. Son regard venait de se troubler quand il reprit la parole :

— Jeremy vous a raconté qu'il avait été malade quand il était enfant. Que c'était même pour cette raison que personne ne voulait de lui…

— C'est ce qu'il a dit, oui.

Mais elle savait désormais que c'était faux.

— En fait, Jeremy n'a jamais été malade. Mais moi, oui.

— Vous ?

— Ma mère est morte jeune d'une insuffisance cardiaque. J'ai hérité de ce problème…

Holly avait du mal à en croire ses oreilles. Eh bien… Pour une surprise, c'était une surprise !

— M… mais… vous avez l'air en parfaite santé ! Vraiment ! On ne peut pas avoir de tels muscles sans une bonne forme physique !

— Je suis en forme…, déclara-t-il.

A ces mots, il attrapa le bas de son T-shirt et le leva jusqu'à sa tête. Elle vit alors apparaître une longue cicatrice au centre de sa poitrine.

— Depuis que j'ai un nouveau cœur.

Holly resta un instant bouche bée. S'il avait prétendu être un super-héros, elle n'aurait pas été davantage surprise.

— Vous avez eu une transplantation cardiaque ?

— Il y a quatre ans, oui.

Elle hocha la tête mais ne put s'empêcher de remarquer que sous la cicatrice, le torse était parfait. Mieux que parfait. Oh ! comme elle avait envie de promener ses mains sur cette poitrine… et partout ailleurs !

— L'opération a eu lieu juste à temps, reprit Jason. A une ou deux semaines près, je ne serais peut-être plus de ce monde…

— Combien de temps avez-vous été malade ?

— On a découvert l'insuffisance juste après mon douzième anniversaire. J'ai toujours su qu'il y avait un risque, mais je ne pensais pas que cela me toucherait aussi jeune. Comme vous vous en doutez, ce fut très difficile pour Jeremy…

Holly haussa un sourcil. Difficile pour Jeremy ? Mais… et pour lui ?

— Mais pour vous aussi, j'imagine. C'est vous qui étiez malade !

— Il m'a fallu un certain temps, mais j'ai appris à accepter ce diagnostic et à ne pas le considérer comme une condamnation à mort. Jeremy, lui, n'a jamais réussi. Il avait déjà commencé à consommer de la drogue à cette époque, mais ma maladie a été le déclencheur d'une spirale infernale.

— Ne me dites pas que vous vous sentez responsable ! s'écria-t-elle.

— Vous ne ressentiriez pas la même chose si vous étiez à ma place ? Pendant une grande partie de notre enfance, l'attention de mes parents a été focalisée sur moi…

Holly était sidérée. Jason n'était plus un enfant ! Il était un adulte qui devait cesser de se considérer responsable des frasques de son frère.

— Vous n'avez pas choisi d'avoir une maladie cardiaque, non ?

Il lui lança un regard perçant.

— Personne ne choisit ça.

— Absolument. Alors comment pouvez-vous vous sentir aussi mal parce que votre frère a été incapable de faire face ? Vous pourriez tout aussi bien dire que le stress de la naissance des jumeaux a poussé Jeremy à bout, mais vous ne blâmeriez pas pour autant les garçons, n'est-ce pas ?

— Bien sûr que non ! s'exclama-t-il. Comme je vous l'ai dit, les choses sont compliquées.

Alors que pour elle, les choses étaient claires comme de l'eau de roche.

— Jason se droguait déjà… Si vous n'étiez pas tombé malade, quelque chose d'autre aurait pu déclencher le même comportement, vous ne croyez pas ?

Jason lui jeta un regard troublé. Manifestement, il n'avait pas envisagé cette possibilité.

— Jeremy se sentait coupable du fait que j'aie hérité du gène défaillant et pas lui.

— La culpabilité du survivant, je sais ce que c'est, croyez-moi, affirma-t-elle.

— A cause de l'accident avec vos parents ?

A ces mots, Holly lui tourna le dos et leva sa chemise. La plupart des gens ignoraient l'existence de ces cicatrices. Mais il méritait de savoir, lui.

— Que s'est-il passé ? demanda-t-il.

Elle baissa sa chemise et se retourna pour lui faire face.

— Nous avons été heurtés de plein fouet par un routier ivre. Mes parents sont décédés sur le coup. Quant à moi, j'ai été grièvement blessée, mais j'ai survécu. J'ai entendu les infirmières dire à l'assistante sociale que c'était un miracle que je sois en vie. Pourtant, j'avais à peine l'impression d'être vivante… Presque tous mes os étaient fracturés, y compris ceux de mon dos. J'ai souffert le martyre. Je suis restée des mois à l'hôpital, puis j'ai passé un an dans un centre de rééducation pour réapprendre à marcher. En comparaison des souffrances que j'ai endurées, mon accouchement était une promenade de santé !

— Vous êtes totalement rétablie, n'est-ce pas ?

— Plus ou moins. J'ai parfois des douleurs quand il pleut. Et puis ça a aussi eu des conséquences sur ma grossesse.

— De quelle façon ?

— Comme ma hanche avait été fracturée dans l'accident, mon obstétricien avait des inquiétudes. Lorsque nous avons découvert que j'attendais des jumeaux, il a craint que mes os ne puissent pas supporter tout ce poids supplémentaire. Quand j'ai ressenti des contractions à cinq mois de grossesse, il m'a obligée à rester couchée en permanence. Pendant les trois mois qui ont suivi, j'ai dû me reposer totalement sur Jeremy.

— Comment a-t-il pris ça ?

Holly prit une grande inspiration. Allons, ce n'était

pas le moment de s'arrêter. Il fallait qu'elle aille jusqu'au bout de son histoire.

— Bien au départ, mais sa patience s'est vite émoussée. Jusqu'ici, c'était plutôt moi qui prenais soin de lui. Je faisais le ménage, les courses, la cuisine…

— Jeremy a toujours été incapable de se prendre en main… Alors s'occuper d'une femme et de deux bébés ! répliqua Jason en secouant la tête.

— Vous allez peut-être me trouver vieux jeu, mais je voulais rester à la maison avec les jumeaux. Par conséquent, ça ne me dérangeait pas de prendre soin de Jeremy par la même occasion. J'ai toujours gagné ma vie, mais les divers emplois que j'ai occupés ne m'ont jamais satisfaite. J'aime être une maman… L'idée de confier mes enfants à une baby-sitter pour aller travailler ne me plaisait pas beaucoup.

— Je ne vous trouve pas vieux jeu, s'empressa-t-il de dire. Ma mère était femme au foyer. Si j'avais décidé de me marier, j'aurais voulu que mon épouse reste à la maison… A condition qu'elle le souhaite elle-même, bien entendu.

Holly haussa un sourcil. Vraiment ? Elle ne s'attendait pas à ce genre d'aveu.

— Je ne comprends toujours pas pourquoi vous êtes si hostile aux relations romantiques…

— Je ne serais pas un bon mari.

Hein ? Il avait les moyens de rendre n'importe quelle femme folle de bonheur ! A moins qu'il ne cache un horrible trait de caractère…

— Vous ? Vous êtes bon, généreux, et… Excusez-moi, vous vous êtes récemment regardé dans un miroir ? Bon sang, vous êtes placé très haut sur l'échelle des beaux mecs, croyez-moi !

— Merci, fit-il en souriant.

— Sans compter que vous embrassez merveilleusement bien. Et vous vivez dans un manoir !

— Sauf que je ne pourrai jamais avoir d'enfants sans risquer de leur transmettre le gène de ma pathologie. Voilà bien longtemps que je me suis juré de ne jamais fonder de famille.

— Mais techniquement, vous en êtes capable, n'est-ce pas ?

Jason fit non de la tête.

— Malheureusement pas. Je savais qu'à un moment donné, je pourrais être tenté d'avoir un enfant, malgré le risque. Je craignais que, en vieillissant, je puisse décider par pur sentimentalisme d'avoir quand même un héritier. Alors j'ai fait en sorte de ne plus pouvoir changer d'avis...

Il mima un coup de ciseaux avec son index et son majeur.

Ce qui voulait dire que...

Holly prit une brusque inspiration.

— Vous avez subi une vasectomie ?

— Après ma transplantation, confirma-t-il. C'était la seule façon de m'assurer que je ne transmettrais pas la maladie. Ce serait cruel et égoïste de ma part de faire courir un tel risque à un enfant.

Elle resta bouche bée un instant. Jason avait réellement pris une décision radicale. C'était très impressionnant.

— Ça a dû être très difficile de faire ce choix si jeune. Je ne sais pas si j'en aurais été capable...

— Je n'ai pas laissé mes sentiments me guider, répliqua-t-il. Je sais que j'ai pris la bonne décision.

C'était une décision responsable et désintéressée, en effet. Etait-ce, en revanche, une bonne décision ? Pas sûr.

— Vous ne pouvez donc pas avoir d'enfants..., conclut-elle. Il y a beaucoup de femmes que ça ne gênerait pas. Toutes les femmes ne sont pas en mal d'enfants.

A ces mots, Jason se pencha en avant et posa ses coudes sur ses genoux.

— Si vous aviez pu lire dans l'avenir lorsque vous avez rencontré Jeremy, si vous aviez su qu'il mourrait… Vous seriez tout de même sortie avec lui ?

Instinctivement, elle faillit dire oui, mais est-ce que ce n'était pas plus compliqué ?

— Question difficile, hein ? Je suis une bombe à retardement ambulante.

— Je croyais que vous étiez en parfaite santé ! s'exclama-t-elle.

— Je le suis maintenant. Mais dans une semaine…

Il haussa les épaules. Eh bien, quelle désinvolture. On aurait dit qu'ils parlaient de sport ou de la météo.

— Qui sait…, reprit-il. Les médicaments que je prends pourraient cesser de faire effet : mon corps pourrait rejeter mon cœur. Qui pourrait bien lâcher…

A cette idée, Holly sentit son ventre se nouer.

— Quelle est la durée de vie d'un cœur transplanté ?

— Cela dépend de la personne. Un Anglais a vécu plus de trente ans avec un cœur transplanté. D'autres ne vivent que quelques années. Comment pourrais-je consciemment faire subir à quelqu'un l'épreuve d'un décès prématuré ?

— Mais comme vous l'avez dit, vous pouvez vivre plus de trente ans en parfaite santé !

— C'est un risque que vous seriez prête à prendre ?

— Ma situation est particulière… J'ai déjà perdu un mari.

— C'est pour ça que nous devons rester amis.

Holly secoua la tête. Elle détestait devoir l'admettre, mais il avait raison. L'idée de perdre un deuxième époux était intolérable. Aucune femme ne devrait avoir à affronter un drame pareil.

Malgré tout, elle était tellement attirée par Jason… Tellement fascinée par ce qu'il dégageait. Elle ne supportait pas l'idée de ne plus jamais l'embrasser, de ne plus jamais sentir ses mains sur son corps…

— Et si nous nous mettions d'accord pour qu'il ne s'agisse que de sexe entre nous…

Jason la scruta de ses beaux yeux bleus, et elle eut l'impression qu'il tentait de lire dans son esprit.

— Holly, nous savons tous les deux que, entre nous, il ne pourra jamais s'agir que de sexe.

Il avait raison, bien sûr. Elle était à deux doigts de tomber folle amoureuse de lui…

— Alors restons amis, conclut-elle.

Même si c'était la réponse qu'il avait lui-même induite, elle crut surprendre dans les yeux de Jason une forme de contrariété. Pis : de déception.

Holly soupira. C'était tellement injuste : elle avait trouvé un homme parfait, mais elle ne pouvait pas vivre une relation avec lui !

— Bon… Etes-vous partante pour rencontrer mes amis Lewis et Miranda ? finit-il par demander.

— Bien sûr, avec plaisir.

— J'ai pensé que nous pourrions dîner ici pour qu'ils puissent rencontrer les garçons. Ensuite, nous n'aurons qu'à aller au yacht-club boire un verre. Faye est d'accord pour s'occuper des enfants. Je ne sais pas si vous avez remarqué, mais elle est aux anges de vous avoir tous les trois ici…

— Je l'ai remarqué. Mais il risque d'y avoir un petit problème…

— Lequel ?

— Je n'ai rien qui fasse l'affaire. Mes vêtements sont deux fois trop grands… Ce jean est à peu près le seul qui m'aille en ce moment. Et même si j'avais eu de l'argent pour me racheter une nouvelle garde-robe, je n'aurais pas eu le temps de le faire depuis la naissance des jumeaux. Donc, pour résumer, je n'ai rien à me mettre !

Holly vit alors Jason esquisser un sourire malin.

— Ça, c'est un problème que je peux régler.

- 9 -

Lorsque la sonnette retentit ce soir-là, Holly cessa de se préparer et sentit son cœur battre la chamade. Et si elle ne plaisait pas aux amis de Jason ? Que se passerait-il si elle lui faisait honte en utilisant le mauvais couteau ou en aspirant bruyamment sa soupe ? On ne pouvait pas dire qu'elle était habituée à la vie mondaine, ça non.

Il avait insisté pour lui acheter des vêtements. Après avoir un peu protesté, elle l'avait laissé lui faire ce cadeau — comme s'il ne passait pas déjà son temps à faire de gentilles choses pour elle ! — et avait accepté d'essayer plusieurs robes. Il semblait déterminé à résoudre tous ses problèmes, ce qui impliquait invariablement qu'il sorte son portefeuille.

Mais pour être tout à fait honnête, la robe d'été un peu rétro sur laquelle elle avait jeté son dévolu lui allait à merveille. La jupe ample lui donnait un peu moins l'impression d'être un squelette, et le corsage laissait voir son dos. Par ailleurs, elle avait pris le temps d'utiliser le fer à friser pour créer quelques boucles dans sa chevelure. Elle ne portait presque jamais de maquillage, mais elle appliqua cette fois un peu de mascara et de gloss. Voilà, elle était fin prête !

La boutique dans laquelle Jason l'avait emmenée proposait des vêtements de grandes marques à des prix scandaleusement onéreux. Après avoir jeté un coup d'œil aux étiquettes, Holly avait choisi de ne plus les regarder. C'était la meilleure chose à faire. Deux vendeuses s'étaient occupées exclusivement d'elle, s'appliquant à répondre à la moindre requête et la couvrant de compliments. L'espace d'un instant, elle avait eu l'impression de revivre une scène du film *Pretty Woman*… à ceci près qu'elle n'était pas une prostituée et que Jason était bien plus sexy que Richard Gere !

Même s'ils étaient entrés dans la boutique avec l'intention de n'acheter qu'une seule tenue, il l'avait convaincue d'en choisir une demi-douzaine et n'avait pas tiqué une seule seconde en entendant le montant total de leurs achats. Holly avait bien ressenti un peu de culpabilité — après tout ce qu'il avait déjà fait pour elle ! —, mais Jason avait l'air véritablement heureux de lui offrir ces présents.

Donner aux autres semblait lui procurer un immense plaisir : une personne sans scrupule pourrait en tirer avantage… Pour sa part, elle ne pourrait jamais se résoudre à réclamer de l'argent ou des vêtements. Seulement, s'il les lui offrait de son plein gré, cela ne coûtait rien de lui faire plaisir.

Un coup frappé à la porte de sa chambre la tira soudain de ses réflexions. Aussitôt, elle sentit son stress monter d'un cran.

Elle ouvrit la porte et se retrouva nez à nez avec Jason.

Celui-ci ouvrit la bouche pour parler, mais tout ce qu'il arriva à dire fut un « Oh ! mon Dieu ! » à moitié marmonné.

Holly tortilla une mèche de ses cheveux. Que voulait-il dire exactement ?

— C'est bien ou pas ? demanda-t-elle d'une voix mal assurée.

— Oh ! vraiment très bien ! Vous êtes…

Il secoua la tête comme s'il cherchait le mot juste.

— Je suis sans voix, avoua-t-il.

Elle ne put s'empêcher de sourire. Elle avait donc le pouvoir de le rendre muet, formidable ! Elle était consciente d'être jolie, mais pas à ce point. Jason voyait peut-être quelque chose de particulier en elle… Quelque chose d'unique.

— Cette robe vous allait à ravir dans le magasin, mais avec vos cheveux comme ça…

Il tendit la main et enroula une mèche autour de ses doigts avant de la relâcher.

— Vous êtes sublime.

En chemise et pantalon noirs, il était lui-même beau à croquer.

— Vous n'êtes pas mal vous non plus, répliqua Holly. Est-ce qu'ils sont là ?

Jason resta un instant sans rien dire. Il ne semblait pas pouvoir détacher son regard d'elle.

— Qui est là ? finit-il par demander.

— Vos amis ! J'ai entendu la sonnette.

— Oh ! oui, ils sont là ! répondit-il d'un air un peu confus. Vous êtes prête ?

— Je suis prête, mais nerveuse.

— Nerveuse ? Quelle idée ! Ils vont vous adorer !

Bon, elle n'avait pas d'autre choix que de lui faire confiance. Elle le suivit donc jusqu'à l'escalier qu'elle descendit les jambes flageolantes.

En pénétrant dans le salon, Holly constata que les deux personnes qui tenaient ses fils dans leurs bras ne ressemblaient pas à l'image qu'elle s'en était faite.

Jason fit les présentations. Lewis était beaucoup plus âgé que sa femme. Celle-ci, Miranda, semblait vraiment toute jeune. Elle était de petite taille et un peu ronde, avec des cheveux noirs de jais qu'elle portait longs et frisés. Elle était ravissante avec ses grands yeux sombres et ses lèvres pleines rouge sang.

Holly faillit sursauter en la voyant se précipiter vers elle avant de dire avec un accent du sud prononcé :

— Je suis tellement désolée pour votre mari…

C'était très gentil à elle.

— Vos fils sont absolument adorables, reprit la jeune femme en faisant sauter Devon sur sa hanche. Ça doit être du travail d'élever des jumeaux !

— En effet, mais Faye m'aide énormément.

Aussitôt, Miranda se tourna vers Jason et lui lança :

— Ils te ressemblent tellement !

Mais à peine avait-elle dit ces mots qu'elle s'interrompit brusquement avant d'ajouter, l'air penaud :

— Oh ! je suis désolée, Potter ! Je suis vraiment maladroite.

Holly eut besoin de quelques secondes pour réaliser que la jeune femme parlait bien à Jason.

— Ce n'est rien, la rassura-t-il.

Miranda haussa les épaules.

— Tu me connais. Parfois, je parle sans réfléchir !

— Jeremy et moi étions de vrais jumeaux, il est donc normal que ses fils me ressemblent, expliqua Jason. Et nous pouvons parler de mon frère, ce n'est pas un problème.

Holly jeta alors un œil à Lewis. C'était l'incarnation même du cadre supérieur, avec ses cheveux poivre et sel impeccablement coiffés ou ses mocassins en cuir italien. Il avait un regard doux et portait Marshall avec l'aisance d'un homme qui a eu des enfants.

— Quel âge ont-ils ? lui demanda-t-il.

— Un peu plus de trois mois. Vous avez des enfants ?

— Pas encore, répondit-il en glissant un regard vers sa femme.

Subitement, celle-ci éclata en sanglots.

Holly resta figée, la bouche ouverte. Eh bien, elle ne s'attendait pas à ça, loin de là. Que faire ? Cela faisait à peine cinq minutes qu'elle avait rencontré le couple, et elle faisait déjà pleurer cette pauvre femme !

— Je... je suis désolée... Je ne voulais pas...

— Ne vous en faites pas, fit Miranda en sortant un mouchoir. C'est la faute aux médicaments contre la stérilité que je prends. Ils me font pleurer sans cesse. Je peux passer du rire aux larmes en une fraction de seconde. Mais tout ça sera vite oublié quand nous aurons notre petit ange...

Holly poussa un petit soupir de soulagement. Elle n'avait donc pas fait de gaffe, tant mieux !

— Excusez-moi de vous interrompre, lança alors Faye depuis le pas de la porte. Le dîner est prêt.

— Oh ! parfait ! s'exclama Miranda en dont le visage s'illumina. Je meurs de faim.

Holly ouvrit la marche vers la terrasse qui leur offrit le somptueux spectacle du soleil se couchant sur le lac dans une explosion de teintes corail. Le repas concocté par Faye était succulent, et la conversation alla bon train sans incident majeur. Miranda pleura bien une ou deux fois, mais chaque crise de larmes fut aussitôt suivie par des rires. De toute évidence, Lewis adorait sa femme. Ils parlèrent brièvement de la bataille qu'ils menaient depuis trois ans pour avoir un enfant. On sentait d'ailleurs que le sujet était délicat.

Néanmoins, Holly était tracassée par quelque chose : pourquoi Miranda n'arrêtait-elle pas d'appeler Jason « Potter » ? C'était très étrange !

Après le dîner, ils traversèrent tous les quatre le lac à

bord du bateau de Jason qu'ils amarrèrent dans la marina. Le yacht-club était bondé, et toutes les têtes se tournèrent vers eux quand ils y pénétrèrent. Les hôtesses, qui appelaient Jason par son nom, les installèrent dans la véranda autour d'une table un peu à l'écart.

Ils commandèrent un digestif ainsi qu'un plateau de petits fours à tomber par terre. Holly eut pourtant du mal à leur faire honneur, car à vrai dire elle se sentait un peu mal à l'aise. En effet, quelle que soit la direction dans laquelle elle tournait son regard, elle surprenait des gens en train de l'observer. D'abord, elle crut qu'ils regardaient Jason parce qu'il était séduisant et paraissait très respecté. Cependant, lorsque celui-ci, accompagné de Lewis, quitta brièvement la table pour aller discuter avec une connaissance au bar, les regards des curieux ne les suivirent pas. Non, c'était bien elle qu'on observait.

— Pourquoi est-ce que les gens me regardent comme ça ? murmura-t-elle à Miranda.

— Parce que vous êtes belle et parce que vous êtes avec le plus beau parti de la côte Est !

Holly eut du mal à en croire ses oreilles. Elle ? Avec Jason ? Mais pas du tout, enfin !

— Je vis avec Jason, mais il n'y a rien entre nous, affirma-t-elle vivement. Jason est mon beau-frère… Notre relation est totalement platonique.

Du moins, elle était censée l'être. Avoir des sentiments l'un pour l'autre ne voulait pas dire qu'ils devaient nécessairement passer à l'acte.

— Soyez honnête, Holly, reprit Miranda en sirotant son verre. Il n'y a rien de platonique dans la façon dont Potter vous regarde.

Encore une fois, elle utilisait cet étrange surnom…

— Pourquoi appelez-vous Jason comme ça ?

— Potter ?

La jeune femme s'esclaffa.

— Potter est le méchant du film *It's a Wonderful Life*. Vous savez... M. Potter. L'homme le plus riche de la ville !

Il fallut plusieurs secondes à Holly pour comprendre la signification de cette analogie.

— Jason est l'homme le plus riche de cette ville, c'est ça ?

— Vous n'avez pas remarqué que sa maison est de loin la plus grosse autour du lac ? Enfin, comprenez-moi bien... Ici, les gens sont plutôt millionnaires. Pour autant que je sache, Jason est le seul milliardaire.

Holly battit des paupières. Non, pas possible, elle avait mal entendu.

— Excusez-moi... vous avez dit « milliardaire » ?

— Vous ne le saviez pas ?

Holly secoua la tête. Elle était tellement choquée que ses cordes vocales ne fonctionnaient plus.

— Vous verriez votre tête ! plaisanta Miranda.

Oh ! il n'y avait rien d'étonnant à ça ! Elle n'en revenait tout bonnement pas. Elle savait que Jeremy avait de l'argent, ça oui. Beaucoup, même. Mais elle n'aurait pu imaginer qu'il était milliardaire, même dans ses rêves les plus fous !

Pour tout dire, cette incroyable révélation la laissait sans voix. Elle sentit immédiatement sa respiration se bloquer ; ses oreilles se mirent à bourdonner, et sa vision se troubla. Elle avait l'impression que la chaise sur laquelle elle était assise tanguait, mais c'était de toute évidence elle qui tanguait !

— Oh ! la la ! fit Miranda en attrapant le bras de Holly. Vous n'allez pas tourner de l'œil !

Holly battit des paupières. *Allons, du nerf, pas question*

de flancher maintenant ! Il fallait qu'elle reste consciente. Peut-être que si elle mettait sa tête entre ses genoux, cela lui éviterait de s'évanouir.

Oui mais… elle ne pouvait tout de même pas faire ça au beau milieu d'un restaurant aussi chic !

Cela dit, se retrouver dans cette position serait sans doute moins humiliant que de s'évanouir devant tout le monde…

Elle vit alors Miranda lui passer un verre.

— Buvez un peu d'eau, lui conseilla-t-elle.

Holly but une gorgée d'eau et s'appuya à la table. Peu à peu, sa vue s'éclaircit et le bourdonnement dans ses oreilles s'atténua. Elle retrouva progressivement son équilibre. Ouf !

Miranda la fixait avec inquiétude.

— Ça va, ma belle ? s'enquit-elle.

Holly hocha la tête.

— Je crois que oui. C'est… c'est tellement incroyable.

— J'imagine que vous ne venez pas d'un milieu aisé…

— Mes parents sont décédés quand j'avais dix ans. J'ai grandi dans une famille d'accueil.

— Moi, j'ai grandi sur une aire de camping en Géorgie, alors je peux comprendre… J'ai rencontré mon premier mari quand j'étais serveuse dans un bar. A l'époque, j'étais hébergée par une amie… Je n'avais que dix-huit ans, et lui avait vingt-sept ans de plus que moi ! Mais il était doux comme un agneau et m'aimait sincèrement. Il était riche et moi, désespérée… Notre mariage a duré moins d'un an, mais nous sommes restés bons amis jusqu'à son décès…

Holly sentit qu'elle commençait à se détendre. La voix de Miranda était très apaisante.

— Lewis est votre deuxième mari ?

— Non, le quatrième, corrigea Miranda sans paraître

embarrassée. Je n'ai pas eu beaucoup de chance avec les hommes, mais avec Lewis, je suis en bonnes mains.

— Pourquoi Jason ne m'a-t-il rien dit ? répliqua Holly d'un air songeur.

— Jason est un homme modeste. Il n'aime pas étaler sa richesse. C'est l'homme riche le moins prétentieux que je connaisse ! Il apprécie les choses simples de la vie. La seule différence, c'est qu'il aime faire ces choses dans des endroits comme Aspen et Cabo San Lucas ! Il a des maisons partout dans le monde… En plus, il est très discret sur ses actions philanthropiques…

Ah ! parce qu'en plus Jason aidait les plus démunis !

— J'étais à mille lieues de m'imaginer tout ça.

— Jason était probablement inquiet que vous vous sentiez intimidée ou mal à l'aise. Il aime qu'on le considère comme un type ordinaire.

Peut-être… Et pourtant, il n'avait rien d'un type ordinaire.

— C'est un génie de la finance également, renchérit Miranda. Tout ce qu'il touche se transforme en or.

— Est-ce que vous l'avez rencontré avant ou après sa transplantation ?

— Environ dix mois avant. Lewis et Jason sont amis depuis des années. Jason était vraiment mal en point à l'époque. Il a passé l'année précédant l'opération alité, mais cela ne l'a pas empêché de bâtir sa fortune. Il a toujours refusé d'abandonner. Nous avons eu très peur de le perdre, et puis un jour, un donneur a été trouvé. Cela a été dur pour Jason de savoir qu'un jeune de seize ans avait perdu la vie et qu'il allait être sauvé grâce à ce pauvre gamin. Il a ressenti une grande culpabilité…

A ces mots, la jeune femme s'interrompit brusquement.

— Je suis désolée… Je parle trop, je crois.

— Mais non, au contraire…

Et pour cause : Holly en avait appris davantage sur Jason au cours des cinq dernières minutes qu'au cours des neuf derniers jours !

Parfois, elle avait l'impression de le connaître depuis toujours. Et d'autres fois, que c'était un parfait inconnu.

— Il était tellement faible. Il était méconnaissable. D'ailleurs…

Miranda sortit son portable de sa poche et fit défiler des photos sur l'écran. Elle tendit tout à coup son appareil.

— C'était un mois avant l'intervention…

Holly prit le téléphone et réprima un petit cri. *Seigneur !*

Miranda avait raison. Il était difficile de reconnaître Jason sur cette photo. L'idée qu'il ait pu être dans un tel état la rendait malade. Sur le cliché, il était assis à côté de Lewis. Il était maigre et décharné, et sa peau paraissait grise. La seule chose qu'on reconnaissait sans peine, c'était ses yeux. Des yeux pleins de vie et d'espoir.

Il avait parcouru bien du chemin depuis cette photo, c'était le moins qu'on puisse dire.

Le cœur serré, Holly rendit le téléphone à Miranda. Si le cœur de Jason venait à faiblir, ressemblerait-il à nouveau à ça ? Devrait-elle le regarder dépérir sans rien pouvoir faire pour lui ?

Holly sentit ses yeux se remplir de larmes.

— Oh ! ma chérie ! s'exclama Miranda.

Celle-ci se pencha et posa la main sur la sienne.

— Je ne voulais pas vous bouleverser.

Holly renifla et tamponna ses yeux avec sa serviette.

— C'est un tel choc de le voir comme ça, murmura-t-elle.

Miranda lui serra la main et dit avec le plus grand calme :

— Sait-il que vous êtes amoureuse de lui ?

Amoureuse ?

Holly hocha la tête. A quoi bon nier l'évidence ? Les jours qui avaient suivi ce baiser incroyable avaient été une torture absolue. Elle brûlait d'envie d'être avec Jason, de sentir ses mains sur elle… Elle aimait écouter sa voix, son rire… Il était intelligent et plein d'humour. Il était parfois adorablement maladroit quand il jouait avec les jumeaux qui avaient l'air de l'adorer.

Même s'il avait été sans le sou, Jason aurait été tout ce qu'elle recherchait chez un homme. C'était une certitude.

— Il sait que j'éprouve des sentiments forts pour lui, mais je ne le lui ai jamais avoué.

— Si ça peut vous aider à vous sentir mieux, je peux vous affirmer que vos sentiments sont partagés.

Vraiment ? C'était merveilleux, mais Holly ne se sentait guère rassérénée.

— Si je suis trop curieuse, n'hésitez pas à me le dire…, commença alors Miranda, mais je voudrais savoir quelque chose.

Elle se pencha et baissa la voix.

— Est-ce que vous avez déjà…

— Nous nous sommes embrassés. Après, nous nous sommes mis d'accord pour que notre relation reste platonique.

Miranda se rassit. Elle semblait incrédule.

— Mais pourquoi ? Il est évident que vous êtes fous l'un de l'autre ! Je l'ai vu dès l'instant où vous avez descendu l'escalier ensemble. Et pendant tout le dîner… Jason ne vous a pas quittée du regard.

Holly se surprit à utiliser la réponse toute faite de Jason :

— C'est compliqué.

Réponse qui voulait tout et rien dire.

— Depuis combien de temps est-ce que vous n'avez pas couché avec quelqu'un ? reprit Miranda.

Holly grimaça. Bien trop longtemps !

— Sept mois, deux semaines, quatre jours...

Elle consulta l'heure sur son téléphone.

— ... six heures et trente-deux minutes. A une ou deux minutes près... J'ai réalisé ça hier soir...

C'était quand elle était au lit, excitée et incapable de s'endormir, en sachant que Jason était juste un étage au-dessus d'elle. Certes, elle aurait pu penser à autre chose, mais elle n'y était pas arrivée.

— Oh ! ma pauvre, ça fait longtemps ! s'exclama alors Miranda.

— J'ai failli accoucher au bout de cinq mois de grossesse seulement : on m'a alors interdit d'avoir des rapports sexuels. Et après la naissance des jumeaux... nous n'avions plus le temps.

Autant passer sous silence le fait qu'après l'accouchement, Jeremy n'avait plus témoigné le moindre intérêt pour elle, sexuellement parlant. La plupart du temps, il avait été trop obsédé par ses démons pour se rendre compte de la présence des jumeaux, c'est dire ! Quand il s'intéressait à eux, c'était pour concevoir du ressentiment à leur égard, en particulier vers la fin.

A l'époque, elle avait eu l'impression de vivre avec deux personnes différentes... Un jour, Jeremy était doux et compatissant, le lendemain, méchant et amer. D'ailleurs, même s'il avait voulu faire l'amour avec elle, l'idée qu'il la touche lui aurait paru répugnante !

Bref, il était inutile de raconter cette histoire à Jason. Même si elle savait désormais que les médicaments étaient à l'origine de ce comportement, pourquoi dévoiler à quel point Jeremy avait pu se montrer amer et cruel ? Autant que Jason garde de bons souvenirs de son frère, dans la mesure du possible…

— Si nous ne faisons pas l'amour pendant une semaine, Lewis et moi, cela me rend folle, déclara Miranda.

— Pour être honnête, jusqu'à il y a peu, je ne pensais pas trop au sexe…

— Et maintenant ?

Holly se mordit la lèvre. Maintenant, elle ne pensait plus qu'à ça ! Du coup, pourquoi répondre ? Son silence était suffisamment éloquent.

— C'est sans doute parce que vous êtes coincée sous le même toit que l'homme qui vous attire terriblement. Il veut très clairement vous connaître charnellement.

Holly haussa les épaules.

— Comme je vous l'ai dit… c'est compliqué.

— Bon, je me tais. Je deviens trop curieuse.

Quelques instants plus tard, les hommes revinrent à la table, et la conversation prit une tournure beaucoup moins intime. Holly fit de son mieux pour faire mine que tout allait bien. Et pourtant, Dieu sait si elle était perturbée. Impossible de dire ce qui était normal et ce qui ne l'était pas. Plus les minutes passaient, plus elle sentait la colère la gagner. Un mensonge par omission était un mensonge tout de même.

Ils rentrèrent au manoir aux alentours de 23 heures. Miranda la serra avec effusion dans ses bras et suivit Lewis jusqu'à leur 4x4 qui ressemblait en tout point à celui de Jason. Avant de prendre congé, Miranda promit à Holly de l'appeler : elle avait très envie de lui proposer prochainement un déjeuner en ville et une sortie shopping.

Jason et elle trouvèrent Faye installée dans le salon devant une énième rediffusion de *X-Files*.

— Comment se sont comportés les garçons ? demanda Holly.

— Devon a été un peu remuant, mais il est tout de même parvenu à s'endormir.

Le petit n'avait finalement pas souffert du croup comme son frère : il n'avait montré que de faibles symptômes de rhume. Quel soulagement !

— Merci de les avoir gardés.

Faye sourit et se leva en étirant ses bras au-dessus de sa tête.

— Vous savez que c'est un plaisir pour moi. Avez-vous passé une bonne soirée, au moins ?

Une bonne soirée ? Oui et non…

— Miranda est très gentille, se contenta-t-elle de dire.

— Bon, je vais regagner mes pénates, annonça la gouvernante. Vous savez où me trouver si vous avez besoin de moi.

Une fois qu'ils furent seuls, Holly fit part à Jason de son intention d'aller voir les bébés. Oh ! Elle était tout à fait consciente d'avoir à lui parler, mais elle n'avait pas encore réfléchi à ce qu'elle allait dire. Tout ce qu'elle savait, c'était que ce ne serait pas très agréable.

— Avez-vous besoin d'aide ? s'enquit alors Jason.

On voyait qu'il avait vraiment envie de l'aider. L'ennui, c'était qu'elle n'était pas d'humeur. Elle n'était plus seulement confuse, elle était tout bonnement folle de rage !

— Je vais juste jeter un coup d'œil dans leur chambre, puis j'irai me coucher.

Sans laisser à Jason la possibilité de réagir, Holly gravit les marches de l'escalier et rejoignit la chambre de ses fils. Ils dormaient profondément dans leur berceau. Difficile de lutter contre l'envie de les prendre pour les serrer contre elle !

Elle ressortit silencieusement de la chambre. En faisant volte-face, elle se heurta à Jason qui l'attendait sur le pas de la porte. Ce fut comme percuter un mur de plein fouet. Se sentant basculer, elle recula d'un pas. Jason lui attrapa les bras pour l'empêcher de tomber.

— Désolée, dit-elle en cherchant à se ressaisir. Je ne savais pas que vous étiez là.

— Tout va bien ?

— Pourquoi cette question ?

— Je ressens de mauvaises ondes, répondit-il.

— Je suis fatiguée, c'est tout.

Holly prit le chemin de sa chambre avec Jason à côté d'elle.

Eh bien… Il n'avait pas l'air de vouloir la laisser tranquille.

— Est-ce qu'on peut parler un petit peu ?

— A quel propos ?

— J'ai entendu Miranda vous inviter à déjeuner en ville, dit-il en la suivant dans sa chambre. Je sais que vous n'aimez pas profiter de mon argent, mais vous allez avoir besoin de certaines choses… J'ai donc pensé que je pourrais vous verser une allocation mensuelle, comme je le faisais pour Jeremy.

— OK, lâcha-t-elle.

Jason lui adressa un regard surpris. Il semblait déconcerté par cette réponse, et pas qu'un peu.

— Vraiment ? répondit-il.

— Bien sûr. De combien ? Dix mille par mois ? Vingt mille ?

Peu à peu, Jason sembla perdre son petit air satisfait.

— Approximativement, oui…

— Pourquoi s'arrêter là ? Et pourquoi pas un million ?

Voire… un milliard ? Qu'en dites-vous ? Vous pouvez vous le permettre, non ?

Cette fois, il sembla accuser le coup et garda le silence.

— C'est donc vrai, cracha alors Holly d'un ton de reproche. Vous êtes milliardaire !

- 10 -

— Vous êtes contrariée, constata Jason.

Holly écarquilla les yeux. Evidemment qu'elle était contrariée !

— Ça vous étonne ? Vous auriez pu me le dire ! rétorqua-t-elle.

— Disons que j'attendais le bon moment…

— Quand ? Vous vouliez attendre que les jumeaux aient leurs diplômes universitaires ?

Très calmement, Jason reprit :

— Vous avez dit vous-même que notre situation était unique, et, comme vous, je fais de mon mieux pour m'y adapter. Je ne suis pas parfait… Vous allez devoir faire preuve d'un peu d'indulgence avec moi.

A ces mots, Holly baissa la tête. Il avait fait mouche. C'était parfaitement vrai. Elle se montrait égoïste et immature. Jason avait peut-être eu peur que cette révélation modifie leur relation. Peut-être craignit-il qu'elle le voie d'un tout autre œil…

Pourtant, en l'étudiant attentivement, Holly constata qu'il était toujours le même Jason. Un homme vrai, sincère, et pas un simple numéro de compte en banque. Et elle savait pertinemment que, argent ou non, cela ne changerait pas.

— Je suis désolée, je me suis montrée injuste, admit-elle.

J'avais simplement cru qu'il n'y aurait plus de non-dits ou de surprises entre nous.

Holly écarta nerveusement une mèche de cheveux. Jason avait toutes les raisons d'être fâché après elle. Or, il ne l'était pas. Cet homme avait vraiment la patience d'un saint.

— Nous dissiperons tous ces malentendus, affirma-t-il. Ça prendra juste un peu de temps.

— Tout ça est tellement surréaliste…

— Il va bien falloir que vous en preniez l'habitude… S'il m'arrive un jour quelque chose, les jumeaux hériteront de tout.

Holly ouvrit de grands yeux. *Hein ? Non, impossible !*

— Mais… Vous m'avez raconté que Jeremy avait été déshérité.

— Par notre père, oui. Mais tout est à moi désormais, je fais ce que je veux de cet argent.

— Je… je ne sais pas quoi dire, bredouilla-t-elle. L'idée d'avoir autant d'argent à gérer me… Je serais complètement perdue. Submergée. Je ne saurais pas comment faire.

— Vous ne vous retrouverez pas dans cette situation, rassurez-vous. J'ai déjà pris des arrangements. Vous disposerez de tous les conseils financiers dont vous aurez besoin.

Jason avait pris des arrangements… Alors ce n'était pas juste une possibilité. Elle était la maman de futurs milliardaires ! Pas de doute, sa vie ne serait jamais plus comme avant. Seigneur, c'était tellement perturbant de devoir intégrer de tels changements en aussi peu de temps.

— Si ça peut vous réconforter un peu, je n'ai pas réellement un milliard de dollars en ma possession. Mon argent est investi un peu partout.

Holly esquissa un sourire. C'était un tout petit réconfort !

Elle s'assit sur son lit. Autant le dire tout net : elle était épuisée par toutes ces émotions.

— Miranda prétend que tout ce que vous touchez se transforme en or.

— Elle exagère…

Vraiment ? Rien n'était moins sûr.

Jason prit place à côté d'elle. C'était tellement bon de le sentir tout près. Elle reconnaissait son odeur rassurante, le tracé de sa mâchoire, la façon dont cette mèche de cheveux tombait sur son front. Et puis il y avait ce courant électrique qui circulait entre eux, même s'ils étaient à plusieurs mètres l'un de l'autre.

Cette énergie qu'elle ressentait en ce moment même.

Au prix d'un effort surhumain, Holly se retint de se lover contre Jason et de plonger dans le creux de son cou pour respirer son parfum. L'ombre de barbe sur ses joues et son menton lui donnait un air sexy et dangereux. Elle mourait d'envie de prendre son beau visage entre ses mains et de presser ses lèvres viriles sur les siennes. Elle se languissait de sentir ses mains courir sur sa peau, puis se frayer doucement un chemin entre ses cuisses…

Elle en avait tellement envie que cela devenait presque douloureux ! Pourquoi ne pouvait-elle pas l'avoir ? C'était tellement injuste. On aurait dit que l'univers lui faisait une farce cruelle. L'univers qui lui avait volé ses parents. L'univers qui lui avait donné deux enfants qui ne connaîtraient jamais leur papa. L'univers, encore, qui lui envoyait cet homme merveilleux tout en le maintenant derrière une muraille indestructible. Résultat : elle était vouée à passer le reste de sa vie à le regarder de l'autre côté. Si proche, mais pourtant hors d'atteinte.

Pas de doute, elle était maudite.

Tout à coup, la voix de Jason tira Holly de ses pensées.

— Nous ne sommes plus fâchés ?

— Non. Je suis désolée d'avoir réagi comme ça. Je veux que vous sachiez à quel point j'apprécie tout ce que vous faites pour moi.

Il se leva, et elle l'imita aussitôt.

— Avez-vous besoin d'autre chose ? lui demanda-t-il.

Tout ce dont elle avait besoin, c'était de lui.

Pourtant, elle fit non de la tête.

— Concernant cette allocation… Faites comme bon vous semble. Quelle que soit votre décision, ce sera bien.

— Parfait, lança-t-il. Je vous laisse vous coucher.

Si seulement tu pouvais rester avec moi…

Holly brûlait d'envie de lui dire ces quelques mots, mais elle se retint de le faire.

Jason prit alors son visage entre ses mains viriles et déposa un baiser sur son front. Ses lèvres s'attardèrent, comme s'il n'avait pas envie de mettre fin à ce geste tendre. S'il se risquait à l'embrasser, maintenant, Holly ne lui résisterait pas. Hélas ! ils hésitèrent à faire le premier pas.

Toutefois, ce désir lancinant et douloureux qu'elle avait d'être contre Jason ne pouvait signifier qu'une chose… Oui, Miranda avait raison. Autant se rendre à l'évidence : Holly était amoureuse de Jason. Totalement. Follement.

Ce sentiment lui était tombé dessus. Il fallait maintenant qu'elle trouve un moyen de sortir de cet état.

Elle avait les mots « Je t'aime » sur le bout de la langue, mais elle n'avait pas le droit de les laisser franchir la barrière de ses lèvres.

Cette relation ne pouvait pas exister.

Allongé sur le lit de son appartement new-yorkais, Jason zappait sans enthousiasme entre différents programmes télévisés. A vrai dire, il s'ennuyait à mourir. Vivement qu'il retourne auprès de Holly et des jumeaux ! Habituellement, il appréciait ces petits déplacements professionnels dans la Grosse Pomme, mais c'était du temps où il n'avait personne à retrouver chez lui. Or, désormais, Holly et ses fils faisaient partie intégrante de sa vie. Il n'arrivait même plus à se rappeler à quoi ressemblait son existence quand ils n'avaient pas été là…

Certes, ils auraient pu l'accompagner à New York, mais il avait eu des rendez-vous toute la journée. Et puis est-ce qu'il n'était pas censé garder ses distances avec Holly ?

Hélas ! il n'avait pas vraiment l'impression que cela marchait. Après cette soirée avec Lewis et Miranda, quelque chose avait changé dans sa relation avec Holly. Elle était devenue… plus intense. Tout ce qu'il savait, c'était qu'il avait de plus en plus de difficultés à rester loin d'elle. Des idées obsédantes envahissaient son esprit… Que se passerait-il s'ils arrêtaient tous deux de lutter ? S'ils laissaient leur relation évoluer naturellement ?

En réalité, il connaissait déjà la réponse.

Or, il avait beau désirer terriblement Holly, il ne pouvait les forcer, elle et les jumeaux, à vivre dans l'angoisse. Son espérance de vie était trop incertaine. Il avait vu l'émotion de Holly lorsqu'elle avait évoqué l'enterrement de son mari… Lui faire traverser à nouveau une telle épreuve serait trop cruel.

Au même moment, Jason entendit son téléphone sonner. Il s'en empara précipitamment. Pourvu qu'il s'agisse de Holly ! Depuis qu'il l'avait quittée, la veille, ils avaient échangé à plusieurs reprises, de vive voix ou par textos. Il la considérait non seulement comme la femme dont il pourrait tomber amoureux, mais aussi comme une amie. Elle, de son côté, le prenait comme il était. Le fait qu'elle ne semble pas impressionnée par son argent lui faisait chaud au cœur. Il avait même le sentiment que s'il perdait toute sa fortune, elle n'en ferait pas une montagne.

Autant être honnête, Jason avait passé une bonne partie de sa vie à se consacrer à sa carrière professionnelle et à gérer sa fortune. Mais maintenant qu'il avait quelqu'un avec qui partager cet argent et les enfants de son frère pour perpétuer le nom de la famille, entrer lui-même dans l'histoire lui semblait moins important.

Il regarda le nom affiché sur l'écran. Dommage… C'était Lewis qui l'appelait, et pas Holly. Sans doute voulait-il lui demander comment s'étaient passés ses rendez-vous… Normalement, son ami aurait dû être à New York lui aussi, mais il avait un rendez-vous important avec Miranda.

Elle et Holly passaient de plus en plus de temps ensemble. Miranda la présentait peu à peu aux gens du coin et l'aidait à gérer la curiosité que suscitait cette drôle de cohabitation au manoir. Pour sa part, il estimait que la vie privée et l'anonymat étaient deux concepts en voie de disparition. Cela dit, il était habitué aux ragots. Inutile de leur accorder trop d'importance.

Le temps de saluer Lewis, Jason lui raconta ses rendez-vous.

— Je pensais pouvoir en terminer d'ici un jour ou deux, expliqua-t-il, mais ça me semble compromis. Probablement vendredi au plus tôt…

— Tu n'as pas l'air très emballé ! fit remarquer son ami.

— Ah bon ?

— Tu aimes les défis professionnels pourtant !

Oui, il aimait ça. Avant.

Comme il restait muet, Lewis reprit la parole.

— Pourquoi est-ce que tu ne lui dis pas tout simplement ce que tu ressens ?

— Mes sentiments sont hors sujet.

— Tu dis tout le temps ça, mais je ne sais pas si tu le crois encore toi-même.

Jason retint un soupir agacé. Ce qu'il croyait n'avait strictement aucune importance.

— Tu as travaillé d'arrache-pied toute ta vie, reprit Lewis. Pourquoi est-ce que tu ne t'accorderais pas un petit break pour passer du temps avec Holly et les enfants ?

Passer du temps avec Holly ? C'était exactement ce qu'il devait à tout prix éviter de faire !

— Tu viens à New York demain ? demanda Jason en éludant soigneusement la question de son ami.

— Non, j'envoie Preston à ma place.

— Quelque chose ne va pas ?

— Non, non, mais Miranda a rendez-vous avec un spécialiste.

— Quel genre de spécialiste ?

— Un obstétricien spécialisé dans les grossesses à haut risque.

— Tu as bien dit « grossesse » ?

— Aurais-je oublié de t'annoncer que Miranda est enceinte ?

— En effet ! s'exclama Jason. Félicitations ! Cette fois ce sera la bonne, j'en suis sûr.

— J'en suis sûr aussi.

Jason eut un sourire. Il était sincèrement ravi pour ses amis. Même si, à vrai dire, il ne pouvait pas s'empêcher de ressentir un petit soupçon d'envie.

— Miranda doit être aux anges…

— Elle meurt d'envie d'annoncer la nouvelle à tout le monde, expliqua Lewis, mais il vaut mieux qu'on attende quelques semaines, histoire d'être sûrs.

— Et toi, comment te sens-tu ?

— Inquiet, mais optimiste.

— Holly est au courant ?

— Miranda est au téléphone avec elle au moment où nous nous parlons.

Au même instant, Jason entendit retentir un signal sonore dans son oreille. C'était Holly qui essayait de l'appeler.

— Ah ! Holly m'appelle justement.

— Alors je te laisse.

— Téléphone-moi demain pour me raconter comment s'est passé le rendez-vous.

Le temps de saluer Lewis, Jason prit l'appel de Holly.

— Vous êtes au courant de la nouvelle ? demanda-t-elle aussitôt d'une voix surexcitée.

— J'étais au téléphone avec Lewis juste avant vous.

— Miranda est en transe. Elle a tellement envie d'un enfant ! Elle est déjà en train de choisir des meubles pour la chambre du bébé. J'aimerais organiser une fête pour elle. Elle doit accoucher au début du printemps.

Jason se mordit la lèvre. Une question lui brûlait langue. C'était peut-être le moment ou jamais de la poser.

— Vous voulez d'autres enfants ? lui demanda-t-il subitement.

Etrangement, Holly ne sembla pas trouver la question déplacée.

— Je ne suis pas contre l'idée d'avoir un autre enfant, mais j'ai eu une grossesse tellement difficile... Ça dépendra des circonstances.

— Mais si on vous disait que vous ne pourriez plus en avoir...

— Ça ne me dérangerait pas, j'ai déjà deux enfants. C'est différent pour Miranda.

Elle fit une légère pause avant de reprendre :

— Pourquoi cette question ?

— Par curiosité...

Heureusement, elle sembla accepter cette explication et n'insista pas.

— Vous manquez aux garçons, lui dit-elle alors.

— Ils me manquent aussi.

— Et vous me manquez aussi.

Jason ferma les yeux et soupira. Pourquoi fallait-il qu'elle dise une chose pareille ?

Par conséquent, autant ne pas lui répondre qu'il ressentait la même chose. Cela dit, considérant le temps qu'il avait passé à lui téléphoner et à lui envoyer des textos, c'était probablement évident ! Il avait bien essayé de se retenir, mais il n'avait pas pu s'en empêcher… A quoi bon mentir ? Il ne pouvait plus se passer d'entendre sa voix.

— J'ai pensé que je pourrais aller déposer des fleurs sur la tombe de Jeremy, annonça-t-il.

L'idée que son frère reposait sous terre était difficile à admettre. Fleurir sa tombe était un geste de respect, car en dépit des fautes de son frère, il éprouvait toujours de l'amour pour lui. Jeremy était désormais dans un monde meilleur où il n'était plus torturé par ses addictions. Un endroit où il avait trouvé la paix. Oui, que ce soit au paradis, dans l'au-delà, ou encore dans une autre dimension, Jason était certain qu'il reverrait son frère un jour.

— C'est une bonne idée, répondit Holly. Je n'y suis pas retournée depuis l'enterrement.

— Peut-être pourrions-nous nous y rendre tous les quatre le mois prochain, le jour de son anniversaire.

— J'aimerais beaucoup. Quand revenez-vous à la maison ?

« La maison. » Jason sentit son cœur se serrer. Ce mot avait pris une tout autre signification pour lui ces derniers temps.

— Probablement pas avant vendredi. Plus tôt si je peux, mais je ne veux rien promettre.

— Le week-end s'annonce clément. Nous pourrions faire quelque chose de sympa avec les garçons…

— Réfléchissez à ce qui vous ferait plaisir, et nous le ferons.

Peu importe ce qu'elle choisirait, tant qu'il était avec elle et les jumeaux.

— Oh ! j'oubliais ! s'exclama soudainement Holly. Devon s'est retourné tout seul hier !

— Non ! Vraiment ? Ils grandissent tellement vite, c'est impressionnant.

Au même moment, Jason entendit des cris à l'autre bout du fil. Un des bébés appelait sa mère.

— Ah ! l'un des jumeaux pleure…, lança-t-elle.

— Un peu tôt pour manger, non ?

— Il va peut-être se rendormir. Je vais vous laisser.

— D'accord. A vendredi alors. Euh… Holly ?

— Oui ?

Jason prit une grande inspiration. *Allez, courage.*

— Vous me manquez vous aussi.

- 11 -

Etendue sur une chaise longue sur la terrasse, Holly s'offrait aux rayons du soleil. L'air était encore frais, mais le soleil réchauffait sa peau pâle. Elle flottait un peu dans son maillot de bain même si elle avait repris trois kilos depuis qu'elle vivait chez Jason. Ce n'était pas si mal !

Avant de partir pour New York, celui-ci lui avait donné toutes les informations nécessaires sur le compte en banque qu'il lui avait ouvert, ainsi que sur sa nouvelle carte de crédit. Lorsqu'elle avait consulté son compte en ligne, elle avait constaté qu'il y avait déjà dix mille dollars dessus.

Mais pour l'heure, elle n'avait pas dépensé un centime. Tout ce qu'elle avait fait depuis le départ de Jason, c'était manger, dormir et jouer avec ses fils. Elle avait encore demandé à Faye la liste de tâches à faire, mais celle-ci se contentait de lui répondre qu'elle y travaillait… Enfin, avec tout ce qu'elle faisait pour Holly et les jumeaux, la gouvernante n'avait sans doute pas eu le temps de s'y mettre, la pauvre.

A vrai dire, Faye était certainement un peu voyante car elle semblait toujours anticiper les événements ! Elle connaissait les horaires des jumeaux à la minute près et était toujours présente pour aider à les nourrir et à les changer, mais aussi pour dispenser de précieux conseils.

Holly écarta une mèche de cheveux. Pour l'heure, les jumeaux dormaient à poings fermés. Elle avait demandé à Faye de l'appeler quand ils se réveilleraient, mais la connaissant, il y avait fort à parier qu'elle se chargerait de leur donner à manger et de jouer un peu avec eux. Pour la laisser se reposer, bien sûr.

Holly sentit son cœur fondre. Faye lui donnait le temps et l'espace dont elle avait besoin pour recharger ses batteries et redevenir un être humain plein d'énergie. C'était vraiment adorable de sa part.

Elle se retourna pour se mettre sur le ventre et sentit le bas de son maillot de bain remonter légèrement. Cela n'avait guère d'importance… Elle aurait tout aussi bien pu être nue puisqu'il n'y avait personne dans les parages en dehors de Faye. Le plus proche voisin se trouvait à plusieurs centaines de mètres. D'ailleurs, avant la crise de 1929, la famille de Jason possédait presque toute la terre qui se trouvait de ce côté-ci du lac.

George, lui, était parti en ville faire des courses qu'il rapporterait avec le bateau de Jason. Elle l'entendrait donc arriver et aurait tout le temps nécessaire pour se couvrir.

Jason, lui, n'était attendu que le lendemain soir…

Le dimanche avant de partir pour New York, ils étaient allés déjeuner tous les quatre au country club. Ensuite, ils avaient déambulé dans les rues et fait du lèche-vitrines. Tout le monde semblait connaître Jason : tous ceux qu'ils avaient croisés s'étaient extasiés sur les jumeaux. Holly avait eu du mal à en croire ses oreilles : de jeunes employées travaillant dans les boutiques de la ville lui avaient même proposé de faire du baby-sitting… A vrai dire, elle avait presque l'impression d'être traitée comme un membre de la famille royale britannique !

Mais il y avait autre chose. Au cours de son séjour chez Jason, l'attirance sexuelle qu'elle éprouvait pour lui n'avait fait que s'intensifier. Lui-même avait sa part de responsabilité puisqu'il semblait prendre un malin plaisir à la frôler chaque fois que l'occasion se présentait. Tantôt ses doigts glissaient sur les siens quand ils se passaient un objet, tantôt leurs cuisses se touchaient quand ils s'asseyaient l'un à côté de l'autre… Ce qu'ils auraient dû éviter de faire, bien entendu !

Avant de partir pour New York, Jason l'avait prise dans ses bras. Ce n'était qu'un geste innocent, mais lorsqu'elle avait reculé, Holly avait senti ses lèvres viriles caresser légèrement sa joue. Une caresse qui l'avait fait trembler de la tête aux pieds. Dans les yeux de Jason, elle avait aussitôt vu passer une drôle de lueur. Pas de doute : il ne voulait pas se contenter de l'embrasser.

D'ailleurs, c'était exactement ce qu'elle ressentait.

Il n'empêche. Tout cela ne changeait rien au fait qu'ils ne pouvaient pas — qu'ils ne *devaient* pas — avoir de relation physique. Elle comprenait parfaitement pourquoi. Hélas ! son cœur voyait les choses autrement.

Ce n'était donc pas sans un certain soulagement qu'elle avait vu Jason partir pour Manhattan. Un soulagement qui avait duré en tout et pour tout… cinq minutes !

La poussière soulevée par sa voiture était à peine retombée qu'il lui manquait déjà.

Tout à coup, une voix familière la tira de ses réflexions.

— Eh bien… Je connais quelqu'un qui profite du soleil !

Holly sursauta. Jason !

Elle se retourna. Il était tout juste à quelques mètres d'elle. Oh non ! Seigneur… Il était en train de loucher sur son postérieur.

Que faire ? Essayer de se couvrir ? Inutile. Cela aurait donné l'impression qu'elle avait quelque chose à cacher. Or, elle avait déjà porté des bikinis encore plus minuscules ! Du coup, à quoi bon paniquer ? Le temps de se redresser sur ses coudes, elle accueillit Jason avec un sourire. Elle ne trouva alors rien de mieux que de dire :

— Et j'en connais un qui n'en perd pas une miette !

Jason la gratifia d'un sourire éblouissant. Il avait l'air si distingué dans son costume bleu foncé à rayures rehaussé par une cravate au motif cachemire. Une vraie gravure de mode !

— Vous revenez plus tôt que prévu, reprit-elle pour se donner une contenance. Je ne vous attendais pas avant demain…

Les yeux toujours posés sur elle, il dit nonchalamment :

— J'ai pourtant l'impression d'être arrivé au bon moment.

A ces mots, Holly sentit son corps s'embraser. La voix de Jason était encore plus brûlante que le soleil. Seigneur, il fallait vraiment qu'il arrête de dire ce genre de choses, car elle était tentée de lui répondre. Elle qui avait fini par oublier à quel point il était agréable de flirter… De se sentir sexy et convoitée.

Avec un sourire qu'on aurait pu qualifier de diabolique, Jason retira sa veste et la posa sur le dossier de la chaise longue à côté de celle de Holly.

— Que s'est-il passé d'excitant en mon absence ? s'enquit-il en s'installant.

— Rien depuis notre conversation de ce matin…

Ils s'étaient beaucoup téléphoné depuis le départ de Jason, surtout le soir. Certains appels avaient parfois duré plus de une heure. Ces discussions leur avaient appris beaucoup de choses. C'était comme s'ils étaient incapables d'épuiser les sujets de conversation.

Pour tout dire, Holly ne considérait plus Jason comme une sorte de double de Jeremy. Tout simplement parce qu'il avait une personnalité unique. Son sens de l'humour très décalé la faisait mourir de rire, et son sourire lui faisait battre le cœur. Quant à ses mains puissantes, elles lui donnaient envie d'être caressée…

D'une voix mal assurée, Holly finit par demander :

— Et en ville, quoi de neuf ?

— Rien de palpitant…

Jason fit alors un geste du menton vers la partie inférieure de son corps. Sans doute allait-il faire un commentaire grivois.

— Vous êtes en train de rosir…

— Rosir ?

— Oui… Vous êtes en train d'attraper un coup de soleil. Il faut vous protéger davantage.

Il prit le spray solaire qu'elle avait posé sur le sol.

— Voulez-vous que je vous en mette ? demanda-t-il en l'agitant.

— Oui…

Sans se faire prier, il vaporisa de la crème sur son dos et l'arrière de ses jambes. Holly frissonna légèrement. Cette sensation de froid allait lui faire du bien.

— Je préférais quand il fallait faire pénétrer la crème avec la main, soupira-t-il.

Holly se sentit tout émoustillée en imaginant les mains de Jason se promener sur elle.

— Techniquement, vous pouvez quand même le faire, lâcha-t-elle avec l'air de ne pas y toucher. Parfois le spray n'atteint pas certaines zones, c'est donc mieux de l'étaler à la main.

— Qu'essayez-vous de me dire ?

Bonne question. Qu'essayait-elle de lui dire ? Venait-elle de lui laisser entendre qu'elle avait envie de le voir étaler de l'ambre solaire sur sa peau ?

Peut-être, oui…

— Je ne faisais qu'expliquer un fait.

Jason haussa un sourcil et esquissa ce sourire rusé qui faisait disparaître en un clin d'œil l'homme d'affaires classique pour laisser la place au mauvais garçon au charme ravageur.

Comment arrivait-il à faire ça ?

— Donc, vous ne me demandez pas de frotter de la lotion sur votre dos ? insista-t-il.

— Absolument pas.

— Parce que je pourrais le faire…

Holly ferma les yeux. Oh ! elle avait tellement envie qu'il le fasse ! Du coup, autant dire non.

— Je vous assure que ça restera totalement platonique, promit-il.

Ses mains sur elle ? « Platonique » ?

Tu parles !

— En fait, poursuivit-il en grimaçant, vous êtes terriblement rouge. Depuis combien de temps êtes-vous allongée sur le ventre ?

— Ça fait une heure que je suis dehors, et je me retourne tous les quarts d'heure.

— Bon, je pense que vous êtes à point. Peut-être même un peu cuite !

Hum ! Il n'avait probablement pas tort.

Holly se hissa sur ses bras puis se tourna pour faire face à Jason, tout en maintenant son maillot fermement. Pas question de le laisser profiter plus longtemps de la vue…

— Je ferais bien de rentrer et de prendre une douche fraîche, déclara-t-elle.

— Si vous avez besoin de quelqu'un pour vous passer platoniquement de l'aloe vera dans le dos…

Elle ne put s'empêcher d'éclater de rire.

— Je ferai appel à vous, ne vous inquiétez pas !

Il sourit de toutes ses dents.

— Que diriez-vous si nous laissions les jumeaux aux bons soins de Faye pour dîner en ville ce soir ? Nous pourrions proposer à Lewis et Miranda de se joindre à nous…

— Avec plaisir ! s'exclama-t-elle en s'extirpant de la chaise longue. Laissez-moi juste demander à Faye si cela ne la dérange pas.

— Vous savez bien qu'elle n'y verra aucun inconvénient.

— Rien ne nous empêche de lui poser la question.

— Je paie George et Faye généreusement, répliqua-t-il. Ça me dispense d'avoir à demander.

— Ces gens travaillent pour vous, pas pour moi. Je préfère demander.

Et quand bien même ! Même s'ils travaillaient pour elle, elle n'aurait aucune envie de leur donner des ordres.

Holly alla donc parler à Faye. Assise sur le sofa, celle-ci donnait un biberon aux jumeaux. Bien entendu, elle accepta avec enthousiasme de s'occuper des enfants pour la soirée. Elles bavardèrent encore quelques minutes puis Holly monta dans la salle de bains. Quel plaisir de prendre une longue douche ! Dommage que Jason ne soit pas là. Elle aurait tant aimé sentir ses mains viriles sur sa peau. L'excitation qui la tenaillait était d'ailleurs telle qu'elle eut envie de glisser les doigts entre ses jambes.

Peut-être ce soir, une fois au lit…

Elle venait tout juste de sortir de la douche et de s'envelopper dans une serviette lorsqu'elle entendit un bruit. On frappait à la porte de sa chambre. Sans doute Faye.

Elle se précipita pour ouvrir…

Et se retrouva nez à nez avec Jason !

Holly vit ses beaux yeux l'observer de la tête aux pieds.

— Je suis venu vous informer que Miranda ne se sent pas bien. C'est raté pour ce soir

— Quel dommage…, dit-elle en tâchant de ne pas frémir.

— Je peux entrer ?

— Euh… Je n'ai qu'une serviette de bain sur moi.

— C'est pour ça je veux entrer.

Oh ! mon Dieu !

— Vous croyez que c'est une bonne idée ? parvint-elle à demander.

— C'est même une excellente idée !

Sans attendre d'y être invité, Jason pénétra dans la chambre et referma la porte derrière lui. Pas question de tergiverser ou il risquait de renoncer. Tout ce qui l'intéressait, c'était de se retrouver seul avec Holly. Quand il l'avait découverte, étendue sur sa chaise longue, en train d'offrir son corps aux rayons du soleil, il avait eu des envies de fondre sur elle et de l'emmener directement dans sa chambre !

— Il faut que j'aille vérifier si les jumeaux vont bien, dit-elle d'une voix mal assurée.

Jason fit un pas avant. Elle recula d'autant.

— Ils sont avec Faye.

— Je sais, mais…

— Votre serviette est en train de glisser…

Holly écarquilla les yeux. Mais cette fois, elle ne recula pas lorsqu'il avança vers elle. Il tendit la main pour écarter une mèche de ses cheveux collée à sa joue. Alors qu'il l'effleurait, Holly sembla comme transformée.

Pas de doute, elle avait décidé de ne plus résister. De s'abandonner.

Elle gémit doucement et appuya sa joue contre sa paume.

— J'ai tellement envie de vous, murmura-t-elle.

— Alors ne vous gênez pas…

Jason la regarda lever les yeux vers lui. Instantanément, il se trouva pris au piège de son regard bleu azur. Dieu qu'elle était belle et désirable… Il brûlait d'envie de la caresser, encore et encore. Ses doigts s'emmêlèrent dans ses cheveux mouillés tandis qu'ils progressaient vers sa nuque délicate. Un gémissement s'échappa des lèvres entrouvertes de Holly. Des lèvres pleines et tentantes qu'il allait avoir du mal à ne pas embrasser. Ce fut pourtant elle qui noua ses bras autour de son cou pour l'attirer près de son corps voluptueux.

Dès l'instant où leurs lèvres se touchèrent, Jason eut une certitude. Il était fichu…

Oui, il voulait goûter la saveur de sa peau humide et faire disparaître sous ses baisers les gouttes d'eau qui glissaient le long de sa gorge.

Il voulait enfouir son nez dans le creux de son épaule et humer son doux parfum.

Il voulait la toucher partout…

Tout à coup, il relâcha son étreinte, le souffle court.

— Qu'est-ce que tu veux Holly ? Je ferai n'importe quoi.

Elle fit un pas en arrière. Qu'allait-elle faire ? Le repousser ?

Non, bien au contraire. Les yeux mi-clos fixés sur lui, elle détacha la serviette qu'elle avait nouée au-dessus de ses seins et la laissa tomber à terre.

— Touche-moi…

Jason n'en croyait pas ses yeux. Il n'avait jamais vu une femme aussi belle. C'était comme si elle l'avait totalement envoûté…

Une chose était sûre : il ne quitterait pas cette pièce sans lui avoir fait l'amour !

Il ressentit subitement un besoin presque animal de l'attirer dans ses bras et de mordre sa peau.

Holly recula de quelques pas. Ses seins souples pointaient vers lui. On aurait dit qu'ils l'appelaient, qu'ils voulaient être touchés et sucés.

— Prends-moi…

Holly aimait la façon dont Jason la regardait : il semblait incapable de la quitter des yeux, comme s'il devait s'assurer qu'elle était bien réelle. Cela lui donnait la sensation d'être sexy. Elle avait l'impression de détenir un pouvoir qu'elle n'avait jamais eu jusqu'à présent.

Il vint alors vers elle, les yeux brûlants de désir, puis posa ses mains autour sa taille et l'attira contre lui.

— Embrasse-moi, dit-il.

Elle ne se fit pas prier pour coller ses lèvres aux siennes. Alors qu'elle nouait ses bras autour du cou de Jason, elle frotta ses seins contre son torse viril tandis qu'il la dévorait. Sa bouche pulpeuse avait si bon goût… C'était si excitant d'être nue contre Jason, même si celui-ci était encore habillé…

Il fallait qu'elle lui ôte ses vêtements ! Qu'elle puisse le sentir contre elle, complètement.

Holly empoigna soudainement sa chemise et en écarta brusquement les pans, faisant voler tous les boutons à travers la pièce.

— Eh, c'est une chemise à huit cents dollars ! lui fit remarquer Jason en fronçant les sourcils.

Mais à son petit sourire, on devinait qu'il était plus excité que contrarié. De toute manière, il avait largement les moyens d'en acheter une autre.

En la faisant glisser le long de ses bras musclés, elle put admirer son large torse et ses abdominaux bien dessinés.

Elle effleura sa cicatrice et se pencha pour y déposer un baiser. Puis elle lécha un téton, puis l'autre.

Jason grogna et pressa son bas-ventre contre elle. Si bien qu'elle sentit son sexe à travers son pantalon.

Holly mit la main sur sa braguette et referma les doigts. Il laissa échapper un grognement guttural puis lui pencha la tête en arrière de façon à pouvoir passer la langue dans le creux à la base de sa gorge.

Que c'était bon… Il semblait aimer prendre son temps et la titiller avec sa langue tout en pinçant ses tétons entre son pouce et son index.

Autant le dire tout net : elle n'y tenait plus. Elle voulait plus ! Et tout de suite.

Elle avait dû attendre si longtemps qu'elle ne pouvait patienter une minute supplémentaire !

Holly se saisit alors de la main de Jason et la guida entre ses cuisses. Très vite, ses doigts fins s'aventurèrent dans sa moiteur intime.

— Tu as vu l'effet que tu me fais ? murmura-t-elle en baissant la fermeture Eclair du pantalon de Jason avant de glisser la main à l'intérieur.

Elle le caressa doucement, tantôt en appuyant puis en relâchant la pression, tantôt promenant le pouce sur l'extrémité de son sexe.

— Tu as vu l'effet que tu me fais ? l'imita-t-il avec un sourire charmeur.

Pendant ce temps, Jason avait commencé à se concentrer sur le point hypersensible de sa féminité.

Holly sentit son cœur battre à mille à l'heure et ses jambes flageoler.

— J'ai rêvé de ce moment dès que je t'ai rencontrée, quand tu t'es évanouie à mes pieds. Tu étais tellement belle que j'ai détesté mon frère de t'avoir rencontrée en premier.

— Je suis à toi maintenant, répondit-elle dans un murmure.

Ni une ni deux, elle le débarrassa de son pantalon et de son caleçon qu'elle jeta au loin. Jason se baissa pour retirer ses chaussettes puis se redressa.

Holly ne se priva pas de le dévorer des yeux. Voilà, il était entièrement nu face à elle, avec ses larges épaules, sa taille athlétique et son impressionnante érection.

Autant le dire tout net : il était parfait.

Mieux que parfait, même.

Soudain, Jason glissa un doigt en elle, puis un autre. Doucement, il s'aventura plus profondément en elle. Holly sentit un frisson violent parcourir tout son corps, et ses genoux se dérobèrent sous elle.

Jason porta ses doigts à ses lèvres et goûta sa saveur avec un sourire diabolique.

— Hum ! Je crois que j'en veux davantage…

— Sois un peu patient, répondit-elle.

Elle posa ses mains à plat sur son torse musclé, le poussa jusqu'au lit et l'obligea à s'asseoir.

Là, Holly s'agenouilla sur le tapis, entre ses jambes, et dit :

— J'ai bien l'intention de prendre tout mon temps.

Sans quitter son visage des yeux, elle promena sa langue sur le bout de son sexe avant de le prendre dans sa bouche.

— Oh ! mon Dieu…, l'entendit-elle marmonner.

Jason empoigna ses cheveux et la guida pour l'aider à trouver le bon rythme. Holly pouvait sentir son sexe grossir et son sang chaud palpiter à la surface de sa peau.

Il approchait de la jouissance, elle pouvait le sentir. Tandis qu'elle poursuivait son mouvement de va-et-vient, il grogna son nom, tira plus fort sur ses cheveux. Il tentait de résister de toutes ses forces. Soudain, il s'enfonça en elle plus profondément.

Holly planta ses ongles dans ses cuisses et les griffa.

Au même moment, Jason renversa la tête en arrière, et tout son corps se tendit. Dans un grognement animal, il atteignit le septième ciel.

— Bon sang ! lâcha-t-il en retombant sur le dos, le souffle court. Où as-tu appris ça ?

Le temps de couvrir son ventre de baisers, elle se releva en souriant.

— Tu as vraiment envie de savoir ?

— Après réflexion, je m'en fiche. Surtout, ne change rien !

— Avec plaisir.

Elle connaissait de nombreuses femmes qui n'aimaient pas prendre les hommes dans leur bouche. C'était terriblement excitant, pourtant !

Les bras de Jason se refermèrent autour d'elle et l'emprisonnèrent contre son torse.

— Tu as mis la barre très haut, commenta-t-il.

A ces mots, il roula sur le côté de manière qu'elle se retrouve sur le dos puis lui sourit.

— A mon tour…

- 12 -

Holly se laissa soulever par Jason comme si elle ne pesait pas davantage qu'une plume et se retrouva au centre du lit. Il se plaça ensuite entre ses cuisses, comme un animal sauvage fondant sur sa proie, puis posa sa bouche sur son ventre et glissa sa langue au fond de son nombril.

— J'aime tant le goût de ta peau, grogna-t-il.

Avec sa langue, il remonta vers ses seins. Là, il prit un téton entre ses dents et le titilla avant de faire subir le même sort à son jumeau. Peu à peu, elle sentait le désir monter en elle de façon irrépressible.

Si Jason continuait ainsi, il n'aurait pas besoin de s'enfoncer en elle. Et pour cause : elle se trouvait déjà au bord du précipice…

Tout à coup, il abandonna ses seins et lui ordonna d'écarter les cuisses.

Elle obéit.

— Encore ! insista-t-il.

Les yeux rivés son sexe, il commença à la caresser en cherchant le point le plus sensible de sa féminité.

— Magnifique…, murmura-t-il.

Il enfouit sa tête entre ses cuisses et chercha à la satisfaire avec sa langue. Holly sentit de longs frissons parcourir tout son corps. Elle se cambra en gémissant. Elle était tellement excitée qu'elle en avait oublié jusqu'à son nom ! C'était tellement bon qu'elle avait envie que cet instant dure encore longtemps. Seulement elle sentait déjà l'orgasme monter en puissance.

Soudain, elle perdit conscience du monde alentour alors qu'un plaisir intense la submergeait par vagues.

— Tu es si sexy, murmura Jason en se positionnant sur elle. Regarde-moi, Holly. Je veux voir ton visage pendant que je te fais l'amour…

Elle leva ses yeux fiévreux vers lui, et au moment où son regard plongeait dans le sien, il entra en elle avec détermination.

Holly poussa un cri — de douleur et de plaisir mêlés. La façon dont elle était unie à Jason lui était totalement inconnue. Jamais elle n'avait été aussi proche d'un homme. Tout son être vibrait dans cette étreinte.

Jason s'immobilisa au-dessus d'elle, et ils se regardèrent comme s'ils avaient du mal à croire qu'ils vivaient bel et bien cet instant. Qu'ils étaient bien en train de faire l'amour…

— Je t'ai fait mal ?

Un peu, oui, mais c'était la preuve qu'elle était vivante. Ressentir de la douleur était mieux que de ne rien ressentir du tout. Alors en un sens, c'était tant mieux.

— Ça fait un moment, tu sais…, dit-elle le souffle court.

Un sourire de fierté éclaira le visage de Jason. Mais il y avait tout de même de l'incertitude dans ses yeux.

— Je ne veux pas te faire mal…

— Ne t'arrête pas, le supplia-t-elle.

Cela faisait trop longtemps qu'elle attendait. Elle ne supporterait pas qu'il s'arrête maintenant !

— Je ne vais pas m'arrêter, rassure-toi. Je vais juste y aller doucement…

— Sûrement pas, lâcha-t-elle entre ses dents serrées. Je veux que tu y ailles vite et fort.

Jason haussa les sourcils, tout surpris.

— Tu en es sûre ?

— Oui ! cria-t-elle en plantant ses ongles dans ses fesses musclées tout en soulevant ses hanches pour le provoquer. Vas-y !

Jason se retira, et elle retint son souffle. Soudain, il s'enfonça à nouveau en elle, si lentement qu'elle crut devenir folle. Elle avait pourtant bien dit : « Vite et fort », non ?

Il se retira à nouveau, l'air concentré. Holly ouvrit la bouche pour protester au moment où il rentra brutalement en elle. Un cri étranglé s'échappa alors de sa gorge. Ni une ni deux, il imprima un mouvement de va-et-vient, et elle s'abandonna au plaisir qui montait dans tout son corps. Elle n'était pas loin. Elle voulait se retenir pour qu'ils puissent jouir en même temps, bien sûr, mais son corps ne voulait rien entendre. Il disait : « Maintenant ! »

Brusquement, elle se cambra et un orgasme vertigineux se propagea en elle. Avec un rugissement furieux, Jason la rejoignit dans le plaisir quelques secondes plus tard, et tout devint flou autour d'elle.

Jason pouvait encore sentir son cœur tambouriner dans sa poitrine. Sans se retirer de Holly, il se redressa sur ses coudes et la contempla. Qu'elle était belle, après l'amour…

— Wouah ! s'exclama-t-il.

— Idem, répliqua-t-elle tout en tâchant de retrouver son souffle.

A vrai dire, il avait toujours su que faire l'amour avec Holly serait un moment agréable. Mais il était loin de s'imaginer que ce serait aussi bon ! Elle avait fait naître en lui un orgasme tellement intense qu'il avait cru mourir de plaisir, l'espace d'un instant.

— C'était absolument indescriptible ! commenta-t-elle.

Il éclata de rire et roula sur le dos.

— En effet !

Bon sang… Il venait de coucher avec sa belle-sœur… La femme qu'il avait juré de ne jamais toucher. La mère de ses neveux !

La culpabilité n'allait pas tarder à le gagner. Une culpabilité qui risquait fort d'être accompagnée de honte et de regrets.

Mais curieusement, rien ne venait.

— J'avais vraiment besoin de ça, avoua-t-elle.

— Moi aussi.

Holly le contempla, les joues empourprées, les yeux brillants.

— D'ailleurs, je ne sais pas pour toi… mais moi, je veux recommencer, dit-il.

— Oh ! tant mieux ! s'écria-t-elle avec soulagement. Moi aussi ! Mais peut-être pas maintenant…

— Non. Pas maintenant.

Soudain, deux coups fermes frappés à la porte les firent sursauter.

— Holly, vous êtes là ?

C'était la voix de Faye. Elle paraissait inquiète.

— Tu as fermé la porte à clé ? chuchota-t-elle.

Jason fit non de la tête. Mince… Ils allaient se retrouver dans de beaux draps.

Faye frappa à nouveau.

— Tout va bien Holly ? J'ai entendu des coups !

— Ça va, Faye, merci.

— Je peux ouvrir la porte ?

— Non ! crièrent-ils à l'unisson.

Par précaution, Jason ramena le couvre-lit sur leurs corps dénudés. Juste au cas où…

Leur cri fut suivi par un long silence. Il n'eut aucun mal à imaginer ce qui se passait dans la tête de Faye.

— OK, répondit-elle sèchement.

Elle n'insista pas, et ils l'entendirent s'éloigner. Le danger était écarté. Jason poussa un ouf de soulagement. Néanmoins, il aurait droit à un sermon plus tard. Il serait alors obligé de lui dire la vérité. Lui dire qu'il n'avait pas la moindre idée de ce qu'il faisait… A quoi bon le nier ? Pour la première fois de sa vie, il se laissait totalement guider par ses émotions et non par sa raison.

Et ça lui faisait un bien fou !

— Faye parlait de coups, pourquoi ? demanda alors Holly en fronçant les sourcils.

— J'imagine que c'était la tête de lit qui cognait contre le mur.

Elle leva la tête, l'air perplexe.

— Ah ! Je ne m'en suis pas rendu compte…

— Moi non plus.

Jason fit la moue. La prochaine fois, il faudrait qu'ils soient un peu plus discrets. Tiens, ils n'auraient qu'à aller dans sa chambre à lui, à l'étage au-dessus. Malgré son ouïe fine, Faye n'entendrait rien !

— Elle doit penser que je suis une fille légère…, murmura Holly.

— Peu importe ce qu'elle pense. Nous sommes des adultes consentants. Cela ne la regarde pas.

Ce qui ne voulait malheureusement pas dire que Faye resterait en dehors de leur histoire !

Holly et Jason traversèrent le lac en bateau jusqu'à la marina pour aller dîner en ville, comme ils l'avaient prévu.

Pendant qu'ils marchaient jusqu'au *Lily's*, un restaurant de fruits de mer branché, Holly sentit qu'il glissait sa main dans la sienne. Il ne paraissait pas gêné par le regard des autres…

Ils se régalèrent de homard grillé en buvant de la bière puis se promenèrent au bord de l'eau, toujours main dans la main. Avant de regagner le bateau, ils firent une halte pour manger une glace. La voyant frissonner, Jason ôta sa veste et la posa sur ses épaules.

Pour tout dire, elle ne se souvenait pas de la dernière fois où elle avait pris autant de plaisir en la compagnie d'un homme. Cela faisait si longtemps… Elle n'avait même pas éprouvé un tel bonheur avec Jeremy !

Bien évidemment, si elle avait su à l'époque ce qu'elle avait appris ces derniers jours, les choses auraient été bien différentes…

Ils rentrèrent aux alentours de 23 heures. Une fois Faye repartie chez elle, Holly alla jeter un coup d'œil aux jumeaux. Puis elle s'empara du babyphone et monta les marches quatre à quatre pour retrouver Jason dans sa chambre. Elle n'y était montée qu'une seule fois, la nuit où Marshall toussait tant. Elle avait tellement eu peur que son fils soit gravement malade qu'elle n'avait pas pris le temps de regarder autour d'elle…

Jason possédait en fait une immense suite qui occupait tout l'étage supérieur de sa maison. On y avait une vue imprenable sur le lac et les lumières de la baie. A elle seule, la salle de bains était plus grande que certains appartements où elle avait vécu… Quant au lit, c'était le plus confortable de la planète !

Ils firent à nouveau l'amour, plus lentement cette fois, et avec plus de douceur. Lorsque les jumeaux s'éveillèrent vers minuit, elle et Jason prirent chacun un bébé pour le biberon, puis ils les recouchèrent. Ils firent l'amour encore et encore jusqu'à ce qu'elle s'endorme dans les bras de Jason.

Elle dormit si profondément qu'elle n'entendit pas ses fils se réveiller au petit matin. En ouvrant les yeux, elle découvrit les jumeaux allongés entre elle et Jason. Il les avait changés et était en train de les faire manger.

Une fois les jumeaux repus, Holly vit Jason se tourner vers lui, l'air navré :

— Je suis désolé si je t'ai fait mal hier.

— Ne t'inquiète pas. C'était la première fois depuis que j'ai eu les jumeaux. Enfin… la première fois depuis très longtemps.

— A cause de ta grossesse ?

— En partie.

— Comment ça, « en partie » ?

L'espace d'un instant, Holly hésita. Pouvait-elle lui dire la triste vérité ?

— Holly ? insista Jason.

— Quand je suis tombée enceinte, Jeremy a semblé… perdre tout intérêt pour moi.

— Quoi ?

Elle retint un soupir. C'était si gênant de devoir admettre que son propre mari avait cessé de vouloir coucher avec elle. Leurs ébats avaient pu être intenses, ça oui, mais… Jamais elle n'avait eu l'impression de se perdre comme avec Jason. C'était assez difficile à croire, d'ailleurs.

— Dès le deuxième mois de ma grossesse, je me suis sentie mal, alors je ne voulais pas… Puis je me suis sentie mieux, mais c'était Jeremy qui ne voulait plus ! Il disait qu'il avait peur de faire mal aux bébés. J'ai bien essayé de lui expliquer qu'une femme enceinte pouvait tout à fait avoir des rapports sexuels, mais il s'est obstiné à ne plus me toucher. Sauf une fois où il est revenu ivre d'une fête… Là-dessus, j'ai eu des contractions prématurées, et après ça, nous ne pouvions de toute façon plus prendre de risques. Je pense sincèrement qu'il a été soulagé.

— Et après la naissance des jumeaux ?

— Jeremy était dans une telle spirale destructrice que je n'ai même pas essayé. Puis il est mort…

Holly sentit son cœur se serrer. Cette terrible expérience lui avait laissé penser qu'elle n'aurait plus jamais d'expériences sexuelles avec un homme…

De fait, elle avait pris une décision : pas question qu'elle se laisse à nouveau enfermer dans une relation pénible.

— Mon frère était un imbécile, marmonna Jason. Il ne te méritait pas.

— J'ai vraiment tout fait pour que ça fonctionne entre nous. Mais en fait, notre histoire peut se résumer à ça : c'était une étreinte imprudente qui a débouché sur une grossesse surprise. Si Jeremy m'a épousée, c'est uniquement pour cette raison. Parce qu'il devait le faire. Je ne pense pas qu'il m'ait aimée…

— Holly, Jeremy n'a jamais agi par obligation, intervint Jason. S'il n'avait pas eu de véritables sentiments pour toi, il se serait enfui en apprenant que le test de grossesse était positif.

— Peut-être, admit-elle en haussant les épaules.

— J'en suis sûr.

Holly fronça les sourcils. Pourquoi une telle certitude ?

— Tu sous-entends que c'était déjà arrivé avant ?

— Quand il était au lycée, il a mis sa petite amie enceinte… Elle était l'amour de sa vie, disait-il. Or, quand elle lui a annoncé qu'elle était enceinte, il l'a laissée tomber.

Holly écarquilla les yeux. Elle n'en croyait pas ses oreilles. Certes, Jeremy était un être compliqué, mais elle avait du mal à l'imaginer aussi froid et sans cœur.

— La jeune fille était dévastée, reprit Jason. Alors elle est venue me trouver, moi, le « bon » jumeau.

— Et qu'est-ce que tu as fait ?

— Elle ne voulait pas de cet enfant, mais avait peur d'en parler à ses parents. J'ai alors fait la seule chose en mon pouvoir : je suis allé voir mon père. Il s'est occupé de tout. Réparer les erreurs de Jeremy était devenu une habitude à cette époque…

— Quel âge avait-elle ?

— Quinze ans. Et mon frère, dix-huit. Or, à l'époque, l'âge du consentement était fixé à seize ans. Jeremy aurait pu aller en prison. Je pense honnêtement que ça aurait pu lui faire du bien, mais chaque fois qu'il faisait une bêtise, quelqu'un venait le tirer d'affaire. Je sais que c'était les drogues qui le poussaient à se conduire ainsi. Il a bien tenté de se désintoxiquer plusieurs fois, mais il a toujours replongé.

— Si j'avais su, j'aurais peut-être pu faire quelque chose…, déclara Holly.

— Il n'a pas toujours été comme ça. Enfin… il a toujours été le genre de type à tester ses limites. Si tu savais les bêtises que nous avons faites quand nous étions gamins !

Jason éclata de rire. Un rire on ne peut plus sincère.

— Parfois, à l'école, on échangeait nos vêtements, et Jeremy se faisait passer pour moi, et vice versa… Nous nous ressemblions tellement que les autres n'arrivaient pas à nous différencier. C'est comme ça que Jeremy réussissait ses examens de sciences physiques… C'était moi qui m'y collais deux fois !

— Alors tu étais toi aussi du genre dissipé ! dit-elle en le regardant d'un air faussement mécontent.

— J'admets qu'on a fait les quatre cents coups ensemble. C'est moi qui ai passé le bac à sa place pour lui permettre d'intégrer une bonne fac. Tout ça pour se faire recaler dès le deuxième semestre… Quand j'y pense, je me dis que je ne lui rendais pas service. En revanche, je ne me suis jamais laissé entraîner dans la drogue. Vu mon état de santé, je ne pouvais pas prendre de risque. Ça a creusé un fossé entre nous.

— Mais c'était sa faute, pas la tienne ! fit remarquer Holly.

— Je sais.

Elle resta songeuse. Peut-être qu'elle avait rencontré Jeremy parce que cela devait la mener à Jason… Pour être honnête, elle n'avait jamais vraiment cru au destin, mais désormais, elle était prête à y croire. Allongée dans ce lit avec Jason, avec les jumeaux entre eux, elle avait réellement l'impression qu'ils formaient une famille.

Cela signifiait-il qu'elle obtenait enfin ce qu'elle avait toujours souhaité ? Mais ce n'était peut-être qu'une illusion de plus… Pourvu que ce ne soit pas le cas ! Elle avait tellement envie d'y croire. De croire que, après tant de tâtonnements, elle avait enfin trouvé sa destinée. Une question continuait de la tarauder, pourtant : que ressentait Jason ?

Au même instant, son portable, qui se trouvait sur la table de nuit, se mit à sonner. Il tendit le bras pour l'attraper et décrocha.

— Salut, Lewis ! Quoi de neuf ?

Dès que son ami commença à parler, le sourire qu'il avait aux lèvres disparut en un clin d'œil. Il s'assit dans le lit.

— Quand ? demanda-t-il.

Holly sentit son cœur manquer un battement. Quelque chose n'allait pas. Pourvu qu'il n'y ait pas de problème avec la grossesse de Miranda !

— Qu'est-ce que je peux faire ? demanda Jason.

Il écouta en silence.

— Tiens-nous au courant, dit-il avant de couper la communication.

— Que se passe-t-il ? s'enquit aussitôt Holly.

— Miranda a perdu son bébé.

- 13 -

— Oh non ! s'écria Holly, l'air bouleversé. Quand est-ce arrivé ?

Jason se passa la main dans les cheveux avant de répondre :

— Miranda a eu des saignements en pleine nuit. Ils se sont précipités à l'hôpital, mais il était déjà trop tard.

La lèvre inférieure de Holly se mit à trembler.

— Elle doit être dévastée…

— J'ai demandé si nous pouvions faire quelque chose, mais pour le moment, ils veulent rester seuls quelques jours pour faire leur deuil.

Une grosse larme coula sur la joue de Holly. La pauvre… Jason tendit la main et l'essuya de son pouce.

— Je n'ose même pas imaginer ce que Miranda doit ressentir, murmura-t-elle. Ils essaient depuis si longtemps… Elle avait tellement envie de ce bébé. C'est injuste !

— En effet, mais il valait sans doute mieux que ça arrive maintenant plutôt que dans trois mois.

— Pour quelqu'un qui attend cet enfant depuis toujours, il n'y a pas de moment approprié. Est-ce qu'on ne devrait pas envoyer des fleurs pour qu'ils sachent que nous pensons à eux ?

— Ils n'en doutent pas, crois-moi. Je pense que nous devons respecter leur envie d'être seuls. Ils nous feront savoir lorsqu'ils seront prêts à en parler.

— Mais j'aimerais pouvoir faire quelque chose..., insista Holly.

— Le mieux à faire, c'est d'être là quand ils auront besoin de nous, affirma Jason.

N'ayant pas d'enfants à lui, ni même la capacité d'en avoir, il avait du mal à se mettre à la place de ses amis. Il était néanmoins désolé pour eux. Avoir un bébé leur tenait tellement à cœur !

— Je vais m'habiller et préparer les enfants, déclara alors Holly. Au cas où...

Elle prit un jumeau dans chaque bras, ce qui ne sembla pas lui poser de problème, contrairement à ce qu'il aurait pu penser.

— Tiens-moi au courant si tu apprends quelque chose, ajouta-t-elle.

— Promis. Euh... Holly ?

Elle se retourna vers lui, l'air interrogateur.

— Hier soir, c'était...

Il resta la bouche grande ouverte. Il avait beau essayer : impossible de trouver les mots.

— Wouah !

Jason vit alors un sourire se dessiner sur les lèvres de Holly.

— Oui, c'était exactement ça, lança-t-elle.

Le temps de se doucher et de se préparer, il descendit à la cuisine où l'attendait une tasse de café à côté du *Wall Street Journal*. Faye avait dû les entendre se lever. Elle était justement là. Comme si elle l'attendait...

— Bonjour, Jason. Que veux-tu pour ton petit déjeuner ?

— Juste du café pour le moment.

En temps normal, elle aurait donné à Jason un cours sur les bienfaits d'un petit déjeuner copieux et équilibré, mais cette fois, elle n'en fit rien. Bizarre...

— Tout va bien ? demanda alors Jason.

— Bien sûr.

Il l'informa de la fausse couche de Miranda.

— Pauvre femme, dit-elle d'un ton compatissant.

— Oui, Lewis dit qu'elle est dévastée.

— Les voies du Seigneur sont impénétrables, soupira Faye.

Jason fit la grimace. Il n'était pas de cet avis. Dans la vie, rien n'était jamais décidé à l'avance !

— Alors Dieu est bien cruel.

— Les choses n'arrivent pas sans raison.

Il se retint de hausser les épaules. C'était le genre de choses que les gens aimaient répéter pour se voiler la face. Et pourtant, la vie n'était que hasard. La preuve : des choses horribles pouvaient arriver à des gens très bien !

Plutôt que d'emporter son café et son journal dans son bureau, comme il le faisait généralement, Jason s'assit à la table. Faye était d'humeur plus maussade que d'habitude. Il devait savoir ce que tout ça cachait.

— Tu es certaine que ça va ? insista-t-il pendant qu'elle essuyait vigoureusement le plan de travail en granit.

— Oui.

Si Faye donnait des réponses aussi sibyllines, c'était parce qu'elle était contrariée : aucun doute là-dessus.

— Bon, Faye, essayons de gagner du temps. Au lieu de me forcer à te tirer les vers du nez, dis-moi tout de suite ce qui te tracasse.

Evidemment, il avait déjà sa petite idée…

Faye jeta alors son torchon sur le comptoir puis se retourna pour lui faire face.

— Est-ce que tu as l'intention de bien te comporter avec elle ? demanda-t-elle aussitôt.

— Si je vais bien me comporter ? répéta-t-il d'un

air outré. Tu me prends pour un ado qui a mis sa petite copine enceinte ou quoi ? C'est Jeremy qui a fait ça, pas moi, je te rappelle. Tu as oublié que je ne suis même pas capable physiquement de mettre une femme enceinte ?

Faye lui lança ce regard sévère et exaspéré qu'il ne connaissait que trop bien avant de lâcher :

— Je ne veux pas que Holly souffre, point. Elle est amoureuse de toi, ça crève les yeux.

— Je crois que tu confonds sexe avec amour.

— C'est peut-être toi qui confonds…

— Holly m'a très clairement dit qu'elle ne voulait pas avoir à enterrer un autre mari. Ça me semble très clair, non ?

— Les femmes disent toutes sortes de choses lorsqu'il s'agit de protéger leur cœur, fit-elle remarquer.

— Holly est quelqu'un d'honnête. Si elle a quelque chose à dire, elle le dit.

— Tu parles, répliqua Faye en haussant les épaules.

Jason soupira. Pourquoi s'obstinait-elle à compliquer les choses ?

— Tu penses qu'on ne devrait pas sortir ensemble, c'est ça ?

— Bien au contraire. J'estime que vous êtes parfaits l'un pour l'autre. Tu es seul depuis bien trop longtemps.

— Je sors avec des femmes, la contredit Jason.

— Vraiment ? Donne-moi le prénom de la dernière femme avec laquelle tu es sorti.

Il fronça les sourcils. Etait-ce Marla ou Marsha ? Peut-être Martha… En tout cas, son prénom commençait par un M…

Bon, Faye avait raison sur ce point.

— Je ne suis pas immortelle, tu sais, reprit-elle. Ça me brise le cœur de t'imaginer tout seul.

Jason hocha la tête. Effectivement, George et Faye faisaient partie de sa vie depuis si longtemps. Ses parents étaient morts, mais eux étaient encore de ce monde... L'idée qu'ils ne soient plus là était difficile à concevoir. En dépit de ce qu'il avait dit à Holly, George et Faye étaient bien plus que des employés à ses yeux. En dehors de Holly et des jumeaux, ils étaient sa seule famille.

Car lui n'aurait jamais de femme ou d'enfants...

Oui mais... avec Holly et ses neveux, dont il devait s'occuper, il ne serait jamais vraiment seul. Et puis il se pouvait bien que Faye vive plus longtemps que lui !

— J'aimerais simplement que tu fasses attention, soupira-t-elle.

— Il ne faut pas que tu t'inquiètes, la rassura alors Jason. Nous savons parfaitement ce que nous faisons, Holly et moi. Tout ira bien.

Holly dut patienter cinq jours avant de pouvoir rendre visite à Miranda, à la demande de Lewis. La présence des jumeaux pouvant être perturbante pour son amie, elle les laissa à Jason qui s'était proposé pour les garder.

— Je ne l'ai jamais vue comme ça, confia Lewis à Holly quand elle arriva chez eux. Elle refuse de s'alimenter, et j'ai presque dû la forcer à boire. Elle n'est pas sortie de son lit depuis qu'elle est rentrée de l'hôpital. Elle ne fait que dormir, pleurer ou regarder le plafond. J'ai peur de la laisser seule, car elle pourrait se faire du mal. Quand je suis absent, la gouvernante vient la voir tous les quarts d'heure. Je ne sais vraiment plus quoi faire...

— Ça fait à peine une semaine que c'est arrivé, fit-elle remarquer. Elle a besoin de temps.

Pour sa part, Holly avait confiance. Miranda était la

personne la plus positive et la plus enjouée du monde. Elle s'en sortirait forcément.

— J'ai pensé que ça lui ferait sans doute du bien d'être en tête à tête avec vous. De parler à une femme… Elle refuse de me parler.

— Je vais faire de mon mieux, promit-elle à Lewis.

Pourtant, même s'il l'avait prévenue, Holly fut perturbée par ce qu'elle découvrit quand elle pénétra dans la chambre de son amie. Les volets étaient fermés, alors qu'on était en plein après-midi. La pièce était plongée dans l'obscurité et sentait le renfermé. Miranda était allongée sous les couvertures, les yeux fixés au plafond.

— Coucou, Miranda, tu es réveillée ? demanda doucement Holly.

Pas de réponse. Holly s'approcha donc du lit. Mais Miranda ne bougeait pas. Elle se dirigea alors vers la fenêtre pour faire entrer de l'air frais. Seulement, comme elle s'apprêtait à remonter les stores, la voix blanche de Miranda se fit entendre :

— Ne fais pas ça.

— Un peu d'air frais te ferait du bien…

— Je veux dormir, répliqua Miranda.

— Tu ne veux pas prendre une douche ?

— Va-t'en.

— Lewis a pensé que tu aurais peut-être envie de parler, expliqua Holly.

— Il a eu tort. Laisse-moi tranquille.

Holly se mordit la lèvre. Elle commençait à comprendre l'inquiétude de Lewis.

Mais qui était-elle pour dire à Miranda comment faire son deuil ? Ne sachant pas trop quoi faire, elle choisit de s'asseoir dans un fauteuil et d'attendre. Le simple fait d'être là pourrait tout de même être réconfortant pour son amie. Elle resta donc comme ça une heure pendant laquelle Miranda resta sans faire un geste, sans dire un mot.

Holly finit par repartir. A quoi bon insister ?

Elle revint dès le lendemain et fut heureuse d'apprendre que Miranda avait mangé un peu. Hélas ! son amie ne l'accueillit pas plus chaleureusement que la veille. Ce qui ne l'empêcha pas de rester un peu.

Le troisième jour, Miranda ne s'était toujours pas douchée, et l'odeur dans la chambre devenait intolérable. Après être restée quelques minutes immobile dans son fauteuil, Holly décida de passer à l'action. Allez, il était temps d'agir !

Elle se leva et alla remonter le store.

— Non ! protesta Miranda d'une voix assez ferme.

— Si tu ne veux pas te doucher, alors il va me falloir de l'air frais car l'odeur est insupportable, s'impatienta Holly. Dans deux ou trois jours, on va devoir te laver au jet avec du désinfectant !

Sans attendre de réponse, elle ouvrit grande la fenêtre. Quand elle se retourna, son amie s'était assise dans son lit. C'était la première fois qu'elle voyait le visage de Miranda depuis sa fausse couche.

Elle paraissait avoir dix ans de plus…

— Si tu es incommodée par l'odeur, alors va-t'en, glapit la jeune femme. Je ne veux pas que tu restes de toute façon.

— Si ma présence te gêne, alors lève-toi et fiche-moi dehors !

Après avoir jeté à Holly un regard plein de ressentiment, Miranda se rallongea et ramena les couvertures sur son visage.

Ce petit manège dura encore toute une semaine.

Puis, un jour que Holly était assise dans son fauteuil, elle entendit Miranda déclarer :

— C'est ma faute.

Elle reposa son livre et se dirigea vers le lit sur lequel elle s'assit.

— Miranda… Ce n'est pas ta faute.

Son amie s'assit. De longues mèches de cheveux gras dissimulaient son visage.

— Les deux premiers jours après avoir appris que j'étais enceinte, j'étais très excitée, raconta-t-elle. Et puis j'ai commencé à avoir ce terrible pressentiment. Quelque chose allait arriver… Je n'ai pas pu m'en débarrasser. J'étais terrifiée à l'idée de ressentir ça tout au long de ma grossesse…

— Ça ne veut pas dire que tu dois t'en vouloir !

A ces mots, Holly vit les yeux de Miranda se remplir de larmes.

— Ce n'est pas le pire… Après ma fausse couche, je me suis presque sentie soulagée !

— Oh ! Miranda ! fit Holly en la prenant dans ses bras.

A sa grande surprise, son amie la laissa faire.

— Avec tout ce que tu as déjà traversé, tu avais le droit d'être angoissée. Je ne suis pas une experte, mais j'ai eu une grossesse compliquée, tu sais. J'ai toujours été au moins un petit peu effrayée, à chaque instant !

— Lewis ne comprend pas, gémit Miranda. Il a déjà un enfant, alors ce n'est pas aussi important pour lui que pour moi.

— Lewis est un homme. Il ne peut pas comprendre.

Holly s'écarta et posa une main sur son bras.

— Tu vas t'en sortir, je te le jure. Et si tu prenais une douche pendant que je change les draps de ton lit ? Tu te sentiras beaucoup mieux après, je t'assure.

Soudain, Holly vit l'ombre d'un sourire naître sur les lèvres son amie. Une petite victoire.

Lorsqu'elle repartit ce jour-là, Miranda avait repassé un pyjama, mais elle s'était douchée et avait même déjeuné. Elle s'était recouchée pour regarder une de ses séries préférées. Holly pouvait se dire soulagée. Son amie commençait à voir le bout du tunnel, enfin !

Comme elle regagnait sa voiture, Holly croisa Lewis qui revenait du travail. Lorsqu'elle lui raconta les progrès de Miranda, il la serra dans ses bras.

— Je ne sais pas ce que j'aurais fait sans vous, lui dit-il d'une voix émue. Je ne sais comment vous remercier.

— Je suis ici parce que j'en ai envie. Vous ne me devez rien.

Et c'était la vérité.

Quand Holly arriva au manoir, Faye était en train de préparer le dîner, et Jason couchait les jumeaux pour leur sieste. Les petits faisaient leurs nuits depuis peu. Ce qui allait la soulager un peu… et lui permettre de dormir davantage…

Seulement voilà : c'était Jason qui la tenait éveillée, ces derniers temps ! D'ailleurs, il ne semblait avoir aucune réticence à se montrer affectueux avec elle devant Faye.

Une fois les bébés couchés, ils montèrent pour leur « sieste » à eux. Ils semblaient incapables de se rassasier l'un de l'autre. Holly devait bien l'admettre : elle ne s'était jamais sentie aussi sexy et désirable de toute sa vie. Contrairement aux hommes avec qui elle avait couché, Jason savait d'instinct ce qu'elle aimait. La satisfaire semblait être sa priorité absolue.

Elle avait à peine monté quelques marches que son cœur battait déjà la chamade. Elle raconta à Jason les progrès de Miranda : il s'en montra ravi.

— Je suis désolée d'avoir passé tant de temps auprès d'elle. J'ai l'impression de vous avoir négligés, toi et les jumeaux.

— Ce n'est pas grave, répondit-il en ôtant son T-shirt au moment où ils arrivaient sur le palier.

— En fait, je pense que les jumeaux ont besoin de passer du temps avec toi. Il leur faut une présence masculine dans leur vie.

Là-dessus, Jason commença à détacher les boutons du chemisier de Holly avant de répondre :

— Je suis heureux d'être cette présence. Au fait, je t'ai dit à quel point tu étais sexy ?

— Tu me le dis environ cinquante fois par jour ! répliqua-t-elle en souriant.

Ni une ni deux, il la débarrassa de son chemisier et de son soutien-gorge puis attrapa ses seins tout en pinçant légèrement ses tétons durcis.

Une fois dans la chambre, Jason l'allongea sur le lit et marcha à quatre pattes sur le matelas, comme un loup prêt à fondre sur sa proie, avant de se placer entre ses cuisses.

Même si elle avait pu s'inquiéter que l'enthousiasme de leurs premiers ébats s'émousse, Holly fut encore une fois rassurée.

Chaque fois, elle pensait que leur moment de passion ne pourrait pas être meilleur que le précédent…

Et pourtant, c'était le cas !

- 14 -

Au cours des semaines qui suivirent, Holly sentit que Jason et elle s'installaient dans une confortable routine. Elle passait toutes ses nuits dans la chambre de Jason et s'éveillait presque tous les matins en découvrant les jumeaux couchés entre eux. Pendant qu'il était au bureau, elle avait désormais pris l'habitude de sortir pour se faire de nouveaux amis. Elle avait même commencé à dépenser une partie de l'argent qui s'accumulait sur son compte en banque, c'est dire…

Elle rendait aussi visite à Miranda plusieurs fois par semaine. Son amie se rétablissait peu à peu. Celle-ci avait accepté de consulter un psychiatre et même de sortir se promener sur la plage ou déjeuner en ville. Que de progrès !

Un jour qu'elles étaient assises dans la cour ombragée de Miranda, Holly l'entendit lui demander :

— Comment vont les choses entre Jason et toi ?

Holly regarda droit devant elle. Les jumeaux jouaient dans leur parc. Ils étaient maintenant capables de s'asseoir : très bientôt, ils commenceraient à marcher à quatre pattes, et il faudrait redoubler de vigilance.

— Tout va bien !

Et c'était vrai. Elle aimait Jason et était certaine qu'il l'aimait en retour, même si aucun des deux ne semblait vouloir être le premier à prononcer ces mots. Pas de doute : ce moment finirait par arriver. Même si Jason ne lui avait pas clairement dit qu'il l'aimait, il le lui avait montré de bien des façons. Il n'était pas seulement l'oncle des jumeaux. Il traitait les enfants comme s'ils étaient les siens. Elle avait même fini par le considérer comme leur vrai père.

La cicatrice qui barrait sa poitrine leur rappelait constamment qu'il vivait avec une épée de Damoclès au-dessus de la tête, mais à vrai dire, Holly n'y prêtait plus guère attention.

— Avez-vous parlé de l'avenir ? s'enquit Miranda.

— Pas vraiment…

— Et cela ne te dérange pas ?

Holly se tourna vers son amie. Celle-ci ne s'alimentait toujours pas suffisamment, mais elle avait au moins arrêté de perdre du poids. Perdre quinze kilos en l'espace de quelques semaines lui avait donné un air maladif. Pis : elle avait renoncé à se projeter dans le futur, arguant qu'elle ne supporterait pas de subir encore une fois l'épreuve qu'elle venait de traverser. Mais c'était compréhensible, bien sûr.

La bonne nouvelle, c'était qu'elle ne vivait plus en pyjama. Elle avait même accepté d'aller faire du shopping pour s'acheter quelques vêtements.

Holly haussa les épaules.

— De quoi veux-tu qu'on parle ? Tout va bien. Nous sommes tous les deux très heureux.

— Moins on en sait, mieux on se porte, j'imagine…

Holly lui lança un regard interrogateur.

— Que veux-tu dire par là ?

Miranda soupira en se frottant les tempes.

— Désolée. Je ne voulais pas être aussi narquoise. Je m'inquiète pour toi, c'est tout.

— Ne t'inquiète pas. Jason et moi allons bien. Concentre-toi plutôt sur ta santé…

Au même moment, la gouvernante de Miranda fit son apparition et annonça que le déjeuner était prêt. Holly retint un soupir de soulagement. Ouf ! cela lui éviterait de subir un nouveau sermon sur sa relation avec Jason.

Pour tout dire, sa philosophie était simple : « Le mieux est l'ennemi du bien. »

Holly prit les jumeaux dans ses bras et rentra dans la grande maison. Les petits jouèrent sur le gros tapis du salon tandis que les deux jeunes femmes mangeaient des sandwichs au concombre en buvant du thé glacé.

Contrairement à son amie, Holly était affamée ces derniers temps. Probablement à cause de l'exercice physique qu'elle réalisait dans le lit de Jason… Enfin, c'était aussi son lit à elle, maintenant ! Elle avait vraiment emménagé avec lui. Par bien des aspects, ils vivaient comme un couple marié.

Ne manquait que la bague…

Certes, ils ne couchaient plus ensemble tous les soirs, car ils se sentaient parfois fatigués. En outre, Jason passait au moins une semaine par mois à New York pour son travail. Il l'avait invitée plusieurs fois à le rejoindre, mais elle avait toujours décliné l'invitation. D'une part, elle n'aimait pas particulièrement la grande ville. Et d'autre part, elle répugnait à l'idée de s'éloigner de Miranda. Elle voulait être là au cas où son amie aurait le cafard.

— Il est inutile que tu viennes aussi souvent, tu sais, dit justement Miranda. Je vais bien.

— J'aime venir te voir.

— Mais tu dois t'ennuyer !

— Pas du tout, s'exclama Holly !

Même si ce n'était pas tout à fait vrai…

— C'est toi qui en as marre de moi ? insista-t-elle.

— Bien sûr que non. J'ai en juste assez que tout le

monde me traite comme si j'étais au bord de la crise de nerfs. On dirait que vous avez peur de me laisser seule, Lewis et toi. Je ne vais pas me suicider, vous savez !

— Nous sommes simplement inquiets pour toi, fit remarquer Holly.

— Ecoute, je vais bien. Oui, je suis triste et en colère, mais j'ai accepté ce qui s'est passé.

— Il est normal d'avoir besoin de temps pour faire son deuil…

Miranda laissa alors échapper un soupir plein de frustration.

— J'ai fait mon deuil ! Je n'ai fait que ça ! Je veux passer à autre chose !

— Tu veux que je m'en aille ? demanda Holly.

Miranda soupira et s'avachit sur sa chaise.

— Non… Mais j'ai envie que nous ayons une vraie conversation. J'aimerais qu'on discute et qu'on rie comme avant. Je ne veux pas que tu aies peur de dire une bêtise et de me faire du mal. Je veux me sentir heureuse. Heureuse pour moi, heureuse pour toi. Heureuse pour tout le monde !

— Mon intention n'était pas que tu ressentes ma présence comme un poids.

— La vérité, c'est que je suis un peu jalouse, finit par lâcher Miranda.

Holly écarquilla les yeux. Non, elle avait dû mal comprendre. Miranda, jalouse ?

— Vraiment ?

— Et pas qu'un peu. Je suis très jalouse !

— Jalouse de quoi ?

— De ce que tu partages avec Jason. Vous êtes tellement fous l'un de l'autre. Regarde-toi ! Tu rayonnes !

— C'est à cause de toute cette graisse que j'ingurgite, s'esclaffa Holly en tapotant la petite bosse sous la ceinture de son short. Je dévore en ce moment. J'ai tout le temps faim.

— C'est ce qui se passe quand on est heureux. Je m'habillais en taille 36 quand j'ai épousé Lewis.

Et c'était à peine la taille qu'elle faisait actuellement…

Au même moment, Holly vit Miranda avait l'air soudainement embarrassée. Ce qui ne lui ressemblait vraiment pas…

— Lewis et moi, nous étions heureux, dit-elle avec amertume. Maintenant, il me touche à peine… Nous n'avons pas fait l'amour depuis des mois.

— Il craint peut-être que tu ne sois pas prête. Tu devrais faire le premier pas…

— J'ai bien essayé, confia Miranda d'un air blessé.

Là-dessus, elle repoussa son assiette et remonta ses genoux sous son menton.

— Il invoque toujours une bonne raison pour me repousser. Il est fatigué, il a des maux de tête… C'est moi qui suis censée prétexter des maux de tête, non ?

— Il vieillit. Il ralentit peut-être le rythme… C'est inévitable.

Miranda secoua obstinément la tête.

— Non, ce n'est pas ça. Nous étions si proches… Maintenant, il n'y a plus ce lien magique entre nous. Quand j'essaie de lui parler, il ne m'écoute même pas.

— Il faut lui donner du temps. Il fait son deuil lui aussi.

— Non… Enfin… Je sais qu'il a été déçu par la perte du bébé, mais au départ, il a voulu cet enfant uniquement parce que c'était important pour moi.

— Il te l'a dit comme ça ?

— Pas vraiment…

Holly fronça les sourcils avant de demander :

— Alors comment sais-tu que c'est ce qu'il ressent ?

— Nous nous étions mis d'accord pour qu'en cas d'échec de la dernière fécondation in vitro, nous commencions les démarches pour une adoption internationale.

— C'est une bonne idée.

— Je le pensais et j'ai cru que Lewis était partant, lui aussi. Mais quand j'ai abordé le sujet la semaine dernière en lui annonçant que j'étais prête à entreprendre les démarches, il a répondu que le moment était mal choisi. Que nous pourrions peut-être en reparler l'an prochain. L'an prochain, Holly ! J'ai trente-huit ans, lui, cinquante-deux. Nous ne pouvons pas attendre indéfiniment !

— Il a peut-être peur que…

— Arrête !

L'exclamation aiguë de Miranda coupa Holly dans son élan.

— Arrête de trouver sans cesse des excuses à Lewis, reprit son amie. Je ne suis pas en train de me faire des films ou d'exagérer quoi que ce soit. Notre mariage s'écroule devant mes yeux ! Je ne sais même pas s'il m'aime encore…

A ces mots, elle enfouit son visage entre ses mains et se mit à pleurer.

Holly resta immobile. Que faire ? Difficile à dire. Et d'abord, pourquoi à tout prix chercher des excuses à Lewis ? En le faisant, elle laissait peut-être penser que Miranda n'était pas suffisamment lucide pour se rendre compte de la déliquescence de son propre mariage.

— Je suis vraiment désolée, murmura-t-elle en touchant l'épaule de son amie. Je ne voulais pas me montrer insensible. J'essayais juste de t'aider…

Miranda inspira profondément et fit de son mieux pour se ressaisir.

— J'aimerais seulement que tout redevienne normal,

gémit-elle. Je veux que nous soyons heureux, Lewis et moi. Comme avant. Je veux que nous soyons comme Jason et toi. Vous êtes tellement amoureux…

Holly se força à sourire.

Oh oui ! elle était amoureuse ! Mais Jason l'était-il ?

Elle avait beau être assez douée pour repousser les idées pénibles qui l'assaillaient et prétendre que tout allait bien, autant se rendre à l'évidence : elle ignorait les vrais sentiments de Jason. Elle n'avait, en tout cas, pas le courage de l'interroger à ce sujet. Peut-être s'était-elle focalisée sur la situation de Miranda pour ne pas avoir à affronter ses propres peurs… Peut-être n'était-elle pas aussi heureuse qu'elle voulait le laisser croire à son amie…

— Tu fronces les sourcils, remarqua justement celle-ci. Qu'est-ce qui ne va pas ?

— Rien, répondit mécaniquement Holly. Tout va bien.

— Tu mens.

— Ah oui ?

— Oui. Et au cas où personne ne te l'aurait jamais dit, tu n'es pas une très bonne menteuse.

Holly baissa la tête. Miranda avait raison. Quand elle était gosse, elle n'avait jamais su dissimuler quoi que ce soit. Sa conscience ne l'aurait pas laissée en paix.

Sentant les larmes lui monter aux yeux, elle regarda son amie.

— Si Jason m'aime autant, pourquoi ne me le dit-il jamais ?

— Oh ! ma chérie… Il faut que tu lui en parles.

— J'ai peur de le faire. Peur de ce qu'il dira. Ou de ce qu'il ne dira pas. Peut-être qu'il ne m'aime pas… Il m'a bien dit qu'il ne se marierait jamais et qu'il n'aurait jamais d'enfants. J'ai peut-être fini par m'imaginer que ses sentiments avaient changé. Mais s'il veut la même chose que moi, comment pourrais-je être sûre qu'il ne va pas mourir dans six mois ?

Elle sentit aussitôt son cœur se serrer. Perdre Jeremy avait été une épreuve. Pas question de perdre Jason !

— Et lui, comment peut-il être sûr que tu ne vas pas mourir subitement ? riposta Miranda. Tu pourrais te faire renverser par un bus ou être dévorée par un requin !

Holly ne put s'empêcher de s'esclaffer. C'était bon d'être réconfortée, pour une fois.

— La vie est une partie de poker, déclara alors son amie. Tu ne peux pas avoir peur constamment. Que vas-tu apprendre à tes enfants ? Qu'ils doivent laisser leurs peurs gouverner leur vie ? Ce serait idiot et incroyablement égoïste. Ils méritent mieux que ça.

Holly hocha la tête. Miranda avait complètement raison.

— Seulement… Si je lui dis que je l'aime, mais que lui ne partage pas mes sentiments…

— Au moins, tu auras essayé. Et si ce n'est pas Jason, tu trouveras quelqu'un d'autre. Tu ne peux pas abandonner. Imagine que tu n'aies jamais rencontré Jeremy, que tu ne te sois jamais mariée et n'aies pas eu d'enfants. Tu rencontrerais Jason qui te ferait la cour… Tu accepterais de sortir avec lui ?

— Oui, affirma Holly.

Cela ne faisait aucun doute dans son esprit.

Elle aurait été instantanément attirée.

— Et est-ce que tu romprais si tu découvrais qu'il avait eu une transplantation cardiaque ? poursuivit Miranda.

Holly hocha la tête. Elle voyait où Miranda voulait en venir. Cette question, elle se l'était posée un millier de fois.

— Mais le fait est que j'ai été marié à Jeremy et qu'il est mort, Miranda ! répliqua-t-elle. On ne peut rien y faire.

— Je ne suis pas sûre de comprendre… Qu'est-ce qui

t'inquiète au juste ? Que Jason ne t'aime pas ? Ou bien qu'il meure ? Tu veux cet homme ou tu ne le veux pas ?

— Bien sûr que je le veux ! s'exclama Holly. Je l'aime de tout mon cœur. Je déteste quand il est à New York, même si nous restons en contact le plus possible. Il me manque terriblement. C'est l'homme le plus merveilleux que j'aie jamais rencontré, mais je ne peux pas supporter l'idée que je pourrais le perdre.

— Alors n'y pense pas !

— C'est facile à dire pour toi !

Miranda ouvrit de grands yeux meurtris.

Holly se mordit la lèvre. Mince... C'était terriblement maladroit de sa part...

— Je suis désolée, je ne voulais pas dire ça, bredouilla-t-elle. Je ne sais pas ce qui m'arrive. Pourquoi est-ce que je ne parviens pas à être sereine et heureuse ? Il m'arrive pourtant de belles choses. Pourquoi est-ce que je ne réussis pas à en profiter tant qu'elles durent ?

— Parce que nous avons besoin de savoir où nous allons, nous les femmes, répondit son amie d'un ton apaisant. Nous avons besoin d'entendre les mots. Je te jure que parfois, j'aimerais être un homme.

— Oui, ce serait plus simple...

Miranda posa alors sa main sur son bras.

— Ecoute, je ne vais pas te dire ce que tu dois faire, mais à ta place, je lui parlerais. Pour ta propre tranquillité d'esprit. Tu mérites d'avoir ce que tu souhaites. Nous le méritons toutes les deux.

— Et si je ne sais pas ce que je veux vraiment...

— Alors il est sans doute grand temps de le savoir !

Malgré ses bonnes intentions, Holly laissa s'écouler deux semaines sans trouver le courage d'affronter Jason au sujet de leur relation. Celui-ci lui montrait en permanence qu'il y tenait de toutes ses forces. Mais bien qu'il ait eu mille occasions de dire : « Je t'aime », il ne l'avait hélas ! pas fait.

Holly, pour sa part, l'aimait corps et âme. Comment pouvait-on aimer quelqu'un à ce point ? Bien sûr, elle ne l'aimait pas de la façon dont elle aimait ses fils. Il n'y avait pas de lien plus intense que celui unissant une mère et ses enfants. Les petits étaient comme un prolongement d'elle-même et ils le seraient toujours. Cela ne voulait évidemment pas dire que son amour pour Jason était moins intense ou moins réel. Elle voulait savoir si ses sentiments étaient partagés. Hélas ! elle avait peur de poser la question…

Ensemble, ils ne parlaient jamais de l'avenir. Une fois, Holly avait demandé à Jason où il se voyait dans dix ans. Il avait ri et répondu qu'il espérait seulement « être en vie ». Il faisait toujours en sorte de prendre le sujet à la légère et de ne jamais l'ennuyer avec sa santé.

Un jour, elle avait découvert qu'il consultait tous les mois un cardiologue. Et ce n'était que le jour où elle l'avait vu avaler une poignée de pilules qu'elle avait pris conscience de l'ampleur de son traitement. Cela ne voulait dire qu'une chose : même s'il paraissait en parfaite santé, cela pouvait ne pas durer. Et c'était très inquiétant.

Malgré tout, elle voulait être avec lui, qu'il soit malade ou en bonne santé. Parce qu'elle l'aimait, tout simplement.

Au début du mois de septembre, Jason convainquit Holly de confier les jumeaux à Faye pour pouvoir passer un long week-end dans un appartement qu'il possédait à Mexico. « Je veux que nous passions un week-end ensemble, juste toi et moi… », avait-il déclaré.

Holly avait d'abord pensé qu'il voulait se retrouver seul

avec elle pour la demander en mariage. Seulement, pour s'épargner une déception supplémentaire, elle avait essayé de se convaincre qu'elle se faisait des illusions. Mais cela n'avait pas marché, loin de là. Comble de malchance, Jason lui avait annoncé qu'il avait une surprise pour elle, mais qu'elle devrait attendre d'être à Mexico pour tout savoir…

De quoi pouvait-il bien s'agir, à part d'une demande en mariage ?

Accompagnée de Miranda, Holly fit quelques courses de dernière minute pour s'acheter des vêtements d'été. Pas de doute : elle avait intérêt à faire un peu d'exercice, mais elle n'arrivait pas à se donner du courage. Jason affirmait d'ailleurs qu'il l'aimait comme elle était.

Seulement, l'aimait-il assez pour avoir envie de l'épouser ?

Après cette petite séance de shopping, alors qu'elles déjeunaient, Holly vit soudain son amie esquisser un sourire.

— J'ai de bonnes nouvelles.

Miranda avait finalement discuté avec Lewis de leur mariage. Lewis lui avait assuré qu'il l'aimait plus que tout. Depuis cette conversation, la situation s'était peu à peu améliorée, et Miranda avait retrouvé sa joie de vivre. Ils avaient même entamé une procédure d'adoption et attendaient la visite d'un organisme spécialisé dans ces questions.

— Savez-vous quand aura lieu la visite pour l'adoption ?

— Pas encore, mais il se pourrait que nous n'ayons pas à la subir…

— Vous n'avez pas changé d'avis, tout de même ! s'écria Holly.

— Non, pas du tout, répondit Miranda avec un large sourire. Nous pourrions avoir un bébé bien plus tôt que prévu… La petite-fille d'un des collègues de Lewis est tombée enceinte et cherche un couple pour adopter son bébé. Elle a dix-huit ans et envisage d'entrer en fac de médecine à la rentrée prochaine. Cette grossesse était totalement inattendue. Le collègue de Lewis dit qu'elle veut faire ce qui est le mieux pour le bébé.

— Et le père ?

— Il est toujours au lycée et n'est absolument pas prêt à être papa. Ils sont partants pour l'adoption de leur enfant tous les deux.

Holly sentit son cœur se serrer d'émotion. Quelle belle nouvelle !

— C'est merveilleux ! s'écria-t-elle. Quand serez-vous fixés définitivement ?

— Nous nous sommes entretenus au téléphone avec les parents. Ils semblaient avoir la tête sur les épaules. Nous devons les rencontrer demain. Je suis tellement impatiente et nerveuse ! J'espère qu'ils vont nous apprécier…

— Miranda, ils vont vous adorer ! Vous êtes charmants et aptes à être parents.

— Ils souhaitent une adoption ouverte, ce qui signifie que nous devrons leur envoyer des lettres et des photos pour qu'ils suivent l'évolution de l'enfant. Ils pourront même se rencontrer un jour. J'avoue que ça me fait un peu peur, mais ce sera à elle d'en décider…

— Elle ?

Miranda sourit à nouveau. Elle avait du mal à contenir son emballement.

— La jeune femme en question attend une fille ! Dans quatre semaines, je pourrais être la maman d'une petite fille !

— Oh ! mon Dieu ! Ça va arriver si vite !

— Pas assez vite pour moi, répliqua Miranda. Je suis

on ne peut plus prête. Si tout marche comme nous l'espérons, j'aurai un petit mois pour me préparer.

— Je suis tellement heureuse pour vous, déclara Holly.

Et c'était la vérité.

— J'ai vraiment un bon pressentiment, reprit son amie. Nous avons proposé de rembourser tous les frais médicaux, mais le jeune couple a refusé. Il veut juste que son bébé soit accueilli par une famille aimante qui prendra bien soin de lui.

— Tout semble parfait alors…

— Je l'espère tellement.

Une fois leur déjeuner terminé, Holly prit la direction d'une boutique de maillots de bain. Il fallait vraiment qu'elle s'en achète un neuf.

Le maillot dans lequel elle flottait en juin était maintenant scandaleusement petit sur elle. Bref, il était grand temps d'en changer !

Holly connaissait un peu la vendeuse qui l'aida à trouver la bonne taille. Une fois dans la cabine d'essayage, elle ôta ses vêtements et enfila un maillot de bain. Elle grimaça en observant son reflet dans le miroir. Eh bien, elle allait avoir des progrès à faire.

— Il faut vraiment que je me mette au régime.

— Fais-moi voir…, dit Miranda.

Holly sortit de la cabine.

— Je crois qu'il me faut la taille au-dessus…

Miranda l'étudia de la tête aux pieds et prit un air incrédule. La vendeuse également.

— Eh bien, c'est si terrible que ça ? demanda-t-elle.

— Pouvez-vous aller chercher la taille au-dessus ? demanda Miranda à la vendeuse.

— Je vais voir si nous l'avons, dit celle-ci en s'éloignant.

Avant que Holly ait pu prononcer un mot, Miranda la saisit par le bras et l'entraîna dans la cabine.

— Tu n'aurais pas un truc à me dire ? s'exclama-t-elle.

Holly secoua la tête. Mais enfin, que voulait-elle dire ?

— Non, pourquoi ?

— Je me trompe ou tu as pris du poids essentiellement au niveau du ventre ?

— C'est moche, je sais, soupira Holly.

— C'est dans cette zone que tu prends habituellement lorsque tu grossis ?

— Je ne sais pas… J'ai toujours été naturellement mince. La seule fois où j'ai pris autant de poids, c'est quand j'étais enceinte des…

Inutile d'aller au bout de la phrase. Elle avait compris où Miranda voulait en venir.

— Non, dit-elle avec fermeté. Je sais ce que tu penses, mais c'est impossible.

— Chérie, s'il y a bien une chose que j'ai apprise, c'est que rien n'est impossible.

— Non, je veux dire… c'est vraiment impossible. Jason a subi une vasectomie. Il ne peut pas m'avoir fait un enfant.

— C'est assez rare, mais parfois certaines vasectomies échouent. C'est arrivé à ma cousine et à son mari. Ils ont eu un cinquième enfant alors qu'il avait subi une opération de ce type.

— Tu plaisantes !

Holly sentit aussitôt sa gorge se serrer. Non, c'était impossible…

— Je le jure sur la tombe de ma mère, affirma Miranda en posant sa main sur son cœur. Vous avez eu des rapports protégés ?

— Non… Pourquoi nous soucier de ça alors que…

— Et tes règles ?

Holly sentit son estomac se nouer.

— Mes règles ont toujours été irrégulières. Parfois, je ne les ai pas pendant deux mois d'affilée…

— Et là, ça fait combien de temps ?

— Euh…

Elle essaya de se souvenir de la dernière fois où elle avait eu ses règles. Rien à faire. Mince, mince…

— Je ne me rappelle pas ! s'exclama-t-elle. Mais je n'ai vraiment pas l'impression d'être enceinte. Quand j'attendais les jumeaux, j'ai été malade du deuxième au cinquième mois. Je pouvais à peine tenir debout.

— A en croire ma cousine, toutes les grossesses ne se ressemblent pas.

— Mais si j'étais enceinte, j'en serais au maximum presque à la fin du troisième mois.

— Il paraît que les femmes enceintes de jumeaux grossissent beaucoup plus vite.

Quoi ? De jumeaux ? Holly secoua la tête.

— Non. Combien de chances y a-t-il pour que j'attende à nouveau des jumeaux ?

— A peu près les mêmes que la première fois, puisque Jason avait un jumeau !

Holly secoua la tête. Non, c'était impossible. Parfaitement impossible.

— Quand est-ce que vous avez commencé à coucher ensemble, Jason et toi ? reprit Miranda

— Il y a trois mois à peu près…

Holly ferma les yeux.

Non. Non. Ce n'était pas possible.

Seulement, il y avait cette petite voix tout au fond de sa tête, qui la taraudait. Et si c'était bien ça ?

— Bien, lança alors son amie, il n'y a qu'une seule

façon d'en avoir le cœur net. Tu dois faire un test de grossesse… et tout de suite !

Effectivement, c'était la meilleure chose à faire. Holly suivit donc Miranda jusqu'à la pharmacie où elle acheta un test de grossesse.

— Pends-en deux.

— Pourquoi ?

— Fais-moi confiance.

Comme tout le monde savait que Miranda se battait pour être enceinte, la pharmacienne sembla croire que les tests étaient pour elle.

— Bonne chance, lui dit-elle.

Miranda sourit mais se mit à bougonner une fois sortie de la boutique.

— Parfois, je déteste vraiment vivre dans une petite ville, soupira-t-elle.

Comme Jason travaillait à la maison ce jour-là, Holly accepta d'aller faire le test chez Miranda.

— Je continue à penser que c'est une perte de temps, déclara-t-elle en pénétrant dans la salle de bains.

— Je ne te laisserai pas reculer maintenant. Allez, vas-y, je te laisse.

Holly s'exécuta. De toute manière, il n'y avait aucune chance pour que le test soit positif. Pourtant, lorsque le mot « Enceinte » apparut dans la petite fenêtre au bout de quelques secondes seulement, elle ouvrit de grands yeux. Le test était sûrement défectueux ! Néanmoins, lorsque le second indiqua la même chose, elle dut se rendre à l'évidence.

Seigneur…

Une fois sortie de la salle de bains, elle montra le résultat à Miranda. Celle-ci ne put s'empêcher d'éclater de rire :

— Tu n'es pas seulement enceinte. Tu es super enceinte !

— Arrête de rire ! C'est un désastre. Qu'est-ce que je vais dire à Jason ?

— Tu peux commencer par : « Je suis enceinte… »

Les jambes flageolantes, Holly s'appuya contre le mur.

— S'il a subi une vasectomie, c'était pour une raison précise… Il ne veut pas d'enfants !

— Chérie, il faut être deux pour danser le tango. Jason est tout aussi responsable que toi de ce petit miracle… Ou de ces deux petits miracles, s'il s'agit de jumeaux.

Holly fronça les sourcils avant de grogner :

— Je n'aurais jamais dû faire ce test.

— Test ou pas test, la réalité est là, Holly. Tu es enceinte.

- 15 -

Holly s'attarda longuement chez Miranda. Elle était perdue. Comment pouvait-elle annoncer la nouvelle à Jason ? Hélas ! l'heure du dîner approchant, son amie dut pratiquement la mettre à la porte.

— Arrête de dramatiser comme ça. Rentre chez toi et dis-lui, tout simplement. Je suis persuadée que ça va très bien se passer.

Vraiment ? Holly n'en était pourtant pas si sûre. Enfin, elle verrait bien. Quand elle arriva chez Jason, elle constata que Faye était partie. Et lui n'était pas dans son bureau…

Elle monta alors jusqu'à leur chambre et se figea en arrivant sur le pas de la porte. Le spectacle qui s'offrait à elle lui fit instantanément monter les larmes aux yeux.

Jason était en train de somnoler, allongé sur le lit, un jumeau de chaque côté de lui. Marshall et Devon étaient pelotonnés contre lui, leur petite tête reposant sur sa poitrine.

Quel dommage que Jason ne soit pas leur vrai père… Ce serait un père formidable. C'était lui qui parvenait toujours à leur arracher un sourire lorsqu'ils étaient grognons. C'était lui encore qui les berçait quand ils se réveillaient en pleurs au beau milieu de la nuit. Quand il ne travaillait pas, il se levait le matin pour s'occuper d'eux et il était presque toujours là pour les border le soir. Il les nourrissait, les changeait et s'émerveillait de chaque progrès en souriant avec la fierté d'un vrai papa.

A bien des égards, il était le vrai père des jumeaux, difficile de dire le contraire.

Par conséquent, il serait heureux d'apprendre qu'il allait lui-même être papa, non ?

Holly se mordit la lèvre. *Oui mais... Et si ce n'était pas le cas ?* s'entêtait la petite voix malveillante.

Tu ne sais même pas s'il t'aime !

A quoi bon le nier ? Jason n'avait jamais prononcé ces mots, mais cela ne voulait rien dire. Est-ce qu'il n'avait pas hésité à lui révéler l'importance de son patrimoine financier, de peur qu'elle ne se sente gênée ? Il tenait manifestement beaucoup à la voir heureuse... Du coup, elle était prête à parier que la surprise à laquelle il avait fait allusion était une bague de fiançailles... Elle l'imagina mettre un genou à terre... Peut-être sur le sable, face au soleil couchant. Là-dessus, il lui avouerait son amour, il lui dirait son envie de passer le reste de sa vie avec elle. Il sortirait alors la bague et lui demanderait de l'épouser.

Quelle que soit la façon dont il le ferait, Holly savait que ce serait incroyablement romantique. Car c'était un homme formidable.

Bien entendu, elle dirait oui. Elle glisserait la bague à son doigt — évidemment, elle lui irait parfaitement — avant de se jeter dans ses bras.

Ce serait le moment idéal pour lui apprendre la nouvelle. Quelle plus belle conclusion à une demande en mariage aussi romantique ? Si elle lui disait tout maintenant, Jason se sentirait probablement obligé de faire sa demande en mariage dans la foulée. Ce qui gâcherait la belle surprise qu'il avait planifiée...

Oui, c'était comme ça qu'il fallait procéder. Elle

attendrait la demande de Jason pour lui annoncer qu'elle était enceinte. Il serait fou de joie et une fois de retour, l'accompagnerait chez le médecin. Et si celui-ci décelait deux séries de battements de cœur, Jason serait doublement emballé.

Holly en était sûre.

— Te voilà !

La voix de Jason tira Holly de sa rêverie. Elle s'aperçut qu'il s'était réveillé et l'observait.

— Je suis là, fit-elle en hochant la tête.

Il regarda les jumeaux profondément endormis sur sa poitrine et sourit.

— Ils étaient un peu grincheux. Je crois qu'ils font leurs dents. J'ai comme l'impression que je me suis assoupi !

— Tu veux que je les prenne ?

Il fit non de la tête tout en bâillant.

— Non, j'aime les avoir près de moi.

En entendant ces mots, Holly sentit son cœur fondre. Quel amour… Soudain, elle se souvint des mots de Miranda : cela ne servait à rien de passer sa vie à avoir peur… Peut-être était-ce vrai. Il était temps qu'elle cesse de vivre dans la crainte de ce qui pourrait arriver. Il était temps qu'elle ose avoir foi en quelqu'un.

Jason valait bien qu'elle prenne ce risque, c'était une certitude !

— As-tu tout ce qu'il te faut pour le voyage ? s'enquit-il.

Elle s'assit sur le lit.

— Presque tout. Je n'ai pas trouvé de maillot de bain dans lequel je sois à peu près présentable.

— Pff…

Il émettait toujours ce son quand elle se plaignait de son poids ces derniers temps. Sans doute allait-il être étonné d'apprendre la raison de ces kilos supplémentaires !

— Tu serais sexy même avec un sac à patates.

Il tendit le bras pour lui prendre la main et y déposer un baiser.

— Je préfère les femmes bien en chair, déclara-t-il en remuant exagérément les sourcils.

Holly battit des paupières. Seigneur, qu'il était beau…

Même si Jeremy et Jason se ressemblaient comme deux gouttes d'eau, Jeremy ne lui avait jamais fait un tel effet. Jamais elle ne s'était sentie aussi troublée en sa présence, jamais son cœur ne s'était emballé à ce point quand il lui souriait. Plus elle y pensait, plus elle était persuadée d'une chose : Jeremy et elle n'étaient pas faits l'un pour l'autre. Leur relation n'avait servi qu'à la conduire à Jason. Bien sûr, elle était triste que Jeremy ait dû mourir pour que cela se produise. Néanmoins, elle espérait que de là où il était, Jeremy les observait avec indulgence. Qu'il était heureux pour elle et pour ses enfants. Car c'était une chance inouïe qu'un homme aussi merveilleux soit entré dans leur vie.

— Nous partirons pour l'aéroport à 7 heures, lui rappela Jason. Tiens-toi prête pour cette heure.

— Oh ! je le serai, rassure-toi !

— Tu es impatiente ?

— Oui, mais un peu nerveuse à cause du vol.

— Ne t'inquiète pas, tout ira bien. Je connais le pilote personnellement.

Holly eut un petit sourire. Elle n'avait pas été surprise lorsque Jason lui avait annoncé qu'ils voyageraient en jet privé. Il avait beau être modeste, il aimait les facilités que lui offrait son argent.

— J'ai tellement hâte de me retrouver seul avec toi, dit-il avec un regard brûlant qui la fit frissonner.

— Et quand nous serons seuls… Que me feras-tu ?

— Tu sais quoi ? Allons coucher ces petits bonshommes, et je t'en donnerai un aperçu !

Holly était allongée sur une chaise longue de la plage privée de la résidence où Jason possédait un appartement. Pour être tout à fait honnête, elle serait parfaitement capable de s'habituer à ce genre d'existence… Manger des plats gastronomiques, boire du champagne hors de prix, avoir du personnel aux petits soins et faire l'amour jusqu'au lever du soleil… Que demander de plus à la vie ?

Elle jeta un coup d'œil à Jason profondément endormi à côté d'elle. Depuis leur arrivée, ils avaient fait de la plongée, ramassé des coquillages, mais aussi visité des musées et des galeries d'art. Ils avaient également fait une balade en 4x4 puis dîné dans un petit village pittoresque avant de danser jusque tard dans la nuit.

Et puis bien sûr, ils avaient fait l'amour, encore et encore, sans jamais se lasser.

Holly n'avait pas vu le temps passer. Il ne restait plus qu'une nuit… et elle n'avait toujours pas de bague autour du doigt !

Cela ressemblait bien à Jason de faire durer ainsi le suspense. Le matin même, il lui avait demandé si elle était prête pour sa surprise. De quoi la faire trembler d'excitation. Il avait alors souri et décrété qu'elle devrait attendre encore un peu. *Ce sera donc ce soir*, avait-elle déduit. Tant mieux, car elle pourrait enfin lui annoncer la bonne nouvelle ! Jason sauterait de joie, et ils vivraient heureux, jusqu'à la fin des temps.

Bien que la perspective d'avoir à nouveau des jumeaux l'ait un peu effrayée au départ, Holly avait peu à peu accepté la chose. Ce serait incroyable qu'elle puisse accoucher de petites jumelles ! Des petites sœurs avec qui les garçons pourraient jouer et qu'ils taquineraient de temps en temps. Néanmoins, les jumeaux adoreraient leurs sœurs et casseraient la figure de ceux qui chercheraient à leur faire du mal. Non… Ils n'iraient peut-être pas jusqu'à distribuer des coups de poing, mais ils seraient d'excellents protecteurs.

Certes, s'occuper de quatre enfants en bas âge ne serait pas une mince affaire — même avec l'aide de Faye —, mais ils pourraient embaucher une nounou à plein-temps, voire deux. Cela dit, elle entendait bien prendre soin elle-même de ses enfants, autant que possible.

— Ça va ? s'enquit tout à coup la voix ensommeillée de Jason à côté d'elle.

— Très bien.

Et ce n'était pas peu dire. Jamais elle n'avait été aussi heureuse !

— Qu'est-ce qui t'arrive, ma chérie ?

Holly sursauta en entendant la question de Jason et s'aperçut qu'elle avait posé sa main sur son ventre. Un geste habituel chez les femmes enceintes… Méfiance. Il faudrait qu'elle se montre plus prudente si elle voulait faire son annonce comme elle le souhaitait.

— J'ai un peu faim, c'est tout, se contenta-t-elle de dire.

— Nous pourrions rentrer à l'appartement et manger un morceau. Ou bien faire quelque chose qui nous permette de patienter jusqu'au dîner…

— Une petite distraction ne me déplairait pas, commenta-t-elle avec un sourire.

Jason se leva aussitôt de sa chaise et lui tendit la main pour l'aider à faire de même. C'était un geste qu'il serait souvent amené à faire dans un avenir proche, surtout si elle attendait des jumeaux.

Pourtant, même si elle ne savait pas exactement à

combien de mois de grossesse elle en était, Holly se sentait parfaitement bien. Peut-être cette grossesse serait-elle moins difficile. Avec un peu de chance, les symptômes les plus désagréables lui seraient épargnés. Et si le fait d'être heureuse avec l'homme qu'elle aimait, et qui l'aimait, avait le pouvoir de tout ?

Ils firent l'amour pendant plusieurs heures. Holly dut certainement s'endormir, car lorsque la voix de Jason l'appela et qu'elle ouvrit les yeux, l'obscurité était tombée.

Elle s'assit en clignant les paupières.

— Quelle heure est-il ?

— Presque 19 heures.

— Je ne voulais pas dormir aussi longtemps.

— Ce n'est pas grave. Ça m'a laissé le temps de préparer…

— Préparer quoi ?

Pour toute réponse, Jason lui adressa un sourire éclatant puis lança :

— Tu verras ! Va donc prendre une douche et t'habiller. Je te ferai savoir quand tu pourras descendre. Nous mangeons ici ce soir…

Holly se sentit trembler. Elle était tellement nerveuse qu'elle avait peine à contenir son excitation. Elle passa la robe qu'elle avait apportée spécialement pour l'occasion et laissa ses cheveux tomber sur ses épaules. Elle mit un peu d'eye-liner et de mascara, même si Jason la trouvait belle et sexy sans le moindre artifice.

Elle était en train d'appliquer un peu de gloss sur ses lèvres lorsqu'il vint la rejoindre, vêtu d'un costume à la coupe décontractée.

— Tu es prête ?

— Plus que jamais.

Il lui offrit sa main et la guida dans l'escalier, puis

jusqu'à la terrasse où des dizaines de flammes de bougie frémissaient sous la brise légère venant de l'océan. Quel spectacle !

— Oh ! mon Dieu…, murmura-t-elle. C'est magnifique.

Il esquissa un geste vers la table ronde où ils prenaient chaque matin leur petit déjeuner. Celle-ci était dressée pour un repas de plusieurs plats. Ils s'y installèrent.

Holly sentait ses mains trembler. Comment allait-elle tenir jusqu'à la fin du repas !

Un serveur de l'hôtel s'occupa du service, apportant chaque plat à un rythme insupportablement lent. Elle réussit à faire honneur aux différents mets très raffinés, mais que c'était dur !

— Tu ne manges pas beaucoup, lui fit remarquer Jason. Ça ne te plaît pas ?

— Mais si, c'est délicieux.

— Tu attends peut-être ta surprise avec impatience…

— Un peu, admit-elle en hochant la tête.

— Nous pourrions sauter le dessert, qu'en penses-tu ?

— Je ne pense pas pouvoir avaler autre chose de toute façon.

Une fois la table débarrassée, Jason remercia le serveur non sans lui avoir donné un généreux pourboire. Lorsqu'il revint s'asseoir face à Holly, celle-ci était assise tout au bord de sa chaise. Encore un centimètre et elle tomberait par terre !

— Tu es prête pour ta surprise ? lui demanda-t-il.

Elle hocha la tête. Sans doute allait-il lui proposer de marcher sur la plage ou, tout au moins, faire sa demande en mettant un genou à terre.

Pourtant, Jason n'en fit rien. Sans bouger de table, il fouilla dans la poche de sa veste.

La jeune femme retint son souffle.

— Je sais que tu ne raffoles pas des bijoux tape-à-l'œil, dit-il avec un sourire. Tu ne veux pas non plus que je fasse des folies pour toi… mais j'espère que tu feras une exception ce soir.

Holly baissa les yeux. Seigneur… Il tenait dans sa main un écrin en velours noir : il avait amplement la taille de contenir une bague. Il le posa sur la table et le fit glisser vers elle.

Pendant plusieurs secondes, elle fixa le boîtier en attendant qu'il dise quelque chose.

— Vas-y, ouvre-le…

Elle le dévisagea d'un air incrédule. Peut-être Jason voulait-il qu'elle l'ouvre et découvre son contenu avant de s'agenouiller pour faire sa demande…

Oui, ce devait être ça.

Elle tendit la main et prit le boîtier. Tiens, il était assez lourd. C'était certainement une grosse pierre précieuse… Elle aurait été tout aussi heureuse avec quelque chose de tout simple.

Le cœur battant, Holly souleva le couvercle et se mit à battre des paupières. Sur un lit de satin rouge, il y avait…

Une paire de boucles d'oreilles en diamant.

Hein ?

Bouchée bée, elle leva les yeux vers Jason qui lui souriait. Il semblait persuadé qu'elle restait muette devant un cadeau pareil.

— Chaque femme doit avoir une paire de boucles d'oreilles en diamant, affirma-t-il. Elles vont avec tout…

En effet. Et celles-ci étaient particulièrement belles… mais ce n'était pas une bague de fiançailles !

Loin de là. Il n'y avait eu ni demande en mariage ni aveu d'amour véritable.

Rien. Juste une stupide paire de boucles d'oreilles qui avaient probablement coûté une fortune.

Cela ne signifiait en aucun cas que Jason l'aimait.

Holly secoua la tête. A vrai dire, elle était atterrée. Ce séjour tout entier était une farce. Autant se rendre à l'évidence : ses rêves de bonheur n'étaient que le pur produit de son imagination.

— Holly ? Est-ce que ça va ?

Elle leva les yeux vers lui. Jason ne souriait plus.

— Si tu ne les aimes pas…, commença-t-il.

— Jason, est-ce que tu m'aimes ? le coupa-t-elle.

Il s'appuya au dossier de sa chaise, comme s'il avait été frappé par la foudre.

— Quoi ?

— Tu m'as très bien entendue. Est-ce que tu m'aimes ?

Jason parut perplexe. C'était incroyable : on aurait dit qu'il n'avait pas la moindre idée de la façon dont il devait répondre à cette question.

— C'est pourtant une question simple, s'impatienta-t-elle en élevant la voix.

Tant pis si on l'entendait dans le reste de la résidence. Elle ne pouvait plus rester dans cette incertitude.

— Est-ce que tu m'aimes, oui ou non ?

— Nous devrions peut-être parler de ça…

— En effet, parlons-en ! s'exclama-t-elle d'une voix suraiguë. Parce que je suis enceinte !

En voyant Jason écarquiller les yeux, Holly sentit son cœur s'emballer. Impossible d'en supporter davantage, c'était trop. Au même instant, elle eut l'impression que tout son environnement tournait autour d'elle.

La dernière chose qu'elle entendit avant de perdre conscience fut le bruit de son corps heurtant le sol.

- 16 -

Lorsqu'elle rouvrit les yeux, Holly aperçut une forme penchée au-dessus d'elle. Jason. L'espace d'une seconde, elle crut qu'elle était dans son appartement à New York. Peut-être venait seulement de s'évanouir en se retrouvant nez à nez avec le fantôme de Jeremy… Tout ce qui s'était passé ensuite n'avait été qu'un rêve terriblement réel.

Pourtant à mesure que sa vision s'éclaircissait, elle prit conscience qu'ils étaient toujours dans l'appartement de Mexico. Pas de doute, elle n'avait pas rêvé.

— Est-ce que ça va ? s'enquit Jason avec inquiétude.

Holly hocha la tête, même si c'était loin d'être le cas. Elle se sentait gênée et ridicule d'avoir réagi ainsi. Mais elle avait aussi le cœur brisé… Comment avait-elle pu s'imaginer toutes ces choses ? Quelle idiote ! Enfin, elle n'arrivait pas à croire qu'elle avait informé Jason de sa grossesse en hurlant ! Seigneur, quelle honte… Il avait dû la prendre pour une folle.

Jason lui tendit alors la main pour l'aider à s'asseoir.

— Tu sais, il faut vraiment que tu arrêtes de tomber dans les pommes à tout bout de champ, ironisa-t-il.

Elle s'esclaffa bien malgré elle. Au fond de son cœur, elle avait simplement envie de pleurer. Or, elle ne le voulait surtout pas. Tout ce qu'elle voulait, c'était disparaître.

— Je suis désolée d'avoir crié…, bredouilla-t-elle.

— Alors tu es enceinte ?

— J'imagine que ce n'était pas la manière idéale de te l'annoncer…

— Comment est-ce possible ? J'ai subi une vasectomie ! lança-t-il d'un ton incrédule.

— Je sais, mais à en croire Miranda, ça ne fonctionne pas à chaque fois…

Jason secoua la tête. Il n'en revenait pas, le pauvre…

— Je n'arrive pas à le croire, murmura-t-il.

— Eh oui, qui l'eût cru ? dit-elle en haussant les épaules.

— Je peux remercier Dieu pour ce petit miracle.

Holly se figea. Un miracle ? Que voulait-il dire ?

— Comment ça ?

— A l'époque où j'ai fait faire cette vasectomie, ça avait du sens pour moi. Et puis je t'ai rencontrée et je suis tombé amoureux de toi. J'ai alors commencé à réaliser que j'avais fait une grossière erreur…

Une minute. Que venait-il de dire, là ?

— Tu es tombé amoureux de moi ? parvint-elle à dire.

— Dès l'instant où j'ai posé les yeux sur toi.

— Alors pourquoi n'en as-tu rien dit ?

— Qu'est-ce que je pouvais dire ? Tu m'as bien fait comprendre que tu ne voulais surtout pas avoir à enterrer un autre mari ! Et puis tu ne m'as jamais fait part de tes sentiments, toi non plus…

Holly baissa la tête. En effet, elle les avait tus.

— Je t'aime, Jason, finit-elle par avouer. Je ne me serais jamais crue capable d'aimer quelqu'un comme je t'aime.

— Bien, répondit-il avec un sourire. Je suis heureux que nous soyons tous deux fixés sur ce point.

— Je suis tellement désolée d'avoir piqué une crise ainsi…

— Ce n'est rien. Et si ces boucles d'oreilles ne te plaisent vraiment pas, nous pourrons les échanger contre quelque chose d'autre… Une bague, par exemple.

Holly le fixa d'un regard contrit et resta sans rien dire.

— Il a fallu que tu t'évanouisses pour que mon cerveau comprenne enfin ce qui se passait, reprit Jason. Ce voyage, ce dîner aux chandelles et cette surprise dont je ne cessais de te parler… Tu as cru que j'allais te demander en mariage, n'est-ce pas ?

Holly acquiesça en se mordant la lèvre. Effectivement, c'était ce qu'elle avait cru.

— Bon sang, répondit Jason en secouant la tête. Je suis vraiment désolé. Si j'avais su que tu attendais cette demande en mariage, je n'aurais pas hésité une seconde, crois-moi ! J'avais déjà peur de t'offrir ces boucles d'oreilles… Je craignais ta réaction. Je ne suis vraiment pas psychologue !

Elle le vit légèrement rougir. Bon sang, ce qu'il pouvait être craquant !

— Ça n'a plus tellement d'importance maintenant. Tu m'aimes, n'est-ce pas ?

— Oh oui ! s'exclama-t-il en écartant des mèches de cheveux de son visage. Je t'aime.

— Je t'aime moi aussi. Et je ne me soucie plus de ce qui pourrait se passer dans l'avenir. Je veux profiter de chaque minute avec toi, que cela dure une année ou cinquante. Je veux que nous formions une famille.

— Je le veux moi aussi, dit-il en prenant son visage entre ses mains. Toi, moi, les garçons et le bébé.

A ces mots, Holly eut un petit sourire.

— Petite question en passant… Comment réagirais-tu s'il y avait… deux bébés ?

— Deux ? s'écria-t-il en écarquillant les yeux.

— Miranda pense qu'il y a une forte probabilité, étant donné que tu es un jumeau…

Jason arbora un sourire rayonnant.

— Former une grande famille, ça me va !

Et il posa les lèvres sur les siennes.

Retrouvez prochainement,
dans votre collection

PASSIONS

Un ambitieux rival, d'Adriana Herrera - N°989

SÉRIE : HÉRITAGE CONTROVERSÉ 1/2

Quand Esmeralda hérite de l'empire médiatique de son père, elle sait que cela ne plaira pas à tout le monde, et surtout pas à Rodrigo, le protégé de son géniteur – et son ancien amant, qui l'a trahie dix ans plus tôt par pure ambition. Mais, alors qu'ils doivent collaborer, la tension qui les oppose n'a d'égale que la passion qui les rapproche de nouveau. Rodrigo sera-t-il le parfait partenaire, dans les affaires comme dans l'intimité..., ou au contraire ce rival qui causera sa perte ?

Un charme dévastateur, d'Adriana Herrera

SÉRIE : HÉRITAGE CONTROVERSÉ 2/2

Directrice de casting, Perla sait quel serait l'acteur idéal pour son nouveau projet de série. Seul problème ? Gael Montez est aussi son grand amour de jeunesse, celui qui l'a quittée sans ménagement six ans plus tôt. Alors que, résolue à aller de l'avant, elle se rend chez lui pour le convaincre d'accepter le rôle, les voilà bloqués par une tempête de neige ! Si proche de Gael, Perla s'efforce alors d'ignorer son charme dévastateur afin de préserver son cœur...

Dangereux désir, de Niobia Bryant - N°990

Connu pour être le rebelle de sa riche et célèbre famille, Cole n'a qu'une seule règle : ne jamais tomber amoureux. Mais le désir qui brûle entre lui et Jillian, la cheffe personnelle des Cress, est réel, irrésistible – et dangereux. En effet, Jillian vient d'un monde différent du sien, et les Cress seraient prêts à tout pour mettre fin à leur idylle... quitte à les détruire tous les deux.

Le retour d'un Fortune, d'Allison Leigh

Fraîchement arrivé à Austin où il souhaite s'installer, Grayson Fortune engage la belle Billie Pemberton pour le guider dans ses recherches de maison. Entre eux l'attirance est immédiate, mais Grayson garde d'abord ses distances : il n'est pas homme à s'engager et refuse de briser le cœur de Billie. Au fil du temps, pourtant, cette dernière parvient à percer ses défenses et s'évertue à lui prouver qu'il est fait pour l'amour et la famille...

Indomptable play-boy, de Cat Schield - N°991

Lani a été très claire avec Asher, son ancien amant : ce n'est pas parce qu'elle a payé sa caution afin de le sortir de prison et qu'elle emménage avec lui pour le surveiller qu'elle retombera dans ses filets ! Au contraire, elle doit garder la tête froide tant que durera l'enquête qu'elle mène sur le détournement de fonds dont Asher est accusé, et dont il se dit innocent...

Fiancée à un don Juan, de Brenda Harlen

Tout a commencé par un mensonge destiné à dissuader sa mère de jouer les entremetteuses... Mais un baiser brûlant échangé avec Jason Channing a rendu la comédie trop réelle, et voilà maintenant Alyssa fiancée à ce don Juan notoire ! Pire, alors qu'elle apprécie depuis toujours sa vie de célibataire, Alyssa se prend à rêver que Jason soit l'homme qu'il lui faut...

Le défi d'Autumn, de Karen Booth - N°992

Série : Les héritiers de Moonlight Ridge 2/3

Autumn est bouleversée. Quittée par son fiancé la veille de son mariage, elle vient de perdre toute crédibilité en tant que *wedding planner*... Or, maintenant que sa réputation est ruinée, son travail à Moonlight Ridge est menacé. Grey Holloway, un des héritiers du domaine, s'est montré parfaitement clair : si elle veut conserver son poste, elle devra le convaincre que l'amour n'est pas qu'une illusion. Un défi pour elle car, si Grey fait rêver les femmes, il est surtout un séducteur réfractaire à tout engagement...

Après une nuit d'amour, de Silver James

Profondément indépendante, Britt fait tout pour éviter Cooper, un insupportable beau parleur que le destin ne cesse de mettre sur sa route. Deux fois déjà, elle l'a quitté après une nuit d'amour époustouflante, pour revenir ensuite dans ses bras... Mais aujourd'hui il n'est plus question de fuir, car Britt attend des jumeaux de Cooper !

Une semaine pour t'aimer, de Kristi Gold - N°993

Son mari, Sebastian, est ici, au Texas ? Nasira est furieuse : n'a-t-elle pas été assez claire lorsqu'elle lui a annoncé, trois semaines plus tôt, qu'elle quittait Londres pour aller vivre aux États-Unis et qu'elle tirait un trait sur leur mariage ? Pourtant, face aux efforts que Sebastian déploie pour la reconquérir, Nasira se fixe un ultimatum : elle se laisse une semaine, et pas un jour de plus, pour prendre une décision définitive...

Un jeu risqué, de Katherine Garbera

Belle, séduisante, intelligente... Ferrin a tout de la femme idéale ! Hunter ne pouvait rêver mieux : lui qui doit la charmer, il ne va pas avoir à mentir en lui affirmant qu'elle lui plaît. Pourtant, il doit se méfier. Car s'il a décidé de séduire Ferrin ce n'est pas pour trouver l'amour, mais pour récupérer des documents que possède le père de la jeune femme et qui l'innocenteront du meurtre dont on l'accuse à tort...

Pour le bonheur de Rose, de Catherine Mann - N°994

SÉRIE : LES FRÈRES DE KEY LARGO 1/2

Lorsque Xander, son patron, lui propose de l'épouser, Maureen est désemparée. Bien sûr, il ne s'agirait que d'une union de convenance lui permettant d'obtenir la garde de sa fille, Rose. Et pour elle, qui a besoin d'un visa pour exercer en tant que zoologiste, l'arrangement serait idéal... Bien que tentée, Maureen ne peut s'empêcher d'hésiter. Car devenir la femme de Xander, qu'elle aime en secret depuis leur rencontre, ne serait-ce pas exposer son cœur ?

Enceinte de son patron, de Catherine Mann

SÉRIE : LES FRÈRES DE KEY LARGO 2/2

Le jour où Portia découvre qu'elle est enceinte de son patron, Easton, elle craint de céder à la panique irrépressible qui menace de la submerger : ce moment d'égarement qu'Easton et elle ont partagé, quand ils se sont retrouvés enfermés alors qu'une tempête tropicale grondait, ne devait être qu'une simple parenthèse, et rien de plus... Mais, pour ce bébé qu'elle sent grandir en elle et qu'elle aime déjà, elle est prête à tout. Même à perdre son travail en révélant à Easton qu'il va bientôt être papa...